Quinn Loftis
Der Prinz der Wölfe

AF214926

Das Buch

Jacque Pierce ist eine ganz gewöhnliche Siebzehnjährige aus Coldspring, Texas, mit einem ganz normalen Leben – bis im Haus gegenüber ein mysteriöser rumänischer Austauschstudent namens Fane einzieht. Sie und ihre besten Freundinnen Sally und Jen haben noch keine Ahnung, dass die letzten beiden Wochen ihrer Sommerferien jede Menge Überraschungen parat haben werden. Jacque fühlt sich seit ihrer ersten Begegnung unwiderstehlich zu Fane hingezogen. Was sie nicht weiß, ist, dass Fane ein Werwolf und sie seine Gefährtin und Seelenverwandte ist. Dummerweise ist Fane aber nicht der einzige Wolf in Coldspring: Gerade als Fane und Jacque sich besser kennenlernen, kommt ein anderer Wolf ins Spiel und beansprucht Jacque als seine Auserwählte. Fane muss jetzt um das Recht kämpfen, das Bindungsritual durchzuführen, das zwar sein Geburtsrecht ist, ihm aber von einem durchgeknallten Alphatier streitig gemacht wird. Werden Fanes Gefühle für Jacque stark genug sein und ihm die Kraft geben, seinen Feind zu besiegen? Wird Jacque sich ihrem Schicksal fügen und das Ritual mit Fane vollziehen?

Die Autorin

Die preisgekrönte Autorin Quinn Loftis lebt mit ihrem Mann, ihrem Sohn, dem Dobermann Nora und der Katze Phoebe (die sich für eine Ninja hält) im malerischen West-Arkansas. Sie hat bisher acht Romane veröffentlicht, darunter den »USA Today«-Bestseller »Fate and Fury«, und ist sich des großen Glücks bewusst, dass sie dem Schreiben als Vollzeitbeschäftigung nachgehen kann und viel Unterstützung von ihren Lesern erhält. In ihrer Freizeit liest und häkelt sie gerne, treibt Sport und verbringt mit Vorliebe Zeit mit ihrer Familie und ihren Freunden. Sie schreibt ihren ganzen Erfolg Gott zu, da er ihr die Kreativität und Fantasie zum Schreiben geschenkt hat.

Quinn Loftis

DER PRINZ DER WÖLFE

Übersetzt von Anja Weiligmann

Die Originalausgabe erschien 2011 unter dem Titel
»Prince of Wolves«.

Deutsche Erstveröffentlichung bei AmazonCrossing,
Luxemburg, 2014

Umschlaggestaltung, Bildrechte: bürosüd⁰ München, www.buerosued.de
Lektorat: Miriam Shahd
Satz: Monika Daimer, www.buch-macher.de

Printed in Germany
by Amazon Distribution GmbH, Leipzig

ISBN 978-1-477-822364

www.amazon.com/crossing

Für meinen Mann und meinen Sohn.
Ich kann mir ein Leben ohne euch beide nicht vorstellen.
Ich liebe euch.

Kapitel 1

Jacque Pierce saß auf der gepolsterten Fensterbank ihres Zimmers und beobachtete das Haus der Nachbarn auf der gegenüberliegenden Straßenseite. Nein, neugierig war sie nicht, redete sie sich ein, nur ... interessiert. »Ja, klar«, schnaubte sie, »man ist auch gar nicht neugierig, wenn man abends um zehn von seiner Fensterbank aus das Haus seiner Nachbarn bespitzelt. So wie ein Hund, der bei der Jagd vor dem Fuchsbau sitzt und wartet. Aber morgen ist noch früh genug, um ehrlich zu sein.« So beruhigte sie ihr Gewissen.

Die Henrys erwarteten einen Austauschschüler aus dem Ausland, der ein Jahr bei ihnen bleiben würde. Sie hatten keine eigenen Kinder, aber Jacque wusste nicht, ob sie keine Kinder wollten oder keine bekommen konnten. Jedenfalls hatte sie Sally und Jen versprochen, sie anzurufen und ihnen alles Wichtige zu berichten.

Also saß sie in ihrer Fensternische und ließ das Haus der Nachbarn nicht aus den Augen. Die Lichter in ihrem Zimmer waren ausgeschaltet und die Jalousien so weit heruntergelassen, dass sie gerade so durch die Schlitze hindurchsehen konnte, und um sich noch ein bisschen mehr wie James Bond zu fühlen, hatte sie sich sogar ein Fernglas besorgt! Wenn sie jetzt noch diese coole Hintergrundmusik aus den Filmen hätte, wäre es perfekt gewesen. Aber sie saß nun schon seit einer Stunde da und wollte gerade aufgeben, als eine schwarze Stretchlimo vorfuhr und am Bürgersteig anhielt. Ein Austauschschüler, der in einer Limo ankommt? Normal ist das aber nicht, dachte sie. Sie hob das Fernglas vor die Augen und passte die Schärfe an, um besser sehen zu können, wer aus der Luxuskarosse aussteigen würde. Sie wusste, dass ihr Verhalten leicht übertrieben war, aber in einer Kleinstadt mit nur siebenhundert Einwohnern passierte nicht viel Aufregendes und Jacque machte einfach das Beste daraus.

Der Fahrer stieg aus der Limo aus, ging um den Wagen herum und auf die hintere Tür der Beifahrerseite zu, aber bevor er dort ankam, wurde sie von innen geöffnet. Der Junge, der daraufhin aus dem Wagen ausstieg, war der hübscheste Typ, den Jacque jemals zu Gesicht bekommen hatte – und dabei konnte sie nur sein Profil sehen. Wow, ich meine, wow, war alles, was ihr in diesem Moment einfiel. Wie mochte er erst von vorn aussehen? Er war groß, schätzungsweise einen Meter fünfundachtzig, und hatte pechschwarzes Haar mit einem längeren Pony, der ihm quer über die Stirn fiel und sein linkes Auge teilweise verdeckte. Seine Schultern waren breit und im Profil konnte sie hohe Wangenknochen, eine gerade Nase und volle Lippen erkennen. Ihr wurde bewusst, dass sie dieses attraktive Wesen, das gerade aus der Limo gestiegen war, mit weit geöffnetem Mund anstarrte und anhimmelte. Sie beobachtete jetzt, wie der Junge und der Fahrer ein paar Worte wechselten. Auf sie wirkte das alles sehr förmlich, bis der Fahrer den Jungen plötzlich innig umarmte. Das ist nicht nur sein Chauffeur, dachte Jacque.

Urplötzlich drehte er sich um und sah hoch zu ihrem Fenster, hoch zu ihr, als hätte er ihre Gedanken gehört. Blaue Augen. Jacque ließ wie ertappt das Fernglas sinken und erstarrte, unfähig, sich von dem Blick zu lösen, der sie zu hypnotisieren schien. All ihre Gedanken waren wie weggeblasen, und sie hörte, oder zumindest dachte sie, dass sie es hörte, die Worte: »*Endlich, meine Jacquelyn.*«

Jacque schüttelte den Kopf, um den Nebel zu lichten, der darin aufgezogen war. Als sie das Gefühl hatte, wieder ganz bei Sinnen zu sein, versuchte sie, sich sein Gesicht in Erinnerung zu rufen: Wangenknochen, Nase und Lippen stimmten haargenau – was sie aber völlig aus der Bahn warf, war, dass seine eisblauen Augen im Mondlicht fast zu glühen schienen. Das Haar, das ihm quer über die Stirn und über das linke Auge fiel, ließ ihn nur noch geheimnisvoller wirken. Alles in allem hatte er ein auf maskuline Weise sehr hübsches Gesicht. Dank des Fernglases konnte sie erkennen, dass sein schwarzes Shirt eng am Körper anlag und einen muskulösen Brustkorb und einen flachen Bauch offenbarte. Darüber trug er eine schwarze Motorradjacke aus Leder – mehr von ihm konnte sie zwar nicht sehen, da der Wagen im Weg war, sie war sich aber ziemlich sicher, dass seine Beine ebenso nett anzusehen waren wie der Rest von ihm.

Während sie ihren Blick wieder zur Straße wandte, betrat der geheimnisvolle Junge gerade das Haus der Henrys. In dem Moment, als die Haustür hinter ihm ins Schloss fiel, hörte sie die Stimme noch einmal »*Bald*« sagen.

Jacque blieb noch einige Minuten sitzen, obwohl er schon lange im Haus verschwunden war. Sie versuchte krampfhaft, sich zu beruhigen und wieder normal zu denken; alles kam ihr irgendwie verschwommen vor. Nachdem sie gefühlte tausendmal geblinzelt hatte, riss sie sich zusammen, nahm ihr Handy und wählte Jens Nummer.

Nach dem dritten Klingeln nahm Jen ab und flötete: »Schieß los.«

Jacque atmete tief ein und fragte: »Könntest du rüberkommen?«

»Bin in fünf Minuten bei dir, Süße«, erwiderte Jen und legte auf.

Jacque musste unwillkürlich lächeln. Sie konnte von Glück reden, eine Freundin wie Jen zu haben, auf die sie sich immer verlassen konnte, wenn sie sie brauchte.

Sie rief auch noch Sally an, die nach dem ersten Klingeln abnahm. Offensichtlich hatte Sally neben dem Telefon campiert und darauf gewartet, dass Jacque sich mit Neuigkeiten zur aktuellen Kleinstadtschmonzette meldete. »Jen ist auf dem Weg zu mir«, sagte Jacque. »Komm bitte auch rüber, ich muss euch unbedingt was erzählen.«

»Okay.« Mehr sagte Sally nicht und legte auf.

Fünfzehn Minuten später saßen die drei Freundinnen auf dem Fußboden von Jacques Zimmer und tranken Kakao – denn ganz ehrlich, zu einem Mädelstreffen mit Klatsch und Tratsch gehörte nun mal Kakao.

»Dann fang mal von vorne an und lass bloß kein Detail aus«, sagte Jen.

»Okay«, erwiderte Jacque und atmete tief ein. »Ich sitze also an meinem Fenster, die Jalousien sind auf Schlitz, Fernglas hab ich in der Hand.«

»Fernglas? Du hast nicht ernsthaft mit einem Fernglas hier gesessen?«, unterbrach Sally sie.

»Du hast doch gesagt, ich soll nichts auslassen, also erzähle ich auch alles«, verteidigte sich Jacque.

»Oh, lief denn auch der Soundtrack von ›Mission Impossible‹ im Hintergrund? Das wäre ja so richtig spionagemäßig«, warf Jen begeistert ein.

»Eigentlich hatte ich eher James Bond im Hinterkopf«, antwortete Jacque leicht abgelenkt. »Mit Observierung und so.«

»Nee, das wäre dann ja mehr so wie bei ›Dog – der Kopfgeldjäger‹. Aber du bist nicht wie seine Frau Beth, dafür hast du viel zu wenig Oberweite, eher wie seine Tochter Lisa …«, spann Jen den Gedanken vergnügt weiter.

»Du vergleichst mich allen Ernstes mit der Tochter von diesem Kopfgeldjäger? Und warum reden wir überhaupt über Dog? Um den geht's doch hier gar nicht!«, grummelte Jacque entnervt.

»Also noch mal: Ich habe gut eine Stunde am Fenster gesessen, als irgendwann endlich eine schwarze Stretchlimo vorfuhr und am Bürgersteig vor dem Haus der Henrys hielt.«

»Eine Limo? Welcher Austauschschüler fährt denn in einer Limo vor?«, fragte Jen.

»Eben, genau das habe ich ja auch gedacht«, erklärte Jacque eifrig. »Aber ich kann euch sagen, dass die Limo völlig nebensächlich wurde, sobald ihr Fahrgast ausgestiegen war. Mädels, das ist der umwerfendste Typ, den ich in meinem ganzen Leben gesehen habe.«

»Und mit ›umwerfend‹ meinst du eher jungenhaft-umwerfend wie Brad Pitt oder sexy-umwerfend wie Johnny Depp?«, hakte Jen nach.

»Gegen den Typen können Brad Pitt und Johnny Depp einpacken und weinend nach Hause gehen«, antwortete Jacque. »Aber abgesehen davon, dass er mit einer Limo gebracht wurde und quasi eine wandelnde Calvin-Klein-Reklame ist, Mädels, wird es ab diesem Punkt richtig abgefahren«, sagte Jacque in einem Tonfall, der an eine Märchentante erinnerte.

»Der abgefahrene Teil kommt erst noch?«, fragte Sally gebannt.

»Yep. Als er nämlich ausgestiegen war und gerade zum Haus gehen wollte, drehte er sich urplötzlich um und sah mich direkt an, als ob er gespürt hätte, dass ich ihn beobachtete! Ich schwör's euch, er hat mir direkt in die Augen geguckt. Ich war quasi wie hypnotisiert und konnte mich nicht mehr bewegen«, erzählte Jacque aufgewühlt. »Und jetzt verlassen wir ›abgefahren‹ und betreten ›ach du Kacke!‹. Während er mich so anstarrte, hörte ich auf einmal eine Stimme in meinem Kopf, die sagte: ›Endlich, meine Jacquelyn.‹ Dann, als er sich umdrehte, um ins Haus zu gehen, sagte die Stimme noch mal was: ›Bald‹.«

Jacque sah ihre beiden besten Freundinnen erwartungsvoll an; sie rechnete fast damit, dass sie ihr sagten, sie hätte jetzt komplett den Kontakt zur Basis verloren. Aber stattdessen saßen sie einfach nur da und starrten sie an. »Und?«, fragte Jacque.

Jen erwachte zuerst aus ihrer Starre. Sie atmete tief ein und sah in ihre Tasse, die inzwischen leer war. »Wir brauchen definitiv noch mehr Kakao.«

»Definitiv«, stimmten Sally und Jacque ihr synchron zu.

Jen verließ das Zimmer und kam kurze Zeit später mit drei Tassen frischem Kakao und einer Packung Oreo-Kekse zurück. Sie machte es sich im Schneidersitz auf dem Fußboden bequem, legte den Kopf schräg und runzelte die Stirn. »Also, mal sehen, ob ich alles richtig verstanden habe: Ein Sahneschnittchen von einem Austauschschüler fährt in einer Limo vor, steigt aus, stellt kurz mal deine Welt auf den Kopf, sieht dir in die Augen und spricht in deinem Kopf mit dir? Bis hierher alles richtig?«

Jacque nickte und sah betreten zu Boden. »Na ja, ich *glaube*, das in meinem Kopf war seine Stimme. Vielleicht war es aber auch die Stimme eines toten Verwandten von mir, der seit seinem Tod auf der Suche nach mir war und mich in dem Augenblick gefunden hat, als das Sahneschnittchen da unten mir in die Augen gesehen hat.«

Jen und Sally sahen sie verdattert an.

»Was denn?«, fragte Jacque. »War doch nur so ein Gedanke«, murmelte sie und hob in einer abwehrenden, wenn auch frustrierten Geste die Hände. Sie stöhnte laut und hielt sich theatralisch die Handrücken vor die Augen. »Mal ehrlich, bin ich jetzt komplett durchgedreht?«, fragte sie.

»Nein, Süße. Das bist du schon lange, wir wollten nur nicht, dass *du* weißt, dass *wir* es wissen«, zog Sally sie auf.

»Aber jetzt mal im Ernst: Ich weiß, wie verrückt das klingt, aber ich schwöre euch, ich habe in meinem Kopf eine Stimme gehört, eine unglaublich warme, maskuline Stimme, die meinen Namen wusste! Das ist doch total irre, durchgeknallt, reif für die Klappe!« Jacque sah ihre beiden Freundinnen ängstlich an, sie machte sich wirklich Sorgen, tatsächlich den Verstand verloren zu haben.

In ihrer Familie gab es einige Fälle, bei denen man die geistige Gesundheit zumindest anzweifeln konnte. Beispielsweise bei ihrer Mutter. Jacque liebte ihre Mom und sie hatten ein gutes Verhältnis zueinander, aber sie verlor hin und wieder den Kontakt zur Realität. Jacques Vater hatte nie zu ihrem Leben gehört; kurz nachdem ihre Mutter ihm von ihrer Schwangerschaft erzählt hatte, war er von der Bildfläche verschwunden. Zum Glück hatte Jacque zwei beste Freundinnen, die sie immer wieder auf den Boden der Realität zurückholten. Und genau deshalb wollte sie jetzt auch so dringend ihre Meinung zu dieser ganzen Angelegenheit hören.

Sally meldete sich zuerst zu Wort: »Ich glaube nicht, dass du verrückt geworden bist, Jacque, wirklich nicht. Es muss für all das eine Erklärung geben, und wir werden sie finden. Wie immer.«

»Genau«, fügte Jen hinzu. »Wir haben noch zwei Wochen, bis die Schule wieder anfängt. Bis dahin sind wir rund um die Uhr auf Patrouille.« Sally nickte zustimmend.

Alle drei überlegten schweigend, wie sie dem neuen Austauschschüler möglichst unauffällig über den Weg laufen konnten. Jen lag lang ausgestreckt auf dem Boden und starrte den Deckenventilator an; ihre Augen folgten den Bewegungen der Flügel, während ihr Verstand seine eigenen Kreise zog. »Wir müssen irgendwie seine Bekanntschaft machen, damit wir uns vergewissern können, ob Sally und ich auch Stimmen in unseren Köpfen hören.«

»Meine Mom hat vor, ihm ein typisches Südstaatenessen zu bringen, da er ja nicht von hier ist. Wir könnten fragen, ob wir mitdürfen. Oder wäre das zu auffällig?«, fragte Jacque.

»Nein, das ist perfekt«, sagte Jen.

Bis Mitternacht hatten sie einen Plan ausgeheckt, der im Prinzip darin bestand, dass sie Jacques Mutter zu den Henrys begleiten würden, um deren neuem Austauschschüler knuspriges Hühnchen, Kartoffeln und Maiskolben zu bringen. Viel platter geht es kaum, dachte Jacque, während sie in ihrem Bett lag. Jen und Sally waren auf der gegenüberliegenden Seite des Raums auf der Gästematratze schon lange am Schlafen, jede in eine Decke eingewickelt.

Jacque setzte sich auf und sah sich im Zimmer um: ein großes Doppelbett mit dunkelgrüner Tagesdecke, die ihre Mutter ihr zum Geburtstag geschenkt hatte, eine Buntglaslampe auf dem kleinen Holztisch, in dessen Tischplatte sie, Sally und Jen so allerhand geritzt hatten, ein Ankleidespiegel, in dessen Rahmen etliche Fotos steckten, hauptsächlich von Jen, Sally und ihr in verschiedenen Posen und an verschiedenen Orten ... Ja, hier fühlte sie sich sicher und wohl.

Noch vor ein paar Stunden war ich eine ganz normale Siebzehnjährige, die nach den Ferien ihr letztes Highschool-Jahr vor sich hat, dachte sie.

An der Wand neben ihrem Bett hingen drei der für Texas typischen Blumenrosetten von Schulbällen, und auf der anderen Seite des Bettes war das Fenster, an dem sie an diesem Abend gesessen hatte, als ihr Leben sich auf eine Weise verändert hatte, die sie noch nicht einschätzen konnte. Jacque streckte sich aus und beobachtete den Deckenventilator, dessen immer gleiche Kreisbewegungen sie irgendwann wegdämmern ließen. Ihr letzter Gedanke, bevor sie in den Tiefschlaf glitt, war der an einen Vollmond. Was auch immer das heißen mochte.

Kapitel 2

Als seine Limousine vor dem Haus anhielt, in dem er wohnen würde, wurde er das Gefühl nicht los, dass etwas nicht stimmte. Was nicht unbedingt negativ sein musste, er fühlte sich nur einfach unsicher, unruhig und angespannt.

Na ja, zum einen konnte es daran liegen, dass er Tausende Kilometer von zu Hause entfernt war und absolut niemanden hier kannte. Er würde nach den Ferien sein letztes Highschool-Jahr hinter sich bringen, und das in einem Land, in dem er vorher noch nie gewesen war. »Ja, das kann einen schon nervös machen«, sagte Fane zu sich selbst. Er sah zum Haus und war überrascht, wie groß es war: Es bestand aus zwei Stockwerken und hatte eine Veranda, die einmal um das gesamte Haus lief. Tatsächlich sah es eher aus wie ein Haus auf dem Land als in einer Vorstadt. Der Rasen des Vorgartens war saftig grün und perfekt getrimmt. Rechts des Wegs zum Haus stand ein großer üppiger Baum mit einer Bank darunter. Auf der Veranda standen zwei Schaukelstühle und eine Hollywoodschaukel. Auf einem kleinen Tisch zwischen den Schaukelstühlen stand eine gepflegte Topfpflanze, aus der eine dieser Wasserkugeln hervorschaute. Alles in allem war es ein bezauberndes Haus, in dem man sich geborgen fühlen konnte; ein normales Haus.

Fane hoffte, dass es so sein würde, denn »normal« gehörte üblicherweise nicht zu seinem aktiven Vokabular. Er stammte schließlich aus einer Familie von Werwölfen, genauer gesagt war er ein

Grauwolf, ein Canis Lupus, und als würde das noch nicht reichen, war er auch der Sohn des aktuellen Alphas und somit der Prinz der Rumänischen Grauen. Nichts an seinem Leben war normal: weder dass seine Familienmitglieder sich in Wölfe verwandeln konnten noch dass er ein Prinz der Wölfe war.

»Du hast es so gewollt«, schalt Fane sich selbst, »also kneif jetzt nicht und steig aus dem Wagen aus.«

Fane war sich inzwischen nicht mal mehr sicher, warum er sich überhaupt für das Austauschprogramm beworben hatte; er wusste nur, dass die USA ihn magisch angezogen hatten, wie das Licht die Motten, und dass es nicht irgendeine Stadt hatte sein sollen, sondern Coldspring in Texas. Warum er gedacht hatte, es wäre eine gute Idee, sein Zuhause in Rumänien zu verlassen, wo es die meisten Grauen der Welt gab, wusste er nicht mehr. Es gab noch andere Gebiete, in denen Canes Lupi lebten, beispielsweise in Irland, in Polen und auf dem Balkan, selbst in Italien und Spanien gab es einige Grauwölfe. Man sollte meinen, dass ein Grauer ein Territorium vorzog, in dem auch andere Graue lebten; Wölfe waren aber extrem territorial, und wenn ein Wolf es nicht gerade auf einen Kampf anlegte, stolzierte er nicht einfach in das Territorium eines anderen Wolfes, besonders nicht in das eines männlichen. Zum Glück gab es in der Kleinstadt Coldspring keine Canes Lupi, also konnte Fane einfach herkommen und sein Territorium beanspruchen, was auch seiner Natur entsprach.

Okay, Schluss mit den Verzögerungstaktiken, dachte Fane. Er sah zu Sorin, seinem Fahrer und Freund, und sagte: »Ich schätze, wir sind da. *Mulţumesc*, danke, mein Freund, dass du den ganzen Weg auf dich genommen hast, um mich hierherzubringen. Mir bedeutet das sehr viel.«

»Das war nicht der Rede wert, mein Prinz. Es ist mir stets eine Ehre, dir zu dienen.«

»Ach komm, werde jetzt nicht so förmlich. Hier in Coldspring bin ich nur ein Highschool-Schüler, kein Prinz«, sagte Fane.

Fane wusste, wie schwierig das für seinen Freund sein musste, obwohl Sorins Titel offiziell »Wächter des Prinzen« lautete, und das schon seit Fanes Kindheit. Sorin hatte eigentlich bei Fane in den USA bleiben wollen, aber Fane hatte darauf bestanden, dass Sorin zurückflog und ihn für eine Weile auf sich selbst aufpassen ließ. Hier in der Nähe gab es keine anderen Grauen, Revierkämpfe waren also eher unwahrscheinlich.

Sorin stieg aus dem Wagen aus, um Fane die Tür zu öffnen, aber Fane schälte seine großgewachsene Gestalt schon aus dem Auto, noch bevor Sorin den Wagen umrundet hatte. Fane maß einen Meter achtundachtzig und war damit gut dreizehn Zentimeter größer als Sorin, er musste also etwas nach unten schauen, um seinem langjährigen Freund in die Augen zu sehen, als sie sich schließlich gegenüberstanden. Sorin machte nur eine angedeutete Verbeugung, ein Zeichen des Respekts und der Zuneigung für den Prinzen, dann legte er alle Förmlichkeit ab und umarmte Fane. Wölfe finden Trost in Berührungen, es liegt ebenso in ihrer Natur wie das Atmen, und selbst in ihrer menschlichen Gestalt tendieren sie zu mehr Körperkontakt als Menschen. Fane tätschelte Sorins Rücken und trat einen Schritt zurück.

Aus heiterem Himmel formten sich in rascher Folge Gedanken in seinem Kopf, die seinen inneren Wolf aufhorchen ließen: »*Ein Austauschschüler, der in einer Limo ankommt? Normal ist das aber nicht … Das ist nicht nur sein Chauffeur.*«

Fane drehte den Kopf, um die Quelle der Gedanken zu lokalisieren, und entdeckte ein Mädchen, das an einem Fenster des zweigeschossigen Hauses auf der anderen Straßenseite stand und ihn durch ein Fernglas beobachtete.

Menschen glaubten zwar, dass man sich in einen Werwolf »verwandelte«, aber das war falsch; Fane war zu etwas in der Lage, was Canes Lupi »Gestaltwandeln« nannten. Wolf und Mensch bildeten eine Einheit, es gab keine Verwandlung vom einen in das andere; eine Verwandlung hätte bedeutet, dass ein Mensch in Wolfsgestalt kein Mensch mehr wäre, sondern nur noch Wolf, und in Menschengestalt wäre er ganz Mensch, kein Wolf mehr. Aber so war es nicht, denn ein Canis Lupus war sich immer des Wolfes in sich bewusst, genau wie der Wolf sich immer des Menschen bewusst war. Üblicherweise existierten beide völlig harmonisch miteinander. Wenn Fane in seiner Wolfsgestalt war, konnte er noch immer denken und urteilen, als wäre er in seiner Menschengestalt. War er in seiner Menschengestalt, konnte er seinen Wolf dazu bewegen, nur die Teile von sich zu wandeln, die er momentan brauchte, statt seine gesamte Gestalt zu wandeln.

Jetzt wandelte er sich nur so viel, dass er mit seinen Wolfsaugen sehen konnte. Obwohl das Sehvermögen eines Grauwolfs es nicht mit seinem Gehör aufnehmen konnte, war seine Nachtsicht doch besser als die jeder anderen Wolfsrasse. Daher konnte er auch direkt in tiefgrüne Augen sehen, die eben noch hinter dem Fernglas verborgen gewesen waren und Smaragden glichen.

Fane wurde sich bewusst, dass er ihre Gedanken »gehört« hatte. Es gab auf der ganzen Welt nur eine Person, deren Gedanken ein Grauer hören konnte: die seiner Gefährtin. Sein Wolf knurrte besitzergreifend, und es brauchte mehrere tiefe Atemzüge, bis er sich so weit im Griff hatte, nicht gestaltzuwandeln. Zum ersten Mal in seinem Leben machte er die Erfahrung, nicht im Einklang mit seinem Wolf zu sein. Der Wolf wollte raus, zu seiner Gefährtin, zu seiner anderen Hälfte. Fane wusste allerdings auch, dass es besser war, jetzt nicht zum Wolf zu werden und nicht vor ihrem Fenster zu schmachten wie ein liebeskranker Welpe. Ihren Geruch nahm er nicht wahr, weil ihr Fenster geschlossen war. Die Gefährtin eines Wolfes hatte einen gewissen Geruch, den nur ihr Wolf wittern konnte.

Aus reinem Reflex schickte er ihr einen Gedanken, nachdem er ihren Namen in ihrem Verstand gelesen hatte: »*Endlich, meine Jacquelyn.*« Es kam ihm so natürlich vor, Anspruch auf das zu erheben, was zu ihm gehörte, und sie gehörte ohne Zweifel zu ihm, ob sie es wusste oder nicht.

Ihrem Gesichtsausdruck nach zu urteilen, hatte sie ihn gehört, und einen Augenblick lang dachte er, sie hätte sich so erschrocken, dass sie ohnmächtig werden würde. Er konnte ihre Bestürzung und Verwirrung spüren, was ihm nur noch bestätigte, dass sie seine Gefährtin war, aber er wusste auch, dass sie damit fertig werden würde, da sie stark war. Das musste sie sein, denn sie war die Gefährtin eines Alphas und würde seine *Lună* sein. Diesen Namen trug sie, da sie ebenso wie der Mond eine gewisse Anziehungskraft auf viele Dinge ausübte, was bedeutete, dass sie Kräfte hatte, die andere weibliche Graue nicht hatten.

Fane ignorierte seine Wolfsinstinkte, zu ihr zu gehen, löste seinen Blick von ihrem, drehte sich um und ging zum Haus. Während er an die Tür klopfte, konnte er nicht widerstehen und schickte ihr einen zweiten Gedanken, um ihr zu versichern, dass diese Begegnung nicht ihre letzte sein würde. »*Bald*«, dachte er und spürte erneut ihre Verwirrung.

Die Henrys waren die Familie, bei denen er während des kommenden Jahres leben würde; die Leute vom Austauschprogramm nannten sie die »Gastfamilie«. Er sah sie jetzt zum ersten Mal und war überrascht, wie jung die beiden waren. Beide sahen aus wie Anfang dreißig, Mr Henry war etwas kleiner als Fane, hatte sandfarbenes Haar, braune Augen und die schlanke Figur eines Läufers. Mrs Henry war um einiges kleiner, hatte dunkelbraunes Haar, hellbraune Augen und eine durchschnittliche Figur, nicht zu dünn, nicht zu dick. Sie hatte eine niedliche Stupsnase und rosige Wangen.

»Willkommen in unserem Zuhause, Fane«, sagte Mrs Henry und breitete die Arme aus, um Fane zur Begrüßung zu umarmen.

Fane war ein wenig überrascht, da er wusste, dass Amerikaner eher reserviert waren, wenn es um Berührungen ging. Wie sonst auch immer fand er den engen Kontakt sehr angenehm und genoss das Gefühl.

Mr Henry streckte Fane die Hand entgegen, die er ergriff und schüttelte. »Wir freuen uns sehr, dich hier bei uns zu haben«, sagte Mr Henry.

»Vielen Dank, dass Sie mir erlauben, bei Ihnen zu wohnen. Ich weiß Ihre Großzügigkeit wirklich zu schätzen«, sagte Fane aufrichtig.

»Du musst von der langen Reise müde sein. Wie wäre es, wenn wir dir dein Zimmer zeigen, damit du dich für die Nacht zurückziehen kannst? Wenn du Hunger hast, kann ich dir auch erst die Küche zeigen. Bedien dich bitte, als wärst du zu Hause. Sobald du morgen ausgeschlafen hast, zeigen wir dir noch mehr und wir können uns ein bisschen besser kennenlernen«, schlug Mrs Henry vor.

Fane folgte den beiden nach oben. Auf dem Treppenabsatz gingen sie nach rechts einen langen Flur entlang und an mehreren Türen vorbei. »Morgen bekommst du die ganze Tour«, erklärte Mr Henry.

Das kam Fane gerade recht, denn er war wirklich sehr müde. Sein Hirn allerdings lief auf Hochtouren und dachte darüber nach, was er soeben herausgefunden hatte. Der Wolf in ihm war ruhelos, da er wusste, dass sich seine Gefährtin, auf die er auch Ewigkeiten hätte warten können, auf der anderen Straßenseite befand.

Am Ende des Flurs blieb Mrs Henry stehen und deutete auf die letzte Tür auf der linken Seite: »Das ist dein Zimmer. Wir haben es ein bisschen für dich dekoriert, aber du kannst es gerne so herrichten, wie es dir am besten gefällt. Wir werden dich jetzt in Ruhe lassen. Schlaf gut.«

»*Mulţumesc*«, sagte Fane in seiner Muttersprache. Die Henrys sahen ihn fragend an. »Oh, das ist Rumänisch und bedeutet ›danke‹. Manchmal denke ich nicht daran, dass ich hier in den USA bin und rede in meiner Muttersprache. Bitte verzeihen Sie mir.«

»Oh nein, das ist toll, Fane«, sagte Mrs Henry. »Ich würde sehr gern deine Sprache lernen und etwas über deine Kultur erfahren. Bitte sprich Rumänisch, wann immer du willst.«

»Tja, dann noch mal *mulţumesc* und *noapte bună*. ›Noapte bună‹ heißt ›Gute Nacht‹«, erklärte Fane ihnen.

Die Henrys nickten ihm lächelnd zu und ließen Fane dann allein, sodass er sein neues Territorium erkunden konnte.

Er ging in sein Zimmer und fühlte sich sofort wie zu Hause. Sie hatten den Raum unbewusst in Wintertönen und mit Wölfen als dominierendem Thema dekoriert. Wie passend, dachte Fane. Die Wände waren in einem Weiß gestrichen, das wie Schnee glitzerte, und auf eine Wand war ein Winterwald gemalt; in der Ferne stand ein Wolf auf einem schneebedeckten Hügel und heulte mit hoch erhobenem Kopf. Auf dem Doppelbett lagen eine dicke blaue Steppdecke und jede Menge Kissen. Links von der Tür befand sich eine zweite Tür, die zu einem begehbaren Kleiderschrank mit eingebauten Fächern und Schubladen vom Boden bis zur Decke gehörte. Insgesamt war der Anblick beeindruckend: Es gab sogar ein eingebautes Schuhregal, das am unteren Rand des Schranks entlanglief. Fane verließ den Wandschrank und drehte sich nach rechts zu einer dritten Tür, hinter der sich ein großzügiges Badezimmer mit einer gläsernen Dusche und einer separaten Badewanne befand. Das kreisrunde Waschbecken war in eine lange Marmorplatte eingelassen, über der ein antik aussehender Spiegel mit einem verzierten Zinnrahmen hing. Der Boden war mit Steinfliesen ausgelegt und die Lampen an den Wänden waren ebenfalls auf antik getrimmt. Die Deckenlampe bestand aus elektrischen Kerzen in einem runden Metallrahmen. Jedes Detail ließ erkennen, dass die Henrys sehr reich sein mussten.

Nachdem er sein neues Revier ausgiebig erkundet hatte – selbst in seiner Menschengestalt sah er es als Revier an –, entschloss er sich, zu duschen und den Geruch von überfüllten Flughäfen und fremden Menschen von seiner Haut abzuwaschen. Er genoss das heiße Wasser und ließ sich viel Zeit, bis er schließlich so müde war, dass er nur noch schlafen wollte.

Sein letzter Gedanke in dieser Nacht galt einem Paar smaragdgrüner Augen. Er wusste nicht, welche Farbe ihr Haar hatte, da ihre Augen ihn zu sehr gefesselt hatten. Der Schock, wer und was sie war, hatte ihn so sehr abgelenkt, dass er den Rest von ihr gar nicht wahrgenommen hatte. Dennoch geleiteten diese Smaragdaugen ihn in den Schlaf.

Kapitel 3

Die Morgensonne schien in Jacques Zimmer, während sie geräuschvoll gähnte und sich genüsslich reckte. Sie sah rüber zu Sally und Jen, die noch immer tief und fest schliefen. Ich lasse sie schlafen, während ich unter die Dusche springe, dachte sie. Es gab noch immer das eine oder andere von ihrer abendlichen Begegnung mit dem Sahneschnittchen von gegenüber zu verarbeiten.

»Danke, Jen«, murmelte sie. Jetzt war er für sie nicht mehr der Austauschschüler, sondern das Sahneschnittchen von der anderen Straßenseite, wie Jen ihn so treffend genannt hatte.

Jacque würde höllisch aufpassen müssen, sich nicht mit »Hallo, Sahneschnittchen, ich bin Jacque. Schön, dich kennenzulernen« vorzustellen, denn das wäre mehr als peinlich.

Sie suchte ein paar saubere Klamotten zusammen und bemerkte dabei, wie erstaunlich lange sie brauchte, ein Outfit auszusuchen, um das Sahneschnittchen, ähm, den Austauschschüler kennenzulernen. Jacque, dachte sie, wiederhol es noch mal ganz langsam: Aus-tausch-schü-ler.

Endlich entschied sie sich für eine Jeans mit Löchern an verschiedenen Stellen des Hosenbeins; natürlich stammten die Löcher nicht von Unachtsamkeiten ihrerseits oder vom Verschleiß, sondern es war eine recht teure Hose und die Löcher waren gerade das Besondere an dieser Jeans. Als Oberteil wählte sie ein Babydoll-Shirt mit dem Aufdruck »Ich bin nicht stur, mein Weg ist nur der bessere«. Er soll gleich wissen, dass ich gerne mal sarkastisch bin, dachte Jacque. Sie ging ins Badezimmer, um heiß zu duschen, und hoffte, dass ihre Nerven sich dadurch beruhigen würden. Sie verstand selbst nicht, warum sie so nervös wegen des Austauschschülers war, schließlich hatte sie ihn ja noch nicht »Sahneschnittchen« genannt. Vielleicht lag es aber auch daran, dass er in ihrem Kopf zu ihr gesprochen hatte, was ihr zugegebenermaßen noch nicht so oft passiert war.

Sie ließ sich unter der Dusche viel Zeit und stellte sie erst ab, als das Wasser langsam kälter wurde. Sie trocknete sich ab, zog sich an und frisierte sich in aller Ruhe die Haare. Sie konnte sich einfach nicht entscheiden, ob sie einen Zopf machen oder die Haare offen tragen sollte. »Oh Mann«, schalt sie sich selbst, »du machst doch sonst auch nicht so einen Stress, wenn du dich fertig machst.« Sie wurde das Gefühl einfach nicht los, dass am Vorabend etwas Bedeutendes passiert war, als sie dem gutaussehenden Fremden tief in die Augen gesehen hatte.

Sie entschied sich am Ende für einen Zopf – schließlich war es Sommer und in Südtexas hieß das, dass man auf dem Bürgersteig Spiegeleier braten konnte – und ging wieder in ihr Zimmer, um nachzusehen, ob Jen und Sally wieder unter den Lebenden weilten.

Immerhin saßen beide schon auf ihrer Matratze, auch wenn sie noch ziemlich verschlafen aussahen. »Du bist früh auf … und sogar schon angezogen«, stellte Jen überrascht fest.

»Als ich aufgewacht bin, ging mir jede Menge durch den Kopf und ich wusste, dass ich ganz sicher nicht wieder einschlafen würde. Außerdem muss ich mit meiner Mom darüber reden, dass wir mit ihr rübergehen, um das Sahneschnitt…, ich meine den Austauschschüler willkommen zu heißen. Dank dir, Jen, werde ich ihn wahrscheinlich mit ›Hi, Sahneschnittchen‹ begrüßen.«

»Wenn du das machst, werde ich dir die Ehre erweisen und mich schlapplachen«, sagte Jen liebenswürdig.

»Oh, das ist so liiiiieeeeb von dir«, konterte Jacque.

»Okay, Mädels, könnten wir uns jetzt alle wieder liebhaben? Wir müssen nämlich ein paar Pläne schmieden und sollten keine

Zeit damit verschwenden, uns gegenseitig Sprüche reinzudrücken«, sagte Sally in ihrer besten mütterlichen Tonlage.

»Okay, warum geht ihr nicht nacheinander duschen, und ich frage währenddessen meine Mom, wann sie rüber zu den Henrys will.«

»Klingt gut«, erwiderte Sally.

»Dann mal los«, sagte Jen mit geheucheltem Enthusiasmus.

Jen konnte genauso sarkastisch sein wie Jacque, was sie oftmals zusammenschweißte, hin und wieder aber auch in Gezicke enden konnte.

Jacque ging nach unten und fand ihre Mutter in der Küche vor, wo sie sich mächtig ins Zeug legte. Lilly Pierce war alles andere als durchschnittlich; ihre Lebensgeschichte war ungewöhnlich. Sie hatte ihre leiblichen Eltern nie kennengelernt und war in einem Pflegeheim aufgewachsen. Sie hatte oft eine »Vorahnung«, dass dieses oder jenes passieren würde, und das Unheimliche dabei war, dass sie fast immer recht behielt. Jacque und ihre Mutter redeten zwar nie darüber, aber Jacque entwickelte langsam ähnliche Fähigkeiten. Nur dass Jacque keine Vorahnungen hatte, sondern Dinge spüren konnte, wie die Gefühle von anderen. Manchmal waren diese Empfindungen ganz dezent; wenn sie mit ihrer Mutter in einem Raum war, konnte es zum Beispiel sein, dass Jacque es ganz genau wusste, wenn ihre Mutter traurig oder besorgt oder durcheinander war, ohne dass Lilly etwas sagte. Sie hatte keine Ahnung, woher sie das alles wusste, sie wusste es einfach. Es war allerdings keine verlässliche Quelle, es konnten Tage vergehen, ohne dass sie die Emotionen anderer spürte. Jacque wollte keine Vorahnungen haben oder fremde Empfindungen wahrnehmen, sie wollte einfach nur normal sein.

Während Jacque sich in der Küche umschaute, sah sie auf dem Herd eine Pfanne mit gebratenem Hühnchen und einen Topf mit kochendem Wasser und darin einige Maiskolben. Ihre Mutter bereitete gerade Kartoffelbrei zu, indem sie den zerstampften Kartoffeln Butter und Milch hinzufügte.

»Hey, Mom, wie kommst du mit dem Kochen voran?«, fragte Jacque.

»Ich bin fast fertig, ich muss nur noch ein paar Brötchen aufbacken. Könntest du sie bitte holen und auf ein Backblech legen? Sie sind nicht selbst gemacht, aber trotzdem echt lecker.«

»Mache ich. Mom, Sally, Jen und ich haben überlegt, ob wir dir nicht helfen sollen, das ganze Essen rüber zu den Henrys zu bringen«, sagte Jacque und versuchte, so beiläufig wie möglich zu klingen. Als ihre Mutter sie fragend ansah, wusste sie, dass ihr das nicht im Entferntesten gelungen war.

»Wollt ihr wirklich helfen oder ist es nur die perfekte Gelegenheit, euch den neuen Austauschschüler aus der Nähe anzusehen?«, fragte Lilly.

»Na ja, möglicherweise wollen wir mal einen Blick auf ihn werfen, aber natürlich möchten wir dir auch helfen. Du musst das alles nicht allein rübertragen«, erwiderte Jacque.

»Ich wollte euch sowieso bitten, mir zu helfen, und dachte mir, du bist sicher interessiert, den jungen Mann kennenzulernen, jetzt wo du nicht mehr mit Trent zusammen bist.«

»Nicht das Thema, Mom! Das hier hat absolut nichts mit ihm zu tun. Es ist ganz normal, jemand Neues kennenlernen zu wollen, besonders wenn derjenige aus einem anderen Land kommt«, sagte Jacque nachdrücklich.

»Ist ja gut, du musst nicht gleich in die Defensive gehen. Sobald die Brötchen aufgebacken sind, ist alles fertig. Ich rufe schnell bei den Henrys an und frage nach, ob es okay ist, wenn wir in etwa zehn Minuten rüberkommen.«

Jacque reihte die Brötchen auf dem Backblech auf. Ihre Mutter hatte den Ofen bereits vorgeheizt, also schob sie das Blech einfach hinein und stellte den Timer gemäß Packungsbeschreibung auf sieben Minuten. In dem Moment, als ihre Mutter die Küche verließ, um mit den Henrys zu telefonieren, empfing Jacque ganz kurz einen Anflug von Sorge. Es war schon lange her, dass sie die Emotionen ihrer Mutter gespürt hatte, weswegen sie jetzt ein wenig irritiert war und sich fragte, worüber ihre Mutter sich Sorgen machte.

Jacque ging wieder hoch in ihr Zimmer, um nachzusehen, wie weit die anderen beiden Mädchen waren, und sie wissen zu lassen, dass ihr Plan bereits auf Hochtouren lief. Wenn sie darüber nachdachte, war es irgendwie schon etwas lächerlich, einen »Plan« zu haben, um einen Jungen kennenzulernen, statt einfach auf ihn zuzugehen und »Hallo« oder »Hey, kann es sein, dass du ein Spinner bist?« zu sagen. Oh Mann, was war nur los mit ihr? Andererseits hätte es auch schlimmer sein können, sie hätte Stimmen in ihrem Kopf hören können … Ähm, Moment, sie *hörte* Stimmen in ihrem Kopf.

Sally hatte inzwischen geduscht und frisierte gerade ihr Haar, als Jacque hochkam. Sally konnte sehr effizient sein, wenn es sein musste, und normalerweise war sie nicht allzu pingelig mit ihrem Look. Das konnte natürlich daran liegen, dass sie immer hübsch aussah, sogar mit einer Plastiktüte über dem Kopf. Ihr langes kaffeebraunes Haar unterstrich ihren mokkafarbenen Teint und sie sah ganz und gar nicht aus wie eine Sally. Aber hey, ich hab ihr den Namen auch nicht gegeben, dachte Jacque.

Jen stand noch unter der Dusche, und als Jacque zur Badezimmertür ging, konnte sie hören, wie Jen voller Inbrunst, aber fürchterlich schief »Independence Day« von Martina McBride schmetterte. Jacque polterte an die Tür und rief: »Ja, ja, du bist stark, frei und unabhängig, so wie im Song, wir haben's verstanden. Aber drück jetzt auf die Tube, wir gehen in zehn Minuten rüber.« Als Antwort sang Jen nur noch lauter. Jacque verdrehte die Augen und ging zurück in ihr Zimmer.

»Wenn sie vorhat, das blonde Chaos auf ihrem Kopf auch noch zu föhnen, gehen wir ohne sie«, sagte Jacque zu Sally, die gerade in ihre Schuhe schlüpfte.

»Okay, ich wäre fertig, Sherlock, meinetwegen können wir uns jetzt das Sahneschnittchen aus der Nähe ansehen«, sagte Sally und zwinkerte.

»Was für ein Glück, dich an meiner Seite zu haben, werter Watson«, erwiderte Jacque grinsend.

Jen betrat Jacques Zimmer, voll bekleidet, das Haar zu einer Banane festgesteckt.

»Was trödelt ihr beiden hier rum, ich bin seit zwei Minuten fertig«, sagte Sally mit gespielter Verärgerung.

»Oh, seit geschlagenen zwei Minuten? Wie konnten wir es wagen, Euch derart lange warten zu lassen? Bitte peitscht uns nicht aus, Eure Majestät«, flehte Jacque.

»Es wird auch Zeit, dass ihr rafft, wer in diesem Team die Queen ist«, gab Jen grinsend zurück.

»Mädels, seid ihr so weit?«, erklang die Stimme von Jacques Mutter.

Urplötzlich hatte Jacque das Gefühl, als würde sie sich gleich in die Höhle des Löwen wagen. Wo war sie da bloß reingeraten?

»Ich glaube, mir wird gerade ganz fürchterlich schlecht«, sagte Jacque und stöhnte leise.

»Atme langsam und gleichmäßig ein und aus. Wie gesagt, wenn du da drüben bei den Henrys ohnmächtig wirst, lache ich mich schlapp«, sagte Jen.

»Was wäre ich nur ohne deine liebevolle Unterstützung?«, antwortete Jacque und funkelte Jen wütend an.

»Ich sag's ja nur«, erwiderte Jen und lachte.

Jacque drehte sich im Kreis und hielt dabei die Arme mit den Handflächen nach oben ausgestreckt. »Wie sehe ich aus? Ist das Shirt zu auffällig?«

»Nein, ich find's perfekt. Es setzt ein Statement, so was wie ›hey, ich hab keine Angst vor deinem Telepathiequatsch‹«, ermutigte Sally sie.

»Ich *habe* aber Angst vor seinem Telepathiequatsch, wenn es wirklich Telepathiequatsch ist und nicht etwas völlig anderes«, sagte Jacque und klang leicht verzweifelt.

»Ach komm, reiß dich zusammen. Er ist nur ein Typ, okay, nicht mehr und nicht weniger«, stellte Jen selbstbewusst klar.

Das Problem war nur, dass Jacque nicht glaubte, dass er nur ein normaler Typ war, nein, er war mehr, viel mehr, sie wusste nur noch nicht, was genau er war. Während sie die Treppe runtergingen, hörte sie in ihrem Kopf einen Gedanken, der definitiv nicht ihrer war: »*Guten Morgen, meine* Lună.«

Sie stolperte und wäre fast hingefallen, wenn Jen sie nicht blitzschnell gestützt hätte. »Alles okay bei dir?«, flüsterte sie.

»Ich habe gerade die Stimme wieder gehört«, sagte Jacque zittrig.

»Was hat sie gesagt?«, fragte Sally.

»»Guten Morgen, meine Luhna««, erwiderte Jacque. »Was zum Geier soll das bedeuten?«

Kaum zu glauben, dass ich es für eine gute Idee hielt, rüberzugehen, dachte Jacque.

Jacques Mutter stand am Fuß der Treppe und beobachtete sie ganz genau. Sie hatte diesen Gesichtsausdruck, den Jacque nur allzu gut kannte; ihre Mutter wusste, dass irgendetwas nicht stimmte. Sie konnte die Emotionen ihrer Mutter deutlich spüren, Lilly Pierce machte sich sehr große Sorgen.

»Können wir los?«, fragte Jacques Mutter.

»Gehen Sie vor, Ms Pierce«, sagte Jen.

Jedes der Mädchen trug eine Speise. Jacques Mutter hatte sogar selbst gemachten Eistee zubereitet, denn was wäre ein typisches Südstaatenessen ohne Eistee?

Es war zwar erst zehn Uhr morgens, aber als sie das Haus verließen und den Gehweg betraten, brannte die Sonne bereits mit aller Macht auf sie herunter.

Obwohl das Gras in einigen der Vorgärten noch grün war, sah der Rasen vor dem Haus der Pierces braun und tot aus. Natürlich konnte es daran liegen, dass ihre Mutter ihn beim letzten Mal viel zu kurz geschnitten hatte in der Hoffnung, dadurch den Abstand zum nächsten Mähen verlängern zu können. Sie hatte das Gras versehentlich umgebracht.

Na ja, dachte Jacque, es ist ja nicht so, als würden wir an einem Schönheitswettbewerb für Vorgärten teilnehmen. Eher würde die Hölle zufrieren, als dass Jacque und ihre Mutter unter der heißen Sonne von Südtexas Gartenarbeit verrichteten.

Während sie die Straße überquerten, sah Jacque, dass sich die Vorhänge am Fenster im ersten Stock rechts einen Spaltbreit öffneten. Ganz kurz nahm sie wahr, dass das hübsche Gesicht von gestern ihren Blick erwiderte. Sie sah schnell weg, um Jen und Sally darauf aufmerksam zu machen, aber als sie zurückblickte, waren die Vorhänge wieder geschlossen.

»Er hat da oben am Fenster gestanden, ehrlich, ich schwör's«, sagte Jacque ein wenig verzweifelt.

»Wir glauben dir ja, Jacque, hör auf, das anzuzweifeln«, sagte Sally im Brustton der Überzeugung.

Sie hat recht, dachte Jacque. Jen und Sally waren ihre besten Freundinnen, und sie wusste, dass sie zu ihr halten würden, ganz egal, was passierte.

Kapitel 4

Fane wachte auf und versuchte sofort, ohne darüber nachzudenken, Kontakt zu Jacquelyns Verstand herzustellen. Es war ihm bereits in Fleisch und Blut übergegangen, obwohl er ihr gerade erst begegnet war. Obwohl ... eigentlich war er ihr gar nicht begegnet, er hatte sie gefunden.

Mühelos sprach er sie in Gedanken an: »*Guten Morgen, meine Lună.*« Augenblicklich spürte er ihre Angst, ihre Verwirrung.

Er hörte, wie sie ihren Freundinnen erzählte, dass sie seine Stimme gehört hatte, oder eher eine Stimme, von der sie nicht komplett überzeugt war, dass es seine war. Und sie wollte wissen, was »*Lună*« bedeutete. Er schnappte außerdem einen ihrer Gedanken auf, dass sie auf dem Weg hierher waren ... jetzt, in diesem Augenblick.

Fane betrachtete sich im Spiegel und entschied sich schnell, dass eine Dusche und etwas Repräsentativeres als Schlafanzughosen angebracht waren.

Er sprang schnell unter die Dusche, war in rekordverdächtigen fünf Minuten fertig und stand dann vor dem Badezimmerspiegel, wo er sich die Zähne putzte, bis ihm eine Veränderung auf seiner Brust und den Schultern auffiel.

Wie jeder andere männliche Canis Lupus hatte auch Fane Wolfszeichen, die wie Tattoos aussahen und nach Eintritt in die Pubertät von selbst auftraten. Diese Zeichen bestanden aus schwarzen, geschwungenen Linien, die in Punkten endeten. Sie offenbarten den Rang eines Wolfes innerhalb des Rudels: Je kunstvoller die Zeichen waren, desto höher war der Rang. Sie variierten in Größe und Form und waren außerdem an verschiedenen Körperstellen zu finden. Fanes befanden sich auf seiner rechten Seite, was hieß, dass er ein dominanter Wolf war, und begannen auf seinem rechten Schulterblatt, verliefen über die Schulter bis zu seinem Bizeps und über seine rechte Brust. Nur die Wolfszeichen von Alphas waren auf dem Rücken und der Brust zu finden, sodass die Zeichen jederzeit und von allen gesehen werden konnten.

Seine Wolfszeichen waren über Nacht an der rechten Seite seines Halses hochgeklettert und ähnelten jetzt schwarzen Flammen statt wie zuvor geschwungenen Linien.

Fane hatte noch nie davon gehört, dass die Zeichen sich ausbreiteten, und hatte auch keine Ahnung, was das zu bedeuten hatte. Er würde später am Tag seinen Vater anrufen und ihn danach fragen. Zwischenzeitlich hoffte er einfach, dass es den Henrys nicht auffallen würde, dass sie am Vorabend noch nicht dagewesen waren. Ansonsten konnte es schwierig werden, das zu erklären.

Da er im Augenblick ohnehin nichts an der Situation ändern konnte, machte er wie gehabt weiter, rasierte sich schnell und benutzte einen Hauch Aftershave.

Am Abend zuvor war er einfach zu müde gewesen, um noch auszupacken, daher ging er jetzt direkt zu seinem Koffer. Seine Garderobe war nicht sonderlich abwechslungsreich und bestand zum Großteil aus schwarzen, grauen und dunkelblauen Oberteilen, von denen wegen der Kälte in Rumänien viele langärmelig waren. Für seinen Aufenthalt im Süden der USA hatte er seinen Bestand an kurzärmeligen Oberteilen aufstocken müssen.

Er entschied sich für ein dunkelgraues T-Shirt, eine Lucky-Jeans und Motorradstiefel. Sein Portemonnaie machte er mit einer Kette an einer Gürtelschlaufe fest und steckte es in die Hosentasche.

Obwohl man Motorräder aufgrund der Temperaturen nicht allzu häufig in Rumänien sah, liebte Fane sie und besaß selbst eine

Honda. Er fuhr so oft er konnte, und natürlich trug er dann auch seine Lederkluft, da sie ihn gegen die Kälte schützte.

Er hatte eigentlich vorgehabt, sein Motorrad mitzubringen, aber seine Eltern hatten ihm das ausgeredet und ihm versprochen, ihm nach seiner Ankunft ein gebrauchtes zu bezahlen. Er wollte später am Tag mit Mr Henry darüber reden und hoffte, dass er ihn zu einem Motorradhändler bringen und ihm bei der Auswahl helfen würde. Seine Eltern hatten ihm eine Kreditkarte mit einem großzügigen Limit mitgegeben, das für ein recht nettes Motorrad reichen sollte.

Gerade als er bereit war, nach unten zu gehen, wurde beim Geräusch von Schritten auf der Straße sein Wolf wach. Er ging zum Fenster und öffnete die Vorhänge einen Spaltbreit. Was für ein Glück, dachte er, dass mein Fenster direkt gegenüber von Jacquelyns Haus liegt.

Er sah auf die Straße runter, wo drei Teenager mit einer Frau entlanggingen, die Jacquelyns Mutter sein musste.

Sein Blick wanderte zu dem Mädchen, das ihm wichtig war, und sie sah hoch zu ihm.

Sie ist wunderschön, dachte Fane. Jetzt erst sah er, dass sie widerspenstige, rote Locken, eine helle Haut mit vielen Sommersprossen und schmale Lippen hatte. Sie war recht klein und dünn, aber nicht dürr, und trug eine verwaschene Jeans mit Löchern und ein grünes Shirt mit dem Aufdruck »Ich bin nicht stur, mein Weg ist nur der bessere«.

Gut, seine *Lună* war offensichtlich nicht zurückhaltend, und das war gut so, denn eine zaghafte Frau konnte keine Alpha sein, die weiblichen Grauen würden sie in Stücke reißen. Während sie sich jetzt ihren Freundinnen zuwandte, trat er vom Fenster zurück, um nach unten zu gehen.

Fane musste sich eingestehen, dass es ihn nervös machte, sie gleich zu treffen. Er war wegen eines Mädchens noch nie nervös gewesen, andererseits hatte er auch noch nicht allzu viele Dates gehabt. Kaum ein Mädchen war ihm je aufgefallen, weshalb hätte er also Zeit mit diesen Dingen verschwenden sollen? Die paar, mit denen er sich tatsächlich getroffen hatte, konnten Jacquelyn in puncto Anziehungskraft nicht das Wasser reichen.

Er wünschte sich jetzt, er wäre früher aufgestanden und hätte mit seinem Vater über Gefährten gesprochen. Während seiner Kindheit und Jugend hatte er ein wenig darüber erfahren, er fühlte sich dennoch unvorbereitet und wusste nicht recht, wie er damit umgehen sollte. Vor allem, weil sie ein Mensch war und nichts von seiner Welt wusste.

Als Fane am Fuß der Treppe ankam, klingelte es an der Tür. Er hörte, wie Mrs Henry aus dem rechten Flügel des Hauses kam, und als sie um die Ecke bog, lächelte sie ihn freundlich an.

»Guten Morgen, Fane. Hast du gut geschlafen?«, fragte sie ihn.

»*Bună dimineaţa*«, erwiderte Fane höflich. »Danke, ich habe sehr gut geschlafen.«

»Ich nehme an, dass ›*Bună dimineaţa*‹ ›Guten Morgen‹ bedeutet?«, fragte Mrs Henry.

»Ihre Aussprache ist wirklich sehr gut, und ja, es bedeutet ›Guten Morgen‹«, erklärte Fane.

»Vielen Dank, und jetzt sollte ich schleunigst die Tür aufmachen«, sagte sie, als die Türglocke zum zweiten Mal erklang.

Während Mrs Henry die Tür öffnete, konnte Fane spüren, wie sein Magen sich vor Vorfreude verkrampfte. Was soll ich ihr nur sagen?, schoss es ihm durch den Kopf. Natürlich konnte er sie nicht vor all diesen Menschen zu seiner Gefährtin erklären, sie würden ihn schlichtweg für verrückt halten.

Also entschied er sich für ein schlichtes »Hallo, ich heiße Fane«. Ja, dachte er, das ist eine ganz normale Begrüßung. Und Normalität war schließlich das, was er wollte.

»Lilly, wie nett von euch, dass ihr unseren Gast begrüßen möchtet!«, verkündete Mrs Henry erfreut.

»Wir haben ihm selbst gemachte Spezialitäten aus den Südstaaten mitgebracht«, erwiderte Lilly.

»Kommt doch rein, dann stelle ich euch Fane vor. Er kommt aus … aber das soll er euch selbst erklären«, sagte Mrs Henry, während sich alle im Eingang drängten.

»Sara, wie wäre es denn, wenn wir das Essen in die Küche bringen und uns dann alle ins Wohnzimmer setzen?«, fragte Lilly.

»Oh, sicher, natürlich. Wo habe ich nur meine Gedanken? Da lasse ich euch mit all den Schüsseln hier herumstehen. Man könnte meinen, ich hätte noch nie Besuch bekommen. Kommt, Mädchen, wir stellen alles auf die Arbeitsplatte in der Küche«, sagte Mrs Henry und klang dabei ein wenig nervös.

Sara, dachte Fane. So heißt Mrs Henry also mit Vornamen. Als er gestern Abend angekommen war, hatte er nicht daran gedacht, sie danach zu fragen. Höchstwahrscheinlich stand es aber auch in den Unterlagen des Austauschprogramms.

Sobald das Essen in der Küche verstaut war, gingen alle ins Wohnzimmer und machten es sich dort bequem. Lilly setzte sich auf den Schaukelstuhl am Kamin, die drei Mädchen entschieden sich für die Couch links vom Schaukelstuhl. Mrs Henry und Fane nahmen auf dem Zweisitzer gegenüber der Couch Platz. Zwischen Couch und Zweisitzer stand ein Wohnzimmertisch aus Holz, auf dem diverse Zeitschriften und einige Untersetzer lagen.

Während Fane sich im Raum umsah, bemerkte er aus den Augenwinkeln, dass die Blicke der drei Mädchen und zwei Frauen erwartungsvoll auf ihn gerichtet waren. Er spürte außerdem, dass Jacquelyn die Wolfszeichen an seinem Hals anstarrte. Seinem Wolf gefiel es, dass sie ihr aufgefallen waren, obwohl sie nicht wissen konnte, dass sie vielleicht etwas mit ihr zu tun hatten.

Er räusperte sich und sagte dann: »Guten Morgen, meine *doamnelor*. Ich heiße Fane Lupei und komme aus Rumänien. Ich bin siebzehn Jahre alt und absolviere nach den Ferien mein letztes Highschool-Jahr.« Fane schaute alle der Reihe nach an, blieb aber bei Jacquelyn etwas länger hängen. »Sollte ich noch was sagen?«

Lilly sah ihn fragend an. »Was genau bedeutet ›domm-nä-lo‹?«, wollte sie wissen.

Fane verkniff sich ein Grinsen, da ihre Aussprache wirklich schlecht war. Andererseits war Rumänisch auch nicht gerade die einfachste aller Sprachen.

»Es bedeutet ›Damen‹. Ich habe leider die schlechte Angewohnheit, hin und wieder Ausdrücke aus meiner Muttersprache zu benutzen. Bitte entschuldigen Sie«, sagte Fane zu Lilly.

»Du musst dich nicht entschuldigen, ich finde es sehr interessant, wenn du Rumänisch sprichst. Das hört man hierzulande nicht oft, tatsächlich glaube ich, es noch nie gehört zu haben«, versicherte Lilly ihm.

Es folgte eine kurze, aber peinliche Pause, dann sah die blonde Freundin von Jacquelyn, die, wie er aus ihren Gedanken wusste, Jen hieß, ihn eindringlich an und fragte: »Und was hat dich nach Coldspring verschlagen?«

Fane legte den Kopf schief, so wie er es auch in seiner Wolfsgestalt getan hätte. »*Scuză-mă?* Verzeihung?«, fragte er. »Ich verstehe die Frage nicht.«

»Warum hast du dich gerade für unsere kleine, verschlafene Stadt entschieden?«, fragte Jen langsam, als würde sie mit einem Kleinkind reden.

Jacquelyn verpasste ihr einen Stoß mit dem Ellbogen, was Fane amüsant fand.

»Ah, jetzt verstehe ich. Also ehrlich gesagt bin ich mir nicht sicher. Als ich mich für das Austauschprogramm beworben habe, bekam ich mehrere Vorschläge für meine Gastfamilie. Ich habe mir alle genau angesehen und irgendwas an den Henrys fühlte sich richtig an. Ich weiß nicht, ob ich das richtig erklärt habe, aber anders kann ich das nicht ausdrücken«, antwortete Fane.

»Dein Englisch ist sehr gut«, lobte ihn Jacquelyns andere Freundin, Sally, die Brünette.

»Ja, meine Eltern haben mich zweisprachig erzogen. Sie hielten es für wichtig, dass ich nicht nur die rumänische Sprache und Kultur kennenlerne«, erklärte Fane.

»Dann kennst du dich auch mit der amerikanischen Kultur aus?«, fragte Mrs Henry.

»Ja, die amerikanische Kultur unterscheidet sich sehr von meiner. Aber was mir meine Lehrer beigebracht haben, hat sich im realen Leben nicht immer als wahr erwiesen.«

»Okay«, sagte Lilly. »Schluss mit dem Kreuzverhör. Mädels, wir stellen uns jetzt kurz vor und verschwinden dann wieder, damit Fane ein bisschen Zeit hat, sich einzugewöhnen.«

Lilly machte keine Anstalten, aufzustehen, und stellte sich einfach von ihrem Sitzplatz aus vor: »Fane, mein Name ist Lilly Pierce und ich bin Jacques Mom. Mir gehört hier im Ort ein Buchgeschäft, in dem du jederzeit willkommen bist, ganz gleich ob zum Lernen oder Quatschen. Bitte nenn mich Lilly, bei ›Ms Pierce‹ habe ich immer das Gefühl, du meinst meine Mutter. Ich freue mich sehr, dich kennenzulernen.«

»*Doamna mea, e o onoare*«, sagte Fane, deutete eine Verbeugung an und übersetzte: »In Ihrer Sprache heißt das ›Meine Dame, es ist mir eine Ehre‹.«

Jen stand auf und streckte ihm die Hand hin. »Ich bin Jennifer Adams oder kurz Jen. Ich bin ebenfalls siebzehn und auch im letzten Highschool-Jahr. Es freut mich, dich kennenzulernen«, sagte sie, während er ihre Hand nahm.

Zu ihrer Überraschung schüttelte er die Hand nicht, sondern er führte sie zu seinem Mund und deutete mit den Lippen einen Kuss auf ihren Handrücken an.

Fane sah ihr in die Augen und sagte: »*E o plăcere să te cunosc.*«

Jen sah leicht verwirrt aus.

»Es ist mir eine Freude, dich kennenzulernen«, übersetzte Fane.

Sally stand auf, drückte dabei die leicht verdattert aussehende Jen zurück auf die Couch und streckte ebenfalls ihre Hand aus: »Ich bin Sally Morgan, siebzehn, auch im letzten Jahr und freue mich ebenfalls, dich kennenzulernen«, sagte sie gewohnt heiter.

Fane nahm auch ihre Hand, führte sie zu seinen Lippen, hauchte einen zarten Kuss auf den Handrücken und wiederholte, was er bereits zu Jen gesagt hatte: »*E o plăcere să te cunosc.*«

Sally ließ sich neben Jen auf die Couch fallen, und als Jacquelyn keine Anstalten machte, aufzustehen, lehnte Jen sich zu ihr und kniff sie in die Rückseite ihres Oberarms.

»Aua!«, jaulte Jacque.

Sie funkelte ihre Freundin wütend an, verstand dann aber, was diese ihr damit hatte sagen wollen.

Sie stand auf, um sich ebenfalls vorzustellen, nur dass ihr Mund nicht die Worte hervorbrachte, die ihr Verstand ihm diktierte. »Oh, ähm, ich, ähm.« Du meine Güte, dachte Jacque, jetzt spuck's schon aus! »Ich bin Jacque, siebzehn und auch im letzten Jahr. Lilly ist meine Mom.« Sie machte allerdings keine Anstalten, Fane die Hand zu geben.

Die Überraschung stand ihr deutlich ins Gesicht geschrieben, als Fane ihre Hand einfach nahm. Er führte sie wie eben an seine Lippen, nur dass er diesmal in der Bewegung verharrte.

Während er ihre Hand an seinen Mund hielt, nahm er ihren Geruch in sich auf und stellte zu seinem Vergnügen fest, dass sie nach Zuckerwatte und frischem Schnee roch, eine merkwürdige, wenn auch seltsam vertraute Kombination. Er versuchte, ein besitzergreifendes Knurren zu unterdrücken, was ihm aber nicht vollständig gelang, und er wusste, dass Jacquelyn ihn gehört hatte, denn sie verkrampfte sich jetzt noch mehr.

Er hob den Kopf, sah sie an und sagte das Gleiche, was er zu Sally und Jen gesagt hatte: *E o plăcere să te cunosc.*

Der einzige Unterschied war der, dass er nicht nur mit dem Mund sprach, sondern ihr auch eine gedankliche Botschaft schickte: *»Es ist mir eine solche Ehre, dich endlich kennenzulernen, meine* Lună«, sagte er ihr. *»Wir haben noch viel voneinander zu lernen.«*

Kapitel 5

Von dem Moment an, als sie das Haus der Henrys betreten hatte, waren Jacques Nerven zum Zerreißen gespannt gewesen, und sobald sie Blickkontakt mit Fane aufgenommen hatte, spürte sie ein Prickeln auf ihren Schultern und in ihrem Nacken. Sie legte die Hand in den Nacken und bewegte ihren Kopf nach rechts und links, als hätte sie Verspannungen. Das ist abgefahren, dachte sie.

Als die Tür geöffnet wurde, hatte sie den rätselhaften Typen am Fuß der Treppe stehen sehen. Er trug ein dunkelgraues T-Shirt, Jeans, Motorradstiefel und das Portemonnaie in seiner Gesäßtasche war mit einer Metallkette an einer Gürtelschlaufe festgemacht. Der Typ konnte selbst eine Papiertüte sexy aussehen lassen.

Den Ausdruck auf seinem Gesicht deutete sie als Neugier, gepaart mit einer Prise Nervosität. Das überraschte sie, da er auf den ersten Blick nicht wie der nervöse Typ wirkte.

Mrs Henry bat sie, das Essen in die Küche zu bringen und dann ins Wohnzimmer zu kommen, um sich ihrem Gast vorzustellen.

Als endlich alle saßen, hörten sie Fane zu, wie er sich vorstellte und etwas über sich erzählte. Endlich kann ich das Sahneschnittchen beim Namen nennen, dachte sie.

Jen fragte, warum er sich ausgerechnet für ihre Kleinstadt entschieden hatte. Er verstand die Frage allerdings nicht und sie wiederholte sie in einem Tonfall, als würde sie mit einem kleinen Kind reden. Sie erntete dafür von Jacque einen verärgerten Ellbogenstoß in die Rippen. Geht es uns überhaupt was an, warum er hier ist? Aber dann zuckte Jen mit den Schultern und wartete auf Fanes Antwort. Er schien etwas verwirrt zu sein und legte den Kopf schief, so wie Hunde es tun, wenn man mit ihnen spricht. Oh, wie kultiviert von mir, den Rumänen mit einem Hund zu vergleichen. Jacque hoffte inständig, jemand würde sie aus ihrem Elend erlösen.

Fane erklärte, dass er selbst nicht genau wüsste, warum er Coldspring ausgewählt hatte, nur dass es sich irgendwie richtig angefühlt hatte. Als Sally sein gutes Englisch lobte, erzählte er ihnen, dass er zweisprachig aufgewachsen war.

Endlich mischte Lilly sich ein und schlug vor, dass die Mädchen sich reihum vorstellten, damit Fane erst mal in Ruhe ankommen konnte.

Lilly machte den Anfang; sie stand nicht auf, sondern blieb sitzen und teilte Fane ihren Namen und ihren Beruf mit. Außerdem bat sie ihn, sie »Lilly« zu nennen. Er muss uns für total irre halten, dachte Jacque.

Als Jen aufstand und einen Schritt auf ihn zu machte, um sich vorzustellen, streckte sie ihm zur Begrüßung die Hand entgegen. Aber zur Überraschung aller schüttelte Fane sie nicht, sondern führte sie zu seinen Lippen und hauchte einen Kuss auf den Handrücken.

Jacque war total perplex, als sie von einer extrem heftigen und irrationalen Woge der Eifersucht überrollt wurde. In diesem Augenblick wollte sie ihm Jens Hand entreißen und ihre Freundin anknurren. Anknurren! Was geht denn hier ab?!, dachte Jacque.

Sie beobachtete, dass Sally Jen sanft auf die Couch drücken musste, da diese von der Begegnung leicht benommen war, was Jacques stürmische Gefühle nicht gerade besänftigte.

Jacque musste sich schwer zusammenreißen, als Fane jetzt Sallys Hand an seine Lippen führte und sie küsste. Es war mehr als offensichtlich, dass seine Art der Begrüßung absolut nichts mit Romantik zu tun hatte, was sie aber auch nicht hätte interessieren sollen, wenn es anders gewesen wäre. Trotzdem wollte sie nicht, dass er ein anderes weibliches Wesen berührte. Okay, dachte Jacque, jetzt ist es offiziell, ich hab einen kompletten Dachschaden.

Urplötzlich spürte sie einen heftigen Schmerz in ihrem Arm. Als sie kurz aufjaulte und sich Jen zuwandte, begriff sie, dass ihre Freundin sie gerade gekniffen hatte. Fane sah sie erwartungsvoll an und sie saß wie eine Idiotin stocksteif da.

Jacque stand auf, machte aber keine Anstalten, ihm die Hand zu geben. Sie stellte sich vor, klang dabei jedoch weniger eloquent, als sie es gehofft hatte, und bekam nur das Nötigste raus. Gerade wollte sie sich wieder hinsetzen, da nahm Fane ihre Hand. Sie war verdutzt, aber das schlug schnell in etwas völlig anderes um, als er sich über ihre Hand beugte und seine Lippen fest auf den Handrücken presste. Jacque hätte schwören können, dass sie gehört hatte, wie er tief durch die Nase einatmete und kehlig, aber leise knurrte. Das war echt abgefahren, aber wie immer bei ihr reichte es nicht, dass alles »abgefahren« war, nein, es musste gleich wahnwitzig werden.

Als Fane ihr das Gleiche wie Jen und Sally sagte, hörte Jacque wieder die Stimme in ihrem Kopf: *»Es ist mir eine solche Ehre, dich endlich kennenzulernen, meine Lună. Wir haben noch viel voneinander zu lernen.«*

Jacque blinzelte ein paarmal, um ihren Kopf freizubekommen. Was zum Teufel soll das heißen, dass er mich »endlich« kennenlernt?, dachte sie. Weiß diese Stimme, dass sie auf mich gewartet hat? Okay, es ist Zeit, nach Hause zu gehen, entschied Jacque, sie musste unbedingt mit Sally und Jen über Fane reden. Sie musste außerdem darüber nachdenken, ob sie ihre Mutter in Bezug auf Fane einweihen sollte, und sie brauchte unbedingt eine hilfreiche Panikattacke, um wieder auf den Boden der Tatsachen zu kommen. Nicht notwendigerweise in dieser Reihenfolge.

Als Jacque Fane ihre Hand entzog, versuchte er nicht einmal, sie davon abzuhalten. Sie wandte sich ihrer Mutter zu, zog eine Augenbraue hoch und fragte: »Von mir aus können wir nach Hause. Sally, Jen, wie sieht's bei euch aus?«

Jen und Sally nickten synchron, da sie Jacques Stimmung genau spürten.

Lilly sah ihre Tochter argwöhnisch an, nickte aber nur und wandte sich dann Mrs Henry zu. »Danke, Sara, dass wir kommen durften. Fane, es hat mich sehr gefreut, deine Bekanntschaft zu machen. Ich hoffe, dass wir dich in den nächsten Monaten noch etwas besser kennenlernen werden. Du bist bei uns jederzeit willkommen.«

Fane verbeugte sich knapp und legte die Hand auf sein Herz. »Wie wir bei uns zu Hause beim Abschied sagen: *Până data viitoare luna să-ţi lumineze drumul.* Das heißt so viel wie: Bis zum nächsten Mal, möge der Mond euch den Weg leuchten.«

Jen sah Fane an und fragte ihn in ihrer gewohnt forschen Art: »Ist das so was wie ein irisches Sprichwort, nur eben aus Rumänien?«

Sally kicherte, Jacque sah peinlich berührt aus und Fane lächelte einfach. Dann sagte er: »Ja, so was in der Art.»

Jacque schob Jen und Sally in Richtung Tür und versuchte dabei, nicht darauf zu achten, ob Fane sie beobachtete. Aber irgendetwas sagte ihr, dass er es tat. Ach, was soll's, dachte sie, dann kann ich den Blick auch genauso gut erwidern. Zögernd sah sie über ihre Schulter und ... behielt recht, Fane starrte sie an. Er hatte ein verschmitztes Lächeln aufgesetzt und seine Augen waren zu Schlitzen verengt, was ihr den Eindruck vermittelte, dass er etwas wusste, das sie nicht wusste. Bei diesem Gedanken überkam sie ein Schaudern und sie stieß Jen und Sally noch etwas unsanfter vor sich her.

»Wir gehen ja schon, Jacque, Herrgott noch mal«, hörte sie Jen grummeln.

»Dann geht eben etwas schneller!«, flüsterte Jacque durch zusammengebissene Zähne hindurch.

Die Mädchen gingen schnell den Gehweg entlang und dann über die Straße. Sie achteten nicht mal darauf, ob Jacques Mutter hinter ihnen war. Jacque wusste einfach nur, dass sie etwas Abstand zwischen sich und das Sahneschnittchen bringen musste. Okay, also konnte sie immer noch nicht damit aufhören, ihn Sahneschnittchen zu nennen. Ach, scher dich doch zum Teufel, schalt sie sich.

Sobald sie im Haus waren, eilten die drei Mädchen die Stufen hoch in Jacques Zimmer. Sally verschloss die Tür, wirbelte herum und warf Jacque ihren allerbesten »Jetzt spuck's endlich aus«-Blick zu. Jen hatte sich indes auf den Teppich gesetzt und starrte Jacque ebenso eindringlich an.

Jacque atmete ein paarmal tief ein und aus. Irgendwie kam es ihr vor, als würde sie das in letzter Zeit recht häufig machen.

»Und? Was meint ihr?«, wollte Jacque von ihren Freundinnen wissen.

»Ach, ich weiß nicht, vielleicht so was wie: Oh mein Gott, stotter, sabber, lechz!«, sprudelte es aus Jen heraus.

Sally nickte heftig. »Ja, alles, was sie sagt, nur mit noch mehr sabber und lechz.«

»Und was meinst du?«, fragte Jen. »Du schienst nicht so fasziniert wie wir gewesen zu sein. Wie kam's?«

»Weiß ich auch nicht. Könnte vielleicht sein, dass die Stimme in meinem Kopf mich etwas abgelenkt hat!« Erst jetzt bemerkte Jacque, dass sie schrie.

»Tut mir leid, Mädels, ich sollte meine Laune nicht an euch auslassen. Aber ich glaube, ich bin kurz davor, komplett auszuticken.«

»Hast du versucht, der Stimme in deinem Kopf gedanklich zu antworten?«, fragte Sally zaghaft.

Jacque schüttelte den Kopf. »Nein. Ich glaube, wenn ich das täte, wäre das der Beweis, dass ich den Kontakt zur Basis komplett verloren habe.«

»Nein, red dir das nicht ein. Mit diesem Fane stimmt etwas ganz und gar nicht. Niemand – und ich meine *niemand* – kann so gut aussehen. Man will sich zusammenrollen und schnurren, wenn er mit einem redet. Das kann nicht normal sein. Irgendwas stinkt hier, und es ist nicht das gebratene Hühnchen deiner Mom«, versicherte Jen ihr.

Jacque ging zum Fenster und öffnete die Jalousien. Sie sah zum Haus der Henrys auf der gegenüberliegenden Straßenseite und fragte sich, was sie wegen dieses Fane Lup…-wie-auch-immer-erhieß machen sollte.

Sie hörte, dass ihre Freundinnen sich neben sie stellten und ebenfalls aus dem Fenster starrten. Beide legten den Arm um sie.

»Ich weiß, dass ich mich wiederhole, und ich werde nicht aufhören damit, bis es endlich in deinem Erbsenhirn angekommen ist: Alles wird gut. Du bist nicht allein, okay?«, sagte Sally liebevoll.

»Ja, Süße, du hast uns, egal, was passiert«, stimmte Jen zu. »Außerdem sind wir zu neugierig, um das ganze Spektakel zu verpassen.«

Sally zog tadelnd an einer Strähne von Jens Haaren. »Au! Ach komm, das denkst du doch auch!«, meckerte Jen.

Jacque hatte nicht bemerkt, dass sie weinte, aber jetzt wischte sie sich die Tränen weg, wandte sich vom Fenster ab und umarmte ihre Freundinnen.

»Ich weiß, dass ihr zwei langsam nach Hause und eure Eltern wissen lassen müsst, dass ihr noch am Leben seid und nicht entführt wurdet oder so. Aber vielleicht könnt ihr ja später wieder herkommen?«

Beide Mädchen nickten.

»Ich muss mich um die Wäsche kümmern und mein Zimmer aufräumen, damit meine Mom Ruhe gibt. Ihr kennt das ja. Aber danach komme ich sofort wieder her und kann auch noch mal hier schlafen, wenn deine Mom es erlaubt«, erklärte Jen.

Auch Sally klang zuversichtlich: »Ich kann heute Abend gegen sieben wieder hier sein, denke ich. Aber ich muss vorher sicher ein bisschen im Haushalt helfen.«

»Okay, das hört sich gut an. Ich sage meiner Mom Bescheid, dass ihr wiederkommt. Ich weiß, dass sie nichts dagegen haben wird.«

Jacque brachte sie nach unten zur Haustür und beobachtete, wie sie zu ihren Wagen gingen und wegfuhren. Sie blieb im Türrahmen stehen und sah ihnen nach, bis die Autos außer Sichtweite waren. Langsam drehte sie sich um, schloss die Tür hinter sich und stand einfach nur da und starrte ins Nichts. Jacques Verstand lief wieder Amok und sie versuchte, die Gedanken zu entziffern. Aber es war zwecklos, sie war müde und gefühlsduselig … und allmählich wurde ihr klar, dass sie, seit sie das Haus der Henrys und damit Fane verlassen hatte, ihre gesamte Willenskraft aufbringen musste, um sich nicht umzudrehen und zu ihm zurückzugehen, nein, zu ihm zu rennen wie eine Katze, an deren Schwanz irgendein Perverser einen Feuerwerkskörper festgebunden hatte. Was zum Teufel war nur los mit ihr?

Sie wurde schlagartig ins Hier und Jetzt zurückgeholt, als ihre Mutter von oben rief: »Jacque? Ich muss in den Laden. Es sind neue Lieferungen gekommen, um die ich mich kümmern muss, und da ich es endlich geschafft habe, neue Leute einzustellen, kriege ich vielleicht mal etwas Ordnung in das Ganze.« Ihre Mutter kam zum Treppenabsatz und sah zu ihr herunter. Sie legte den Kopf schräg und fragte: »Alles okay bei dir, Schatz? Du siehst ein wenig mitgenommen aus.«

»Alles okay, ich bin nur ein bisschen kaputt, weil ich gestern Nacht nicht allzu gut geschlafen habe«, flunkerte Jacque. Dann fiel ihr wieder ein, wie stark sie die Emotionen ihrer Mutter empfangen hatte und entschied sich daher, sie darauf anzusprechen. »Was ist mit dir, Mom? Alles okay bei dir?«

»Mir geht's gut, ich hab nur jede Menge um die Ohren. Aber nichts, was dir Sorgen machen müsste. Warum legst du dich nicht etwas hin? Soll ich dir was mitbringen, wenn ich wiederkomme?«, fragte ihre Mutter.

»Nein, alles in Ordnung, Mom. Trotzdem danke. Ach ja, ich wollte dich noch fragen, ob Sally und Jen heute noch mal hier übernachten dürfen?«

»Klar, kein Problem, solange ihre Eltern es erlauben. Ihr könnt euch Pizza bestellen, falls ich bis zum Essen nicht wieder da bin«, antwortete sie.

Jacque umarmte ihre Mutter und verabschiedete sich von ihr, bevor sie auf ihr Zimmer ging. Sie schloss die Tür, schaltete alle Lichter aus und legte ihre Evanescence-CD in den CD-Player, die es immer schaffte, sie zu beruhigen. Dann legte sie sich auf ihr Bett und schloss die Augen.

Kapitel 6

Fane beobachtete Jacque, wie sie ins Haus ging. Er wollte knurren, weil sie so versessen darauf war, von ihm wegzukommen, aber dann ermahnte er sich selbst, dass es nur daran lag, dass sie Angst hatte, nicht weil sie ihn nicht als ihren Gefährten haben wollte. Schließlich kannte sie ihn noch gar nicht und wusste erst recht nicht, was ein Gefährte war.

Mrs Henry rief ihn aus der Küche, und er ging zu ihr, um zu sehen, was sie von ihm wollte.

»Lilly hat dir ein paar Südstaaten-Spezialitäten zubereitet. Möchtest du das Mittagessen vielleicht vorziehen? Es ist zwar erst halb zwölf, aber da du kein Frühstück hattest, dachte ich, du könntest hungrig sein.«

»Ich bin sehr hungrig und das Essen riecht hervorragend.« Als ihm der Geruch des Hühnchens in die Nase stieg, meldete sich sein Wolf zu Wort und sein Magen fing an zu knurren. Er hatte gar nicht gemerkt, wie hungrig er tatsächlich war.

»Die Teller sind in dem Schrank links vom Herd, das Besteck ist in der Schublade rechts von der Spüle«, erklärte Mrs Henry. »Iss, was und so viel du möchtest. Sie hat auch Eistee gemacht, der ist im Kühlschrank. Gläser findest du im gleichen Schrank wie die Teller.«

»Danke«, sagte Fane schlicht.

»Ich fahre einkaufen, gestern bin ich nicht dazu gekommen. Gibt es etwas, das du ganz besonders magst?«, fragte sie.

»Ich bin nicht wählerisch und probiere gerne was Neues aus. Kaufen Sie einfach, was Sie immer kaufen, das ist völlig okay für mich. Ich kann Ihnen auch etwas Geld mitgeben, da Sie ja jetzt einen Esser mehr haben«, antwortete Fane.

»Ich werde ganz bestimmt kein Geld von dir annehmen, Fane, vergiss das schnell wieder. Du bist unser Gast, und wir fühlen uns mehr als geehrt, für dich sorgen zu dürfen«, sagte sie bestimmt, aber nicht unhöflich.

»*Mulțumesc,* Mrs Henry. Ich bin Ihnen sehr dankbar«, entgegnete Fane.

»Keine Ursache. Oh, und was ich dir noch sagen wollte: Sag' doch bitte du zu uns. Ich heiße Sara und mein Mann Brian. Ich muss jetzt los. Meine Handynummer findest du vorne am Kühlschrank, speicher sie dir am besten in deinem Handy ab, falls du mal was brauchst. Bis später.« Sie winkte ihm zu.

Fane ging zum Kühlschrank, auf dessen Tür ein pinkfarbenes Post-it mit Saras und auch Brians Handynummer klebte. Er nahm sein Handy raus und speicherte beide Nummern in seinen Kontakten.

Er ertappte sich dabei, dass er es irgendwie seltsam fand, dass er Jacquelyns Handynummer nie brauchen würde, weil er immer eine direkte Verbindung zu ihr haben würde, genau wie sie zu ihm. Er wusste noch nicht, ob er das beunruhigend finden sollte, denn es hieß auch, dass Jacquelyn freien Zugang zu seinen Gedanken haben würde, sobald sie das erkannt hatte … zu all seinen Gedanken. Es gab eine Möglichkeit, eine Art Mauer in seinem Verstand zu errichten, wenn man eine Pause von seinem Gefährten brauchte, aber es war für Gefährten schwierig, für eine gewisse Zeit voneinander abgeschnitten zu sein. Das alles wusste er natürlich nicht aus eigener Erfahrung, sondern weil sein Vater ihm das erzählte hatte.

Obwohl Jacquelyn bisher noch nicht geantwortet hatte, wenn er durch ihre Gedanken mit ihr sprach, spürte er keine Nachteile durch ihre noch ausstehende Reaktion. Ein Punkt mehr, über den er mit seinem Vater sprechen musste.

Er füllte sich einen Teller, goss sich ein Glas Eistee ein (der, wie er fand, eigentlich »Zucker mit etwas kaltem Tee darin« heißen müsste) und entschied sich, auf seinem Zimmer zu essen, da Sara außer Haus war und er Brian heute noch nicht gesehen hatte.

Er setzte sich an seinen Schreibtisch, der direkt neben dem Fenster zum Haus von Jacquelyns Mutter stand. Er zog die Jalousien hoch, damit er nach draußen sehen konnte. Als er von seinem Hühnchen abbiss, dachte er zum millionsten Mal an sie, seit er sie zu Gesicht bekommen hatte. Er dachte an ihr widerspenstiges Haar, ihre grünen Augen, ihre, wie er vermutete, zarte Haut mit den unzähligen Sommersprossen und am meisten dachte er an ihren Geruch. Zuckerwatte und frischer Schnee, was für ein seltsamer Duft, aber er glaubte, dass er etwas mit ihrem Wesen zu tun hatte, so süß und rein, und er war sich ebenfalls ziemlich sicher, dass sie kalt wie rumänischer Schnee sein konnte, wenn es darauf ankam.

Fane aß weiter, sein Wolf ließ sich das Eiweiß schmecken, obwohl es gekocht war. Natürlich war es ihm roh lieber und am liebsten nach einer Jagd. Dennoch war es köstlich.

Er brachte seinen Teller wieder nach unten in die Küche, spülte sein Glas aus und füllte es erneut, diesmal allerdings mit Wasser. Brian hatte sich immer noch nicht blicken lassen, daher ging Fane zurück auf sein Zimmer. Er wollte Jacquelyn sehen, und wenn das nicht ging, würde er sich damit begnügen, mit ihr zu reden.

Er schloss die Tür hinter sich und legte sich auf sein Bett, faltete die Hände hinter dem Kopf, starrte ins Leere und versuchte, sie zu erreichen.

»Habe ich dir Angst eingejagt, meine Lună? *Ich schwöre dir, dass das nicht meine Absicht war.«*

Er fand es interessant, dass er nicht einmal wusste, wie es funktionierte – er dachte einfach an sie, dann spürte er diese starke Verbindung, die es ihm ermöglichte, mit Jacque zu »sprechen«.

Es waren bereits mehrere Minuten vergangen, ohne dass sie reagiert hatte. Entweder schlief sie oder sie ignorierte ihn. Er wollte es gerade noch einmal probieren, als sie antwortete.

Zaghaft fragte sie: »Wer bist du? Bist du real oder bilde ich mir dich nur ein?«

Fane zog die Stirn in Falten. Ihm gefiel nicht, wie seine Gefährtin klang. Sie hörte sich angespannt und leicht verzweifelt an. Er hasste es, dass sie das durchmachen musste, dass sie nichts von seiner Welt wusste. Er würde ihr das alles irgendwie erklären müssen, und zwar ohne dass sie ihn danach für einen Stalker hielt.

»Ich bin sehr real«, antwortete er. *»Und du weißt, wer ich bin. Dein menschlicher Verstand will es nur noch nicht als Realität wahrhaben.«*

Fane wollte sie sanft in die Richtung schubsen, in die sie gehen musste, und sie selbst die Schlussfolgerung ziehen lassen. Er glaubte, wenn er ihr sagte, dass er die Stimme in ihrem Kopf war, wenn er die Entscheidung nicht allein ihr überließ, würde sie es vielleicht nicht glauben können.

Er hörte ihr zu, wie sie damit kämpfte, was er ihr sagte. Ihre Gedankengänge waren so interessant und gleichzeitig skurril: *Was zum Teufel ist mit »menschlicher Verstand« gemeint? Will die Stimme damit sagen, dass sie nicht menschlich ist? Oh, das wäre doch das i-Tüpfelchen. Ich höre nicht nur eine Stimme, oh nein, das wäre ja noch im Bereich des ganz normalen Wahnsinns. Aber der liegt inzwischen hinter mir. Ich höre die Stimme von etwas, das nicht menschlich ist, also willkommen in Schizohausen.*

Fane konnte sich nicht beherrschen und kicherte leise. Woher hatte sie Ausdrücke wie Schizohausen? Er musste sie danach fragen, er wollte sie in- und auswendig kennen, wollte sie verstehen.

»*Inimă mea, du bist nicht verrückt. Und wieso redest du so komisch? Schizohausen? Was bedeutet das überhaupt?*«, fragte Fane.

Er ertappte sich dabei, dass er den Kosenamen »mein Herz« benutzt hatte, ohne darüber nachzudenken; es war ihm ganz natürlich vorgekommen, obwohl er nicht gedacht hatte, dass er der Typ für Koseworte war. Dadurch, dass er kurz in seine Muttersprache verfallen war, hatte er ihr nicht nur völlig unbewusst einen Schubser in die richtige Richtung gegeben, sondern sie fast schon über die Klippe geschubst. So viel zu Subtilität, aber die war seiner Mutter nach zu urteilen ohnehin nie seine Stärke gewesen.

Er konnte spüren, wie ihr Unbehagen wuchs, konnte ihre Gegenwehr spüren, und dennoch war da ein Funke ... Erleichterung? Das hätte ich jetzt nicht erwartet, dachte Fane, während er die Augen schloss, sich vollständig auf sie konzentrierte und darauf lauschte, wie ihr Verstand diese Enthüllung verarbeitete.

Okay, das war der Beweis, dachte Jacque. Ernsthaft, wenn ich eine Stimme in meinem Kopf höre, wie hoch stehen die Chancen, dass sie einen rumänischen Akzent hat? Zu Fanes und offensichtlich auch zu ihrer eigenen Überraschung fing sie an zu lachen. Es war nicht nur ein schüchternes Kichern, sondern ein ausgewachsener Lachanfall. Aus irgendeinem Grund, den Fane nicht kannte, fand sie es urkomisch, dass die Stimme in ihrem Kopf einen rumänischen Akzent hatte. Natürlich wusste sie jetzt, dass es nicht nur eine Stimme war, sondern Fane. Sie kannte keine anderen Rumänen, aber um auch wirklich tausendprozentig sicher zu sein, fragte sie leise und fast schon schüchtern: »*Fane?*«

Beim Klang seines Namens machte sein Herz einen Luftsprung. Sie hatte ihn zwar nicht laut ausgesprochen, aber sie hatte ihn gedacht, und es hörte sich so gut an. Er spürte ein leichtes Triumphgefühl und sein Wolf knurrte zufrieden, weil seine Gefährtin an ihn dachte. Er antwortete ihr aufrichtig, da er wollte, dass sie ihm ohne den geringsten Zweifel glaubte.

»*Ja,* inimă mea, *ich bins.*«

Fane hielt den Atem an, wartete auf ihre Reaktion, verunsichert, ob sie vielleicht weiterhin versuchte, das Ganze als Beweis für ihren beginnenden Wahnsinn abzutun. Was sollte er machen, wenn sie es ablehnte, ihren Platz an seiner Seite einzunehmen? Er hatte nicht mal die Möglichkeit in Betracht gezogen, dass sie ihn nicht als ihren Gefährten anerkennen würde. Er knurrte bei dem Gedanken. Gefährten waren aneinander gebunden, es würde nie einen anderen geben, für keinen von beiden. Nach Fanes Wissensstand war es noch nie vorgekommen, dass ein Gefährte zurückgewiesen worden war. Es hätte für beide verheerende Auswirkungen, keiner von beiden würde sich je wieder davon erholen.

Das war schlichtweg nicht akzeptabel, entschied er. Er würde sie einfach mit nach Rumänien nehmen, wo sie hingehörte.

Genau, Fane, schalt er sich selbst, so gewinnst du ihr Vertrauen. Du kannst ihr nicht einfach eins über den Schädel ziehen und sie am Zopf hinter dir herzerren, obwohl das natürlich der einfachere Weg wäre. Nein, er würde es auf die ehrbare Weise machen und sie hofieren. Sie verdiente es, schließlich war sie seine *Lună* und würde eines Tages Königin der Canes Lupi sein. Sie verdiente seine unerschütterliche Liebe und Hingabe.

Er wartete weiter auf ihre Reaktion, aber bisher hatte sie nichts mehr gesagt. Er dachte darüber nach, ihre Gedanken zu erforschen, um herauszufinden, was sie dachte, aber bis jetzt hatte er ihr ihre Privatsphäre gelassen, war nur in ihre Gedanken eingedrungen, wenn er mit ihr sprach. Er empfand es als Verstoß, ihr zuzuhören, solange sie nicht wusste, dass er es jederzeit konnte, dass er alles »sehen« konnte, was sie dachte. Und als Gentleman würde er nicht die Privatsphäre seiner *Lună* verletzen, Gefährtin hin oder her.

Fane entschied sich, sie vorerst in Ruhe zu lassen. Sie brauchte etwas Zeit, die Tatsache zu verarbeiten, dass der Typ, den sie gerade erst kennengelernt hatte, irgendwie in der Lage war, in ihren Gedanken mit ihr zu sprechen. Das war eine Menge zu verdauen. Er würde abwarten, ob sie ihn ansprechen würde. Er hoffte nur, dass er und sein Wolf geduldig sein würden. Das Bindungsritual verlangte nach ihm und forderte eine Antwort.

Kapitel 7

Beim Gedanken an die Enthüllung, die ihr gerade den Atem nahm, riss Jacque die Augen auf. Fane! Die Stimme war Fane! Sobald er ihr geantwortet hatte, hatte sie nicht mehr die geringsten Zweifel, dass die Stimme, die sie in ihrem Kopf hörte, weder eine Ausgeburt ihrer überdrehten Fantasie noch ein toter Verwandter war, der sie in den Wahnsinn treiben wollte, sondern einer sehr realen, greifbaren und, na ja, heißen Person gehörte! Es war zwar nicht von Belang, dass er heiß war, dachte Jacque, aber es schadete natürlich auch nicht, oder?

Da sie nicht mehr stillliegen konnte, stand sie auf und ging rüber zum Fenster. Sie öffnete die Jalousien, sah zum Haus der Henrys auf der anderen Straßenseite und fragte sich, was Fane gerade machte. Ob er wohl darüber nachdachte, was sie gerade machte? »Du meine Güte«, schalt sie sich selbst, »du bist ihm doch gerade erst begegnet. Du weißt so gut wie nichts über ihn und fragst dich trotzdem, ob er an dich denkt? Tu dir selbst einen Gefallen, Jacque, nimm dir ein KitKat und mach eine Pause.«

Sie schloss die Jalousien wieder, drehte sich um, lehnte sich mit dem Rücken an die Wand und schloss die Augen. Nachdem sie ein paarmal tief ein- und ausgeatmet hatte, entschloss sie sich, sich irgendwie zu beschäftigen, bis Sally und Jen zurückkamen. Neben ihrem Kleiderschrank lag ein Haufen schmutziger Wäsche, also schnappte sie sich den leeren Wäschekorb, warf die Schmutzwäsche hinein und brachte ihn nach unten ins Wäschezimmer. Da ihr Hirn immer noch nicht ordnungsgemäß funktionierte, verschwendete sie keinen Gedanken daran, die Wäsche zu sortieren und warf stattdessen alles, Weiß- wie Buntwäsche, in den Toplader und kippte halbherzig noch etwas Waschmittel hinterher. Sie schloss die Abdeckung und ging ins Wohnzimmer.

»Okay«, sagte sie laut. »Was jetzt?« Sie drehte sich einmal im Kreis und ließ ihren Blick im Raum umherwandern. Das Einzige, was ihr dabei auffiel, war, dass abgestaubt werden musste. Sie ging in die Küche, holte ein Staubtuch und Antistaubmittel aus dem Schränkchen unter der Spüle und ging zurück ins Wohnzimmer. Sie hatte das innere Bedürfnis nach Ordnung und Sauberkeit, daher sprühte sie alles ein, was ihr in die Finger kam, und wischte es mit dem Tuch sorgfältig ab. Als sie endlich fertig war, hätte Jacque schwören können, dass das Wohnzimmer noch nie so blitzsauber gewesen war.

Sie verstaute Staubtuch und Spray wieder unter der Spüle und hörte in diesem Moment am Signalton der Waschmaschine, dass die Wäsche fertig war und in den Trockner konnte.

Irgendwann sah sie auf die Uhr und stöhnte entnervt auf, als ihr klar wurde, dass gerade mal eine Stunde vergangen war, seit sie auf der Suche nach Beschäftigung ihr Zimmer verlassen hatte. Was konnte sie noch machen, um sich abzulenken? Ich könnte rüber zu den Henrys gehen und unsere Schüsseln abholen, überlegte sie. Klar, Sherlock, das wäre auch überhaupt nicht auffällig.

Jacque ging wieder in ihr Zimmer und zermarterte sich das Hirn, wie sie sich noch davon ablenken konnte, an jemand Bestimmtes zu denken, zumindest bis Sally und Jen zurück waren. Als sie die Zimmertür hinter sich schloss, streifte ihre Hand den Bikini, der am Türknauf hing. »Okay, dann also ab in die Sonne«, sagte sie zu sich selbst.

Jacque schnappte sich den Bikini und ging ins Bad, um sich umzuziehen. Sie fuhr mit einer Hand über ihre Beine und entschied, dass sie glatt genug waren, um auf einem Handtuch im Garten hinter dem Haus zu liegen. Sie warf einen prüfenden Blick in den Spiegel und war im Großen und Ganzen zufrieden mit dem, was sie sah. Mit ihren eins sechsundfünfzig war sie zwar ein wenig kurz geraten, dafür war sie schlank und muskulös, nicht zuletzt weil sie viel und oft Tennis spielte. Was ihre Oberweite anging, konnte sie mit Beth aus »Dog – Der Kopfgeldjäger« zwar nicht mithalten, wie Jen es so nett ausgedrückt hatte, sie war aber auch kein Flachland wie Grace aus »Will & Grace«. Sie fand, dass man mit einem C-Körbchen durchaus zufrieden sein konnte. Ihre Haare mochte sie an sich selbst am meisten; sie fielen ihr in wilden, roten Locken über die Schultern, und meistens versuchte sie gar nicht erst, sie zu zähmen. Für das Sonnenbaden entschied sie allerdings, sie zu einem Pferdeschwanz zusammenzubinden.

Sally und Jen hatten sie überredet, einen Bikini zu kaufen; zwei Bikinis waren in der engeren Auswahl gewesen, und da sie sich nicht beide leisten konnte, hatte sie das Bustier des einen und das Höschen des anderen Bikinis gekauft. Bei einer solchen Denkweise war es kein Wunder, dass sie Stimmen hörte, musste sie zugeben.

Alles in allem, dachte Jacque, sehe ich nicht allzu schäbig aus. Sie schlüpfte in ihre pinkfarbenen Flipflops, schnappte sich Handy, Ohrhörer, ein Handtuch und ihre Sonnenbrille und verließ das Haus durch die Terrassentür.

Der Garten war nichts Außergewöhnliches, nur ein einfaches Quadrat, das noch nicht mal von einem Zaun umgeben war. Ihre Mutter und sie brauchten im Prinzip auch keinen Zaun. Sie hatten weder einen Hund noch kleine Kinder, die weglaufen konnten, und nachdem ihre Mutter das Haus ohne Zaun gekauft hatte, war es ihr auch nie in den Sinn gekommen, nachträglich einen aufstellen zu lassen. Mitten auf dem Rasen stand ein einsamer Baum, der je nach Tageszeit zur linken oder zur rechten Seite Schatten warf.

Im Augenblick war rechts Sonne und links Schatten, weshalb sie sich zum Sonnen natürlich die rechte Seite aussuchte.

Jacque breitete ihr Handtuch auf dem Gras aus und machte es sich darauf bequem. Sie hatte sich bereits die Ohrhörer in die Ohren gesteckt und ihren MP3-Player auf Zufallswiedergabe eingestellt – im Augenblick lief Pearl Jam. Sie setzte ihre Sonnenbrille auf und wollte sich gerade auf dem Handtuch ausstrecken, als sie bemerkte, dass sie, da sie die Seite rechts vom Baum gewählt hatte und es keinen Zaun gab, direkt gegenüber dem Haus der Henrys saß. Genau genommen war es die Seite des Hauses, in der sich auch das Fenster von Fanes Schlafzimmer befand.

Mist, dachte Jacque, das ist echt Mist. Ich könnte jetzt einfach aufstehen und auf die rechte Seite wechseln ... aber da ist Schatten, und dann ist Sonnenbaden recht zweckfrei. Oder ich kann mich wie geplant hierhinlegen. Dann sieht es aber so aus, als hätte ich es darauf angelegt, mich hier vor seinen Augen halbnackt in der Sonne zu rekeln. Himmel, Arsch und Zwirn, warum muss alles so kompliziert sein?, rebellierte ihr Verstand.

Sie saß ein, zwei Minuten da und wog alles ab. Dann riss sie die Arme hoch und sagte: »Ach, zum Teufel. Jetzt bin ich schon mal hier und bleibe auch hier. Er kann mich so lange anschmachten, wie er will, und wenn er wissen will, ob ich die Show extra für ihn abziehe, kann er mich ja einfach fragen.« Mit einem entschlossen »Hmpf« lehnte Jacque sich nach hinten auf das Handtuch, streckte die Arme neben sich aus und zog die Beine leicht an, sodass ihre Füße flach auf dem Boden standen und die Knie gebeugt waren.

Sie schloss die Augen und spürte augenblicklich, wie die Sonne ihre Haut wärmte und sie beruhigte. Sie atmete tief ein und aus und konzentrierte sich auf den Text des Liedes, das sie gerade hörte: »Untouchable« von Taylor Swift. Sie hatte den Song schon ein paarmal gehört, aber nie wirklich auf den Text geachtet, und als sie jetzt ganz bewusst den Worten lauschte, wurde etwas in ihr wach:

Untouchable like a distant diamond sky
I'm reaching out and I just can't tell you why
I'm caught up in you, I'm caught up in you
Untouchable, burning brighter than the sun
And when you're close, I feel like coming undone
In the middle of the night when I'm in this dream
It's like a million little stars spelling out your name
You gotta come on, come on, say that we'll be together
Come on, come on, little taste of heaven
It's half full and I won't wait here all day
I know you're saying that you'd be here anyway

But you're untouchable, burning brighter than the sun
Now that you're close, I feel like coming undone

Jacque konnte nicht begründen, woher sie es wusste, aber für sie stand ohne den geringsten Zweifel fest, dass sie ihre Zukunft an der Seite von Fane verbringen würde. Sie war sich nur nicht sicher wie oder warum oder wann. In diesem Augenblick erschien er ihr sehr *untouchable*, unerreichbar, und sie konnte so gut nachvollziehen, wie sich *coming undone* anfühlte, wenn man also die Kontrolle über das eigene Leben verliert.

Das Lied stoppte und ihr Handy fing an zu vibrieren. Für den Bruchteil einer Sekunde war sie desorientiert, dann begriff sie, dass jemand sie anrief. Sie sah auf das Display, auf dem Jens Name angezeigt wurde.

»Hallo?«, fragte Jacque.

»Ich hab gute und schlechte Nachrichten. Beide kosten dich nichts, welche willst du also zuerst hören?«, erwiderte Jen.

»Zieh mich erst runter und bau mich dann wieder auf«, wies Jacque sie an.

»Also dann zuerst die schlechte. Ich kann heute Abend frühestens um neun Uhr bei dir sein. Meine Eltern sind mal wieder voll auf dem Familientrip und wollen, dass wir zum Abendessen alle gemeinsam am Tisch sitzen. Das brave Mädchen in mir hat sich gefügt und hat weder zwanzig Minuten mit ihnen gestritten noch die Tür zugeknallt noch ihnen vorgeworfen, dass sie so was von altmodisch sind. Nein, ich habe süß gelächelt.«

»Du und süß? Jen, du bist nicht süß. Nie im Leben. Und wie hast du ein Lächeln hinbekommen?«, konterte Jacque.

»Ach, sei still. Das war die schlechte Nachricht, jetzt kommt die gute: Weil ich mich so zusammengerissen habe, kann ich heute noch rüberkommen«, sagte sie nicht ohne eine gewisse Befriedigung in ihrer Stimme.

»Versuch bitte, bis dahin deine Klappe zu halten. Nicht dass du mich später noch mal mit noch schlechteren Nachrichten anrufen musst«, sagte Jacque.

»Okay, okay, welche Laus ist dir denn über die Leber gelaufen?«, fragte Jen.

»Alle Einzelheiten heute Abend, aber jetzt schon mal so viel: Zumindest ein Puzzleteil hat sich in das Gesamtbild eingefügt.« Jacque dachte kurz über ihre Worte nach, dann fiel ihr eine Frage ein, die Fane ihr gestellt hatte, als er mit ihr »kommuniziert« hatte: Er hatte sie gefragt, warum sie so komisch redete. Stimmte das? Redete sie komisch?

»Hey Jen, findest du, ich rede komisch?«, fragte Jacque.

Am anderen Ende der Leitung herrschte kurz Stille. Jacque vermutete, dass Jen entweder nachdachte oder etwas passiert war, das sie interessanter fand. Jacque wollte gerade noch mal nachhaken, da antwortete Jen: »Dir ist schon klar, wem du diese Frage gestellt hast, oder? Denn ich habe dich eben gefragt, wer auf deine Pizza gespuckt hat, und du wusstest sofort, was ich damit meinte. Möglicherweise bin ich also nicht die klügste Wahl, darüber zu urteilen, inwieweit *du* komisch bist.«

»Punkt für dich«, erwiderte Jacque.

»Wir sehen uns heute Abend. Versuch bitte, nichts allzu Irres ohne mich zu machen. Du weißt ja, dass ich gerne spanne«, sagte Jen und musste über ihren eigenen Humor lachen, als sie auflegte.

Jacque schüttelte den Kopf und musste ebenfalls über den etwas verqueren Humor ihrer Freundin grinsen. Sie verzichtete vorerst darauf, die Musik wieder einzuschalten, lieber wollte sie den Geräuschen um sich herum lauschen. Größtenteils hörte sie Vogelgezwitscher und dann und wann Hundegebell. Davon abgesehen war es ein ruhiger Sommertag. Als sie Schweißperlen an ihrem Schlüsselbein hinabrinnen spürte, dachte sie: Okay, einigen wir uns darauf, dass es ein ruhiger, *heißer* Sommertag ist.

Jacque rollte sich auf den Bauch, schloss die Augen und ließ sich von der Wärme und den Geräuschen davontreiben, und bevor sie es sich versah, war sie eingeschlafen.

Kapitel 8

Fane sah auf die Uhr, es war halb eins. Sara war seit einer Stunde weg und von Brian hatte er nach wie vor nichts gehört. Zwischen Coldspring und Rumänien waren acht Stunden Zeitunterschied, das hieß, bei seiner Familie war es jetzt halb neun Uhr abends. Er entschied sich, seinen Dad anzurufen, solange Brian und Sara außer Haus waren. Er hatte ein paar Fragen, die seinem Empfinden nach beantwortet werden sollten, bevor er Jacquelyn alles zu erklären versuchte und bevor sie anfing, Fragen zu stellen.

Er wählte die Handynummer seines Vaters und lauschte dem Freizeichen.

»*Da?*«, sagte sein Vater. So meldete er sich immer am Telefon, mit einem einfachen »Ja«, kein »Hallo« oder »Hier spricht«, einfach nur »Ja«. Eine winzige Kleinigkeit, dachte Fane, aber er bekam augenblicklich Heimweh.

»*Tată*«, sprach Fane seinen Vater an.

»Fane? *Cum te simți?* Wie geht es dir?«

»Englisch bitte, Vater. Ich versuche mir gerade abzugewöhnen, zwischen den Sprachen hin und her zu wechseln. Mir geht es gut. Wie geht's dir und *mamă?* Was macht das Rudel?«, fragte Fane.

»Deiner Mutter geht es gut, sie vermisst ihr Junges. Dem Rudel geht es auch gut«, erwiderte sein Vater.

Fane erkundigte sich aus zwei Gründen nach dem Rudel: Zum einen würde er eines Tages Alpha sein, und sein Vater hatte ihm von Kindesbeinen an beigebracht, dass die anderen Wölfe im Rudel wie seine Kinder waren. Er musste sie lieben, beschützen und sich um sie kümmern. Manchmal bedeutete das, dass er sie mit Futter versorgen musste, manchmal musste er sie auch disziplinieren. Als Prinz und zukünftiger Alpha war es seine Pflicht, dafür zu sorgen, dass es dem Rudel gut ging.

Der zweite Grund war, dass es im Rudel viele Wolfsmänner ohne Gefährtin gab, die rastlos waren und sich oft aggressiv und – in Ermangelung eines besseren Ausdrucks – dumm verhielten. Das Sprichwort, dass hinter jedem starken Mann eine noch stärkere Frau steht, war absolut wahr und traf auch auf Wölfe zu. Bis zur Vereinigung mit seiner Gefährtin waren die Emotionen eines Wolfsmannes extrem sprunghaft; er tendierte dazu, sich rastlos zu verhalten und umherzustreifen, was wiederum zu Territorialkämpfen führen konnte. Unnötig zu erwähnen, dass diese auch hässlich enden konnten. Sobald ein Wolfsmann eine Bindung mit seiner Gefährtin einging, wurden diese aggressiven Tendenzen durch das sanfte Wesen seiner Gefährtin ausgeglichen. Niemand wusste, warum das so war, aber einige Wolfsmänner berichteten, dass es sich so anfühlte, als würden sie die bessere Hälfte ihrer Seele zurückbekommen und endlich wieder vollständig sein.

Fane musste sich sicher sein, dass sein Vater ihn nicht zu Hause brauchte, wenn das Rudel außer Kontrolle geriet.

»Ich würde dir gern ein paar Fragen zur Bindung zwischen Gefährten stellen«, sagte Fane zu seinem Vater. »Muss die Gefährtin ein Canis Lupus sein oder kann es auch ein Mensch sein? Was hat es zu bedeuten, wenn man plötzlich mehr Wolfszeichen auf seinem Körper hat? Was wäre, wenn meine Gefährtin nichts von meiner Welt wüsste und mich auch nicht akzeptieren würde?« Fane klang ein wenig erhitzt, als er eine Pause machte.

»Du bist siebzehn, du bist seit weniger als vierundzwanzig Stunden in Amerika und du glaubst, du hast deine Gefährtin schon gefunden?«, fragte sein Vater.

Fane hörte, wie seine Mutter im Hintergrund nach Luft rang und anfing, in der Sprache ihrer Heimat auf seinen Vater einzureden. »Beruhige dich, Liebste, lass mich mit ihm reden«, hörte er seinen Vater seine Mutter beschwichtigen.

»Ich weiß, wie das klingt, *tatä*«, erklärte Fane seinem Vater. »Aber ich weiß nicht, was es sonst sein könnte.«

»Warum erzählst du mir nicht alles von vorn, und dann werden wir gemeinsam überlegen, ob sie wirklich deine Gefährtin ist«, schlug sein Vater vor.

Also berichtete Fane ihm, wie er in der Nacht, als er bei den Henrys angekommen war, Jacques Gedanken gehört hatte, wie er »spüren« konnte, was sie fühlte und dass ihr Duft ihn beinahe dazu veranlasst hatte, sich zu ihren Füßen zusammenzurollen und zu japsen wie ein dämlicher Welpe. Er erzählte ihm, dass auch sie zu seinem Verstand gesprochen hatte und dass sie herausgefunden hatte, dass er es war, den sie hörte, und keine Psychose.

Nachdem Fane fertig war, herrschte am anderen Ende der Leitung kurze Zeit Stille. Eine Sekunde lang glaubte er, die Verbindung wäre getrennt worden. Aber dann durchbrach sein Vater das Schweigen.

»Eine Gefährtin kann nicht zu hundert Prozent Mensch sein. Einer ihrer Vorfahren muss ein Canis Lupus gewesen sein. Das kann Generationen zurückliegen, aber sie muss Canis-Lupus-Blut in ihrer Ahnenreihe haben, um ihr Leben an deines zu binden. Du weißt, wie lange wir leben, und wenn du sie an dich bindest, wird sich deine Langlebigkeit auf sie übertragen, aber nur wenn sie Wolfsblut in sich trägt.« Sein Vater machte eine kurze Pause, dann fuhr er fort. »Zu deiner Frage wegen der Wolfszeichen: Ich hatte noch nicht mit dir darüber gesprochen, weil ich nicht davon ausgegangen war, dass du deine Gefährtin vor dem Ende deiner Highschool-Zeit finden würdest. Das kommt extrem selten vor. Ich war über hundert Jahre alt, bevor ich deine Mutter fand. Die Zeichen eines männlichen Canis Lupus verändern sich nur dann, wenn er ein Alpha ist und seine Gefährtin gefunden hat – du zeigst damit allen Canes Lupi, dass du eine Gefährtin hast, denn mit einer Gefährtin bist du ein stärkerer Alpha. Da du der nächste Alpha unseres Rudels sein wirst und deine Gefährtin tatsächlich gefunden zu haben scheinst, haben sich deine Zeichen verändert.«

»Muss man denn nicht den Blutritus vollziehen, bevor man an seine Gefährtin gebunden wird? Ich meine, die Wolfszeichen haben sich verändert, nachdem ich sie durch ein Fenster gesehen hatte!«, wandte Fane skeptisch ein.

»*Potoleşte-te*. Beruhige dich«, wies sein Vater ihn zurecht. »Du solltest froh darüber sein, nicht verärgert. Um die Details kümmern wir uns später. Du hast ein Jahr Zeit, um ihr den Hof zu machen, dann musst du nach Rumänien zurückkehren.«

Fanes Atmung normalisierte sich langsam wieder. Es stimmte, es gab keine Eile, sich mit ihr zu verbinden. Besonders nicht, da sie auf der anderen Straßenseite wohnte, wo er sie jederzeit sehen konnte und wusste, dass sie in Sicherheit war. Sein Wolf war nicht unbedingt begeistert von der Vorstellung, seine Gefährtin ohne Bindung zu lassen, aber er würde abwarten und beobachten müssen. Wölfe waren sehr geduldige Jäger.

Fane wurde aus seinen Gedanken gerissen, als sein Vater ihn fragte: »Sind dir vielleicht auch Zeichen an ihr aufgefallen?«

»An ihr? So wie bei mir?«, fragte Fane.

»Es muss nicht sein, dass sie dir aufgefallen sind. Die Zeichen von weiblichen Canes Lupi sind eine etwas privatere Angelegenheit. Ich meine nicht, dass sie irgendwo sind, wo man sie in einem Badeanzug nicht sehen könnte, sondern dass sie sich nach ihrem Gefährten richten. Diese Zeichen passen zu deinen neuen Wolfszeichen wie ein Puzzleteil, sind aber vielleicht an anderer Stelle und normalerweise von der Kleidung verdeckt«, fuhr sein Vater fort.

Fane spürte ein tiefes Knurren in seiner Kehle, als er sich vorstellte, dass ein anderer männlicher Wolf Jacquelyns Zeichen sah, selbst wenn sie an ihrem Arm oder Bein waren, waren sie doch ausschließlich für ihn gedacht.

»Fane? Fane, ist alles in Ordnung mit dir?«, hörte er seinen Vater fragen.

»Ich bin nur ein bisschen … Ich weiß auch nicht, ich meine, ich bin siebzehn, und allein die Vorstellung, dass ein anderer Wolf die Zeichen eines Mädchens sieht, das ich kaum kenne, macht mich fast rasend vor Wut. Ich bin noch nicht mal mit der Highschool fertig«, sagte Fane mit hörbarer Frustration und Verwirrung in seiner Stimme.

»Ich weiß, dass du erst siebzehn bist, mein Sohn, aber vergiss nicht: Sobald dein Wolf seine Gefährtin gefunden hat, ist er kein Jugendlicher mehr, er wird dann über Nacht zu einem vollwertigen Erwachsenen. Dein Wolf erwartet, dass du vortrittst und bereit bist, der Alpha zu sein, als der du geboren wurdest, denn du musst sie um jeden Preis beschützen. Ja, du bist erst siebzehn, aber du bist nicht nur ein Mensch, du bist ein Canis Lupus, der Prinz deines Rudels, und du bist der Alpha«, erklärte sein Vater ihm.

Fane atmete langsam ein und aus, um zur Ruhe zu kommen. Es sah ihm gar nicht ähnlich, sich so über etwas aufzuregen, das er nicht ändern konnte. Seine Nerven schienen heute ohnehin blank zu liegen, und man musste kein Genie sein, um zu ahnen, dass das mit dem frechen Lockenkopf von gegenüber zu tun hatte.

»Eins noch: Ich weiß, dass Gefährten normalerweise sehr darunter leiden, über einen längeren Zeitraum voneinander getrennt zu sein oder ihre Gedanken nicht austauschen zu können. Seit ich Jacquelyn begegnet bin, habe ich das noch nicht empfunden. Woran kann das liegen?«, fragte Fane seinen Vater.

»Einige Folgen der Vereinigung wirst du erst spüren, nachdem die Bindung durch den Blutritus vollzogen wurde. Bis dahin solltet ihr beide keine Probleme haben, wenn ihr voneinander getrennt seid.«

»Das würde ich nicht sagen«, murmelte Fane.

Fanes Dad fuhr fort: »Es gibt einen Grund, dass dir das schon so jung passiert. Sie ist zum Teil menschlich und kann nicht gestaltwandeln. Dadurch ist sie schwächer und wird vielleicht in irgendeiner Weise deinen Schutz brauchen. Halte Augen und Ohren offen. Nichts passiert aus purem Zufall, alles hat einen Grund.«

»Aber hier in der Gegend gibt es keine Canes Lupi. Was könnte in dieser kleinen, unbedeutenden Stadt eine Bedrohung für sie sein?«, fragte Fane.

»Es sind schon aus geringfügigeren Gründen Kriege begonnen worden, Fane«, erwiderte sein Vater tiefgründig.

»Alles wird gut, Sohn. Lern sie kennen, sei ihr Freund. Halte deinen Wolf in Schach und ruf an, wenn es Neuigkeiten gibt oder du Fragen hast. *Te iubesc, fiul meu.* Ich liebe dich, mein Sohn.« Und damit legte Fanes Vater auf.

Fane saß noch eine Weile da und ging im Kopf all das durch, was sein Vater ihm gesagt hatte. Einer von Jacquelyns Vorfahren musste ein Canis Lupus gewesen sein, vielleicht ein längst verstorbener Verwandter oder jemand, von dem sie gar nichts wusste.

Er hörte, wie im Erdgeschoss eine Tür geöffnet wurde, und nahm Brians Geruch wahr. Er fand, dass er etwas frische Luft brauchte, und zwar vorzugsweise auf einem Motorrad. Er ging nach unten, um Brian zu fragen, ob er mit ihm zu einem Händler fahren und nach gebrauchten Motorrädern schauen würde.

Er fand Brian in der Küche, wo er eine Melodie pfiff, die Fane nicht kannte, und etwas von dem Zucker mit Tee in ein Glas goss.

»Ich hoffe, du magst Zucker lieber als Tee, denn das ist so ziemlich alles, was man schmeckt, wenn man einen Schluck davon trinkt«, meinte Fane mit einem Lächeln.

Brian kicherte. »Ja, so ist das bei uns im Süden. Das ist eigentlich gar kein Eistee, sondern viel Zucker mit etwas kaltem Tee.«

Fane stimmte in sein Lachen ein.

»Oh ... Sara hat mir angeboten, dass ich euch beide duzen darf.«

»Von mir aus sehr gerne. Hast du dich schon ein bisschen eingelebt?«

Fane nickte.

»Ich würde dich gern um einen Gefallen bitten, wenn du Zeit hast«, begann er.

»Schieß los«, erwiderte Brian.

»Meine Eltern haben mir etwas Geld für ein gebrauchtes Motorrad mitgegeben, aber ich bräuchte jemanden, der mich zu einem Händler fährt, wo ich mir welche ansehen kann. Würdest du das vielleicht machen?«

Brian nahm einen Schluck aus seinem Glas, nickte und sagte: »Klar, kein Problem. Bei mir liegt im Moment nichts an, wir könnten also sofort losfahren, wenn du möchtest.«

»Okay, ich hole nur schnell mein Handy. Bin gleich wieder da«, sagte Fane, während er auf die Treppe zuging.

In seinem Zimmer nahm er sein Handy, steckte es in die Hosentasche und vergewisserte sich mit einem Griff an die Gesäßtasche, dass er sein Portemonnaie dabei hatte. Er wollte das Zimmer gleich wieder verlassen, spähte aber aus lauter Neugier noch zwischen den Vorhängen nach draußen zum Haus der Pierces.

Fane musste ein paarmal blinzeln, bis sein Gehirn verstand, was seine Augen sahen, und dann musste er tief ein- und ausatmen, um seinen Wolf davon abzuhalten, besitzergreifend zu knurren. Denn auf dem Rasen am Haus der Pierces lag, für ihn und von der Straße aus gut sichtbar, seine *Lună* in einem Bikini, der kaum mehr als ein Fetzen Stoff war. Aber das war noch nicht alles: Sie lag auf dem Bauch und zwischen ihren Schulterblättern befanden sich die Wolfszeichen, die das perfekte Gegenstück zu seinen waren, und wanden sich bis zu ihrem Haaransatz empor. Jeder, der am Haus vorbeiging oder vorbeifuhr, konnte sie sehen, und natürlich auch ihre Mutter, wenn sie herauskam. Ohne weiter darüber nachzudenken, sprach er sie in Gedanken an.

»Dir ist schon klar, dass du übers Ohr gehauen wurdest, oder? Bei deinem Bikini fehlt die Hälfte an Stoff«, sagte Fane und versuchte, beiläufig zu klingen und nicht wie das eifersüchtige Monster, nach dem ihm gerade viel eher zumute war.

Er bekam keine Antwort, und während er sie ansah, wurde ihm klar, dass sie eingeschlafen sein musste, was bei dieser Hitze wirklich gefährlich werden konnte.

Fane konzentrierte sich mit aller Kraft auf sie, gab ihr einen gedanklichen Stupser und sagte: *»Jacquelyn, wach auf!«*

Sie rührte sich nicht und gab auch keine Antwort. Fane überlegte gerade, ob er rübergehen und sie wecken sollte, da sprach sie endlich zu ihm.

Kapitel 9

Jacquelyn hörte, wie Fane sie fragte, ob es sein könne, dass ihr nur ein halber Bikini verkauft worden war. Er hat also auch Humor, dachte sie. Aber den hatte sie auch. Sie hatte bis zu diesem Zeitpunkt tatsächlich geschlafen, war aber aufgewacht, sobald er sie angesprochen hatte; dennoch blieb sie absolut still liegen, da sie sich ziemlich sicher war, dass er sie beobachtete, und sie wollte sich nicht anmerken lassen, dass sie ihn gehört hatte. Als er sie zum zweiten Mal ansprach, fühlte sie sich dazu gedrängt, ihm zu gehorchen. Er hat mir gar nichts zu befehlen, dachte sie entrüstet. Sie war überrascht, als er nicht auf diesen Gedanken antwortete. Was Jacque nicht klar war – sie schirmte ihn unbewusst ab, weil sie nicht wollte, dass er sie hörte.

Sie ließ ihn eine Minute warten, bevor sie endlich antwortete.

»*Ich weiß, aber er verdeckt immer noch viel zu viel. Eine nahtlose Bräune bekomme ich damit nicht hin*«, gab sie herausfordernd zurück.

Jacque hörte, dass er sie anknurrte. War er ernsthaft eifersüchtig? Wenn ja, woher nahm er das Recht dazu? Er kannte sie doch gar nicht.

»*Ich habe dir schon mal gesagt, dass du meine* Lună *bist*«, hörte sie ihn in ihren Gedanken antworten.

»*Und ich sage dir jetzt, dass ich nicht weiß, was das bedeutet, und dass ich dein Garnichts bin!*«, knurrte sie zurück.

»Könntest du dann wenigstens darauf achten, nicht in der prallen Sonne einzuschlafen, während du praktisch nichts anhast?«, gab Fane zurück und klang dabei extrem sauer.

Was wollte er damit sagen? Unterstellte er ihr, dass sie hier draußen war, nur um ihren Körper zur Schau zu stellen? Jacque setzte sich auf und sah hoch zu Fanes Fenster. Sie war sich ziemlich sicher, dass er jetzt gerade dort oben stand und sie anstarrte, und es ärgerte und frustrierte sie, dass sein Missfallen ihr etwas ausmachte. Sie stand auf und machte so überzogen, wie sie nur konnte, einen Knicks, sammelte dann ihre Sachen ein und ging zurück ins Haus.

»Inimă mea, *hast du gerade einen Knicks vor mir gemacht?*«, fragte Fane ebenso erstaunt wie amüsiert.

»*Da du ja offenbar wolltest, dass ich dir Folge leiste, dachte ich, ich könnte dir etwas entgegenkommen. Ich kann dir aber versichern, dass meine Absichten alles andere als höflich waren*«, antwortete Jacque.

Sie hörte, dass Fane über ihre Frechheit kicherte.

Jacque betrat das Haus, legte ihren Kram auf der Couch ab und ging in die Küche, um sich etwas zu trinken zu holen. Erst jetzt bemerkte sie, wie heiß ihr draußen in der Sonne geworden war, was sie ärgerte, da es nur bestätigte, was Fane über das Sonnenbad gesagt hatte. »Was glaubt er, wer er ist? Die Bikini-Polizei?«

»*Nein, focuşorul meu, kleines Feuer, ich versuche nur, auf dich aufzupassen. Wer weiß schon, welche Wölfe auf der Lauer liegen, um über arglose, sonnenbadende Schönheiten herzufallen*«, erwiderte Fane vielsagend.

»*Und was genau soll das heißen? Redest du immer so verschwurbelt?*«, konterte sie verärgert.

In diesem Augenblick begriff sie, dass ihre gesamte Konversation ein Austausch von Gedanken gewesen war. Mann, ihr Leben war verrückt geworden … nein, es war nicht nur verrückt, es steuerte geradewegs auf bizarr zu.

»*Hast du nichts zu tun?*«, fragte sie, während sie nach oben ging, um zu duschen. Obwohl sie nur draußen in der Sonne gelegen hatte, roch sie nach Natur und Schweiß.

»*Doch, habe ich. Ich werde mit Brian losfahren und mich nach einem Motorrad umsehen. Meine Eltern haben mir Geld mitgegeben, damit ich mir eins kaufen kann und mobil bin*«, erzählte Fane.

»*Warum kein Auto? Und was ist, wenn es regnet? Wirst du dann nicht fürchterlich nass?*«

»*In Rumänien ist es fast immer kalt. Warum soll ich mich in ein Auto einpferchen, wenn ich auf einem Motorrad fahren und das Sonnenlicht genießen kann? Außerdem gibt es auch gute Regenausrüstungen*«, erklärte Fane.

»*Oh, wenn du in einem Land lebst, in dem du immer frierst, ist es bestimmt toll, im Sonnenschein Motorrad zu fahren*«, antwortete sie.

Jacque sammelte ein paar Klamotten ein und nahm sie mit ins Bad. Nachdem sie die Tür geschlossen hatte, zögerte sie, sich auszuziehen, während sie in Gedanken mit Fane redete. Irgendwie fühlte sich das viel zu intim an. Als spürte er ihr Unbehagen, fragte Fane sie: »*Stimmt etwas nicht? Habe ich dich irgendwie gekränkt … außer dass ich deinen Bikini ein bisschen zu knapp fand?*« Ein Funken Reue war aus seiner Stimme herauszuhören.

»*Nein, nein, alles gut. Ich hab nur … ähm … auch ein paar Dinge zu erledigen. Dies und das, du kennst das ja*«, sagte sie unsicher.

»*Jacquelyn, warum verhältst du dich so seltsam?*«, fragte Fane.

Jacque verdrehte die Augen. Konnte er es nicht einfach dabei belassen? Wenn sie es ihm erklären müsste, würde sie vor Peinlichkeit im Boden versinken. Sie konnte schon hören, wie sie ihm mitteilte, dass sie vom Sonnenbaden verschwitzt war und stank und eine Dusche brauchte. Allein die Vorstellung, durch ihre Gedanken mit ihm zu kommunizieren, während sie splitterfasernackt war, war ein bisschen zu viel für sie.

Fane musste ihren flüchtigen Gedanken aufgeschnappt haben; Himmel, sie musste echt lernen, wie sie ihn besser abschirmen konnte.

»*Ich lasse dich jetzt in Ruhe, damit du dich um deine Sachen kümmern kannst. Nur damit du's weißt: Ich bin vielleicht ein Teenager mit Teenager-Hormonen, aber ich versichere dir, dass meine Absichten nicht unehrenhaft sind und dass ich unsere gedankliche*

Verbindung niemals missbrauchen würde«, sagte er voller Überzeugung.

»*Ich weiß, dass du meine Gedanken hören kannst, aber kannst du auch … durch meine Augen sehen?«,* fragte sie ängstlich.

»*Nein, aber ich kann die Dinge sehen, an die du denkst. Genau wie du sehen kannst, was ich sehe, wenn du das möchtest. Und wenn deine Emotionen stark sind, spüre ich dich und höre deine Gedanken sehr laut, selbst wenn du gerade nicht versuchst, mit mir zu kommunizieren. Daran solltest du immer denken«,* erklärte Fane.

»*Wie kann ich dich aus meinem Verstand aussperren?«,* fragte Jacque.

»*Du musst dir einfach nur eine Mauer zwischen meinem und deinem Verstand vorstellen. Daran komme ich nicht vorbei. Das Gleiche gilt für mich, wenn ich nicht möchte, dass du meine Gedanken hörst.«*

Jacque war überrascht, dass sie sich bei der Vorstellung, er könnte sie aus seinen Gedanken ausschließen wollen, gekränkt fühlte. Aber dann wurde ihr klar, wie absurd das war, denn jeder brauchte seine gedankliche Privatsphäre.

»*Okay, ich werde an all das denken, und da wir anscheinend gerade bei ›Gedankenlesen für Dummys‹ sind, könntest du mir vielleicht noch etwas beantworten? Mit wem kannst du das noch machen?«,* fragte Jacque, ohne zu merken, wie eifersüchtig sie klang.

»*Mit niemandem, inimă mea, nur mit dir, genau wie du es mit niemandem außer mir kannst«,* erklärte Fane und verabschiedete sich: »*Bis später dann.«*

Sie spürte regelrecht, dass er weg war, und fühlte sich urplötzlich einsam. Sie zog sich aus und stieg, ohne in den Spiegel zu sehen, unter die dampfend heiße Dusche, um das Gefühl wegzuwaschen. Es war dämlich, dass sich jetzt, ohne ihn, eine gewisse Leere in ihrem Verstand breitmachte, und das wusste sie auch, dennoch wurde sie dieses Gefühl nicht los. Es kam ihr so natürlich vor, mit ihm zu reden, als hätte sie ihr ganzes Leben lang nichts anderes getan. Und dass die Vorstellung, er könnte gedanklich noch mit anderen Mädchen kommunizieren, sie eifersüchtig machte, war einfach nur schräg. Sie kannte ihn doch erst seit einem Tag, dennoch brachte sie der Gedanke auf die Palme. »Okay, Jacque«, wies sie sich selbst zurecht, »denk jetzt endlich mal an was anderes.« Sie hatte noch nichts von Sally gehört und nahm sich vor, sie gleich anzurufen und zu fragen, ob es dabei blieb, dass sie am Abend vorbeikam.

Sie stieg aus der Dusche und trocknete sich ab. Dann föhnte sie ihr Haar kopfüber kurz an, richtete sich auf und knetete die Locken unter der heißen Luft. Sie drehte sich vor dem Spiegel, um sich zu vergewissern, dass ihr Rücken vor dem Ankleiden auch trocken war, erstarrte aber beim Anblick dessen, was sie sah. Ohne weiter darüber nachzudenken, versuchte sie, gedanklich Kontakt zu Fane herzustellen: »*Fane, was zum Teufel ist das da auf meinem Rücken?*«, schrie sie ihn mental an.

Keine Antwort.

Nachdem die erste Aufregung abgeklungen war, besah sie sich ihren Rücken etwas genauer: Etwas, das wie ein Tattoo aussah, war dort entstanden und erstreckte sich von ihren Schulterblättern bis hoch zu ihrem Nacken. Das Muster bestand aus zahllosen geschwungenen Linien, die alle an einem Punkt in ihrem Nacken zusammenliefen. Die Zwischenräume sahen aus, als würde es irgendwo ein Gegenstück dazu geben. Es war wunderschön und feminin, und es war vor dem Sonnenbaden definitiv noch nicht da gewesen. Hatte Fane irgendeinen rumänischen Voodoo veranstaltet? Denn wenn ja, würde sie gerne auch mal etwas Voodoo mit seinem Hintern veranstalten.

Als er nach ein paar Minuten immer noch nicht geantwortet hatte, zog Jacque sich an und gab etwas Schaumfestiger in ihr Haar. Sie ging wieder in ihr Zimmer, und während sie noch immer darüber nachdachte, wie diese Zeichen auf ihrem Rücken entstanden sein konnten, klingelte ihr Handy. Für den Bruchteil einer Sekunde hoffte sie, dass es Fane war, aber das wäre lächerlich gewesen, da er sie jederzeit gedanklich kontaktieren konnte. Frustriert schüttelte sie den Kopf und nahm das Gespräch an.

»Vorschlag: Bikini, Handtuch, Musik und Sonne. Wie klingt das?«, flötete Sally aus dem Hörer.

»Du bist ein bisschen spät, Charlie Brown. Ich habe mich bereits von beiden Seiten gebrutzelt und komme gerade aus der Dusche. Soll das heißen, dass du bald hier sein wirst?«, fragte Jacque erleichtert.

»Genau das heißt es. Bist du allein?«, fragte Sally.

»Allein, verrückt, komplett durchgedreht ... such dir was aus«, erwiderte Jacque.

»Ich fahr dann jetzt los und bin in fünf Minuten bei dir.« Sally legte auf.

Jacque sah sich um und entschied, dass ihr Zimmer nach der spontanen Übernachtungsaktion von gestern noch etwas mehr Ordnung als Wäsche wegbringen nötig hatte. Sie faltete alle Decken zusammen und legte sie auf ihr Bett. Es war unnütz, sie wegzuräumen, da die Mädchen auch in der kommenden Nacht bei ihr bleiben würden. Ihr Verstand arbeitete auf Hochtouren und sie beschloss, ihre Gedanken aufzuschreiben. Manchmal half ihr das dabei, alles von einer anderen Perspektive aus zu betrachten.

Sie nahm sich Stift und Notizblock vom Schreibtisch, schlug eine leere Seite auf, setzte sich auf ihr Bett und fing an zu schreiben.

Ich habe einen Typen kennengelernt. Nicht nur irgendeinen Typen, sondern einen extrem ungewöhnlichen. Er sieht umwerfend gut aus und er kann in Gedanken mit mir reden. Ich kann ihm sogar antworten. Das ist alles so unwirklich! Zur Krönung des Ganzen habe ich jetzt noch seltsame Zeichen auf meinem Rücken, die ganz plötzlich einfach da waren. Ich habe keinen blassen Schimmer, was ich von all dem halten soll. Aber ich weiß, dass ich es meiner schwindenden Zurechnungsfähigkeit schulde, mit ihm zu sprechen, und zwar von Angesicht zu Angesicht. Er muss einfach meine Fragen beantworten. Mein anderes Problem ist, dass ich ...

Jacques Handy piepte. Sie hatte eine SMS bekommen:

Sally: *Bin bei Starbucks. Mocha Frappuccino?*

Jacque: *Super Idee!*

Einmal mehr war sie dankbar, dass ihre Freundin wusste, wann eine Koffeinbombe angebracht war. Dann widmete sie sich wieder ihren Aufzeichnungen:

... wegen eines Typen eifersüchtig bin, den ich kaum kenne. Ich habe das Gefühl, als wären wir irgendwie verbunden, als würden wir uns schon unser ganzes Leben lang kennen. Ich habe außerdem das Gefühl, dass meine Mom irgendwas weiß. Sie verhält sich irgendwie komisch. Nein, das stimmt nicht ganz. Ich kann ihre Emotionen spüren und sollte besser sagen, dass sie sich komisch fühlt. Komischerweise konnte ich Fanes Emotionen nicht spüren, als ich in seiner Nähe war – was bisher nur einmal der Fall war –, und ich habe sie auch nicht gespürt, während wir miteinander »geredet« haben. Ich weiß nicht, ob alles noch seltsamer werden kann, aber irgendwas sagt mir, dass das hier erst der Anfang war ...

Kapitel 10

Fane und Brian stiegen gerade in Brians Auto ein, als Fane Jacquelyns Panik spürte und hörte, wie sie ihn anschrie: *»Fane, was zum Teufel ist das da auf meinem Rücken?«*

Ganz kurz sah er in ihrem Verstand ein Bild von ihrem Rücken, aber er blendete es schnell aus, da er ihre Privatsphäre nicht verletzen wollte. Er beschloss, ihr nicht sofort zu antworten, obwohl es ihm das Herz brach, sie so verwirrt und verängstigt zu wissen. Aber er wusste auch, dass einige Dinge besser von Angesicht zu Angesicht besprochen wurden. Besonders wenn man einem Mädchen sagen musste, dass es Canis-Lupus-Zeichen auf seinem Körper hatte, weil es seinen Werwolf-Gefährten gefunden hatte, von dem es nicht mal wusste, dass er überhaupt existierte.

Er zuckte kurz zusammen, als sie ihn anschrie, woraufhin Brian fragte, ob alles okay sei.

»Ja, alles okay. Ich hatte nur gerade ein Fiepen im Ohr«, log Fane.

»Weißt du schon, wo du hinwillst?«, fragte Brian.

»Fahr am besten einfach los und halte beim ersten Motorradhändler, den du siehst. Ich bin nicht sonderlich wählerisch und ziemlich geschickt im Reparieren, es wäre also okay, wenn die Maschine nicht ganz tipptopp ist«, erklärte Fane.

Während sie an Jacquelyns Haus vorbeifuhren, ertappte er sich dabei, wie er es anstarrte und dem Drang widerstand, sich in ihren Verstand zu mogeln und nachzusehen, wie es ihr ging. Es hatte sich seltsam angefühlt, als sie versucht hatte, Kontakt zu seinem Verstand aufzunehmen; es war das erste Mal, dass sie es getan hatte, ohne dass er sie vorher angesprochen hatte. Es gefiel seinem Wolf, dass sie sich an ihn wandte, wenn sie Hilfe brauchte; er war also doch ihr Beschützer.

Brian bog, wie abgesprochen, auf den Hof des ersten Händlers, der Motorräder ausgestellt hatte. Als Fane aus dem Wagen ausstieg, fiel sein Blick auf eine tiefschwarze Honda Shadow mit Chromauspuff und breiten Reifen. Sie war gebraucht, aber augenscheinlich in einem guten Zustand.

Fane bevorzugte schlichte Motorräder ohne Schnickschnack oder Tuning; er wollte fahren, nicht angeben.

Ein Verkäufer kam zu ihnen nach draußen und ging direkt auf Brian zu, da er der Erwachsene war, aber Brian verwies ihn an Fane.

»Kann ich Ihnen helfen?«, fragte der Verkäufer und atmete im gleichen Augenblick hörbar ein. Fane war sich absolut sicher, dass er ein tiefes Knurren hörte, während der Verkäufer abrupt nach hinten trat und seinen Kopf leicht anhob, sodass seine Kehle Fane zugewandt war.

Fane sah ihn kurz leicht verwirrt an, dann dämmerte es ihm und die Erkenntnis war niederschmetternd: Canis Lupus.

Glücklicherweise hatte Brian sich etwas entfernt und sah sich die Autos auf dem Gelände an. Fane ging einen Schritt auf den Verkäufer zu, auf dessen Namensschild »Steve« stand, und schnüffelte an ihm. Er war ein Grauer, daran bestand kein Zweifel.

Instinktiv knurrte Fane, als sein Wolf erwachte, da er die Präsenz eines anderen männlichen Grauen in einer Gegend wahrgenommen hatte, die Fane inzwischen als sein Territorium beanspruchte. Er hatte nicht mal gewusst, dass es in Coldspring überhaupt Graue gab.

Der Graue namens Steve fragte: »Wer bist du und warum bist du im Territorium des Alphas?«

Alpha, dachte Fane. Von was für einem Alpha redet er? Fane wollte diesem Grauen gegenüber nicht zu viel ausplaudern, da er nicht wusste, ob er und sein Alpha eine Bedrohung darstellten.

»Mir war nicht bewusst, dass es in dieser Gegend Graue gibt«, wich Fane aus.

»Wer bist du, dass du denkst, du müsstest wissen, welche Grauen wo sind? Du bist doch nur ein Welpe, noch dazu mit einem menschlichen Aufpasser«, knurrte Steve.

Fanes Wolf rang darum, die Kontrolle zu übernehmen und er ließ es bis zu einem gewissen Grad zu. Kraft durchströmte ihn, was der andere Graue augenblicklich spürte und was bewirkte, dass er sich fast unwillkürlich verbeugte, als sein Wolf registrierte, dass er nicht dominanter war als der »Welpe«, wie er ihn vorschnell bezeichnet hatte.

»Ich bin dir zwar keine Antwort schuldig, aber nur damit du weißt, mit wem du dich gerade angelegt hast: Ich bin der Prinz der rumänischen Canes Lupi. Ich werde der nächste Alpha sein und ich unterwerfe mich niemand anderem als *meinem* Alpha.« Bei seiner nächsten Frage versuchte er, seine Worte so nachdrücklich wie möglich klingen zu lassen: »Wer ist dein Alpha und wie lange gibt es in Coldspring schon ein Rudel Graue?«

Der Graue winselte ganz kurz, dann antwortete er: »Ich habe von deinem Vater gehört. Es heißt, er brächte allein durch seine Präsenz alle Alphas dazu, sich vor ihm zu verneigen.«

»Beantworte meine Frage, Steve. Jetzt.« Fane funkelte ihn wütend an.

»Mein Alpha ist Lucas Steele. Ich bin seit drei Jahren bei diesem Rudel, weiß aber nicht, wie lange es schon aktiv ist. Warum bist du hier? Du bist ein Teenager aus einem anderen Land, was willst du in Coldspring, Texas?«, fragte Steve völlig perplex.

»Das hat dich nicht zu interessieren. Aber könnten wir diese interessante Wende der Ereignisse kurz außer Acht lassen? Ich würde nämlich gerne die schwarze Honda Shadow kaufen. Was kostet sie?«, fragte Fane.

»Willst du nicht lieber erst Probe fahren?«, schlug Steve vor.

»Nein. Wie viel?«, fragte Fane erneut.

»Zweieinhalbtausend Dollar. Es ist aber keine Garantie mehr auf der Maschine. Sie hat achttausend Kilometer auf dem Tacho, die Reifen sind neu und sie hatte noch keinen Unfall«, ratterte Steve die Fakten herunter.

Fane zückte sein Portemonnaie, zog die Kreditkarte seiner Eltern heraus und gab sie Steve. Während der Verkäufer mit der Karte ins Gebäude ging, wurde Fane bewusst, dass er einen großen Fehler gemacht hatte, denn Steve hatte jetzt den vollen Namen seines Vaters. Seine feurige kleine *Lună* hätte jetzt vielleicht so etwas gesagt wie: »Gehe in das Gefängnis! Begib dich direkt dorthin. Gehe nicht über Los. Ziehe nicht $200 ein.« Ja, sie würde ganz bestimmt so etwas in der Art sagen.

Brian kam zurück zu Fane geschlendert, aber dieser bemerkte ihn erst, als Brian ihn ansprach. »Und? Hast du was gefunden?«

»Ja, ich werde die schwarze Honda Shadow kaufen. Sie sieht aus, als wäre sie noch gut in Schuss. Kannst du mich vielleicht dahin bringen, wo ich ein Kennzeichen bekomme und sonst noch alles erledigen kann, um den Kauf abzuschließen?«, fragte Fane.

»Klar, kein Problem. Sag einfach Bescheid, wenn du so weit bist«, erwiderte Brian.

»Okay, *mulțumesc*, Brian. Ich bin dir wirklich sehr dankbar für deine Hilfe.«

»Keine Ursache«, erwiderte Brian lächelnd.

Fane drehte sich um und sah, dass Steve über den Hof zu ihnen kam. Er hatte ein paar Papiere in einer Hand und Fanes Kreditkarte in der anderen. Als er bei ihnen angekommen war, gab er Fane die Karte zurück.

»Könnten Sie bitte einen Augenblick mit reinkommen, um diese Papiere zu unterzeichnen?«, fragte Steve Fane.

Fane nickte kurz und folgte Steve ins Gebäude. Rechts vom Eingang stand ein Tisch. Steve setzte sich hin, Fane blieb stehen. Er beugte sich einfach vor und unterzeichnete an den Stellen, die Steve für ihn markiert hatte. Sobald alles unterschrieben war, stand Steve wieder auf und übergab Fane die Schlüssel. Fane wollte gerade gehen, da sagte Steve zu ihm: »Ich habe eine Nachricht von meinem Alpha.«

Fane wirbelte herum und sah Steve tief in die Augen. Der weniger dominante Graue senkte sofort den Blick, fuhr aber fort: »Er sagt, du sollst lieber nicht auspacken.« Und damit drehte Steve sich um und entfernte sich.

Fane drückte die Tür auf und ging nach draußen zu Brian.

»Okay, Brian, von mir aus können wir los.« Fane versuchte krampfhaft, sich seine Wut nicht anmerken zu lassen. Sein Wolf war alles andere als glücklich. In einem Revier, das er aufgrund der Information, es gebe hier keine anderen Grauen, beansprucht hatte, gab es doch noch andere Wölfe. Darüber hinaus lebte seine Gefährtin im gleichen Gebiet, und zwar ungebunden. Er war versucht zu glauben, dass es kaum schlimmer kommen konnte, aber das wäre in Bezug auf Canes Lupi ein Riesenfehler gewesen.

Als Fane in die Auffahrt zum Haus der Henrys einbog, war er begeistert, wie gut sein neues Motorrad lief. Brian hatte darauf bestanden, dass sie sofort in einen Motorradladen fuhren und einen Helm für ihn kauften, da es beim Händler keine gab. Er entschied sich für einen Vollhelm mit einem getönten Visier und kaufte für Fahrten im Dunkeln noch ein klares Visier dazu. Es tut so gut, wieder auf einem Motorrad zu sitzen, dachte Fane. Er parkte hinter Brians Auto und machte seinen eigenen Helm und den Helm, den er spontan für Jacquelyn gekauft hatte, seitlich am Motorrad fest.

Er ging zur Haustür und sah, dass Lilly vor dem Haus gegenüber vorfuhr. Ihm war gar nicht aufgefallen, dass sie weggefahren war.

Während sie aus ihrem VW-Cabrio ausstieg, winkte sie Fane zu.

»Fane! Hey, ich wollte dich für heute Abend zum Essen einladen«, rief sie quer über den Rasen. »Die Mädchen wollen Pizza essen. Du bist herzlich willkommen, wenn es dir nichts ausmacht, mit ein paar Teenagerinnen abzuhängen«, sagte sie und zwinkerte ihm zu.

Fane überraschte die Einladung ein wenig, aber er würde keine Gelegenheit auslassen, Zeit mit Jacquelyn zu verbringen.

»Es wäre mir eine Ehre, *mulțumesc*«, erwiderte Fane.

»Super. Wir wollen gegen fünf Pizza bestellen. Oh, und sag Brian und Sara bitte, dass sie auch eingeladen sind. Wir machen uns einen netten Abend und spielen ein paar Spiele«, sagte Lilly begeistert.

Fane konnte es nicht genau begründen, aber Lilly erschien ihm ein wenig nervös. Vielleicht bildete er sich das nur ein, aber irgendwas stimmte definitiv nicht mit ihr. Sie winkte ihm noch einmal zu, drehte sich um und ging ins Haus, so wie er auch.

Sara saß auf der Couch und las ein Buch, als er hereinkam. Er richtete ihr aus, dass Lilly sie alle zu Pizza und einem Spieleabend eingeladen hatte.

»Oh, das klingt super«, sagte Sara ausgelassen. »Ich backe noch ein paar Brownies zum Mitnehmen. Magst du Brownies?«

»Ja, sehr. Ich will mich jetzt nur gern ein wenig zurückziehen und meine Eltern anrufen, wenn das okay ist«, teilte er ihr mit.

»Klar, kein Problem. Du musst nicht um Erlaubnis fragen, du bist praktisch ein erwachsener Mann. Solange du keine Drogen verkaufst oder nächtelang Orgien feierst, kannst du tun und lassen, was du willst. Wir vertrauen dir, solange du uns keinen Anlass gibst, dir nicht zu vertrauen.«

»*Mulțumesc*«, war alles, was er dazu sagte. Dann ging er nach oben, um seinen Vater anzurufen und ihn über das zu informieren, was er heute herausgefunden hatte. Er würde außerdem erklären müssen, dass sein Temperament mit ihm durchgegangen war und er seinen Titel enthüllt hatte, und dass er dem Grauen seine Kreditkarte mit dem Namen seines Alphas darauf gegeben hatte. Er war erst einen Tag in Coldspring und hatte bereits seine Gefährtin gefunden, einen anderen Grauen getroffen, von einem Rudel erfahren, das nicht einmal hier sein sollte, und war bedroht worden. Unnötig zu erwähnen, dass es seit seiner Ankunft nicht langweilig geworden war.

Er wählte die Nummer seines Vaters zum zweiten Mal an diesem Tag und sein Vater war bereits nach dem ersten Klingeln in der Leitung.

»*Partenera ta este în pericol.* Deine Gefährtin ist in Gefahr«, waren die ersten Worte, die Fane seinen Vater sagen hörte.

Kapitel 11

»Du hast was?«, unterbrach Jacque ihre Mutter, als diese Sally und ihr erzählte, sie habe Fane und die Henrys zum Pizzaessen eingeladen.

»Hi, Sally«, sagte Lilly Pierce und ignorierte die Entrüstung ihrer Tochter komplett. »Du bleibst doch zum Essen, oder?«

»Wenn ich darf, sehr gerne«, sagte Sally zuckersüß.

»Je mehr, desto besser. Wir wollen auch ein paar Spiele spielen, das wird sicher toll! Jen kommt doch auch, oder?«

»Ja, Mom. Könntest du mir jetzt bitte erklären, was du so toll an Fane findest?«, fragte Jacque.

»Könntest du mir erklären, was du gegen ihn hast? Warum sperrst du dich so dagegen, ihn etwas besser kennenzulernen?«, erwiderte ihre Mutter.

Ihre Mutter begriff es einfach nicht. Vielleicht dachte sie, es würde ihr guttun, wenn sie ihr einen neuen Typen aufdrängte, da sie sich ja von Trent getrennt hatte. Ja, es war tatsächlich sehr hart für Jacque gewesen, schließlich waren sie fast zwei Jahre lang ein Paar gewesen. Aber hatte ihre Mutter denn gar nicht bemerkt, dass sie sich seitdem verändert hatte? Es war gut zwei Monate her, dass sie Trent zum letzten Mal gesehen hatte, und sie hatte auch kaum an ihn gedacht. Tatsächlich hatte sie in den letzten vierundzwanzig

Stunden überhaupt nicht an ihn gedacht. Sie beschloss, für den Augenblick nichts dazu zu sagen; sie wusste, wann eine Schlacht verloren war.

Jacque sah Sally an und bedeutete ihr, nach oben zu gehen. »Wir sind dann oben, Mom. Jen wird wahrscheinlich erst später kommen. Sie sagte, sie müsste mit ihren Eltern essen, aber hoffentlich schafft sie es, rechtzeitig für den supertollen Spieleabend hier zu sein«, meinte Jacque und mimte so übertrieben freudige Erwartung, dass Lilly streng sagte: »Mach nur so weiter, Jacquelyn, du wirst schon sehen, was du davon hast.«

Lilly war nur selten böse auf ihre Tochter, daher wusste Jacque auch, wann es am besten war, schleunigst in ihr Zimmer zu verschwinden, bevor ihre große Klappe ihr arbeitsreiche Freitag- und Samstagabende im Buchgeschäft ihrer Mutter einbrachte, und das über ihr gesamtes letztes Highschool-Jahr.

Sobald sie in Jacques Zimmer waren, setzte Sally sich im Schneidersitz auf den Boden und ging Jacques CD-Sammlung durch. Sie entschied sich für Jacques Lieblings-CD von Evanescence. Sobald die Musik laut genug war, um neugierige Ohren auszusperren, sagte sie zu Jacque: »Also, lass hören. Was ist passiert, nachdem Jen und ich weg waren?«

Jacque dachte an den Augenblick, in dem ihr klar geworden war, dass die Stimme, die sie hörte, die von Fane war.

»Na ja, nachdem ihr weg wart, habe ich mich aufs Bett gelegt, um ein wenig zu chillen und nachzudenken. Und als ich da lag, fing die Stimme in meinem Kopf wieder an zu sprechen. Er fragte mich, ob ich Angst hätte, und sagte mir, dass das nicht seine Absicht gewesen sei«, erklärte Jacque.

»Er?«, fragte Sally. »Dann ist es Fane? Die Stimme von Fane?«

Jacque nickte und fügte hinzu: »Das wurde mir endgültig klar, als er etwas auf Rumänisch gesagt hat, denn ganz ehrlich, Sal, wenn du Stimmen in deinem Kopf hörst, warum zum Teufel sollten sie dann ausgerechnet Rumänisch sprechen?«

»Ähm, na ja, vielleicht weil du diese geheime Fantasie hast, mit einem umwerfend gutaussehenden rumänischen Adeligen durchzubrennen und zu seinem atemberaubenden Eisschloss zu reisen«, sagte Sally leicht wehmütig.

»Oh, stimmt, an diese absolut naheliegende Antwort hatte ich natürlich nicht gedacht«, konterte Jacque und verdrehte die Augen.

»Und wie lange habt ihr euch ›unterhalten‹?«, fragte Sally und malte, als sie »unterhalten« sagte, mit den Fingern Anführungszeichen in die Luft.

»Nachdem er Rumänisch mit mir gesprochen hatte, fragte ich, ob er Fane sei, du weißt schon, nur um sicher zu sein.«

»Es war auf jeden Fall wichtig und richtig, dir darüber Klarheit zu verschaffen«, warf Sally ein.

»Na ja, als er es mir bestätigt hatte, habe ich total dichtgemacht. Ich wollte nicht mehr mit ihm ›reden‹. Ich musste mich irgendwie beschäftigen, also stand ich auf, kümmerte mich um die Wäsche und wischte im Wohnzimmer Staub«, erklärte Jacque.

»Wenn deine Mom dich also demnächst dazu bringen will, im Haushalt zu helfen, muss sie nur einen rumänischen Austauschschüler finden, der in deinem Kopf herumspuken kann. Wer hätte das gedacht?«, meinte Sally sichtlich amüsiert.

»Ja, ja, du mich auch. Dann wollte ich nach draußen in die Sonne gehen. Also habe ich es mir im Garten bequem gemacht. Ich weiß nicht, wie lange ich draußen war, aber irgendwann hörte ich seine Stimme wieder. Dieses Mal klang er ... nicht sauer, aber irgendwie frustriert oder so.« Jacque rief sich in Erinnerung, wie seine Stimme in ihrem Verstand geklungen hatte.

»Er besaß echt die Frechheit, mir zu sagen, dass an meinem Bikini die Hälfte an Stoff fehlt!«, erzählte sie.

»Oh, das wird Jen gefallen: ein rumänisches Sahneschnittchen mit Sinn für Humor, was für eine seltene Kombination!«, sagte Sally und grinste. Sie schwieg kurz und schien nachzudenken.

»Moment! Heißt das, er hat dich von seinem Fenster aus beobachtet?«, fragte sie.

»Ja. Und weißt du auch, was ich dann gemacht habe?«

»Bitte sag mir, dass du ihm nicht den Stinkefinger oder den nackten Hintern gezeigt hast, oder irgendwas anderes, was Jen dir vielleicht vorgeschlagen hätte«, sagte Sally besorgt.

»Nein. Obwohl sich jeder dieser Vorschläge gut anhört. Ich bin einfach aufgestanden, habe einen guten alten Knicks gemacht und bin dann ins Haus marschiert. Natürlich erst *nachdem* ich ihm netterweise erklärt hatte, dass ich es noch besser gefunden hätte, wenn der Bikini nicht so viel verdeckt hätte«, sagte Jacque lachend.

Sally verdrehte die Augen. »Erinnere mich daran, nie zusammen mit dir in eine Löwengrube zu gehen. Du würdest die Biester wahrscheinlich noch bis zur Weißglut reizen, statt sie zu besänftigen.«

»Ach, kommen Sie, werter Watson. Wollen Sie mir sagen, Sie hätten Angst vor Löwen, Tigern und Bären?«, zog Jacque sie auf.

»Allmächtiger!« Sally legte die Hände auf ihre Wangen, als wäre sie verärgert.

Beide Mädchen lachten über die albernen Mätzchen, die sie in die Realität zurückholten. Jacque nahm ihre Haare am Hinterkopf zu einem Pferdeschwanz zusammen und drehte sich auf der Suche nach einem Haargummi um, als sie hörte, dass Sally keuchte. Sie sah ihre Freundin an und bemerkte, dass diese auf ihren Nacken und ihre Schultern starrte. Jacque hatte vergessen, dass sie extra ein T-Shirt mit weitem Halsausschnitt angezogen hatte, damit sie Jen und Sally die Zeichen zeigen konnte.

»Oh, hatte ich die noch gar nicht erwähnt?«, fragte sie lässig.

»Ach du Scheiße, Jacque! Wann hast du das denn machen lassen?«, fragte Sally.

»Mal überlegen … Wenn ich mich recht erinnere, habe ich, nachdem er gegangen war, eine Flasche Schnaps auf ex getrunken, bin zum nächsten Tattoo-Studio gegangen und habe mir von einem Typen namens Snake mit Piercings in jedem nur erdenklichen Körperteil dieses unglaubliche Tribal stechen lassen. Ich habe einfach nur vergessen, euch das zu erzählen«, sagte Jacque sarkastisch und fügte dann müde hinzu: »Ich habe keine Ahnung, wo das herkommt. Als ich nach dem Sonnen nach oben ging, um zu duschen, war es einfach da. Ich bin total ausgeflippt und habe Fane angeschrien, aber er hat noch nicht geantwortet, was für mich schon fast ein Schuldeingeständnis ist, dass er etwas damit zu tun hat.«

»Jetzt veranstaltet er also nicht nur Voodoo in deinem Verstand, sondern auch auf deinem Körper?«, sagte Sally und fing an zu kichern, als ihr klar wurde, wie das klang.

»Du weißt, was Jen sagen würde?«, fing Jacque an, doch in diesem Augenblick flog die Zimmertür auf und Jen kam rein.

»Das hängt davon ab, worum es geht, Schätzchen. Also schieß los: Was für ein Klugschiss wird von mir erwartet?«, sagte Jen melodramatisch.

»Fane hat irgendeinen Voodoo auf Jacques Körper veranstaltet«, unterrichtete Sally sie im Plauderton.

»Ooooooh. Und? War's gut?«, fragte Jen wissbegierig.

»Himmel, Jen, sie meinte doch keinen … körperlichen Voodoo, du Perversling.« Jacque drehte sich, um ihr die Zeichen auf ihren Schultern und ihrem Nacken zu zeigen.

»Sieht aus, als würde er die Phase ›Hey, möchtest du vielleicht meinen Ring tragen?‹ komplett überspringen und gleich zu ›Hey, lass uns Freundschaftstattoos stechen‹ übergehen«, meinte Jen, während sie die Zeichen begutachtete.

»Du glaubst, er könnte auch so was …« Jacque verstummte. In diesem Augenblick fiel ihr ein, dass ihr an Fanes Hals tatsächlich ein Tattoo aufgefallen war, als sie drüben bei den Henrys waren. Sie hatte das komplett vergessen, weil es irgendwie zu dieser ganzen Biker-Geschichte gepasst hatte.

»Stimmt, er hat wirklich ein Tattoo an seinem Hals, aber das heißt doch noch lange nicht, dass es mit meinem was zu tun hat, oder?« Jacque sah ihre Freundinnen nach Bestätigung suchend an.

»Nein, es heißt ganz sicher nicht, dass es mit deinem was zu tun hat«, pflichtete Sally ihr bei, klang aber nicht besonders überzeugt.

In diesem Augenblick wandte sich Jacque an Jen: »Was machst du überhaupt schon hier? Ich dachte, du kannst frühestens um neun hier sein?«

»Na ja, ich habe kurz durchklingen lassen, dass du wegen Trent ein wenig traurig bist und etwas Unterstützung von deinen besten

Freundinnen brauchst und so weiter und so fort. Meine Mom hat das so was von geschluckt.«

»Ganz große Klasse, Jen. Jetzt denkt deine Mom, dass ich Trent hinterherheule, dabei stimmt das doch gar nicht! Ich bin so was von über ihn hinweg.«

Aber war sie das tatsächlich? Sie dachte an die beiden Jahre, die sie und Trent zusammen gewesen waren. Trotz ihres jungen Alters war ihre Beziehung schon sehr innig gewesen. Dann, völlig aus dem Nichts, hatte Trent ihr gesagt, dass er eine »Pause« bräuchte. Jacque hatte ihn höflich darum gebeten, sie nicht wie eine Idiotin zu behandeln und ihr zu sagen, was Sache war – dass Schluss war. Sie war wie vor den Kopf geschlagen gewesen und hatte die Welt nicht mehr verstanden. Am Tag davor hatten sie noch auf der Couch geknutscht und er hatte ihr gesagt, wie verliebt er in sie sei. Als er nach Hause ging, hatte er versprochen, er würde sie am gleichen Abend noch anrufen, was er aber nicht getan hatte. Am nächsten Tag teilte er ihr mit, dass es vorbei sei. Seitdem hatte Jacque nichts mehr von ihm gehört oder gesehen.

Wenn sie jetzt so an ihn dachte, fing sie wirklich an, ihn zu vermissen. Er war echt ein toller Typ und sie hatten viel Spaß zusammen gehabt. Er war groß, hatte Muskeln, weil er viel mit Gewichten trainierte, und welliges Haar, das er gerade lang genug trug, um verwegen auszusehen. Außerdem hatte er ganz ungewöhnliche graue Augen. Er liebte es, einfach abzuhängen und nichts zu tun, aber er war immer ein Gentleman gewesen und konnte hin und wieder auch sehr emotional sein. Sie hatten sich eine Weile lang nur getroffen, bevor ihre Beziehung intimer wurde, und als sie ihm gesagt hatte, dass Sex für sie noch nicht infrage kam, war das überhaupt kein Problem für ihn gewesen.

»*Mir gefällt nicht, woran du gerade denkst,* Lună«, hörte Jacque plötzlich.

Sie hatte vergessen, dass Fane ihr gesagt hatte, dass er ihre Emotionen spüren konnte, wenn sie nur stark genug waren, obwohl sie sie gar nicht sendete.

»*Tja, dann solltest du vielleicht anklopfen, bevor du reinkommst*«, wies Jacque ihn barsch zurecht.

»*Wer ist dieser Trent? Was bedeutet er dir? Wann und warum hat er dich geküsst?*«, fragte Fane Schlag auf Schlag.

»*Okay, jetzt hör mal gut zu, du kleiner, rumänischer, neugieriger, gedankenlesender ...*« Jacque verstummte mental kurz und suchte nach einem passenden Wort, aber als ihr nichts einfiel, sagte sie nur lahm: »*... Typ. Ich bin nicht deine ›Luhna‹ oder wie auch immer du mich nennst. Meine Angelegenheiten gehen dich einen Scheißdreck an, und ich schulde dir keinerlei Erklärungen. Könntest du also einfach, einfach ... grrrr!*« Sie war frustriert, weil sie ihm eigentlich sagen wollte, dass er verschwinden solle, aber ein nicht unbeträchtlicher Teil in ihr rebellierte dagegen, weil sie ihn bei sich haben wollte. Mit anderen Worten: Sie war vollkommen durchgeknallt.

Fane tat einfach so, als hätte er nichts von dem gehört, was sie gesagt hatte, und hakte einfach nach: »*Was hast du gesagt, wer war dieser Trent doch gleich?*«

Jacque schnaubte verärgert.

»Sprichst du wieder mit dem rumänischen Sahneschnittchen?«, fragte Jen.

Jacque nickte. »Er hat gehört, dass ich an Trent gedacht habe, und jetzt will er wissen, wer das ist.«

»Und warum will er das ... ooooh, ich verstehe«, sagte Sally grinsend. »Er ist scharf auf dich.«

»Ach menno. Warum kriegen immer die Rothaarigen die heißesten Typen?«, quengelte Jen.

»Mädels, könntet ihr mich mal 'ne Minute in Ruhe lassen?«, fragte Jacque.

»Oh, aber natürlich. Kümmere dich gar nicht um uns Nicht-Voodoo-Freaks. Wir hängen hier nur ein bisschen ab, während ihr mental rummacht«, zog Jen sie auf, woraufhin sie und Sally zu gackern anfingen.

»Der war gut«, sagte Sally und hielt ihr die Hand zur Gettofaust hin.

Jacque sah sie ungläubig an und verdrehte entnervt die Augen.

Sie widmete sich gedanklich wieder Fane, und da sie das Gefühl hatte, dass er nicht lockerlassen würde, entschloss sie sich, es ihm zu erzählen.

»*Trent und ich waren zwei Jahre zusammen, haben uns aber vor zwei Monaten getrennt.*«

Fane schwieg kurz, dann antwortete er: »*Tut mir leid, dass du seinetwegen Liebeskummer hattest, aber ich will auch nicht leugnen, wie sehr es mich freut, ihn nicht davon überzeugen zu müssen, dass es besser für ihn wäre, sich anderweitig umzusehen.*«

Seine ehrlichen Worte verblüfften Jacque. »Und warum solltest du das tun?«

»*Weil ich selbst vorhabe, um dich zu werben, und das wäre extrem schwierig, wenn du Gefühle für einen anderen hättest. Stimmt's?*«

Jacque sah auf die Uhr an der Wand und bemerkte, dass es bereits Viertel nach fünf war. Die Henrys und Fane würden in fünfzehn Minuten hier sein.

»*Du wirst in ein paar Minuten persönlich hier sein*«, stellte sie fest.

»*Ja, ich freue mich sehr darauf, dich wiederzusehen. Wie sieht's bei dir aus, Jacquelyn?*«

Jacque dachte eine Minute darüber nach und konnte die Schmetterlinge nicht leugnen, die vor Vorfreude wie wild in ihrem Bauch flatterten. Sie brauchte echt Medizin, entschied sie.

Fane lachte, weshalb sie vermutete, dass er zugehört hatte, da sie ständig vergaß, an die Mauer zu denken, wie er es ihr vor Kurzem erklärt hatte.

»*Ich möchte dich das eine oder andere fragen, daher möchte ich dich auch sehen*«, erwiderte Jacque ehrlich.

»*Gut, dann bis in ein paar Minuten, inimă mea*«, beendete er ihr Gespräch.

Kapitel 12

Nach seiner Motorradfahrt hatte Fane sich geduscht, weil er für Jacquelyn gut riechen wollte, wenn er mit den Henrys rüber zu den Pierces ging. Er fand es amüsant, wie selbstbewusst er sich plötzlich fühlte, seit er seine Gefährtin gefunden hatte. Er sehnte sich so sehr nach Bestätigung von ihr, ebenso wie sein Wolf.

Er versuchte sogar, sich das Haar aus dem Gesicht zu kämmen, aber es fiel ihm dennoch immer wieder über das linke Auge.

Er hatte sich für ein tiefrotes Poloshirt entschieden, das den perfekten Kontrast zu den Wolfszeichen an seinem Hals bildete. Dann verstaute er sein Handy und sein Portemonnaie in jeweils einer Gesäßtasche und ging nach unten.

Brian und Sara warteten im Wohnzimmer auf ihn. Sara hatte ein Tablett mit Brownies in der Hand und Brian hatte ein paar Brettspiele unter dem Arm. Eines davon war Domino, das Fane sehr gut kannte, weil er es oft mit seiner Familie gespielt hatte.

Er ging zu Sara, nahm ihr das Tablett ab und sagte einfach: »Das nehme ich.«

Sara lächelte ihn dankbar an.

»Können wir?«, fragte Brian die anderen beiden. Sowohl Sara als auch Fane nickten.

Als Sara an die Haustür der Pierces klopfte, spürte er ganz plötzlich, wie die Wolfszeichen an seinem Hals brannten. Er drehte sich um und sah ein Auto gemächlich vorbeifahren. Fane ließ seinem

Wolf gerade genug Spielraum, um nachzusehen, wer so auffallend langsam am Zuhause seiner Gefährtin vorbeischlich. Fanes Nerven waren bis zum Äußersten angespannt, da er wusste, dass es hier auch andere Graue gab und sein Vater ihn gewarnt hatte, dass Jacquelyn in Gefahr war. Darüber hinaus hatte er von einem Telefon mit unterdrückter Rufnummer einen Anruf von einem Wolf erhalten, der sich als Alpha des Coldspring-Rudels ausgegeben und behauptet hatte, es hätte bereits ein anderer Wolf Anspruch auf Jacque erhoben. Er hatte Fane außerdem aufgefordert, umgehend die Stadt zu verlassen.

Jacque öffnete ihnen die Tür, und Fane konnte sich ein Lächeln nicht verkneifen, schließlich war sie sein feuriges Mysterium. Es hätte Jahrhunderte dauern können, sie zu finden, dennoch hatte es ihn nur siebzehn Jahre gekostet. Wie gesegnet er doch war.

»Kommt doch rein«, sagte sie höflich.

Als sie sich zu viert im Flur drängten, deutete Jacque in Richtung der Küche, aus der Fane den Duft der bereits gelieferten Pizza wittern konnte.

»Hallo, ihr«, begrüßte Lilly sie. »Wie schön, dass ihr da seid!« Lilly und Sara umarmten sich. Jen und Sally luden sich bereits Pizzastücke auf ihre Teller, als Lilly sie ermahnte: »Hey, könnt ihr nicht auf unsere Gäste warten?«

»Wir haben ihnen nur einen Gefallen getan«, konterte Jen.

»Ach ja?«, gab Lilly zurück. »Und was für ein Gefallen wäre das?«

»Wir kosten nur vor, stellen sicher, dass die Pizza gut ist. Wir wollen doch nicht, dass unser rumänischer Gast aus Versehen vergiftet wird, auch wenn das eine verdammt coole Schlagzeile abgäbe«, erwiderte Jen.

»Jen, musst du immer sagen, was du gerade denkst? Hast du dir nie gedacht ›Hey, vielleicht sollte ich einfach mal die Klappe halten‹?«, fuhr Jacquelyn ihre beste Freundin an.

»Du bist stinkig, weil du an Trent gedacht hast«, zickte Jen zurück.

Fane konnte sich nicht gegen das Grollen wehren, das bei der Erwähnung von Jacquelyns jüngst erloschener Flamme seiner Brust entwich.

Lilly wirbelte herum und starrte ihn an. Fane legte den Kopf schräg, während sein Wolf bei ihrem bohrenden Blick in den Vordergrund trat. Interessant, dachte Fane, sie weiß etwas.

Jacquelyn musste seinen letzten Gedanken mitbekommen haben, denn er hörte sie fragen: »*Worüber weiß sie etwas?*«

Fane wandte den Blick von Lilly ab und sah in das fragende Gesicht seiner *Lună*. Er würde es ihr sagen müssen, wenn nicht heute Abend, dann doch bald. Und er würde mit Lilly reden müssen. Irgendetwas sagte ihm, dass sie eine Ahnung hatte, wer und was er war.

»*Fane, woran denkst du gerade?*«, fragte Jacque noch einmal.

»*Wir müssen unser Gespräch auf später verschieben, Jacquelyn, und deine Mom wird auch dabei sein müssen*«, erklärte Fane.

»Auf der Arbeitsplatte liegen Pappteller«, erklärte Lilly, »und Becher mit Eis sowie ein paar Getränke zur Auswahl. Bedient euch doch bitte!«

Sie bildeten eine kleine Schlange und füllten ihre Teller. Ein paar Minuten herrschte Stille, dann setzten sie sich schließlich an den Esszimmertisch.

Fane war aufgefallen, dass Jen und Sally es so eingerichtet hatten, dass er neben Jacquelyn saß, was er niedlich fand.

»Und? Freut ihr euch alle auf euer letztes Jahr an der Highschool? Wisst ihr schon, welche Fächer ihr belegen wollt?«, fragte Brian.

Alle nickten mit vollem Mund. Jen hatte zuerst aufgekaut und hatte selbstverständlich etwas zu sagen: »Ich werde natürlich Anatomie und Physiologie belegen.«

»Oh. Heißt das, du magst …«, erwiderte er, wurde aber schnell von Sally und Jacquelyn unterbrochen: »Nein, bitte fragen Sie nicht!«

»Ob ich Naturwissenschaften mag?«, grätschte Jen ein. »Nein, aber ich stehe total auf Jungs.«

Lilly verdrehte die Augen und Fane verschluckte sich an einem Bissen Pizza, da ihre kokette Offenheit ihn überraschte. Jacque sah zu Fane, und ihm fiel auf, dass ihr Gesicht so rot war wie Feuer, das er als Spitznamen für sie nutzte.

Er zwinkerte ihr zu, was sie nur noch mehr erröten ließ.

»Was ist denn dein Lieblingsfach, focoasa mea, *mein feuriges Mädchen?«,* fragte er sie gedanklich.

Sie wollte gerade einen Schluck trinken und hätte um ein Haar alles wieder ausgespuckt.

»Alles okay bei dir, Jacquelyn?«, erkundigte Fane sich unschuldig.

Sie funkelte ihn wütend an, bevor sie ihm antwortete: »Alles okay, danke.«

»Ich bevorzuge Kontaktsportarten, weil ich finde, dass ein bisschen wohldosierte körperliche Gewalt gut für die Seele ist«, dachte Jacque feixend.

»Nichts anderes hatte ich erwartet, focoasa mea«, erwiderte Fane.

Sie sah ihn fragend an, sagte aber nichts weiter.

»Wie läuft's denn im Buchladen, Lilly?«, fragte Sara.

»Super! Seit ich noch ein paar Leute eingestellt habe, kann ich mich mehr auf den Warenbestand konzentrieren und anfangen, ein paar Ideen umzusetzen, die mir schon lange im Kopf rumspuken. Ich überlege, eine kleine Ecke für den Kaffee- und Geschenkeverkauf einzurichten, damit vielleicht noch andere Leute in den Laden kommen und sich umsehen«, erzählte Lilly.

»Mom, ich wusste gar nicht, dass du das alles planst«, sagte Jacque verwundert.

»Na ja, du hast den ganzen Sommer über neben dir gestanden und ich war viel im Geschäft. Ich wollte dir davon erzählen, aber irgendwie kam permanent etwas dazwischen.«

Fane hatte den Eindruck, dass Lilly auf die Trennung anspielte, als sie sagte, Jacque hätte den Sommer über neben sich gestanden. Offenbar hatte diese ganze Trent-Sache Jacque mehr mitgenommen, als sie zugeben wollte.

»Warum ist das so wichtig für dich?«, fragte Jacque.

Himmel, er musste echt daran arbeiten, seine Gedanken vor ihr abzuschirmen, ansonsten konnte er sich jede Menge Ärger einhandeln.

»Hab Geduld mit mir, Jacquelyn. Ich werde dir bald einiges erklä-ren, und dann wirst du auch verstehen, warum ich mich bei einigen Dingen, die dich betreffen, so verhalte.«

Als alle aufgegessen hatten, räumten sie gemeinsam den Tisch ab und breiteten ein Spiel aus, das »Mein Dingsbums ...« hieß und von dem Fane noch nie etwas gehört hatte.

Jen zog die Spielanleitung aus dem Karton und begann, sie vorzulesen:

»Bei diesem Spiel sehen sich alle Spieler bis auf den Ratenden einen Begriff an und beschreiben dann den entsprechenden Gegenstand oder die Person. Dabei kann es sich um einen Bade-anzug, einen Nachbarn, einen Kleiderschrank, eine Frisur oder eines der anderen mehr als dreihundert Wörter aus dem Spiel handeln. Der Ratende muss dann anhand aller Beschreibungen herausfinden, um welchen Begriff es sich handelt. Den Reiz des Spiels machen die witzigen bis gewagten Hinweise der Spieler aus. Es gewinnt der Spieler, der seinen Begriff mithilfe der wenigsten Hinweise errät.

Was glauben Sie, was Spieler mit diesen Hinweisen beschreiben?

Mein Dingsbums steigt stetig an.

Ich vergleiche mein Dingsbums oft mit anderen.

Meine Frau liebt mein Dingsbums.

Ich sehe mein Dingsbums nie.

Mein Dingsbums kommt einmal pro Monat.

Man würde mir nicht abnehmen, was ich alles für mein Dings-bums tue.

Mein Dingsbums verschwindet immer viel zu schnell.

Der gesuchte Begriff ist: Gehalt.«

Fane wusste sofort, dass es das perfekte Spiel für Jen war. Es machte ihr ganz offensichtlich Spaß, Jacquelyn in die peinlichsten Situationen zu manövrieren – und er freute sich ein bisschen darauf, sie sich winden zu sehen.

»Okay, wer will als Erster raten?«, fragte Brian.

»Ich«, bot Lilly sich an.

»Jacque, du ziehst einen Begriff und sagst deinen ersten Hinweis, dann gibst du die Karte an die nächste Person weiter«, erklärte Brian.

Wie angewiesen, zog Jacquelyn eine Karte, woraufhin ihr Kopf augenblicklich rot wurde. Oh ja, dachte Fane, mir gefällt dieses Spiel jetzt schon.

»Mein Dingsbums ist …«, Jacque machte eine Pause, »… lockig.« Sie konnte immer noch nicht dagegen ankämpfen, zu erröten.

Fane sah den Begriff in ihren Gedanken und zwinkerte ihr zu.

Sally war als Nächstes an der Reihe. »Mein Dingsbums ist lang.«

Sally gab Sara die Karte, die sagte, dass ihr Dingsbums wie Schokolade sei: samtig und dunkel, und Brian sagte, sein Dingsbums hätte die Farbe von Sand.

Endlich war Jen an der Reihe, und Fane konnte spüren, dass alle etwas nervös waren, was aus ihr heraussprudeln würde.

»Mein Dingsbums fühlt sich seidig weich an«, sagte Jen mit einem Zwinkern in Richtung Fane.

Fane konnte spüren, wie in Jacquelyn eine Flamme der Eifersucht aufloderte. Er legte den Kopf zur Seite und betrachtete sie genau. Interessant, dachte er, sie mag es nicht, wenn Jen mit mir flirtet. Als ihr Kopf herumwirbelte und sie ihn mit Blicken zu erdolchen versuchte, wurde ihm klar, dass sie seine Gedanken gehört haben musste.

»*Entspann dich, meine* Lună. *Ich gehöre nur dir allein*«, versicherte er ihr.

»*Oh, und das kommt von dem Rumänen, der auf einen Typen eifersüchtig ist, mit dem ich schon längst nicht mehr zusammen bin? Und vergiss nicht: Wir zwei sind nicht zusammen, das hat dich also gar nicht zu interessieren*«, wies Jacquelyn ihn verächtlich zurecht. »*Übrigens bist du dran*«, fügte sie hinzu.

Fane sah rüber zu Jen, die ihm die Karte hinhielt und ihn wissend ansah. Offensichtlich hatte sie mitbekommen, dass Jacquelyn und er gedanklich miteinander kommuniziert hatten.

Er las den Begriff auf der Karte und überlegte angestrengt, was er sagen konnte, um sich nicht allzu sehr zu blamieren – die Auswahl war allerdings begrenzt: »glatt«, »kurz« oder »schwarz«. All diese Aussagen konnten so oder so verstanden werden, wobei ihm schon jetzt klar war, dass Jen sie absichtlich missverstehen würde.

»Mein Dingsbums ist …« Na ja, dachte Fane, wenn man schon untergeht, dann wenigstens mit Pauken und Trompeten, »… kurz.« Und mit dieser Äußerung verloren alle, Jacquelyn eingeschlossen, die Fassung. Es war offensichtlich, dass Jen gewusst hatte, dass all seine Optionen erbärmlich waren, und nur auf seinen Niedergang gewartet hatte.

»Cool«, sagte Jen und erhob die Hand zur Gettofaust für Sally.

Fane konnte es sich nicht verkneifen, in all dem Trubel zu Jacquelyn zu sehen, die heftig kicherte. Er zog eine Augenbraue hoch und sprach sie mental an: *»Habe ich dich erheitert,* focoasa mea?«, fragte er sie.

Jacquelyn tat nichts weiter, als ihm zuzuzwinkern, aber das reichte schon, um ihn glücklich zu machen. Sie ließ sein Herz schneller schlagen und sie gehörte nur ihm. Jetzt musste er sie nur noch davon überzeugen … und eventuell auch ihre Mutter. Fane hatte darüber nachgedacht, ob er heute mit Lilly und Jacquelyn reden sollte, aber im Verlauf des Abends änderte er seine Meinung und entschloss sich, vorher noch einmal mit seinem Vater zu sprechen. Vielleicht hatte er mehr herausgefunden und konnte Fane helfen, die sicherste Entscheidung für seine Gefährtin zu treffen.

Es war ein witziger Abend, und manchmal lachten die Mädchen so heftig, dass ihnen die Tränen über die Wangen liefen. Einmal lautete der zu erratende Begriff »Reifen deines Fahrzeugs«, und natürlich hatte Jen sich eine Anzüglichkeit nicht verkneifen können und gesagt, ihr Dingsbums sei rund. Als Fane an der Reihe war, wurde ihm ein bisschen zu spät klar, dass sein Motorrad nur zwei Räder hatte, seine Antwort lautete daher: »Mein Dingsbums hat zwei«. Jen hatte daraufhin einen solchen Lachanfall, dass sie ihren Kopf auf die Tischplatte legen musste, und Sally fiel sogar vor Lachen vom Stuhl, was wiederum zu noch mehr Gelächter führte. Was für ein toller Abend, dachte Fane. Wir amüsieren uns königlich darüber, dass wir unsere Antworten extra so formulieren, dass sie anzüglich klingen. Aber was kann man von Teenagern erwarten, die ein Spiel namens »Mein Dingsbums ...« spielen?

Der ganze Abend trug dazu bei, dass er sich immer mehr wie zu Hause fühlte, da seine eigene Familie den Leuten hier sehr ähnlich war: Sie saßen daheim oft zusammen und aßen oder spielten Spiele oder redeten einfach in gemütlicher Runde vor dem Kamin miteinander.

Zu späterer Stunde neigte sich der Spieleabend dem Ende zu und es herrschte Aufbruchstimmung. Sara umarmte Lilly und die Mädchen, und als Fane an Jacquelyn vorbei zur Haustür ging, drehte er sich noch einmal um und fragte: »Könnte ich kurz mit dir sprechen? Ich werde dich auch nicht lange von deinen Freundinnen fernhalten.«

Jacquelyn sah ihre Mutter und ihre Freundinnen an und teilte ihnen mit: »Ich bin kurz draußen, okay?«

»Okay«, erwiderte Lilly.

»Unseretwegen musst du dich nicht beeilen. Ich weiß, wie sehr du es hasst, solche Sachen zu überstürzen«, kommentierte Jen. Sally verpasste ihr einen Klaps auf den Arm.

Fane legte seine Hand auf Jacquelyns Rücken und schob das Mädchen sanft in Richtung Veranda. Er spürte, wie seine Berührung einen Schauer bei ihr auslöste. »Mein«, ließ sein Wolf verlauten.

Als sie endlich draußen waren, drehte Jacquelyn sich zu ihm, sah neugierig zu ihm hoch und fragte: »Okay, da wären wir. Worüber wolltest du mit mir reden?«

Es fühlt sich so gut an, ihr derart nahe zu sein, dachte Fane. Sie vervollständigt mich und füllt diese Leere, von deren Existenz ich nicht einmal gewusst habe. Alles, was er in diesem Moment wollte, war, sie in die Arme zu schließen, sie festzuhalten, ihren Duft einzuatmen und sie als seine Gefährtin zu markieren.

Er blendete diese Gedanken aus, damit er ihre Frage beantworten konnte.

»Es gibt vieles, worüber ich mit dir reden möchte, aber ich glaube, heute Abend ist nicht der richtige Zeitpunkt dafür. Ich weiß, dass das alles wahrscheinlich sehr kryptisch für dich klingt, doch ich muss zuerst mit meinem Vater über einiges sprechen. Ich würde aber gerne mit dir ausgehen, wenn du mir die Ehre erweist«, erklärte Fane.

Jacquelyn sah ihn verdutzt an und blinzelte ein paarmal.

»Okay, du sagst mir also, du hast Informationen, die ich wissen muss, die du mir jetzt aber noch nicht mitteilen willst. Und nach all diesem bizarren Kram ... na ja, zumindest für mich bizarr ... bittest du mich um ein Date, als wäre alles in bester Ordnung?« Sie klang aufrichtig erstaunt.

»So ungefähr, ja«, erwiderte Fane.

»Na ja, ich kann dir ja schlecht eine Pistole an den Kopf halten und dich zwingen, es mir zu sagen. Obwohl Jen das wahrscheinlich für ein absolut akzeptables Vorgehen halten würde. Andererseits findet sie es auch völlig normal, sich während des Football-Trainings im Bikini neben das Spielfeld zu legen und sich zu sonnen«, erklärte Jacquelyn. »Einverstanden, ich werde mit dir ausgehen. Wann findet unser kleines Abenteuer statt und was soll ich dazu anziehen?«

»Morgen. Trag etwas Bequemes, das dich auf dem Motorrad nicht stört. Und keine Sorge, ich habe dir einen Helm gekauft.«

»Du hast was?«, fragte sie ungläubig. »Du warst dir so sicher, dass ich Ja sagen würde?«

Fane machte einen Schritt auf sie zu und beugte sich zu ihr runter. Dann flüsterte er: »Irgendwie hatte ich das Gefühl, dass meine Chancen ziemlich gut stehen. Ich kann sehr überzeugend sein, wenn ich muss.«

Fane blieb noch eine Weile so stehen, entschied sich dann aber, etwas räumliche Distanz zwischen ihnen zu schaffen, da er versucht war, sie zu küssen. Sie schüttelte den Kopf, als wollte sie damit wieder zurück auf den Boden der Realität kommen, und sah ihn mit einem Blick an, aus dem er Verlangen herauszulesen glaubte.

»Danke für diesen wunderbaren Abend. Es hat mir sehr viel bedeutet, ihn in deiner Gesellschaft zu verbringen, meine *Lună*«, sagte Fane leise.

Jacquelyn hatte Schwierigkeiten, ihr Gehirn dazu zu bringen, die richtigen Befehle an ihren Mund zu senden, aber schließlich schaffte sie es dennoch und stammelte: »Ich auch.«

Fane wollte sie jetzt nicht verlassen. Es widersprach seinen Instinkten und sein Wolf knurrte allein bei dem Gedanken daran. Sie sollte bei ihm sein, wo er sich um sie kümmern und für ihre Sicherheit sorgen konnte. Aber so weit waren sie noch nicht, und daher musste er die Zeit, die sie miteinander verbrachten, intensiv genießen. Er beugte sich schnell vor und atmete tief ein. Dann pustete er zärtlich an ihr Ohr. Sie erschauerte. Was Jacquelyn nicht wusste, war, dass er damit nicht versuchte, sinnlich zu sein, sondern dass er sie auf diese Weise mit seinem Geruch markierte, damit andere Graue wussten, dass sie zu ihm gehörte.

Diese Duftmarkierung würde nicht lange anhalten, vielleicht nur einen Tag oder etwas länger. Der einzige Weg, sie dauerhaft mit seinem Geruch zu markieren, bestand darin, das Bindungsritual zu vollziehen. Leider waren sie noch nicht so weit.

Mit diesen Gedanken wandte Fane sich von seiner Gefährtin ab und ging zurück zum Haus der Henrys. An der Tür drehte er sich ein letztes Mal um und sah, dass sie noch immer dort stand und ihn beobachtete. Er warf ihr eine Kusshand zu und schickte ihr einen Gedanken: »*Süße Träume,* inimă mea. *Träum von mir, wie auch ich von dir träumen werde.*«

Kapitel 13

Jacque stand auf der vorderen Veranda und beobachtete Fane, wie er zum Haus der Henrys ging. Sie wollte ihn zurückrufen, wollte nicht eine Sekunde ohne ihn verbringen. Reiß dich mal zusammen, Mädchen. Sie atmete ein paarmal tief ein und aus und versuchte so, ihre Gedanken zu sammeln. Dabei stieg ihr ein dezenter Geruch nach Hölzern und Gewürzen in die Nase. Der Duft sprach sie auf seltsame Weise an und spendete ihr Trost, als könnte sie sich wie in eine Decke darin einwickeln.

Sie sah ein letztes Mal zum Haus der Henrys und ging dann wieder rein.

»Mom«, polterte sie. »Ich bin wieder da.«

»Alles klar. Die Mädchen haben ein paar Brownies mit nach oben genommen. Ist alles in Ordnung bei dir? Möchtest du über irgendetwas reden?«

»Nein, alles in Ordnung«, versicherte Jacque. »Oh, warte, da wäre doch etwas: Fane möchte morgen Abend mit mir ausgehen. Darf ich?«

Lilly sah ihre Tochter prüfend an und versuchte, für sich zu entscheiden, ob sie es für eine gute Idee hielt, dass Jacque und Fane Zeit miteinander verbrachten. Schließlich wusste sie, wer und was Fane war, dachte aber, sie wäre die Einzige, die es wusste. Sie glaubte allerdings, dass Fane etwas ahnte.

»Natürlich darfst du. Wisst ihr beiden schon, was ihr machen wollt?«

»Noch nicht«, antwortete Jacque. Dann ging sie nach oben, um ihren besten Freundinnen brühwarm von ihrem anstehenden Date zu erzählen.

Jacque öffnete die Tür zu ihrem Zimmer, wo Jen und Sally es sich wieder auf der Gästematratze bequem gemacht hatten und zufrieden die Brownies mampften, die Sara mitgebracht hatte.

»Und? Hat er dir seine unsterbliche Liebe gestanden und dich angefleht, mit ihm zu seinem rumänischen Schloss durchzubrennen?«, fragte Sally mit gespielter Wehmut in der Stimme.

»Ach Mann, du Spielverderberin!«, sagte Jacque sarkastisch. »Woher weißt du das jetzt schon wieder?«

»Weil ich einfach gut darin bin, die Zukunft vorherzusagen«, erwiderte Sally.

»Ja, ja. Du bist eine echte Zigeunerin«, warf Jen ein.

»Also: Müssen wir's aus dir herausprügeln oder wirst du freiwillig gestehen? Du weißt ja, dass ich keine Probleme mit Folter hätte, ganz im Gegenteil«, sagte Jen und klang dabei absolut selbstsicher.

»Na ja, er hat mir gesagt, dass wir über einiges reden müssten, dass aber heute nicht der richtige Zeitpunkt dafür sei. Er will zuerst mit seinem Vater darüber sprechen, was auch immer das heißen soll. Dann hat er mich um ein Date gebeten, und dann hat er sich ganz nahe zu mir gebeugt und …«

Jacque wurde von Jen unterbrochen: »Er hat dich geküsst?! War's gut? Wie waren seine Lippen? Weich? Waren sie geschlossen? Oder so halb geöffnet, als würde er mit deiner …«, fragte Jen hastig und vergaß völlig, zwischen den Worten Luft zu holen.

»Schweig, Don Juan. Wag es nicht, diesen Satz zu Ende zu führen. Lass mich erzählen«, schimpfte Jacque.

»Hey, wenn er dich nicht geküsst hat, dann belüg mich gefälligst, damit ich stellvertretend für dich dein vorgetäuschtes Liebesleben durchleben kann«, klagte Jen und schob schmollend die Unterlippe vor.

Jacque ignorierte diesen Kommentar und erzählte einfach weiter: »Er beugte sich also zu mir, und zuerst dachte ich wirklich, er würde mich küssen, aber dann ging sein Kopf leicht nach rechts, sodass sein Mund neben meinem Ohr war. Dann pustete er mich an.«

»Warum hat er das gemacht?«, fragte Sally.

»Ich habe nicht die geringste Ahnung. Ich weiß aber, dass ich ihn um ein Haar am Shirt gepackt und selbst geküsst hätte. Er muss mich aus seinen Gedanken ausgesperrt haben, denn ich habe absolut nichts empfangen.«

»Abgefahren«, sagte Jen nachdenklich. »Hast du einem Date zugestimmt?«, fragte Sally.

»Wenn sie Nein gesagt hat, wird sie heute Abend nicht viel Schlaf bekommen, weil ich ihr dann nämlich für ihre Blödheit die Haare blond färben werde«, versprach Jen.

»Ähm, Jen? Du bist selbst blond«, gab Jacque zu bedenken.

»Nein, eigentlich nicht. Gott hat sich nur vertan, und als er seinen Fehler bemerkt hat, war es schon zu spät, es noch zu ändern.«

Sally schüttelte den Kopf und sagte: »Jen, manchmal mache ich mir echt Sorgen um dich.«

Jen schwieg daraufhin.

»Du kannst deine Haarfarbe wieder wegräumen, du verrücktes Huhn. Ich habe zugestimmt und ihn gefragt, was ich anziehen soll. Er sagte, dass ich etwas Bequemes anziehen soll, womit ich Motorrad fahren kann. Gerade als ihm sagen wollte, dass ich keinen Motorradhelm habe, sagte er, ich solle mir um einen Helm keine Gedanken machen, er hätte schon einen für mich gekauft!«, erzählte Jacque.

»Wow«, entfuhr es Jen. »Selbstvertrauen kann so sexy sein.«

»Du findest ja alles sexy«, erwiderte Sally.

»Stimmt ja gar nicht! Typen in diesen Hybridautos sind total unsexy«, konterte Jen.

»Ist das ihr Ernst?«, fragte Sally Jacque. »Ich meine, wer kommt auf so was?«

»Ich habe herausgefunden, dass sie irgendwann von selbst aufhört, wenn du einfach immer nur nickst, während sie redet«, sagte Jacque feixend.

»Oh, und als er zum Haus der Henrys ging, drehte er sich noch einmal um und warf mir einen Handkuss zu. In Gedanken wünschte er mir süße Träume und sagte, dass er von mir träumen würde!«, schloss Jacque.

»Oh, das ist ja so was von romantisch!«, rief Sally, während sie sich auf den Rücken rollte, mit den Beinen in der Luft strampelte und dabei quiekte.

Jacque konnte nicht widersprechen, wenngleich sich das alles komplett surreal anfühlte. Zumindest dachte sie jetzt nicht mehr unentwegt an Trent, und das war Fane zu verdanken. Wie konnte sie auch an einen anderen denken, wenn dieser anbetungswürdige rumänische Adonis behauptete, sie wäre seine … wie auch immer er sie nannte.

»Yep, es ist romantisch«, sagte Jacque. »Aber das alles ist viel zu schön, um wahr zu sein. Früher oder später wird das dicke Ende noch kommen.«

»Ach, sei doch nicht so pessimistisch«, versuchte Jen, sie aufzuheitern. »Vielleicht ist er ja wirklich ›der Richtige‹, du weißt schon, wie in diesen Schmachtfetzen aus Hollywood, in denen die Hauptperson ihren wahren Seelenverwandten findet. Ich meine, er kann telepathisch mit dir reden, es könnte also möglich sein.«

Jacque konnte Jens Beschreibung der Situation nicht widersprechen. Zu diesem Zeitpunkt ist alles möglich, sagte sie sich selbst.

Sie gähnte und streckte sich, dann sah sie auf die Uhr ihres Handys: es war halb zwölf. Sie hatte gar nicht bemerkt, wie spät es geworden war. Sie hatten beim Spielen so viel Spaß gehabt, dass die Zeit wie im Flug vergangen war.

»Ich gehe jetzt in die Falle. Hier sind eure Schlafsachen«, sagte Jacque und gab ihnen die Decken.

»Ja, geh lieber schlafen. Morgen musst du blendend aussehen. Ringe unter den Augen sagen nicht gerade: ›Hey, leg mich flach!‹«, sagte Jen.

»Und genau das war der Look, den ich für morgen angepeilt hatte. Wie wäre es mit Netzstrümpfen, extralangen Overknee-

Stiefeln und obenrum nichts weiter als einem BH? Würde das zu verzweifelt aussehen?«, fragte Jacque unschuldig.

»Ich mein ja nur …« Jen zuckte mit den Achseln.

Jacque verließ kopfschüttelnd das Zimmer und ging ins Bad, um sich die Zähne zu putzen und das Trägertop und die Boxershorts anzuziehen, die sie am Morgen hier liegen gelassen hatte. Als sie ihr Shirt auszog, drehte sie sich um und benutzte einen Handspiegel, um die Zeichen auf ihren Schultern und ihrem Nacken im Badezimmerspiegel zu betrachten.

Je genauer sie sie ansah, desto sicherer war sie, dass die Zeichen an ihrem Hals aussahen, als würden sie sich wie ein Puzzleteil in die von Fane einfügen. Wie Jen sagen würde: »Abgefahren.«

Ein Schauder lief ihr den Rücken hinab und sie zog schnell das Trägertop über. Dann erst wurde ihr bewusst, dass es die Zeichen auf ihrer Schulter nicht überdecken würde. Das Letzte, was sie jetzt brauchte, war, dass ihre Mom sie sah und Fragen stellte, auf die Jacque keine Antworten hatte. Sie putzte sich die Zähne, wusch ihr Gesicht und huschte über den Flur in ihr Zimmer. An ihrem Kleiderschrank blieb sie stehen und zog das Trägertop aus. Jen sah die Zeichen jetzt zum zweiten Mal und sagte, fast als würde sie Selbstgespräche führen: »Das alles passiert wirklich, oder?«

»Ich fürchte ja, Schätzchen. Schwimm mit dem Strom oder kämpfe dagegen an und ertrinke«, sagte Sally in ihrer besten Mary-Poppins-Stimme.

Jen sah sie an und kniff die Augen zu Schlitzen zusammen: »Wenn du jetzt noch anfängst, ›Ein Löffelchen voll Zucker‹ zu trällern, werde ich dir deinen Mund mit Isolierband zukleben.«

»Du solltest echt mal deine Stimmungsschwankungen untersuchen lassen. Dagegen gibt's auch Medizin«, meinte Jacque und versuchte dabei, so sanft zu klingen, als würde sie mit einem störrischen Kind reden.

Jen zeigte ihnen einfach den Stinkefinger und zog ihre Schlafklamotten an.

Als alle zugedeckt dalagen, schaltete Jacque die Lichter aus. Eine Zeit lang waren alle still, aber gerade, als Jacque begann wegzudämmern, spürte sie, dass Sally sich große Sorgen machte.

»Sally«, sagte Jacque. »Es wird schon nichts passieren. Weißt du noch? Wir sind alle zu stur, um ein anderes Ergebnis zu akzeptieren.«

Sally antwortete nicht und es herrschte wieder Stille. Dann sprach Jacque erneut: »Ernsthaft, Jen, kannst du nicht einmal einen besserwisserischen Kommentar ablassen, wenn er angebracht wäre?«

Jen schwieg. Jacque und Sally schienen den Atem anzuhalten und darauf zu warten, dass ihre wortgewandte Freundin das tat, was sie am besten konnte.

Nach einer schier endlosen Weile antwortete Jen: »Ich habe an das Spiel gedacht, das wir heute gespielt haben, und an den Begriff, bei dem man die Reifen an seinem Fahrzeug beschreiben sollte. Als Fane sagte, er hätte zwei, musste ich mir fast die Zunge abbeißen, um ihn nicht zu fragen, ob sie auch groß sind.«

Die bedrückende Stimmung löste sich in Luft auf, als die drei Mädchen einen Lachanfall bekamen, bis ihnen die Tränen die Wangen herunterliefen. Natürlich reichte es Jen nie, nur einen dämlichen Kommentar abzugeben, deshalb fügte sie hinzu, als sie alle sich halbwegs wieder gefangen hatten: »Jacque, du hast hiermit den offiziellen Auftrag, das für uns herauszufinden.«

»Denkst du eigentlich nie an etwas anderes, Jen?«, fragte Sally mit gespielter Verzweiflung.

»Was jetzt? Wie groß Fanes Dinger sind? Himmel, nein. Ich denke nur an andere Sachen«, verteidigte Jen sich.

»Die nichts mit dem anderen Geschlecht oder mit Sex zu tun haben?«, fragte Jacque sarkastisch.

Jen macht dem Mund auf, um etwas zu sagen, schloss ihn dann aber abrupt wieder. Sie starrte ins Leere, dachte nach und antwortete dann schließlich: »Ähm … nein.«

Alle drei fingen wieder an zu lachen, bis sie endlich erschöpft einschliefen.

Kapitel 14

Fane wachte früh auf und entschloss sich, laufen zu gehen. Beim Joggen fiel es ihm leichter, seine Gedanken zu ordnen. Er stand auf, widerstand dem Drang, seine *Lună* mental anzusprechen, da sie höchstwahrscheinlich noch schlief, und zog seine Sportshorts an. Er entschied sich gegen ein T-Shirt, da er es ohnehin sehr schnell ausziehen würde. Er putzte sich die Zähne und ging nach unten in die Küche. Da Brian und Sara noch schliefen, versuchte er, so leise wie möglich zu sein, was ihm als Werwolf nicht schwerfiel.

Er schälte eine Banane und aß sie mit zwei Bissen auf, dann goss er sich ein Glas Orangensaft ein und trank es in einem Zug aus. Anschließend spülte er das Glas aus, stellte es in die Geschirrspülmaschine und nahm sein Handy von der Arbeitsplatte. Nachdem er es in seiner Tasche verstaut hatte, ging er zur Haustür.

Da er ein Canis Lupus war, konnte Fane auch in seiner menschlichen Gestalt sehr lange und sehr schnell laufen. Er brauchte nicht zu trainieren, um seine Muskeln zu erhalten, denn alle Canes Lupi waren so gebaut. Einige waren schmaler als andere, aber alle waren muskulös. Er sah hoch zu Jacquelyns Fenster und gab dem Verlangen nach, ihre Gedanken zu erforschen. Er sagte sich, dass er sich schnell wieder zurückziehen würde, falls sie an etwas dachte, von dem er ihrer Meinung nach nichts wissen sollte. Tatsächlich aber schlief sie noch und ihre Gedanken waren das reinste Chaos. Er sah immerzu sein eigenes Gesicht und dann das Gesicht eines anderen, ihm unbekannten Jungen. Er vermutete, dass es Trent war, ihr Exfreund. Sie schien nicht mehr an ihm interessiert zu sein, aber es war offensichtlich, dass er ihr wehgetan hatte, was Fane und seinem Wolf ganz und gar nicht gefiel.

Er zog sich aus ihren Gedanken zurück und joggte los. Da er sehr viel schneller als ein gewöhnlicher Mensch laufen konnte, musste er sich ein wenig zurücknehmen, um nicht aufzufallen. Der Wolf wollte rennen, wollte jagen. Fane widerstand dem Drang und joggte einfach mit gleichmäßigen Schritten weiter.

Seine Gedanken wanderten zum Vortag zurück, als dieser Wagen am Haus der Pierces vorbeigefahren war. Er hatte zwei Männer darin gesehen, von denen einer der Auto- bzw. Motorradverkäufer gewesen war. Daher wusste er, dass ihre Stippvisite nicht zufällig gewesen war und etwas mit den Grauen zu tun haben musste. Er wusste zwar immer noch nicht, was sie von Jacquelyn wollten, aber sein Vater hatte vermutet, dass sie Fane aus ihrem Revier haben wollten.

Bisher hatte sein Alpha ihm nicht den Befehl gegeben, von hier zu verschwinden, Fane würde also nirgendwo hingehen. Sobald er diesen Befehl aber von seinem Alpha bekäme, würde er vor dem Problem stehen, Jacquelyn und ihre Mutter davon überzeugen zu müssen, mit ihm zu kommen. Auf keinen Fall würde er sie ohne Schutz hierlassen.

Seine Gedanken sprangen zwischen Jacquelyn und seinem anstehenden Date mit ihr und dem hiesigen Rudel, von dessen Existenz er nichts gewusst hatte, hin und her. Als er schließlich wieder am Haus der Henrys ankam, war er mehr als zwei Stunden gelaufen.

Er ging durch die Haustür in den Flur und sah, dass Sara in Sportshorts und -shirt die Treppe runterkam und sich das Haar zu einem Pferdeschwanz gebunden hatte.

»Wir wollen im Park ein paar Runden drehen. Du kannst gerne mitkommen, aber wie es aussieht, bist du schon unterwegs gewesen«, sagte Sara.

»Danke für die Einladung, aber ich komme gerade vom Laufen zurück. Ich wollte dir nur noch sagen, dass ich heute Abend ein

Date mit Jacquelyn habe und nicht zu Hause sein werde, und dich fragen, ob du damit einverstanden bist«, sagte Fane.

»Kein Problem. Jacque ist ein tolles Mädchen und wir haben sie wirklich sehr gern. Ich schätze, ich muss dir nicht sagen, dass du sie gut behandeln sollst; du scheinst tadellose Manieren zu haben. Hast du einen Helm für sie oder möchtest du vielleicht unseren Wagen nehmen?«, bot Sara an.

»Das ist wirklich sehr großzügig, aber als ich das Motorrad gekauft habe, habe ich auch gleich zwei Helme mitgenommen.«

Sobald die Henrys das Haus verlassen hatten, duschte Fane. Anschließend rief er seinen Vater an und hoffte, dass sie gemeinsam einen Plan ausarbeiten konnten.

Er hörte die Stimme seines Vaters bereits nach dem ersten Klingeln.

»*Da.*«

»Ich bin's«, sagte Fane. »Ich muss wissen, was du von mir verlangst. Muss ich ein Treffen mit diesem Alpha fordern und herausfinden, warum er an meiner Gefährtin interessiert ist?«

»Ich habe lange darüber nachgedacht und mich dazu entschlossen, Sorin zu dir zurückzuschicken. Ich glaube, seine Erfahrung als Werwolf wird dir sehr hilfreich sein, und außerdem zeigt das den anderen, dass du nicht allein bist«, sagte sein Vater.

»Was verlangst du als mein Alpha von mir?«, fragte Fane erneut.

»Ich will, dass du deine Gefährtin und ihre Mutter schützt, du wirst aber erst aktiv, wenn du provoziert wirst. Wenn die Sache aus dem Ruder läuft, siehst du zu, dass du mit deiner Gefährtin und ihrer Mutter in das nächste Flugzeug steigst«, wies ihn sein Vater an.

»Okay, wann wird Sorin hier sein? Und wo wird er wohnen?«, fragte Fane ihn.

»Er sollte gegen acht Uhr heute Abend ankommen. Es wird dich vielleicht wundern, aber er wird bei Lilly Pierce wohnen.«

»Das ist die Mutter meiner Gefährtin«, sagte Fane verwirrt.

»Dessen bin ich mir bewusst. Ich schätze, es ist an der Zeit, es dir zu sagen, aber du darfst erst mit Jacquelyn darüber reden, wenn ihre Mutter mit ihr gesprochen hat. Sie darf sich nicht hintergangen fühlen«, erklärte Fanes Vater. »Ich habe ein wenig nachgeforscht und herausgefunden, dass deine Gefährtin Wolfsblut in sich hat. Tatsächlich war ihr Vater ein Grauer. Er und Lilly waren relativ lange zusammen, obwohl sie nie geheiratet haben. Da sie eine spezielle Gabe hat und wusste, dass etwas an ihm anders war, entschloss er sich irgendwann, ihr von seiner Herkunft zu erzählen. Sie hat diese Enthüllung allerdings sehr gut aufgenommen. Danach lief alles wie gewohnt weiter, aber eines Tages packte Jacquelyns Vater seine Sachen und hinterließ Lilly eine Nachricht: ›Ich muss gehen, ich habe keine andere Wahl. Es tut mir so leid.‹ Als er sie verließ, wusste Jacquelyns Vater nicht, dass Lilly mit seinem Kind schwanger war. Ich habe herausgefunden, dass er bei seiner Gefährtin ist, die auch der Grund war, warum er Lilly verlassen musste. Wie du dir denken kannst, war Lilly nicht seine wahre Gefährtin, und obwohl er tiefe Gefühle für sie hatte, waren sie nichts im Vergleich zu den Gefühlen für seine Gefährtin.«

»Also hat Lilly das Jacquelyns ganzes Leben über gewusst und es ihr nie erzählt?«, fragte Fane.

»Sie hatte nicht gedacht, dass sie es ihr je sagen müsste. Nach allem, was sie wusste, galten die Regeln für Jacquelyn nicht, weil sie kein Vollblut ist. Sie weiß, wer du bist, Fane, und was du bist. Ich habe sie angerufen und mit ihr darüber gesprochen, was los ist, und sie hat es wirklich sehr gut aufgenommen. Sie war einverstanden, dass Sorin bei ihr wohnt, da er zusätzlichen Schutz bietet«, erklärte sein Vater.

»Ich weiß, dass ich Sorin vertrauen kann, aber du weißt auch, wie schwer es für einen Wolfsmann ist, zuzulassen, dass ein anderer seiner Gefährtin so nahe ist, besonders dann, wenn das Bindungsritual noch nicht vollzogen wurde«, erklärte Fane seinem Vater.

»Ich weiß, dass es hart für dich sein wird, aber du musst stärker als dein Wolf sein und anerkennen, dass es so am sichersten für sie ist. Was ich nicht weiß, ist, ob Sorin Abschreckung genug ist, um das andere Rudel davon abzuhalten, Jacquelyn zu entführen.«

Fane knurrte bei der Vorstellung, seine Gefährtin könnte in die Hände eines Rudels gelangen, zu dem sie nicht gehörte.

»Was könnte der Grund für ihr Interesse an ihr sein, wenn sie von keinem von ihnen die wahre Gefährtin ist?«, fragte Fane.

»Du bist so jung, weshalb es für dich schwierig sein wird, das zu verstehen. Und du hast deine Gefährtin sehr schnell gefunden, was nur selten vorkommt. Bei den meisten dauert es Jahrzehnte, wenn nicht Jahrhunderte, bis sie ihre Gefährtin finden. Es gibt nicht so viele weibliche Graue und nach solch einer langen Zeit sind einige Graue verzweifelt genug, sich mit weniger zufriedenzugeben, und sie hoffen einfach, dass ihre Wölfe sich mit der Zeit aneinander binden werden. Was sie nicht wissen, weil sie sich nicht an das erinnern, was unsere Vorfahren uns gelehrt haben, ist, dass es für jeden nur die eine Gefährtin gibt. Nur die eine«, betonte sein Vater.

»Muss ich Sorin abholen?«, fragte Fane.

»Nein, er wird für die Dauer seines Aufenthalts einen Wagen mieten. Ich werde dich informieren, sobald ich Neuigkeiten habe. Du hältst dich bitte zurück, Fane. Ich will nicht, dass mein einziger Sohn und zukünftiger Alpha dieses Rudels getötet wird«, sagte sein Vater in seiner Alpha-Stimme, die Gehorsam verlangte und keinen Widerspruch duldete.

»Ja, Alpha«, erwiderte Fane und sprach in diesem Moment nicht wie der Sohn zum Vater, sondern wie das Rudelmitglied zum Alpha.

Fane legte auf, streckte sich auf seinem Bett aus und starrte an die Decke. Er entschied sich, noch ein paar Tage zu warten, bis er Lilly und Jacquelyn darauf ansprach. Er würde aber Lilly davon überzeugen müssen, es ihrer Tochter zu sagen. Er würde seinem Vater gehorchen und vorher nicht mit Jacquelyn darüber reden.

Weil er jetzt ihre Berührung brauchte, wenn auch nur mental, sprach Fane seine *Lună* in Gedanken an: »*Bist du wach,* inimă mea?« Geduldig wartete er auf ihre Antwort.

»*Spätestens jetzt bin ich es. Ist es in Rumänien üblich, Leute noch vor Tagesanbruch zu wecken?*«, erwiderte sie mürrisch.

»*Es ist nicht vor Tagesanbruch*, Lună, *sondern schon halb elf*«, informierte Fane sie.

»*Oh, mein Fehler. Ich korrigiere mich: Ist es in Rumänien üblich, Leute viel zu früh zu wecken?*«, erwiderte Jacquelyn.

Fane musste schmunzeln.

»*Gehe ich richtig in der Annahme, dass du kein Morgenmensch bist?*«, erkundigte er sich.

»*Ich bin überhaupt erst nach Mittag ein Mensch, also mach dir lieber eine mentale Notiz, dass du bis dahin nichts in meinem Verstand zu suchen hast.*«

»*Ist notiert. Ich werde dich erst um eine Minute nach zwölf belästigen*«, feixte Fane.

»*Du hältst dich wohl für besonders clever, was?*«, schoss sie zurück.

Fane fragte sich, wie sie morgens wohl aussah mit zerzaustem Haar und zerknitterten Klamotten. Ganz sicher bezaubernd.

»*Mir wäre es lieber, wenn du mich nicht vor dem Aufstehen siehst und dir auch nicht vorstellst, wie ich aussehe. Ich versichere dir, ›bezaubernd‹ wäre so ziemlich das Letzte, was dir dazu einfallen würde*«, sagte Jacquelyn.

»*Du bist noch viel schöner, als ich es mir vorstellen kann, meine* Lună«, sagte Fane zärtlich.

»*Was genau bedeutet ›Luhna‹?*«, fragte sie.

»*Das werde ich dir bald sagen, aber nicht heute. Ich kann dir aber versichern, dass es eine große Ehre ist, so genannt zu werden*«, sagte Fane. »*Ich würde dich gerne um halb sechs abholen, oder ist das zu früh?*« Er hoffte inständig, dass sie einverstanden war. Wenn er könnte, würde er sie gleich jetzt abholen, denn er wollte so viel Zeit mit ihr verbringen wie möglich und sie besser kennenlernen. Er wollte, dass sie ihn kennenlernte, und er hoffte, dass sie mochte, was sie über ihn erfuhr. Er wollte sich als würdig für sie erweisen, denn sie schenkte ihm Ausgeglichenheit und Kontrolle und Liebe. Fane war sehr darauf bedacht, diese Gedanken vor ihr abzuschirmen.

»*Halb sechs klingt gut. Verrätst du mir, wo es hingeht?*«

»*Ich dachte an dieses Golfspiel, das Amerikaner so gerne spielen und das all diese verschiedenen Hindernisse hat*«, antwortete Fane.

Jacquelyn kicherte über seine Beschreibung und Fane freute sich, dass er sie zum Lachen gebracht hatte, selbst wenn es auf seine Kosten ging.

»*Du meinst Minigolf. Klingt gut. Wirst du heute noch einmal in meinem Kopf sein?*«, fragte sie.

Als Fane antwortete, klang seine Stimme sehr sanft und vertraulich: »*Möchtest du mich in deinem Kopf haben,* Lună?«

Fane spürte, dass Jacquelyn auf seine Stimme reagierte. Als sie antwortete, klangen selbst ihre Gedanken atemlos. »*Ich ... ähm ... ich weiß es nicht.*«

»*Das verstehe ich als Ja, du kannst mir aber jederzeit sagen, dass ich verschwinden soll. Bis später,* inimă mea«, verabschiedete er sich.

»*Ciao*«, war alles, was Jacquelyn herausbrachte.

Kapitel 15

»Hallo, Erde an Jacque«, sagte Sally und schnippte mit den Fingern vor dem Gesicht ihrer Freundin.

Jacque drehte den Kopf schließlich zu Sally. Sie wirkte leicht benebelt und sagte: »Ich stecke in der Klemme.«

»Was soll das heißen?«, fragte Jen, die auf dem Fußboden saß und ihre Zehennägel lackierte. Offensichtlich hatte sie Jacques Nagellack gefunden und sich wie immer selbst bedient.

»Ich habe gerade mit Fane gesprochen. Seine Stimme war so sinnlich und es hatte so was von …« Jacque fehlten die Worte, daher sprang Jen ein: »Telefonsex? Virtueller Gedankensex? Ich würde ja sagen ›Sex am Stiel‹, aber das passt nur auf Magnum-Eis.«

»Jen, lackier dir die Nägel«, befahl Sally ihr. Jen streckte ihr die Zunge raus, gehorchte aber.

»Ich bin drauf und dran, mich in diesen leckeren Rumänen zu verknallen«, erklärte Jacque ihnen.

»Dagegen gibt's nichts einzuwenden. Pass nur auf, dass es nicht wieder so läuft wie bei Trent«, riet Sally ihr.

»Ich gebe mein Bestes«, erwiderte Jacque lächelnd.

»Und wie lautet der Plan für euer Date?«, fragte Jen.

Jacque fiel ein, wie süß Fane Minigolf beschrieben hatte. Tatsächlich freute sie sich darauf, sie hatte es lange nicht mehr gespielt.

»Er will mich um halb sechs abholen und dann gehen wir Minigolf spielen. Ich glaube, das könnte interessant werden, ein rumänisches Sahneschnittchen etwas spielen zu sehen, dessen Namen er nicht mal kannte«, erzählte Jacque ihnen.

»Er wusste nicht, dass Minigolf Minigolf heißt?«, fragte Jen lachend. »Das ist echt krass.«

»Es sind die kleinen Dinge, die Menschen liebenswert machen, Jen« erwiderte Sally.

Jacque verbrachte den Tag damit, sich mit ihren Freundinnen diverse Szenarien für ihren Abend mit Fane auszumalen. Natürlich bestand Jens Beitrag aus lebhaften Schilderungen von Knutschereien, und irgendwie endete jedes ihrer Szenarien damit, dass beide keine Kleider mehr anhatten. Jen war wirklich ein Unikum. Man muss sie einfach lieben, dachte Jacque.

Um halb vier musste Jacque sich auf die Bettkante setzen, während Sally und Jen diverse Outfitoptionen aus dem Kleiderschrank fischten. Da Fane sie mit dem Motorrad abholen wollte, entschied sie sich von vornherein gegen einen Rock oder ein Sommerkleid. In die engere Auswahl kamen schließlich die Jeans mit Löchern an verschiedenen Stellen und Hotpants, die kunstvoll auf alt und getragen getrimmt waren. Das Oberteil stand schnell fest: ein moosgrünes Top mit Spaghettiträgern und diversen Glitzerapplikationen.

»Zieh die Jeans an«, sagte Jen. »Sie ist auf verruchte Weise sexy und schützt deine Haut, wenn ihr einen Unfall habt.«

Sally starrte Jen an. »Was denn? Ich mein ja nur …«, verteidigte Jen sich.

»Ja, ich denke, ich nehme die Jeans. Sie überlässt einiges der Fantasie, und falls es gegen Abend auf dem Motorrad kalt wird, ist sie allemal besser als die Shorts«, entschied Jacque sich.

»Okay. Nächster Punkt: Haare offen?«, fragte Sally.

»Wenn ich an den Motorradhelm denke, würde ich sagen: ja. Ich nehme mir aber ein Haargummi mit und mache mir einen Zopf, wenn wir da sind. Es ist Minigolf, Sal, eine Banane wäre etwas übertrieben«, erklärte Jacque.

»Und ich ziehe meine grünen Flipflops an«, fuhr sie fort. Jacque trug nur ungern Schuhe und mied es, welche anzuziehen, wenn es nicht unbedingt nötig war – eine weitere ihrer Marotten.

Sie duschte, während ihre Freundinnen einen Lidschatten für sie aussuchten. Als sie wieder in ihr Zimmer kam, hatten sie Jens Handy an Jacques Computerlautsprecher angeschlossen und rockten zu Lynyrd Skynyrd ab. Jacque schüttelte amüsiert den Kopf und zog sich an. Dann verfrachtete Sally sie auf ihren Schreibtischstuhl und fing mit der Arbeit an ihrem widerspenstigen Haar an, während Jen sich um das Augen-Make-up kümmerte. Ich bin ein Glückspilz, so tolle Freundinnen zu haben, dachte Jacque nicht zum ersten und ganz sicher nicht zum letzten Mal.

Als sie ihr Werk beendet hatten, war es fünf Uhr. Sally und Jen drehten sie im Kreis, um ihr fertiges Produkt zu bewundern. Sie sahen sich an, gaben sich die Gettofaust und sagten dann synchron: »Wir sind so gut.«

»Ich muss euch zustimmen, Ladys, ihr seid fantastisch. Vielen, vielen Dank euch beiden«, sagte Jacque.

»Ach nee, werd jetzt bloß nicht sentimental. Wenn du heulst und mein Augen-Make-up versaust, werde ich dir persönlich den Hintern versohlen«, sagte Jen ernst.

»Ich hab dich auch lieb, Jen«, erwiderte Jacque sarkastisch.

»Bist du nervös?«, fragte Sally sie.

»Ich würde lügen, wenn ich Nein sage. Aber ich würde auch lügen, wenn ich verschweigen würde, dass ich wahnsinnig aufgeregt bin«, gestand Jacque.

»Warum sagst du das?«, fragte Jen in einem ihrer seltenen ernsten Momente.

»Ich wünschte, ich könnte es euch erklären, ohne dass ihr mich für total durchgeknallt haltet, aber ganz egal, wie ich es formuliere, es wird sich verrückt anhören«, gab Jacque zu.

»Ähm, Jacque, ich sag's ja nur ungern, aber vor zwei Tagen hast du uns erzählt, dass du eine Stimme in deinem Kopf hörst«, warf Sally ein.

Jacque dachte einen Moment lang nach und stimmte ihr dann zu: »Punkt für dich.«

»Also … ich weiß gar nicht, wie ich es erklären soll, aber ich habe das Gefühl, zu ihm zu gehören, als hätte ich schon immer zu ihm gehört. Da ich ihm jetzt so nahe bin, ist es, als hätte ein Teil meiner Seele gefehlt, und jetzt, da wir uns näherkommen, habe ich sie zurück«, erklärte Jacque.

»Das ist so romantisch«, sagte Sally verträumt.

»Na ja, es gibt nur einen Weg, das herauszufinden«, sagte Jen. »Verbring Zeit mit ihm, lerne ihn kennen und finde heraus, ob er genauso fühlt.«

Jacque und Sally sahen sich schockiert an. »Jen, hast du gerade etwas vorgeschlagen, das kein wildes Rummachen und kein Kleider-vom-Leib-Reißen enthielt und das nicht an die Autoszene in ›Titanic‹ erinnert?«, fragte Sally ungläubig.

»Du hast mich nicht ausreden lassen. Nachdem ihr euch etwas besser kennengelernt habt, besiegelt ihr das mit einer heißen Knutscherei auf dem Motorrad. Wie in ›Top Gun‹. Ahhhh, es gibt immer eine Gelegenheit für begierige Lippen, forschende Hände und guten, alten, sauberen – oder wenn du Glück hast schmutzigen – Spaß«, sagte Jen und zwinkerte.

»Jen, auf dich kann man sich doch immer verlassen«, meinte Jacque.

»Stets zu Diensten«, konterte Jen trocken.

Als Jacque auf ihre Uhr sah, war es bereits zwanzig nach fünf. Okay, sagte sie zu sich selbst, amüsier dich und mach dir keine Gedanken um den ganzen anderen Mist. Jacque warf noch einen letzten Kontrollblick in den Spiegel und sah dabei ihre nackten Schultern und ihren Hals.

»Oh Mist, man kann die Zeichen sehen!«, entfuhr es ihr.

»Wissen wir«, sagte Sally.

»Warum habt ihr mich nicht daran erinnert?«, fragte Jacque.

»Weil sie so höllisch cool aussehen«, warf Jen ein.

»Das ist doch Unsinn, Jen. In der Hölle ist es alles andere als cool und ...«

»Stimmt, mein Fehler. Okay, dann sehen sie eben höllisch heiß aus«, unterbrach Jen sie.

»Und was soll ich meiner Mom sagen? ›Hey, Mom, ich bin dann weg. Und falls du dich über diese komischen Zeichen wunderst: Du weißt ja, wie das mit solchen Dingen ist, sie tauchen immer dann auf, wenn man sie am wenigsten erwartet‹«, sagte Jacque mit vor Sarkasmus triefender Stimme.

»Nein, wir werden ihr sagen, dass es diese Tattoos zum Aufkleben sind und dass Jen darauf bestanden hat, dass du sie trägst«, sagte Sally.

»Nur fürs Protokoll: Es war nicht meine Idee, die Schuld auf mich zu schieben«, sagte Jen missbilligend.

»Ich bezweifle, dass sie das schlucken wird, andererseits kann er auch jede Minute …« Es klingelte an der Tür, bevor Jacque den Satz beenden konnte.

»Wie es aussieht, ist es zu spät, mich umzuziehen«, sagte Jacque.

»Du siehst toll aus. Sei einfach du selbst«, sagte Sally mütterlich.

»Und wenn du ihn am Ende doch nicht magst, dann küss ihn wenigstens für uns, okay?«, wies Jen sie an.

»Und wenn ich ihn zwar mag, aber noch nicht bereit bin, ihn zu küssen? Was mache ich dann, meine kleine Nymphomanin?«, fragte Jacque.

»Wenn du dieses anbetungswürdige Schnittchen magst und nicht küsst, werde ich höchstpersönlich jeden einzelnen deiner BHs einsammeln und an die Antennen aller Autos hier in der Straße hängen. Oh, und ich werde ganz groß mit Edding deinen Namen daraufschreiben. Zwei davon werde ich natürlich an sein Motorrad hängen! Wie gefällt dir das?«, fragte Jen.

»Wo nimmst du nur immer deine Ideen her? Gibt's vielleicht eine Website namens rache-ist-blutwurst.com oder richtig-fiese-ideen.org?«, fragte Sally sarkastisch.

»Nein, die sind alle allein auf meinem Mist gewachsen«, erwiderte Jen.

Als zaghaft an die Tür von Jacques Zimmer geklopft wurde, wirbelten die Mädchen herum.

»Herein«, sagten alle drei synchron. Jacque sah ihre Freundinnen an, als wollte sie sagen »Hallo? Das ist *mein* Zimmer«, aber die beiden zuckten nur mit den Achseln.

Jacques Mutter kam rein und sah die Mädchen an, als hätten sie etwas zu verbergen, was im Prinzip ja auch stimmte.

»Fane ist hier und er hat einen Helm dabei. Hast du vielleicht vergessen zu erwähnen, dass ihr mit dem Motorrad unterwegs sein werdet?«, fragte Lilly.

»Nein. Ich war einfach davon ausgegangen, dass du das weißt«, antwortete Jacque.

»Na ja, ich habe ihn schon auf dem Motorrad gesehen, aber ich dachte, er würde sich einen der Wagen der Henrys ausleihen«, sagte ihre Mutter.

»Na ja, es ist ja bekannt, was man über Annahmen sagt«, fügte Jen hinzu.

Lilly und Jacque drehten den Kopf und sahen Jen an, die ihrerseits einfach mit den Achseln zuckte und sagte: »Ich ...«

»Du meinst ja nur. Ja, wissen wir«, beendete Sally den Satz für sie.

Jacque entschloss sich, dass Angriff die beste Verteidigung war, und drehte ihrer Mutter den Rücken zu, sodass sie die Zeichen sehen konnte und später vor Fane keinen Aufstand veranstaltete.

»Mom, was hältst du von diesen Fake-Tattoos, die Jen mir aufgeklebt hat?«, fragte Jacque.

Sie hörte, wie ihre Mutter scharf einatmete. Als sie sich wieder herumdrehte, hatte Lilly die Hand vor den Mund geschlagen und in ihren Augen sah Jacque panische Angst. Wieder einmal war ihr bewusst, dass ihre Mutter ihr etwas vorenthielt.

»Alles okay, Lilly?«, fragte Sally.

Es dauerte einen Moment, bis Lilly ihre Fassung wiedererlangt hatte, aber danach war ihr Gesichtsausdruck sofort wieder normal.

»Natürlich, alles in Ordnung. Ich war nur leicht geschockt, weil sie so echt aussehen«, entgegnete Lilly.

Jacque drehte sich um und sah ihre beiden Freundinnen an. »Und was habt ihr vor? Bleibt ihr hier oder wollt ihr nach Hause?«

»Wir wollen rüber zu Jen und etwas abhängen. Komm doch nach deinem Date noch rüber, wenn deine Mom es erlaubt«, antwortete Sally.

»Ich hab nichts dagegen«, sagte Lilly.

Jacque konnte sich nicht entscheiden, was sie wollte: Einerseits wollte sie bei ihren Freundinnen sein, andererseits wollte sie allein sein, um mit Fane gedanklich kommunizieren zu können. Sie würde einfach abwarten, wie der Abend verlief, und dann entscheiden.

»Ich rufe euch an und gebe Bescheid, ob ich komme. Ich weiß noch nicht, wann wir zurückkommen, und falls es spät wird, möchte ich euch auch nicht mehr stören. Vielleicht seid ihr dann schon im Bett«, sagte Jacque.

Sally und Jen tauschten einen vielsagenden »Das glaubst du doch wohl selbst nicht?«-Blick aus, während Jacque versuchte, so unschuldig wie möglich auszusehen.

Sie sah ihre Mutter an, da sie eine Ansage erwartete, wann sie wieder zu Hause zu sein hatte, aber stattdessen drehte Lilly sich um und schickte sich an, nach unten zu gehen. »Ich leiste Fane etwas Gesellschaft und erzähle ihm ein paar peinliche Geschichten aus deiner Kindheit. An deiner Stelle würde ich jetzt schleunigst in die Gänge kommen«, riet Lilly ihrer Tochter und verließ das Zimmer.

Jacque wandte sich wieder ihren Freundinnen zu: »Ich werde euch nicht belügen. Ein Teil von mir möchte heute Abend zu Hause bleiben, damit ich mit Fane sprechen kann, und ein anderer Teil von mir will bei meinen Mädels sein.«

»Wir haben absolutes Verständnis dafür, dass du zu Hause bleiben und ihn besser kennenlernen möchtest. Wir stellen nur eine winzig kleine Bedingung: dass wir alle Einzelheiten erfahren. Keine Zusammenfassung, keine Nacherzählung, keine Auslassungen. Jedes. Einzelne. Detail«, forderte Jen unerbittlich.

Jacque lachte. »Danke, ihr Süßen, ihr seid die Besten!« Sie umarmte ihre beiden Freundinnen. »Okay, ich bin bereit. Wir sehen uns dann später.«

»Viel Spaß!«, wünschten Sally und Jen ihr synchron. »Oh, sieh nur, Sal, unser kleines Mädchen wird erwachsen. Wo ist nur die Zeit geblieben? Haben wir ihr nicht gestern erst gezeigt, wie man seinen Barbies die Haare schneidet? Und wie man sie sich selbst schneidet? Und jetzt schicken wir sie mit einem rumänischen

Sahneschnittchen los. Ach, ich bin ganz sprachlos«, feixte Jen, während sie sich nicht vorhandene Tränen wegwischte.

Sally sah Jen an und schüttelte den Kopf. »Bist du jetzt fertig?«, fragte sie.

»Ja. Musst du eigentlich immer so fürchterlich vernünftig sein?«, wollte Jen wissen.

»So bin ich nun mal«, antwortete Sally.

»Seid ihr sicher, dass ich euch zwei allein lassen kann?«, fragte Jacque grinsend.

»Jetzt geh schon«, befahl Jen ihr.

Jacque öffnete ihre Zimmertür und ging zum Treppenabsatz, wo sie tief ein- und durch den Mund wieder ausatmete.

»Lună, *ich habe den ganzen Tag darauf gewartet, dich zu sehen. Hast du deine Meinung geändert und möchtest nicht mehr mit mir ausgehen? Das wäre okay für mich und ich würde einfach wieder zu den Henrys gehen und dich mit deinen Freundinnen allein lassen«,* sagte Fane ihr gedanklich.

»*Nein!*«, antwortete sie und bemerkte etwas zu spät, dass sie gerade verraten hatte, wie sehr auch sie ihn sehen wollte. *»Ich bin schon unterwegs nach unten. Und dräng nicht so, das macht man nicht.«*

Sie spürte seine Verwirrung, als er fragte*: »Mann? Welcher Mann?«*

Jacque konnte nicht aufhören zu kichern, aber als sie am Fuß der Treppe angekommen war, hatte sie ihre Fassung zurückerlangt.

»*Vergiss es einfach«,* antwortete sie, als sie um die Ecke zum Wohnzimmer ging. Ihre Mutter saß auf der Couch und Fane hatte ihr gegenüber in dem wuchtigen, antiken Ohrensessel Platz genommen, den Lilly von einem entfernten Verwandten geerbt hatte. Der Bezug war in einem fürchterlichen Pfirsichton, aber Lilly liebte ihn heiß und innig, also blieb das unförmige Möbel in ihrem Wohnzimmer. Jacque musste sich allerdings eingestehen, dass der Sessel mit Fane darin ziemlich gut aussah. Mann, mich hat's echt erwischt, dachte sie.

Fane musste ihren letzten Gedanken gehört haben, denn er grinste sie wissend an.

Er stand auf, als sie den Raum betrat, und musterte sie ohne Scham von oben bis unten und wieder zurück. Jacque war ein wenig überrascht, dass er das vor ihrer Mutter machte, und sie glaubte, dass ihr aufgrund ihrer angespannten Nerven ein Jen-Moment verziehen werden würde. »Hast du alles gesehen oder soll ich mich noch für dich umdrehen?«, fragte sie sarkastisch.

»Jacque, spricht man so mit seiner Verabredung?«, fragte Lilly, die aber nicht besonders schockiert darüber zu sein schien, dass Jacque sich so verhielt.

»Ehrlich gesagt«, begann Fane, »würde ich mich sehr freuen, wenn du dich umdrehen würdest, damit ich die neue Verschönerung deiner ohnehin schon wunderschönen Haut bewundern kann.«

Jacque konnte nicht dagegen ankämpfen und errötete aus zwei Gründen: Erstens hatte er ihre Haut als wunderschön bezeichnet. Wer würde da nicht erröten? Und zweitens kam ihr die Art, wie er die Zeichen kommentierte, sehr besitzergreifend vor, als würden sie sie irgendwie miteinander verbinden, und auf eine sehr abgefahrene Weise gefiel Jacque das. Ja, dachte sie, und in der nächstgelegenen Klapse wartet schon eine Gummizelle auf dich, Babe.

Jacque war außerdem nicht entgangen, wie ihre Mutter auf Fanes Erwähnung der Zeichen reagiert hatte – sie schien ihn mit Blicken erdolchen zu wollen, als wollte sie ihn davor warnen, auch nur einen weiteren Kommentar dazu abzugeben. Jacque kannte diesen Blick. Es war einer dieser Blicke im Repertoire ihrer Mutter, der besagte, dass man besser tat, was sie wollte, wenn einem sein Leben lieb war.

Also drehte Jacque sich einmal um die eigene Achse und nahm Fane dann bei der Hand. Wow, er hatte starke Hände. Ich meine, ernsthaft, dachte sie. Muss denn alles an ihm stark sein? Fast hätte sie einen Lachanfall bekommen, weil sie sich genau vorstellen konnte, was Jen darauf erwidert hätte.

»Wir sind dann weg, Mom. Hab dich lieb. Warte nicht auf mich, ich wecke dich auf, wenn ich wieder da bin. Ja, ich werde meinen Helm tragen, nein, ich werde nicht frieren, nein, ich brauche kein Geld, ja, ich habe meine Hausschlüssel und so weiter und so fort«, trällerte Jacque, bevor ihre Mutter überhaupt fragen konnte.

Sie waren schon an der Haustür, bevor Lilly ihnen ein »Tschüss« hinterherrufen konnte.

»War das wirklich nötig?«, fragte Fane.

»Hast du nicht den Blick gesehen, den meine Mutter dir zugeworfen hat, als du was zu diesen Zeichen auf meiner Haut gesagt hast? Aber apropos: Ich weiß, dass du etwas darüber weißt, und ich weiß, dass du diese Informationen heute Abend bereitwillig rausrücken wirst«, erklärte Jacque ihm.

Fane tat einfach so, als hätte er ihr letzte Bemerkung überhört, und da er ihre Hand bisher noch nicht losgelassen hatte, zog er sie in Richtung seines Motorrads. Er reichte ihr einen Helm in Schwarz und Dunkelpink mit verschiedenen Motiven, der wirklich klasse aussah. Sie setzte ihn auf, versuchte dabei, sich nicht allzu dämlich vorzukommen, und wartete auf Fanes Anweisungen.

Fane sah sie an und lächelte einfach atemberaubend, mit Grübchen und allem. »Bist du bereit, *Lună?*«. Sie hatte das Gefühl, als meinte er damit nicht nur die Motorradfahrt.

»Wahrscheinlich nicht, aber was soll's. Was wäre das Leben ohne ein wenig Aufregung oder Verrücktheiten?«, antwortete Jacque.

Kapitel 16

Fane lenkte sein Motorrad durch die Stadt, während seine Gefährtin hinter ihm saß und die Arme eng um seine Taille geschlungen hatte. Er dachte daran, wie viel Selbstkontrolle es ihn gekostet hatte, die Wolfszeichen auf Jacquelyns Schulter und Nacken – seine Zeichen – nicht mit dem Finger nachzufahren. Es war schlimm genug, dass Lilly aufgefallen war, wie besitzergreifend er geklungen hatte, als er danach gefragt hatte, aber sein Wolf hatte sich erst beruhigt, nachdem er sie Jacquelyn gegenüber erwähnt hatte. Glücklicherweise hatte er sich nicht komplett lächerlich gemacht, indem er sie berührte oder zufrieden knurrte. Aber die Nacht war noch jung, und er hatte ausreichend Zeit, sich bis auf die Knochen zu blamieren.

Bevor sie auf das Motorrad gestiegen waren, hatte Fane sie gefragt, ob sie bereit sei, und obwohl er das Date gemeint hatte, war dem flehenden Blick seiner Augen die Bitte abzulesen gewesen, für viel mehr bereit zu sein. Er wusste, dass sie mental wie auch körperlich stark war – der Mond würde ihm als Alpha keine schwache Gefährtin zur Seite stellen. Aber Fane war nicht so naiv zu glauben, dass die Enthüllung, dass Werwölfe tatsächlich existierten – ebenso wie andere Dinge, die nachts ihr Unwesen trieben –, kein Schock für sie sein würde.

»*Wie geht's dir, Jacquelyn? Frierst du?*«, fragte Fane sie mental.

»*Alles super. Ich bin noch nie Motorrad gefahren, aber es macht soooo viel Spaß. Jetzt verstehe ich, warum du kein Auto kaufen woll-*

test, sondern lieber ein Motorrad! Und nein, ich friere nicht«, antwortete Jacque ihm aufgekratzt.

Es gefiel Fane, dass er ihr Dinge zeigen konnte, die ihr Spaß machten. Er konnte ihre Freude wie Wellen spüren, und das wiederum besänftigte seinen Wolf. Seine Gefährtin war glücklich, und das war alles, was im Moment zählte.

Sie erreichten das kleine Restaurant mit traditioneller Küche, das Fane für den heutigen Abend ausgewählt hatte. Brian hatte ihm davon erzählt, als er gehört hatte, dass Fane und Jacque ausgehen würden.

»Ist das okay für dich?«, fragte Fane.

»Ja, absolut«, antwortete Jacquelyn.

Fane sah sie einen Augenblick an und konnte es sich nicht verkneifen, seinen Blick etwas länger als nötig auf ihren Schultern und ihrem Hals ruhen zu lassen. Diese Zeichen sagten allen Canes Lupi, dass sie zu ihm gehörte, dass es seine Aufgabe war, sie glücklich zu machen, sie zu schützen, sie zu ... Zu seinem Erstaunen erkannte er, dass es auch seine Aufgabe war, sie zu lieben. Obwohl er sie noch gar nicht richtig kannte, wusste er ohne Zweifel, dass er sie lieben würde.

»Fane? Ist alles in Ordnung?«, fragte sie.

»Ja, *Lună,* alles in Ordnung. In bester Ordnung«, erwiderte Fane lächelnd.

Zu Fanes Befriedigung verlief das Essen sehr angenehm; es gab keine peinlichen Pausen und er fühlte sich keine Sekunde lang unwohl. Er freute sich, dass sie, anders als die meisten Mädchen, beim ersten Date ein Dessert bestellte und absolut keine Probleme damit hatte, ohne zu fragen Essen von seinem Teller zu stibitzen.

Nach dem Essen fuhren sie zu einem nahe gelegenen Park. Er hatte noch nicht vor, ihr etwas zu erzählen. Er hatte seinem Alpha versichert, dass er schweigen würde, bis ihre Mutter mit ihr gesprochen hatte, und er hatte die feste Absicht, sein Wort zu halten. Aber er wusste auch, dass sie Fragen stellen würde, und dafür eignete sich der Park besser, da hier niemand ihre Konversation mit anhören konnte.

»Ich weiß, dass du erst seit ein paar Tagen in Coldspring bist, aber wie gefällt es dir bisher?«, fragte Jacque.

»So weit scheint es mir ein nettes Örtchen zu sein. Nicht so förmlich, wie ich es gewohnt bin, und auch nicht so kalt«, antwortete Fane und zwinkerte ihr zu.

»Versteh das nicht falsch, aber gemessen an deiner Kleidung scheint dein Leben nicht allzu förmlich gewesen zu sein«, sagte Jacquelyn.

Er hatte bis jetzt überhaupt nicht darüber nachgedacht, wie seine äußere Erscheinung auf sie wirken mochte; möglicherweise glaubte sie, er lebe in einer Bruchbude mit lauter Müll im Vorgarten. Es würde sie überraschen, wenn sie erführe, dass das Haus seiner Eltern sechshundertfünfzig Quadratmeter groß war, da oft Mitglieder des Rudels bei ihnen wohnten.

»Die Klamotten könnten tatsächlich täuschen«, erwiderte Fane.

Plötzlich verspürte er den Drang, sie kennenzulernen, alles über sie zu wissen. »Was ist deine Lieblingsfarbe? Was ist dein Lieblingslied? Dein Lieblingsbuch? Dein Lieblingsfilm? Was findest du gut daran, ein Einzelkind zu sein? Was schlecht?« Fane feuerte eine Frage nach der anderen ab und gab ihr kaum eine Chance, eine zu beantworten, so begierig war er, alles über seine Gefährtin, seine *Lună*, zu erfahren.

»So, jetzt machst du mal kurz Pause und atmest tief ein und aus, ansonsten könntest du jeden Augenblick wegen Sauerstoffmangel ohnmächtig werden«, wies sie ihn an. »Ich bin von Natur aus sehr schüchtern, daher wird es nicht einfach für mich, dir all das über mich zu erzählen. Hab bitte etwas Geduld mit mir.«

Fane verdrehte die Augen über ihren Sarkasmus. Jacquelyn war alles andere als schüchtern.

»Meine Lieblingsfarbe hängt vom Tag ab, und heute ist es Grün«, erklärte sie.

»Hast du deshalb etwas Grünes an?«, fragte Fane.

»Ja. Ich ziehe immer etwas an, das zu meiner Stimmung passt, und die Farben, die ich wähle, spiegeln das wider. Ich weiß, ich bin ein einziges Rätsel, aber was soll ich sagen? Ich bin kein Fan von

Langeweile. Lieblingslied? Das ändert sich auch recht häufig. Im Moment würde ich sagen, es ist ›You'll Accomp'ny Me‹ von Bob Seger. Aber wenn du mich nächste Woche fragst, wird es wahrscheinlich ein anderer Titel sein. Lieblingsbuch? Du wirst vielleicht lachen, wenn du das Buch kennst, aber es ist das Buch, das ich schon immer geliebt habe. Es heißt ›Wo der Gehweg endet‹ von Shel Silverstein und ist ein Kinderbuch mit ausgefallenen Gedichten. Kennst du es?«, fragte sie ihn.

»Leider nicht. Vielleicht kannst du es mir ja mal ausleihen?«, schlug Fane vor.

»Ich habe das Buch leider nicht mehr, ich muss es irgendwann verloren haben. Allerdings glaube ich, dass Jen es sich geliehen und nie zurückgegeben hat.«

Fane nahm sich vor, sich diesen Titel zu merken, um ihr zu zeigen, dass ihm wirklich etwas an ihr lag und er sich für ihre Vorlieben interessierte.

»Okay, wo waren wir? Ach ja, Lieblingsfilm. Das ist bei mir nicht nur einer, sondern eine ganze Reihe: Die Harry-Potter-Filme. Die kennst du doch, oder?«, fragte sie.

»Ja, die habe ich gesehen und fand sie auch gut«, sagte er.

»Was das Einzelkind-Dasein angeht: Ich glaube, ich habe nie darüber nachgedacht, wie es wäre, einen Bruder oder eine Schwester zu haben. Ich stand Jen und Sally immer schon so nahe, dass es fast so ist, als wären wir Geschwister«, erklärte Jacquelyn. »So, und jetzt bist du dran. Gleiche Fragen.«

Ohne die Fragen zu wiederholen, ratterte er einfach die Antworten in der Reihenfolge, in der er sie gefragt hatte, hinunter: »Schwarz und Grautöne, ›Der Herr der Ringe‹, der Film ›300‹ und ich mag die Verantwortung nicht, die es mit sich bringt, der einzige Erbe meiner Familie zu sein.«

Ihm war klar, dass sie den Verweis auf den Erben bestimmt nicht ganz verstand, aber er wollte ihr gegenüber so ehrlich wie möglich sein.

»Ich … ähm … na ja … ich habe mich gefragt, ob du …«, Jacquelyn fand nicht die richtigen Worte, und es war mehr als offensichtlich, dass ihr das, was sie eigentlich fragen wollte, unangenehm war, nämlich ob er eine Freundin in Rumänien hatte. Er war ein wenig schockiert, dass sie allen Ernstes dachte, er würde um sie werben, wenn er bereits eine Freundin hätte, aber dann musste er sich wieder vor Augen führen, dass sie ihn kaum kannte.

»Nein, *Lună*. Ich habe keine Freundin und ich komme auch nicht gerade aus einer Beziehung.« Fane wusste, dass der Seitenhieb auf ihren Exfreund unnötig war, aber er konnte ihn sich auch nicht verkneifen. Zu gern wollte er sehen, wie sie sich ärgerte, und wenn sie angriffslustig war, würde sich das jetzt zeigen.

»Warum reitest du so darauf herum, dass ich einen Freund hatte? Ich meine, bis vor einer Woche wusste ich nicht mal, dass du existierst, und außerdem sind Trent und ich schon länger nicht mehr zusammen«, sagte sie nachdrücklich.

»Ich weiß, Jacquelyn, und es tut mir leid. Es macht mir nichts mehr aus. Fast nichts mehr. Ich muss gestehen, dass mir der Gedanke nicht gefällt, dass ein anderer dich berührt hat, aber solange ich weiß, dass er das nicht mehr tun wird, denke ich, dass Trent sicher ist«, erklärte Fane ihr aufrichtig.

»Wenn ich mit einem anderen ausgehen würde, wäre er also nicht sicher?«, fragte sie ungläubig.

»Möchtest du denn mit einem anderen ausgehen?«, konterte Fane.

Fane spürte, wie sie die Mauer in ihrem Verstand errichtete, und wusste, dass die Antwort »*Nein*« lautete. Er lächelte, was in diesem Augenblick nicht besonders clever war.

Jacquelyn machte einen Schritt auf ihn zu und tippte ihm bei jedem Wort mit dem Zeigefinger auf die Brust: »Weich meinen Fragen gefälligst nicht aus, indem du Gegenfragen stellst, du fieser, rumänischer Klugscheißer!« Sie kochte vor Wut, und er stellte sich vor, wie kleine Rauchschwaden von ihrem Rotschopf aufstiegen … dabei war sie noch nicht einmal fertig.

»Ich kann daten, wen ich will und wann ich will, und du kannst nichts dagegen tun oder sagen, gar nichts! Wenn du also willst, dass diese … Sache … zwischen uns weitergeht, dann solltest du lieber einen Gang runterschalten!« Sie keuchte, erschöpft von ihrem kleinen Wutausbruch.

»Ich habe nicht gesagt, du darfst keinen anderen daten. Ich wollte nur wissen, ob du es willst«, erklärte Fane. »Ist die Frage so schwer zu beantworten?«

Jacquelyn funkelte ihn wütend an, und da ihr anzusehen war, dass sie ihn am liebsten schlagen würde, machte er tatsächlich einen Minischritt nach hinten. Er hielt ihrem Blick stand, starrte in ihre tiefgrünen Augen und wartete gebannt darauf, ob sie endlich gestand, was er bereits wusste.

Jacquelyn sah nach unten, als wäre am Boden irgendetwas Interessantes, dann sagte sie so leise, dass er es ohne den Wolf in ihm nicht verstanden hätte: »Nein, ich will keinen anderen.«

Als sie zu ihm aufsah, standen Tränen in ihren Augen.

»Warum die Tränen, *inimă mea?* Ich wollte dir nicht wehtun. Bitte sag mir, was ich tun kann, du brichst mir das Herz«, gestand er ihr mit Kummer in der Stimme.

Fane legte die Arme und sie und zog sie an sich. Er strich ihr zärtlich übers Haar und flüsterte ihr in seiner Sprache beruhigende Worte zu. Nach einigen Augenblicken antwortete sie endlich, entzog sich aber nicht seiner Umarmung, was gut war, da er auch noch nicht bereit war, sie wieder loszulassen. Er hatte sie verletzt, sein Wolf war nicht glücklich und brauchte die Berührung seiner Gefährtin. »Tut mir leid, normalerweise heule ich nicht so rum. Im Moment ist nur alles so verwirrend. Meine Emotionen sind so verflucht heftig, dabei kenne ich dich erst seit drei Tagen. Ich meine, das hier ist kein Film, in dem wir uns über den Weg laufen und uns auf den ersten Blick verknallen. Das ist mein Leben, Fane!«

»Ich weiß, und es tut mir leid, dass ich so rücksichtslos war. Bitte vergib mir, mein Herz. Ich werde dich mit meiner Eifersucht oder meinem Stolz nicht noch einmal so bedrängen«, antwortete Fane ihr ernst.

Bevor sie sich von ihm lösen konnte, küsste er sie sanft auf die Stirn, atmete dann tief ein und erfreute sich an ihrem Geruch.

Sie sah ihn sonderbar an und sagte: »Ich werde nicht fragen, warum du gerade an mir geschnüffelt hast.«

»Weil du so unglaublich gut riechst«, gestand er ihr völlig ungeniert, obwohl er ertappt worden war.

Sie schwiegen einen Augenblick lang, dann stellte sie schließlich die Fragen, mit denen er schon lange gerechnet hatte. »Wirst du mir jetzt erklären, warum du Gedanken lesen kannst und warum plötzlich Zeichen auf meiner Haut auftauchen, die wie Puzzlestücke zu deinen passen?«

»Dir ist aufgefallen, dass die Zeichen zueinander passen?«, fragte Fane überrascht.

Stolz darüber, dass sie seine Zeichen bemerkt hatte, musste er seinen Wolf ermahnen, sich zu beruhigen und sich nicht vor ihr zu brüsten. Verdammt noch mal, schalt Fane sich gedanklich, das ist doch lächerlich, vor deiner Gefährtin herumzustolzieren und ihr zu zeigen, dass du ihrer würdig bist. Verhalte dich normal, du haariger Pavian, sonst rennt sie noch schreiend vor dir weg.

»Es ist recht ungewöhnlich, wie sich die Zeichen deinen Hals hochziehen, natürlich sind sie mir aufgefallen.« Sie versuchte, so lässig wie möglich zu klingen.

»Jacquelyn, du hast ja keine Ahnung, wie sehr es mir unter den Fingern brennt, dir alles zu erzählen. Aber zuerst muss deine Mom mit dir reden. Sie muss dir sagen, was sie weiß, und wenn ich dir dann erkläre, wie ich da reinpasse, werden sich die Puzzlestücke zusammenfügen.«

Er wusste allerdings auch, dass sie es nie und nimmer dabei belassen würde.

»Was zum Geier hat meine Mom denn damit zu tun?«, fragte sie skeptisch.

Gerade als Fane ihr antworten wollte, fuhr ein Wagen vor und hielt neben seinem Motorrad, das in einiger Entfernung zu der Bank stand, auf der sie saßen. Fane ließ seinen Wolf hervorkommen, um seine Augen zu nutzen, und sah sehr zu seinem Missfallen, dass es die Wölfe waren, die am Abend zuvor am Haus der Pierces vorbeigefahren waren.

Während die vier Grauen jetzt auf sie zukamen, überlegte Fane angestrengt, welche Optionen er hatte. Er war sich mit seinem Wolf einig, dass sie beide ihre Gefährtin nicht in Gefahr sehen wollten, aber was konnte er tun? Wenn er sie angriff, war Jacque schutzlos, und wenn sie versuchten zu fliehen, würden die Grauen sie im Handumdrehen einholen, weil Jacque nicht so schnell rennen konnte wie die Grauen. Er konnte sie tragen, aber Fane hatte das Gefühl, dass seine *Lună* sich das nicht ohne Weiteres gefallen lassen würde. Es blieb also nur abzuwarten, was sie wollten.

»Wer sind diese Typen? Kennst du sie?« Fane konnte die Sorge in ihren Gedanken hören.

»Ich weiß nicht viel über sie. Das ist noch so eine Sache, über die wir sprechen müssen, aber zuerst müssen wir mit deiner Mutter reden«, antwortete Fane.

Fane ließ die Wölfe nicht einen Moment aus den Augen, allerdings sah er aus den Augenwinkeln auch, dass Jacquelyn ihn verärgert anstarrte, da sie mit seiner Antwort ganz offensichtlich nicht zufrieden war.

Während die Wölfe immer näher kamen, konnte Fane sich ein warnendes Knurren nicht verkneifen. Wäre er jetzt in seiner Wolfsgestalt, würden sich seine Nackenhaare aufstellen, er würde die Rute runternehmen und sich ihnen angriffsbereit entgegenstellen.

Der Wolf, der ihm das Motorrad verkauft hatte und Steve hieß, sprach zuerst: »Mein Alpha will wissen, warum du noch hier bist.«

Fane machte einen Schritt auf sie zu, was die Wölfe dazu veranlasste, einen Schritt zurückzumachen, und da Fane dominanter als sie alle war, konnten sie nicht anders, als den Kopf zu senken.

»Ich sage es dir nur ungern, aber dein Alpha hat kein Recht, mich der Stadt zu verweisen, da er sie nicht als sein Territorium beansprucht hat. Dieses Rudel ist nirgendwo verzeichnet«, erklärte Fane.

Der Graue sah ein wenig irritiert aus, was entweder bedeutete, dass sein Alpha das nicht wusste oder es seinem Rudel nicht mitgeteilt hatte.

»So oder so, du bist allein gegen ein ganzes Rudel. Was glaubst du, was du gegen uns ausrichten kannst?«, fragte er.

Fane starrte die vier Grauen drohend an, die noch einen Schritt zurückwichen. »Sag deinem Alpha, er soll sich zurückziehen. Irgendwann ist das Maß voll und es wurden zu viele Rudelgesetze gebrochen.« Fane sah jedem Wolf in die Augen, und keiner hielt seinem Blick stand. Dann sagte er im gleichen Tonfall, mit dem sein Vater seinen Wölfen befahl zu gehorchen: »Und jetzt verschwindet.«

Wenn ein dominanter Wolf einen solchen Befehl erteilte, konnte sich der untergeordnete Wolf nur noch fügen, ob er wollte oder nicht.

Steve trat widerwillig den Rückzug an, drehte sich aber noch einmal zu Fane um, bevor er in sein Auto stieg, und sagte: »Nur damit du's weißt, Welpe, es wurde bereits Anspruch auf sie erhoben, und wenn du dich nicht fernhältst, wird ihr wahrer Gefährte dich herausfordern. Und sei dir sicher, er wird dich in Stücke reißen.«

Fane knurrte ihn wütend an, seine Augen glühten und er spürte, wie seine Eckzähne länger wurden. Die Grauen verschwanden winselnd in dem Wagen und Steve fuhr mit quietschenden Reifen an.

Fane schloss die Augen und atmete langsam ein und aus. Beruhige dich, dachte er, niemand wird sie dir wegnehmen. Wie ein Mantra wiederholte er das immer und immer wieder, bis er und sein Wolf die Fassung zurückerlangt hatten. Fane wandte sich Jacque zu, die zwar irritiert aussah, aber glücklicherweise keine Angst zu haben schien.

»Wenn du glaubst, du kommst damit durch, mir diese Folge aus ›Twilight Zone‹ nicht erklären zu müssen, dann hast du dich geschnitten. Ich bin nicht dämlich, denk also nicht, ich würde diese ganzen Anspielungen auf das Tierreich nicht mitbekommen oder dass du beinahe ausgerastet wärst oder dass sie mit ›sie‹ mich meinen«, sagte Jacquelyn mit verschränkten Armen und entschlossen hochgezogener Augenbraue.

Fane ging zu ihr und sah sie an. Sie wich keinen Schritt zurück, obwohl sie sein animalisches Verhalten gesehen hatte, und das beeindruckte ihn.

»Du hast recht, *Lună*. Es wird Zeit, dass wir reden. Aber deine Mom muss den Anfang machen. Lass uns gehen.«

Und damit setzten sie sich auf sein Motorrad und fuhren zurück zum Haus der Pierces.

Kapitel 17

Jacque hatte die Arme um Fanes Taille geschlungen und klammerte sich an ihm fest, nahm seine Wärme in sich auf. Sie war nervös, aber auch froh, dass sie endlich Antworten bekommen würde. Diese kleine Szene im Park hatte ihr verdammte Angst eingejagt. Das, was diese Typen zu Fane gesagt hatten und er zu ihnen, ergab für sie überhaupt keinen Sinn.

Den Begriff »Alpha« kannte sie nur im Zusammenhang mit Hunden oder Wölfen. Wer waren sie, dass sie Fane befehlen wollten zu verschwinden, und was hatte das zu bedeuten, als sie sagten, sie hätte bereits einen Gefährten? Diese Fragen gingen ihr immer und immer wieder durch den Kopf, dennoch konnte sie keine Erklärung finden.

»Lună, *bist du okay?«,* fragte Fane sie besorgt.

Sie lächelte, weil es ihr gefiel, dass er sich um sie sorgte. Es fühlte sich gut an. Natürlich sorgten sich auch andere um sie, aber seine Sorge fühlte sich besonders gut an.

»Den Umständen entsprechend, schätze ich. Erschrick nicht, wenn ich ausflippe oder zusammenbreche, das geht schon vorüber«, sagte sie, nicht ohne stichelnden Unterton.

In Wahrheit stand sie kurz vor einer Panikattacke. Als diese Typen Fane gesagt hatten, dass er verschwinden solle, verursachte ihr allein der Gedanke daran, dass er wirklich gehen könnte, körperliche Schmerzen. Wie krank war das denn?

Jacque schloss die Augen und konzentrierte sich auf ihre Atmung. Ein und aus, ein und aus. Was er dir auch sagen wird, du wirst dich nicht in eine Ecke verkriechen und wie ein verängstigter Welpe zittern, redete sie sich selbst zu. Nein, aber ich kann auch nicht versprechen, dass ich nicht vor Schock ohnmächtig werde. Es ist keine Schande, ohnmächtig zu werden, es ist nur eine Art des Gehirns zu sagen: Mach 'ne kurze Pause, ich muss das erst mal verarbeiten. Jacque lächelte über ihren gedanklichen Monolog und fragte sich, ob andere Leute ähnliche Selbstgespräche führten. Vielleicht nicht, aber jeder hat so seine Strategie, richtig?

Fane bog in die Auffahrt der Pierces ein und schaltete den Motor aus. Das Haus kam ihm gespenstisch ruhig vor. Jacque kletterte von seinem Motorrad, nahm den Helm ab und schüttelte ihr Haar. Sie sah auf und bemerkte, dass Fane sie beobachtete.

»Was ist?«, fragte sie.

Zu Jacques Überraschung wurde Fane tatsächlich rot. Er drehte seinen Kopf von ihr weg, sie hatte dennoch das kleine Lächeln auf seinen Lippen sehen können.

»Sorry, es ist nur … ähm … du sahst nur so attraktiv aus, als du dein Haar geschüttelt hast«, stammelte Fane.

Jacque versuchte krampfhaft, nicht zu lachen, hatte aber leider überhaupt keinen Erfolg. Sie sah zu ihm hoch und konnte an seinem Blick ablesen, dass er verlegen war.

»Fane, es kann dir doch nicht ernsthaft peinlich sein, dass du mich heiß findest. Ich fange praktisch jedes Mal, wenn ich dich sehe, an zu sabbern«, gestand sie.

»Wieso das denn?«, fragte Fane.

»Du bist nun mal verdammt heiß. Ich kann es nicht ändern, also lebe ich damit.«

Fane kicherte und sagte dann: »Du erstaunst mich, *Lună*. Ernsthaft.«

Jetzt war es an Jacque, zu erröten. »Danke« war alles, was ihr als Antwort einfiel.

Fane nahm Jacques Hand, während sie auf die Haustür zugingen. Sie spürte, wie sich Wärme über ihren Arm in ihrem gesamten Körper ausbreitete, allein dadurch, dass er ihre Hand hielt. Als Jacque die Tür öffnete, sah sie den Mann im Wohnzimmer stehen, der Fanes Limousine vor drei Tagen gefahren hatte. Jacque erstarrte, unsicher, was sie tun sollte.

Fane ging an ihr vorbei zu dem Mann und umarmte ihn, wie er es auch am Abend seiner Ankunft getan hatte. Okay, dachte Jacque, jetzt platzt mir endgültig der Kragen.

»Mom!«, schrie sie, »wer in drei Teufels Namen ist dieser Mann? Was zum Henker verheimlichst du vor mir? Und was zum Geier geht hier eigentlich vor?«

In der Küche schloss Lilly Pierce die Augen und atmete tief ein. Es wird Zeit, dachte sie. Sie hatte gehofft, dass dieser Moment nie kommen würde, dass Jacque aufwachsen und ein normales Leben führen würde, dass das Blut ihres Vaters keine Rolle spielen würde. Offensichtlich war ihr dieser Wunsch nicht erfüllt worden.

Sie ging ins Wohnzimmer. »Ich schätze, es ist an der Zeit, dir die Wahrheit über deinen Vater zu erzählen«, sagte sie zu ihrer Tochter.

»Warum hast du so lange damit gewartet? Wolltest du es mir überhaupt irgendwann erzählen?«, fragte Jacque, und ihrer Stimme war anzuhören, wie verletzt sie war.

Lilly setzte sich auf die Couch, faltete die Hände im Schoß und richtete die Augen starr auf den Boden. »Eigentlich nicht. Solange es dich nicht in irgendeiner Weise beeinträchtigte, hatte ich nicht vor, dir etwas zu sagen. Ich sah keinen Grund darin, dich nach dem Weggang deines Vaters noch mehr zu verletzen und zu verwirren.«

»Ist dir jemals in den Sinn gekommen, dass du das überhaupt nicht zu entscheiden hattest?« Jacque schrie jetzt, so wütend war sie, und dennoch wusste sie, dass ihr Ärger unverhältnismäßig war.

»Beruhige dich, Jacquelyn. Sie hat nur versucht, dich zu beschützen, und nicht, etwas vor dir zu verbergen«, beruhigte Fane sie mit seiner weichen, tröstenden Stimme. Leider goss er damit nur noch mehr Öl ins Feuer.

Jacque wandte sich ihm zu. »Sag mir nicht, ich soll mich beruhigen! Jeder in diesem Raum scheint etwas über mein Leben zu wissen, das ich nicht weiß, und ehrlich gesagt bringt mich das gerade ein klitzekleines bisschen auf die Palme, also halte dich lieber raus!«

Fane hob kapitulierend die Hände und setzte sich Lilly gegenüber auf den Zweisitzer. Sorin saß in dem hässlichen Ohrensessel, sodass jetzt nur noch Jacque stand.

Sie war noch nicht bereit, sich hinzusetzen, daher fing sie an, im Zimmer auf und ab zu gehen.

»Ich verstehe, warum du sauer bist und dass du verletzt bist, aber ich bitte dich, mich erst anzuhören, bevor du über mich urteilst«, erklärte Lilly ihr.

Jacque blieb stehen und wischte die Tränen weg, die ihr unaufhörlich über die Wangen liefen. Sie wandte sich ihrer Mutter zu und nickte einfach. Ihre Mutter klopfte auf den leeren Platz neben sich, aber Jacque sah kurz zu Fane und wusste, dass sie lieber neben ihm sitzen wollte.

»Es tut mir leid, mein Herz, es ist nur, dass ich sehe, wie du leidest. Es ist meine Aufgabe, dich zu trösten. Bitte hab noch etwas Geduld mit mir. Setz dich neben mich.« Fanes Gedanken waren so emotional, dass Jacque wie ferngesteuert zu dem Zweisitzer ging und sich neben ihn setzte.

Jacques Mutter sah ein wenig bestürzt aus, fasste sich aber schnell wieder.

»Jacque«, begann ihre Mutter, »es gibt keinen einfachen Weg, dir das alles zu erklären. Ganz egal, wie ich es dir erklären werde, es wird sich verrückt anhören, also werde ich einfach alles von vorne erzählen, okay?«

»Wenn du wüsstest, was in den letzten Tagen alles passiert ist, hättest du dir die Einleitung gespart. Wie Jen sagen würde: Hau's mir um die Ohren«, erwiderte Jacque.

Lilly atmete tief ein. »Dein Vater ist ein Canis Lupus, ein Werwolf.«

Als Jacque nicht antwortete, fuhr Lilly einfach fort: »Als ich ihn kennenlernte, war mir schnell klar, dass etwas an ihm anders war. Je länger wir miteinander ausgingen, desto sicherer war ich mir, dass er nicht normal war. Also fragte ich ihn eines Abends einfach: ›Was bist du?‹ Und er erzählte es mir. Anfangs habe ich ihm natürlich nicht geglaubt, aber dann zeigte er mir seinen Wolf, der wunderschön war. Nach und nach erzählte er mir immer mehr von seiner Kultur und seiner Spezies. Ich wusste, dass er mich eines Tages verlassen würde, um nach seiner wahren Gefährtin zu suchen. Er hat mich deswegen nie belogen, und ich entschloss mich, trotzdem bei ihm zu bleiben und die Zeit zu genießen, die mir mit ihm blieb.«

Lilly machte eine Pause und sah zu Jacque, die einfach nur dasaß und auf den Tisch vor ihr starrte. Fane nahm eine ihrer Hände und sah aus, als würde er damit rechnen, dass sie jeden Augenblick hysterisch werden würde. Dennoch schwieg sie.

Dann fuhr Lilly fort: »Drei Tage, bevor er mich verließ, fand ich heraus, dass ich mit dir schwanger war. Ich wollte es ihm an diesem Abend sagen, aber als ich heimkam, wartete nur eine Nachricht auf mich.« Als die Stimme ihrer Mutter brach, blickte Jacque auf und sah, dass Lilly Tränen in den Augen hatte.

Sie begriff jetzt, dass ihre Mutter Jacques Vater noch immer liebte. Obwohl er ein Kanes Wasauchimmer ist, dachte sie.

»*Canis Lupus,* inimă mea«, erklärte Fane ihr mental.

»*Habe ich mit dir gesprochen? Nein, habe ich nicht. Ich habe nur gedankliche Selbstgespräche geführt. Wenn es dir nichts ausmacht, würde ich dich bitten, dein neugieriges rumänisches Gehirn aus meinem rauszuhalten*«, knurrte Jacque.

Fane drückte einfach nur ihre Hand, was Jacque noch mehr auf die Palme brachte, weil sie weder Trost noch Verständnis, sondern einfach nur ihre Wut ausleben wollte.

Lilly riss sich zusammen, und als Jacque weiter schwieg, sagte sie: »Ich hatte keine Ahnung, was als halbe Canis Lupus auf dich und mich zukommen würde. Würde ich eines Tages in dein Zimmer kommen und einen Wolfswelpen in deinem Bettchen finden? Als die Zeit verstrich und du absolut normal schienst, entschloss ich mich, einfach nichts zu tun. Später dann, als du in die Pubertät kamst, hatte ich Angst, dass das etwas in dir auslösen würde, aber auch da passierte nichts und ich dachte, wir wären aus dem Schneider. Bis ...« Lilly sah zu Fane, und als sie fortfuhr, war keinerlei Verachtung in ihrer Stimme zu hören, »... er hier aufgetaucht ist und ich wusste, dass ich vergebens gehofft hatte.«

Fane sah Lilly in die Augen und sagte: »Es tut mir leid, dass ich Ihnen Sorgen bereite, aber es tut mir nicht leid, dass ich Jacquelyn gefunden habe. Sie ist meine Gefährtin, und ich werde Anspruch auf sie erheben, wie es mir zusteht. Sie wissen, dass sie ohne mich unvollständig ist, genau wie ich ohne sie unvollständig bin.«

Lilly nickte. »Ich weiß das, Fane. Zuerst war ich wütend und verängstigt. Aber jetzt, da ich Zeit mit dir verbracht habe, wenn auch nicht genug, weiß ich, dass du ein guter Mann bist. Und ich sage extra ›Mann‹, weil du kein Junge mehr sein kannst, du musst mein kleines Mädchen beschützen.« Ihre Stimme klang jetzt fast verzweifelt.

Als sie den Tonfall ihrer Mutter hörte, nahm Jacque den Kopf ruckartig hoch und sah die Angst in Lillys Augen.

»Okay«, fing Jacque an und atmete tief ein, »lasst mir einen Augenblick Zeit, okay? Lasst mich das alles ... laut zusammenfassen.« Sie drehte den Kopf und sah zu Fane. »Du, Casanova, lässt mir etwas mehr Platz, du machst mich gerade wahnsinnig.«

Fane ließ ihre Hand los und rückte von ihr weg, wenn auch nur ein paar Zentimeter. Jacque verdrehte die Augen.

»Damit ich das richtig verstehe: Mein Vater wird einmal pro Monat pelzig?«

Fane und Sorin lachten laut auf, rissen sich aber sofort wieder zusammen, als Lilly sie wütend anfunkelte.

»Nein. Alles, was du über Werwölfe zu wissen glaubst, ist falsch. Canes Lupi können gestaltwandeln – sie nennen es nicht *ver*wandeln –, wann immer sie wollen. Sie können ihren gesamten Körper in die Wolfsform wandeln oder nur ihre Augen oder ihre Zähne oder was auch immer, und zwar unabhängig vom Mond.«

Jacque wusste, dass ihre Mutter interessante Dinge liebte, und sie fand es definitiv interessant, dass Werwölfe real waren. Dennoch wurde Jacque das Gefühl nicht los, die Straße der Normalität endgültig zu verlassen und auf den Highway des Unfassbaren abzubiegen.

»Aber ich kann nicht gestaltwandeln, richtig?«, fragte Jacque zaghaft.

»Nein«, sagten Lilly, Fane und Sorin gleichzeitig.

»Surround-Sound, sehr cool«, meinte Jacque sarkastisch.

Was soll ich sagen?, dachte sie. Ich werde immer sarkastisch, wenn ich halb tot vor Angst bin.

»Das ist aber ein ziemlich beschissener Deal. Du hast einen Dad, aus dem dieses coole Wolfswesen werden kann, und du selbst kannst dir nicht mal einen sexy, buschigen Schwanz wachsen lassen«, sagte Jen, während sie und Sally ins Wohnzimmer kamen.

Jacque stand auf, die Erleichterung war ihr ins Gesicht geschrieben.

»Was macht ihr beiden denn hier?«, fragte sie ihre Freundinnen.

»Ich habe sie gebeten, zu bleiben und zuzuhören. Ich wusste, dass du ihnen sowieso alles erzählen würdest, und dachte mir, dass du etwas Unterstützung von Leuten brauchen könntest, von denen du weißt, dass sie nichts vor dir verbergen«, erklärte Lilly ihr.

»Habt ihr zwei alles gehört?«, fragte Jacque zögernd.

»Jedes einzelne Wort. Ich war zwischendurch versucht, mir etwas Popcorn zu holen. Ich war mir sicher, dass es ein paar spannende Momente geben würde, und du weißt ja, dass ich esse, wenn ich angespannt bin, aber die Spaßbremse hier hat mich davon abgehalten«, sagte Jen.

Sally tätschelte Jens Hand mit gespielter Anteilnahme. »Wissen wir, Süße. Aber da es Jacque war, die herausgefunden hat, dass ihr Dad pelzig wird, und nicht deiner, war es mir relativ egal, ob du angespannt warst.«

Jen nahm Sallys Hand von ihrer und biss hart genug hinein, dass ihre Zähne Abdrücke hinterließen.

»Hey! Bist du bescheuert?«, schrie Sally auf.

»Und? Wünschst du dir jetzt, du hättest mir Popcorn gegeben?«, gab Jen zurück.

Jacque fing an zu lachen, sie konnte einfach nicht anders. Sie war so dankbar, dass Sally und Jen hier waren und ihr etwas Normalität gaben, an der sie sich festhalten konnte.

Jacque drehte sich um und sah ihre Mutter an. »Dann hat mein Vater dich also verlassen, weil er seine wahre Gefährtin gefunden hat, oder wie?«

»Ja, ich möchte, dass du weißt, dass ich nicht böse bin. Ich wusste, dass das eines Tages passieren würde«, antwortete Lilly.

»Weiß er überhaupt von mir?«, fragte Jacque, war sich aber nicht sicher, ob sie die Antwort überhaupt hören wollte, denn wenn er es wusste und dennoch nie versucht hatte, Kontakt zu ihr aufzunehmen, würde ihr das sehr, sehr weh tun.

»Nein, Schatz. Nachdem er gegangen war, hatte ich keine Möglichkeit, ihn zu kontaktieren. Hätte er es gewusst, hätte er Teil deines Lebens sein wollen. Er ist ein guter Mann, Jacque. Das einzige Problem war, dass er kein richtiger Mann war. Dumm gelaufen, was?«, sagte Lilly und lächelte dabei traurig.

Jacque dachte einen Augenblick nach, dann fiel ihr etwas ein, das Fane vorher gesagt hatte – er hatte sie seine Gefährtin genannt!

Sie drehte sich langsam zu ihm um und sah, dass sein Kopf herabhing und die Schultern eingesackt waren, als wäre die Luft aus ihm herausgelassen worden. Es brach ihr das Herz, ihn so niedergeschlagen zu sehen. Sie ging zu ihm und ging vor ihm in die Knie. Er rührte sich immer noch nicht. Sie legte einen Finger unter sein Kinn und hob seinen Kopf, damit sie sein Gesicht sehen konnte. Sein Blick ließ Tränen in ihren Augen aufsteigen. Sie redeten nicht laut, da sie das Gefühl hatte, dass das hier etwas Privates war, nur zwischen ihnen beiden, und während der nächsten Augenblicke gab es in Jacques Welt niemand anderen als Fane.

»*Was ist los, Fane?*«, fragte sie ihn.

»*Du weißt doch, was du für mich bist, oder?*«

»*Deine Gefährtin.*«

»*Ja,* inimă mea. *Du bist meine Gefährtin, die andere Hälfte meiner Seele, und der Gedanke, du könntest mich nicht wollen, ist mehr, als ich ertragen kann*«, gestand Fane aufrichtig.

»*Kein Druck, was?*«, sagte Jacque und versuchte, so die Stimmung aufzuhellen.

»*Ich würde dich nie um etwas bitten, das du nicht willst,* Lună, *aber ich werde nicht lügen und behaupten, ich würde dir nicht wie ein liebeskranker Welpe hinterherlaufen*«, sagte Fane mit einem Lächeln in der Stimme.

»*Ich brauche nur etwas Zeit, das alles sacken zu lassen und zu verarbeiten. Ich sage ja nicht, dass ich dich nicht will. Ich meine, jetzt da ich dich kennengelernt habe, raubt es mir fast den Atem, wenn ich mir ein Leben ohne dich vorstelle*«, gestand Jacque.

Fane sagte: »*Zeit ist das Einzige, was ich dir nicht geben kann, mein Herz.*«

Kapitel 18

Fane nahm die Hände seiner Gefährtin. Er hasste es, ihr sagen zu müssen, dass er ihr das Einzige, was sie wollte, nicht geben konnte. Er hatte schlichtweg keine Zeit. Er musste die Bindung mithilfe des Blutritus vollziehen, besonders da ein anderer Canis Lupus behauptete, sie würde zu ihm gehören.

Sobald die Bindung vollzogen war, konnte kein anderer männlicher Wolf mehr Anspruch auf sie erheben.

Fane zog Jacque hoch und drückte sie sanft wieder auf den Platz neben ihm. Er ließ ihre Hände nicht los, da ihre Berührung ihm Trost spendete.

»Ich will dich zu nichts drängen, Jacquelyn. Unter anderen Umständen würde ich dir alle Zeit geben, die du brauchst, aber du bist nicht sicher, solange du nicht mit mir verbunden bist«, erklärte Fane ihr.

»Okay, das war jetzt klar wie Kloßbrühe. Wärst du so nett, mir zu erklären, warum ich nicht sicher bin?«, fragte Jacquelyn.

»Als ich hierherkam, hat mein Vater … Warte, das erzähle ich dir später. Lass mich dir zuerst erklären, wer ich wirklich bin, damit alles zusammenpasst, okay?«, bat Fane.

»Mir egal, solange du irgendwann zum Punkt kommst. Ich werde zumindest versuchen, dich ausreden zu lassen«, erwiderte Jacque ungeduldig.

»Wie dein Vater bin ich ein Canis Lupus, allerdings aus der rumänischen Abstammungslinie. Es gibt viele Arten von Werwölfen, aber wir sind, wie dein Vater, als Grauwölfe bekannt«, erklärte Fane.

»Woher willst du wissen, dass mein Vater ein Grauwolf ist?«

»Mein Vater hat es mir gesagt«, antwortete er.

»Wer ist dein Vater?«, fragte Jen, völlig fasziniert von dem Gespräch.

Jeder im Raum drehte den Kopf zu ihr und sah sie an. Sie zuckte daraufhin einfach nur mit den Schultern und sagte: »Mein Fehler. Das war Jacques Text, stimmt's?«

Sally schüttelte den Kopf und gab Jen einen Klaps auf die Schulter, woraufhin Jen ihr finstere Blicke zuwarf.

»Richtig, mein Text«, schaltete Jacque sich ein. »Also: Wer ist dein Vater?«, wiederholte sie.

»Dazu komme ich noch. Ihr zwei habt das etwas über den Fuß gebrochen«, meinte Fane.

Die drei Mädchen lachten, und Sorin versuchte, sein Lachen hinter einem Husten zu verstecken.

»Übers Knie gebrochen, mein Hübscher, nicht über den Fuß«, korrigierte Jen ihn grinsend.

»Oh, mein Fehler, wie ihr vermutlich sagen würdet«, sagte er. »Aber lasst mich weitererzählen: Wie ich schon sagte, bin ich ein Grauer und mein Rudel ist in Rumänien. Jedes Rudel hat einen Alphawolf, genau wie bei unseren tierischen Verwandten. Der Alpha ist so was wie der König, er herrscht über das Rudel. Er hält die Ordnung ein, damit dominante Wölfe sich nicht gegenseitig zerfleischen, und damit alle, besonders die unterwürfigen Wölfe, geschützt sind.« Fane versuchte, das alles so detailliert wie möglich zu erklären, damit Jacquelyn verstand, wie sie da hineinpasste – und wie ihr neues Leben sein würde.

»Mein Vater ist der Alpha der rumänischen Canes Lupi. Ich werde der nächste Alpha sein und unser Rudel nennt mich Prinz. Ich bin ein dominanter Wolf, was bedeutet, dass es in meiner Natur liegt, schwächere als mich schützen zu wollen. Es liegt außerdem in der Natur eines dominanten Wolfs, aggressiv und sehr territorial zu sein. Ein Alpha muss dominant sein, ansonsten kann er die Ordnung im Rudel nicht aufrechterhalten. Könnt ihr mir noch folgen?«

»Du bist ein rumänischer Werwolfprinz, dein Dad ist der Werwolfkönig, du bist von Natur aus herrisch, besitzergreifend und territorial. Wärst du ein einfacher Wolf, würde das bedeuten, dass du alles anpisst, was du als deins markieren willst.«

Jen hätte bei Jacques Beschreibung fast einen Lachanfall bekommen.

»Und warum genau hast du deinen königlichen Hintern nach Texas verfrachtet?«, wollte Jacquelyn wissen.

Fane lächelte und war dankbar dafür, dass ihr Sinn für Humor noch intakt war. Er deutete das so, dass sie diese Informationen gut aufnahm.

»Jeder männliche Canis Lupus hat eine Gefährtin, nur diese eine. Manchmal werden sie zu einer bestimmten Gegend hingezogen. Ich glaube, auf diese Weise hilft die Natur uns, da es mehrere Jahre und sogar Jahrhunderte dauern kann, bis man seine Gefährtin gefunden hat.« Fane ließ das eine Minute sacken, da er wusste, dass das Unausweichliche kommen würde. Aber auch diesmal kam Jen Jacquelyn zuvor.

»Moooment, tritt auf die Bremse und zieh die Handbremse an. Hast du gerade ›Jahrhunderte‹ gesagt?«, fragte Jen zweifelnd.

Diesmal kümmerte sich niemand darum, dass die Frage nicht von Jacquelyn gekommen war. Alle waren damit beschäftigt, Fane anzustarren und auf eine Antwort zu warten. Sorin allerdings saß in dem hässlichen, pfirsichfarbenen Ohrensessel und sah gelangweilt aus. Er könnte ruhig auch mal seinen Senf dazugeben, dachte Fane. Doch Sorin saß einfach nur da.

»Ja, ich sagte ›Jahrhunderte‹. Canes Lupi leben viel, viel länger als Menschen«, entgegnete Fane.

Diesmal war es Jacquelyn, die fragte: »Wie viel länger? Denn du weißt ja sicher, dass ich nicht länger als fünfundsiebzig, vielleicht achtzig Jahre halte. Danach könnte ich anfangen zu gammeln.«

»Sobald wir den Blutritus vollzogen haben, ist dein Leben an meines gebunden. Du wirst dann so lange leben wie ich und ich werde so lange leben wie du. Wenn Gefährten erst miteinander verbunden sind, kann der eine nicht mehr ohne den anderen leben, und wenn der eine stirbt, folgt ihm der andere«, erklärte Fane.

»Oh wow!«, rief Sally. »Das ist so verdammt romantisch! Oder deprimierend. Je nachdem, wie man's sieht. Hast du vielleicht Cousins?«, fragte sie ihn hoffnungsvoll.

»Es tut mir leid, Sally, aber du musst einen Canis Lupus in deiner Blutlinie haben, damit du dich mit einem Canis Lupus verbinden kannst.«

»Das kann ich überprüfen, Nachforschungen anstellen und so. Niemand weiß genau, was in meinem Blut ist. Ich könnte einige Generationen zurückgehen …« Sally wurde unterbrochen, als Jen ihr eine Hand über den Mund legte.

»Ignorier sie einfach. Ihr fehlt dieser Bereich im Gehirn, der ihr sagt, wann man besser die Klappe hält«, sagte Jen.

»Das sagt die Richtige«, warf Jacquelyn grinsend ein. »Okay, Fane, erzähl weiter. Ich muss heute Abend alles wissen, dann habe ich morgen Zeit, auszuflippen.«

»Ich kam nach Texas, weil mein Wolf irgendwie wusste, dass du hier bist, und dass seine Gefährtin, unsere Gefährtin, in Gefahr ist. Bevor du fragst, werde ich versuchen, es dir kurz und knapp zu erklären. Mein Wolf und ich sind eins, aber auch eigenständig. Wenn ich nicht in meiner Wolfsgestalt bin, ist er trotzdem da. Ich kann ihn immer noch um Hilfe bitten und seine Vorzüge nutzen. Wenn ich in meiner Wolfsgestalt bin, nutzt er meine menschlichen Vorzüge – ich kann dann noch immer logisch denken wie ein Mensch. Darum nennen wir es nicht verwandeln, denn das würde bedeuten, dass wir in unserer Wolfsgestalt keine menschlichen Eigenschaften mehr haben, und umgekehrt. Was aber nicht der Fall ist. Wir existieren nebeneinander. Ergibt das für dich Sinn?«

»Ja, das habe ich kapiert. Es fällt mir nicht leicht, das zu glauben, aber ich verstehe die Logik dahinter«, antwortete Jacquelyn.

Fane ließ ihre Hand los und strich ihr das Haar aus dem Gesicht. Sie sieht so müde aus, dachte er und war dankbar, dass sie ihn nicht rausgeworfen oder ihm gesagt hatte, dass er verrückt sei.

Aber das war noch nicht alles, es konnte immer noch passieren, dass sie ihn rauswarf.

»Du hast gesagt, dass ich deine Gefährtin bin, und du hast diese Bindung und irgendwas mit Blut erwähnt ... wie hast du das genannt?«, fragte Jacquelyn.

»Blutritus. Obwohl wir Gefährten sind, müssen wir eine Zeremonie vollziehen, um uns aneinander zu binden«, begann Fane.

»Oh, Sally, jetzt kannst du Popcorn holen, es wird interessant«, unterbrach Jen ihn.

Jacquelyn verdrehte die Augen und Fane ignorierte den Kommentar einfach. Er wollte nicht abgelenkt werden, seine *Lună* musste wissen, was ihr bevorstand und dass es sehr, sehr bald geschehen würde.

»Okay, warte mal. Wenn du sagst, wir müssen eine Zeremonie vollziehen, meinst du dann irgendwas hinter verschlossenen Türen?«, fragte Jacquelyn und klang dabei ebenso verlegen wie nervös.

»*Wenn du wissen willst, ob wir den Liebesakt vollziehen müssen, um die Bindung zu vollenden, dann lautet die Antwort Nein,* Lună.«

Während er als Signal für die anderen einfach den Kopf schüttelte, sah er, dass Jacque tief ein- und dann erleichtert ausatmete.

»Setz das Popcorn auf, Sally, das hier dauert wohl noch etwas«, verkündete Jen.

»Musst du eigentlich immer noch eins draufsetzen?«, fragte Jacque sichtlich genervt.

»*Ist dir diese Vorstellung wirklich so zuwider,* Lună?«, fragte Fane.

»*Darüber werden wir uns jetzt ganz bestimmt nicht unterhalten. Ich mag ja deine Gefährtin oder so sein, aber ich kenne dich erst drei verdammte Tage. Für was für ein Mädchen hältst du mich eigentlich?*«, erwiderte Jacquelyn gedanklich.

»*Ehrlich gesagt gefällt es mir sehr, dass du das nicht allzu locker siehst, mein Herz,*« erklärte Fane. »*Du hast es doch auch mit keinem anderen bisher locker gesehen, oder?*«, hakte er ein wenig unsicher nach.

Jacquelyn schloss die Augen und schüttelte den Kopf. Sie atmete tief ein und Fane konnte sehen, wie schwer es ihr fiel, ihr feuriges Temperament im Zaum zu halten.

»Wenn du's genau wissen willst: Es hat noch niemanden gegeben, bei dem ich es locker gesehen habe. Aber da du ja so neugierig bist, wie sieht's denn bei dir aus? Gibt's in der Canis-Lupus-Welt Doppelmoral? Wäre es für einen Typen okay, es ohne Konsequenzen mit allen locker zu sehen?«, konterte Jacque.

»Danke für deine ehrliche Antwort. Für einen männlichen Canis Lupus ist es eher ungewöhnlich, es mit einer anderen als seiner Gefährtin locker zu sehen.« Fane amüsierte die Umschreibung, die sie nutzten, um nicht »Liebe machen« sagen zu müssen. Jacquelyn hatte diesen Gedanken mitbekommen und kommentierte schnippisch: *»Nein, das heißt ›es nicht locker sehen‹, du Banause.«*

Fane musste über ihre Verlegenheit laut lachen, woraufhin alle im Raum ihn ansahen. Er konnte nicht anders, ihre Art war einfach köstlich. Es war ihm egal, wenn sie es tatsächlich nie beim Namen nennen würde, solange sie nur die Seine war.

»Würdet ihr zwei uns vielleicht an eurer Konversation teilhaben lassen? Oder sie lieber in einem anderen Zimmer unter Ausschluss der Öffentlichkeit fortsetzen?«, fragte Jen sarkastisch.

»Nein, alles in Ordnung. Wir sind doch alle eine große, glückliche Familie und sprechen über alle glorreichen Details im Leben eines Werwolfs. Ein ganz normaler Mittwochabend also«, warf Jacquelyn nervös ein.

»Bist du bereit, meine *Lunä?* Kann ich fortfahren?«, fragte Fane.

»Nur zu.«

»Die Blutritus-Zeremonie wird von dem Alpha des Rudels durchgeführt, dem du beitrittst, in deinem Fall also von meinem Vater. In mancher Hinsicht gleicht die Zeremonie einer menschlichen Hochzeit. Für gewöhnlich sind nur wenige Zeugen anwesend – Familie und enge Freunde. Wir werden Schwüre leisten …« Fane atmete tief ein, weil er wusste, dass das, was er als Nächstes zu sagen hatte, ihr nicht gefallen würde. »Und dann vollziehen wir den Blutritus«, schloss er vage. Er wusste, dass er nicht so glimpflich davonkommen würde, dennoch konnte er es zumindest versuchen.

»Fane, Schatz, was genau ist denn dieser Blutritus?«, fragte Jacquelyn so übertrieben zuckersüß, dass ihm klar war, dass sie es sarkastisch meinte.

»Jacquelyn, du musst verstehen, dass wir keine Menschen sind. Es gibt Dinge, die unser Wolfsnaturell von uns verlangt, und eins davon ist der Blutritus. Ein männlicher Canis Lupus will der ganzen Welt kundtun, dass seine Gefährtin zu ihm gehört. Das kann er auf mehrere Arten tun. Beispielsweise übernimmt sie die Wolfszeichen, die er auf seinem Körper hat. Diese Zeichen zeigen seinen Stand im Rudel. Ich bin ein dominanter Canis Lupus, daher sind meine Zeichen auf meiner rechten Körperhälfte. Sie sind außerdem sehr kunstvoll und ziehen sich bis vorn auf meine Brust, was bedeutet, dass ich ein Alpha bin. Mein Vater hat mir erklärt, dass ein Alpha neue Zeichen ausprägt, die auch mit Kleidung zu sehen sind, beispielsweise am Hals, sobald er seine Gefährtin gefunden hat. Auf diese Weise können andere Canes Lupi sehen, dass er eine Gefährtin hat und dadurch stärker ist als ein Alpha ohne Gefährtin.«

Fane machte eine Pause, um ihr Gelegenheit zu geben, Fragen zu stellen. Nur um sie bei Laune zu halten, drehte er sich um und sah Jen an, die antwortete: »Oh, mir geht's gut. Erzähl nur weiter, das ist alles extrem spannend.«

Fane zwinkerte ihr zu und grinste.

Zu seiner und Jens Überraschung beugte Jacquelyn sich vor und gab ihm einen Klaps auf den Arm. »Untersteh dich, meinen Freundinnen zuzuzwinkern. Jen wird davon hyperventilieren und Sally wird ohnmächtig. Fahr fort mit dieser Blutritus-Sache«, knurrte sie ihn an.

»Du bist ganz schön rabiat, weißt du das eigentlich?«, neckte Fane sie.

Sie warf ihm einen wütenden Blick zu, als wollte sie sagen: »Ich warte.«

Also fuhr er fort: »Das ist eine Möglichkeit, wie die Gefährtin eines Wolfsmanns markiert wird.«

Sally zeigte auf, als wäre sie in der Schule.

Jen verdrehte die Augen und sagte: »Nimm die Hand runter, du Dumpfbacke, und frag einfach.«

»Wie können andere Werwölfe sie anhand ihrer Zeichen erkennen, wenn sie nicht gerade ein Shirt mit tiefem Rückenausschnitt trägt wie Jacque heute Abend?«, fragte Sally.

Fane knurrte, was ihm einen weiteren Klaps auf den Arm einbrachte.

»Meine Freundinnen werden auch nicht angeknurrt.«

»Ich habe sie nicht angeknurrt, mein Herz. Ich habe bei der Vorstellung geknurrt, dass ein anderer deine Wolfszeichen sieht. Die Zeichen einer Wolfsfrau sollten nur von ihrem Gefährten gesehen werden. Sie bedeuten ihm sehr viel, da sie das Erste sind, was zeigt, dass sie zu ihm gehört. Männlichen Canis Lupi gefällt es gar nicht, wenn andere Wolfsmänner die Zeichen ihrer Gefährtin sehen. Heute Abend war es für mich nicht einfach, dass du deine gezeigt hast, aber glücklicherweise werden sie zum Großteil von deinen Haaren verdeckt.«

»Wäre das dann so, als würde ein Typ in ihre Unterwäsche-Schublade gucken und all ihre heißen Dessous sehen?«, fragte Jen grinsend.

»So ein Vergleich kann auch nur dir einfallen, das ist dir doch klar, oder?«, fragte Sally.

»Ich will's ja nur anschaulich machen, damit es alle verstehen«, antwortete Jen.

»Jen, Sally, ich hab euch echt lieb, aber könntet ihr euch bitte mal einen Augenblick lang zurückhalten?«, fragte Jacquelyn sie genervt.

Beide Mädchen machten eine Geste, als würden sie ihren Mund abschließen und dann den Schlüssel wegwerfen. Jacquelyn nahm das nickend zur Kenntnis.

»Ein anderer Weg, wie ein männlicher Canis Lupus zeigen kann, dass er seine Gefährtin gefunden hat, ist die Fähigkeit, gedanklich mit ihr zu kommunizieren. Er kann nur ihre Gedanken hören, von niemand anderem, und das Gleiche gilt für sie«, fuhr

Fane mit seinen Erklärungen fort. Er bemerkte, dass Jacquelyns Miene nicht gerade Zufriedenheit ausstrahlte, daher fragte er sie: »Beunruhigt dich das irgendwie, *Lună?*«

»Na ja, es gibt Dinge, die dich einfach nichts angehen«, erklärte Jacquelyn ihm schüchtern.

»Oh, wie das eine Mal, als wir uns nachts rausgeschlichen haben und im See nackt …«, begann Jen, wurde aber schnell unterbrochen.

»Jen!«, polterte Sally. »Lass uns das Popcorn holen. Es wäre für uns alle besser, wenn du den Mund mit Essen voll hast, ansonsten müsste ich ihn dir mit deinem eigenen Fuß stopfen, okay?«, schloss sie zuckersüß.

»Und wieder einmal wird mir hier von Oberschlaubergerin Sally der Mund verboten«, konterte Jen.

Jacquelyn beobachtete ihre Freundinnen, wie sie in die Küche gingen, dann wandte sie sich Fane zu.

»Was ist der dritte Weg, wie ein männlicher Canis Lupus seine Gefährtin markiert?«, fragte sie ihn.

Fane antwortete ihr mental: *»Ich glaube, das sollten wir lieber in privaterer Runde besprechen.«*

Jacquelyn zog besorgt die Augenbrauen hoch. »So schlimm?«, fragte sie.

Als Antwort nahm Fane ihre Hand und zog sie von der Couch hoch. Zu Lilly und Sorin sagte er: »Der Rest dieses Gesprächs sollte unter vier Augen zwischen mir und meiner Gefährtin stattfinden.«

»Geht nur, ich verstehe das«, erwiderte Lilly.

Sorin nickte einfach, um zu zeigen, dass auch er es verstand.

Fane sah Jacquelyn an und sagte: »Geh vor, *Lună.*«

Kapitel 19

Jacquelyn hielt Fanes Hand, während sie ihn die Treppe hoch zu ihrem Zimmer führte. Bevor sie den Treppenabsatz erreichten, hörte sie ihre Mutter rufen: »Jacque, lass bitte die Tür offen. Gefährten hin oder her, hier gelten immer noch meine Regeln.«

Jacque lachte, dankbar für diese Bemerkung ihrer Mutter, die ihr das Gefühl gab, ein ganz normales Mädchen zu sein, das mit einem Jungen abhängen wollte. Keine Canes Lupi, keine Gefährten, einfach nur Teenager.

»Mach ich, Mom«, rief Jacque zurück.

Fane konnte ihre Erleichterung spüren; es machte ihn traurig, dass sich ihr Leben durch ihn so drastisch veränderte. Er wollte sie glücklich sehen, wollte, dass sie sich sicher und von ihm geliebt fühlte.

Als sie den Raum betraten, ließ Jacque Fanes Hand los und machte einen Schritt nach hinten, um etwas mehr Distanz zwischen ihnen zu schaffen. Sie fühlte sich langsam etwas eingeengt und brauchte etwas Platz.

»Du kannst dich auf den Stuhl da setzen oder auf die gepolsterte Fensterbank«, sagte sie und zeigte nacheinander auf die Sitzgelegenheiten.

Jacque war urplötzlich nervös, es fühlte sich fast schon zu intim an, mit ihm allein in ihrem Zimmer zu sein, dennoch konnte sie nicht leugnen, wie erleichtert sie war, dass er das, was er ihr zu sagen hatte, nicht vor allen anderen unten ausplaudern würde.

»Jetzt erzähl schon, wie eine Gefährtin noch als solche markiert werden kann. Ich vermute, es hat was mit dem Blutritus zu tun?«, fragte sie ihn.

»Das stimmt, es hat mit dem Blutritus zu tun. Ich wollte deshalb allein mit dir sprechen, weil es der einzige Teil der Zeremonie ist, der privat ist«, erklärte Fane.

»Hey, hey, hey, nicht so schnell. Hattest du nicht gesagt, dass diese Zeremonie nichts damit zu tun hat, es locker zu sehen?«, fragte Jacque ein wenig hektisch.

»*Lună*, ich werde dir alles ganz genau erklären. Ich werde nicht lügen, nichts auslassen und auch nicht um die heiße Suppe herumreden«, erklärte Fane ihr bestimmt.

Jacque versuchte krampfhaft, sich das Lachen zu verkneifen, schaffte es aber nicht.

»*Inimă mea*, würdest du die Güte haben und mir erklären, was du so witzig findest?«, fragte Fane geduldig.

»Es heißt ›um den heißen Brei herumreden‹, werter Prinz der Wölfe«, erklärte sie ihm immer noch kichernd, trotz ihrer Versuche, dagegen anzukämpfen.

»Oh, mein Fehler. Ich werde also nicht mehr *um den heißen Brei* herumreden. Wir werden die Dinge beim Namen nennen, und wenn du eine hübsche Rotschattierung annimmst, wird es mir schwerfallen, es nicht bezaubernd zu finden.«

»Okay, dann spuck's schon aus«, antwortete Jacque, genervt von seiner kleinen Ansprache.

Sie setzte sich im Schneidersitz auf ihr Bett und faltete die Hände im Schoß. Sie versuchte verzweifelt, gegen ihre Angst anzukämpfen, hatte aber nur wenig Erfolg. Endlich fing Fane an, den Blutritus zu erklären, und er behielt recht: Das, was er ihr zu erzählen hatte, ließ sie so heftig erröten, dass sie die Wärme auf ihren Wangen spüren konnte.

»Was ich dir über die Bindungszeremonie erzählt habe, war nicht gelogen. Wir müssen keine Liebe machen oder den Akt vollziehen – je nachdem wie du es nennen möchtest –, um vollständig vereinigt zu sein. Wir müssen allerdings Blut austauschen.«

Jacque zuckte zusammen. »Das ist echt abartig. Das weißt du doch, oder? Ich meine, das kann doch nicht gut sein.«

Fane warf ihr einen Blick zu, der besagte, dass er noch nicht fertig war, und sie hörte abrupt auf zu reden.

»Ich kann es nicht schönreden, es ist so, wie es ist. Ich werde dich markieren und dein Blut nehmen, indem ich dich beiße.« Fane machte eine Pause, wartete auf ihre Reaktion – und sie enttäuschte ihn nicht.

»Du wirst *was* machen?!«, schrie Jacque, völlig überrumpelt von dieser Enthüllung. Ich meine, dachte sie, als er was von Blut austauschen sagte, dachte ich an Fingerpiksen. Ein peinlicher Moment vielleicht, wenn ich an seinem Finger sauge und er an meinem. Aber beißen? Das ist eine ganz andere Liga als »peinlich«.

Fane ging zu ihrem Bett und kniete sich vor ihr auf den Fußboden. Er legte seine Hände auf ihre und sie spürte sofort, wie sie ruhiger wurde. Sie schloss die Augen und versuchte, sich zu entspannen, und den Trost, den er ausströmte, zuzulassen.

Als sie die Augen öffnete, starrte sie in zwei glühende eisblaue Augen. »Wie hast du das gemacht?«, fragte sie ihn.

»Berührungen sind für Wölfe lebenswichtig. Sie trösten und beruhigen sie, und wie viele andere Dinge auch sind sie zwischen Gefährten noch stärker. Du brauchtest meinen Trost und ich konnte nichts anderes tun, als ihn dir zu spenden. Wenn du etwas brauchst, spüre ich das, mein Wolf spürt das, und wir sind verpflichtet zu tun, was wir können.«

Jacque versuchte, nicht darüber nachzudenken, aber so sehr sie sich auch dagegen wehrte, sie sah sich gerade selbst, wie sie mitten in der Nacht Heißhunger auf ein Snickers hatte, während draußen ein Unwetter tobte. Dann kam Fane, klopfte pitschnass an ihr Fenster und reichte ihr den Schokoriegel. Das könnte nützlich sein.

Fane schmunzelte über ihren kleinen Tagtraum, den er in voller Pracht mitbekommen hatte. »Du denkst dir echt die komischsten Sachen aus. Das ist dir klar, oder?«

»Lenk nicht ab, Wolfsmann. Wo genau wirst du mich beißen? Da das im stillen Kämmerlein ablaufen wird, stehe ich der Antwort ein wenig misstrauisch gegenüber.«

»Beruhige dich, *Lună*. Ich werde dich nirgendwo beißen, wo es dir nicht eines Tages gefallen könnte«, sagte Fane.

Jacque wusste, dass er eine Reaktion von ihr provozieren wollte, und sehr zu ihrem Leidwesen ging sein Plan auf.

»Du wirst sofort aufhören, darüber nachzudenken. Wir werden uns ganz sicher nicht darüber unterhalten, welche Vorlieben und Abneigungen wir eines Tages in einer möglichen körperlichen Beziehung haben werden, kapiert?«, stellte Jacque entschlossen klar.

»Okay, ich füge mich deinem Wunsch. Fürs Erste.« Fane schmunzelte. »Ich werde dir also in den Hals beißen, *Lună,* aber ich versichere dir, dass ich ein Werwolf bin, kein Vampir. Mein Biss wird nicht so lange dauern, dass du ausblutest, nur so lange, dass ich genug Blut schlucken kann, um meine Bissmale auf dir zu hinterlassen.«

Jacque schwieg einen Augenblick. Dann atmete sie tief ein und sagte: »Deinen Vampir-Kommentar ignoriere ich jetzt einfach mal. Ich werde nicht weiter darüber nachdenken und auch nichts dazu sagen. Was mich aber interessiert, ist das mit den Bissmalen. Ich habe kapiert, dass du mich beißen und mein Blut in deinen Mund bekommen wirst. Aber warum wirst du dann Male auf mir hinterlassen?«

»Ich weiß nicht genau, warum ich ein Bissmal auf dir hinterlasse. Ich glaube, das gehört zu der ganzen übernatürlichen Bindungssache. Die Male, die ich hinterlassen werde, sind das visuelle Symbol, dass du mit mir vereinigt bist«, erklärte er. »Die letzte Warnung für andere männliche Canes Lupi, dass du gebunden bist, ist dein Geruch.«

»Ich werde riechen? Sag mir bitte, dass ich nicht stinken werde. Ich will kein Stinker sein, okay?«, flehte sie ihn an.

»Nein, *Lună,* du wirst nicht stinken. Für andere Canes Lupi wirst du wie ich riechen, wenn du mein Blut gekostet hast, und ich werde wie du riechen, wenn ich dein Blut gekostet habe. Sobald wir unsere Vereinigung vollzogen haben, werden sich die Gerüche noch intensivieren«, erklärte Fane.

»Dieses letzte Häppchen musstest du mir noch vor die Füße werfen, was? Tja, freu dich nicht zu sehr, denn ich werde nicht danach schnappen«, gab sie hochmütig zurück. »Diese ganze Beißerei wird also hinter verschlossenen Türen veranstaltet. Warum?«, fragte sie.

»Hättest du es lieber, wenn ich dich vor den Augen deiner Mutter in den Hals beißen würde?«, fragte Fane angriffslustig.

»Punkt für dich. Du hast recht, eher friert die Hölle zu, als dass dein Mund vor anderen in die Nähe meines Halses kommt, nicht vor meiner Mutter und erst recht nicht vor deinen Eltern«, sagte Jacque.

Oh, Kacke, dachte sie, ich muss seine Eltern kennenlernen. Der Gedanke versetzte sie in Panik, wenn sie auch nicht genau wusste, warum. Als sie Trents Eltern vorgestellt wurde, war sie kein bisschen nervös gewesen. Während sie an Trent dachte, hörte sie Fane knurren.

»Ach, halt die Klappe, du besitzergreifende, königlich-rumänische Nervensäge. Es ist ja nicht so, als würde ich mir vorstellen, wie er mir in den Hals beißt«, sagte Jacque sarkastisch.

Fane stand auf und setzte sich neben sie auf ihr Bett. Er beugte sich zu ihr und strich ihr das Haar nach hinten, sodass die Wolfszeichen auf ihren Schultern und ihrem Nacken zu sehen waren. Fane fuhr die Zeichen nach und ließ ein kehliges Knurren verlauten. Jacque schauderte bei seiner Berührung und hatte Probleme, gleichmäßig zu atmen. Tatsächlich hatte sie das Gefühl, jeden Moment ohnmächtig zu werden. Was als Nächstes kam, besiegelte quasi ihr Schicksal.

Fane kam ihr noch etwas näher und flüsterte ihr ins Ohr: »Ich hoffe doch, dass du dir nicht vorgestellt hast, wie er dir in den Hals beißt. Aber sobald ich das getan habe, versichere ich dir, dass du keinerlei Veranlassung mehr haben wirst, an einen anderen zu denken.« Und dann berührte er mit seinen Lippen ihren Hals. Jacque versuchte nicht einmal, das leise Stöhnen zu unterdrücken, das ihr durch ihre fest zusammengepressten Lippen entfuhr. Und natürlich wollte Fane es nicht dabei belassen.

Jacque wirbelte atemlos herum, um ihn anzusehen. Sie hob die Hände vor sich, als könnte sie ihn damit abwehren. »Ich … ähm …« Sie schüttelte den Kopf und rieb sich mit beiden Händen über das Gesicht, während sie sich bemühte, ihre Gedanken und Worte mit ihrem Mund in Einklang zu bringen. »Jetzt verstehe ich, warum dieser Teil im stillen Kämmerlein stattfindet. Vielen Dank für die Demonstration.«

Fane grinste sie spitzbübisch an. »Ich könnte es dir noch einmal demonstrieren. Es gilt als bewiesen, dass Menschen sich eher an Dinge erinnern, wenn sie sie dreimal wiederholt haben.«

»Netter Versuch, Don Juan, aber Menschen erinnern sich besser an Dinge, die ihnen dreimal *gesagt* wurden, nicht an die, die sie dreimal getan haben«, konterte sie.

»Wir könnten ausprobieren, ob es auch klappt, wenn man etwas dreimal hintereinander macht. Ich bin ja sehr für wissenschaftliches Arbeiten«, zog Fane sie auf.

»Tja, da hast du leider Pech gehabt, denn ich bin eine naturwissenschaftliche Niete und habe daher auch null Spaß daran«, sagte sie betont sachlich.

Fane lehnte sich abermals nach vorn, nur dass Jacque diesmal nach hinten auswich, was ihn aber nicht beirrte. Er grinste einfach und kam ihr wieder näher.

»Dann willst du mir also sagen, *focușorul meu,* mein kleines Feuer, dass dir meine kleine Demonstration nicht gefallen hat? Wenn ja, dann habe ich es nicht richtig gemacht und fühle mich verpflichtet, es noch einmal zu probieren.«

Jacque schloss die Augen und dachte an eine Mauer, die ihre Gedanken abschirmte. Dann schmiedete sie einen Plan. Ausweichen funktioniert nicht, es wird also Zeit für Plan B. Wenn du deinen Feind nicht besiegen kannst, dann verbünde dich mit ihm. Mal sehen, ob ich es ihm nicht mit gleicher Münze heimzahlen kann. Vielleicht bringt ihn das so sehr aus der Fassung, dass ich mich zurückziehen kann. Du weißt doch, wie Jen dich jetzt nennen würde, oder?, fragte sie sich selbst. Ja, ja, ich weiß, ich bin ein ausgebuffter Schisser.

Mit dem neu gefassten Plan im Hinterkopf lehnte Jacque sich nun plötzlich nach vorn statt nach hinten. Das verwirrte ihn tatsächlich, sodass er ein klitzekleines Stück zurückwich. Durch diesen kleinen Sieg ermutigt, wurde sie etwas dreister und bog ihm ihren Körper entgegen. Fane runzelte die Stirn, und sie wusste, dass er sich jetzt fragte, was los war. Er rührte sich aber kein bisschen, sondern saß wie vom Donner gerührt da. Jacque beschloss, dass ihre derzeitige Sitzposition nicht in ihren Plan passte, daher ging sie auf die Knie und rutschte um ihn herum, bis sie direkt hinter ihm war. Sie ließ sich auf die Unterschenkel sinken, legte die Hände auf seine Schultern und beugte sich nach vorn, bis ihr Mund nur Millimeter von seinem Ohr entfernt war.

Fane schauderte, was ihr ein Lächeln entrang. Nimm das, du fieser kleiner Casanova, dachte sie. Sie ließ ihren Atem über sein Ohr streichen, als sie ihm sagte: »Wie schmeckt dir das, Wolfsmann?«

Fane beugte sich nach vorn, um ihrem Mund auszuweichen. Sie konnte sehen, wie sein Rücken sich hob und senkte – er atmete schnell. Sie konnte sich nicht daran erinnern, dass Trent je so auf sie reagiert hatte … Uuups. Bei diesem Gedanken hatte sie ihre Mauer runtergefahren.

Fane stand so abrupt auf, dass Jacque nach vorn kippte und sich abstützen musste. Sie blickte auf und sah, dass Fane offensichtlich aufgewühlt im Zimmer auf und ab ging.

»Fane, es tut mir leid. Ich wollte nicht, dass du das hörst, und ich wollte auch gar nicht an die körperliche Seite meiner Beziehung mit Trent denken. Ich habe eigentlich nur eure Reaktionen verglichen …«, versuchte Jacque zu erklären und hoffte, den Wolf zu beruhigen, der gerade mit hektischen Schritten ein Loch in ihren Teppich lief.

»Jacquelyn, du bist keine große Hilfe«, sagte er knurrend. »Ich weiß, dass du nicht verstehst, wie stark meine Gefühle für dich sind, aber ich kann mein Wesen nicht ändern. In der Wildnis paaren Wölfe sich, um zu überleben, und ein Rüde wird jeden töten, der versucht, ihm sein Weibchen wegzunehmen. Mit meiner Spezies verhält es sich genauso. Ich weiß, dass dieser Trent«, Fane sprach den Namen mit offensichtlichem Widerwillen aus, »ein Teil deines Lebens war, und das kannst du nicht ändern. Es ist nicht so, dass ich ihn hasse, ich bin nur eifersüchtig auf die Gefühle, die du für ihn hattest und noch immer hast. Mir gefällt es ganz und gar nicht, dass du mit ihm intim gewesen bist, wo das doch mein alleiniges Recht ist.« Fane schloss die Augen und atmete einige Male langsam ein und aus, während er die Finger gegen seinen Nasenrücken presste.

Als er zu Jacque aufsah, konnte sie den Kampf erahnen, der in seinem Inneren tobte. Er wollte ihr die Freiheit lassen, die sie brauchte. Sie war nicht mit seiner Art aufgewachsen, und er konnte nicht von ihr erwarten, dass sie seine Regeln ohne Kompromisse akzeptierte. Doch sein Wolf sah die Welt nicht in Grauschattierungen, sondern in Schwarz und Weiß. Jacque war seine Gefährtin, sie gehörte zu ihm und zu keinem anderen, ihre Gedanken sollten nur für ihn bestimmt sein, und sie sollte sich nur ihm allein hingeben, so wie auch er sich nur ihr allein hingeben würde.

Jacque stand vom Bett auf und ging zu ihm. Diesmal versuchte sie nicht, ihn in seinem eigenen Spiel zu schlagen, sie versuchte nicht, ihn zu verführen, sie wollte ihn lediglich beschwichtigen. In diesem Moment erkannte sie, dass sie ihm gehören wollte und sich mehr als alles andere auf der Welt wünschte, dass er ihr gehörte und keiner anderen.

Sie schlang die Arme um seine Taille und lehnte ihren Kopf gegen seine Brust. Fane beantwortete ihren unausgesprochenen Gedanken. »Ich gehöre allein dir, meine *Lună*. Das war schon von meinem ersten Atemzug an so und wird es bis zu meinem letzten bleiben.«

Jacque schloss die Augen, als ihr langsam Tränen über die Wangen rannen. Sie zog ihn näher an sich heran, während er ihr über den Rücken strich und sie auf den Kopf küsste. Als sie sich zurücklehnte, um zu ihm hochzusehen, nahm er ihr Gesicht sanft in seine Hände. Dann tat er das Süßeste, das Jacque je erlebt hatte: Fane küsste ihre Stirn, ihre Augen, ihre Wangen und ihre Nase. Er küsste ihr Kinn, und gerade als sie dachte, sie könne es nicht länger ertragen, küsste er ihre Lippen. Sanft und langsam und süß. Jacque stöhnte leise, was Fane zu einem Knurren veranlasste. Als er den Druck seiner Lippen verstärkte, wurde der Kuss leidenschaftlicher.

Schließlich beendete er den Kuss und lehnte seine Stirn gegen ihre. Zu Jacques Erleichterung war er ebenso atemlos wie sie, und er brauchte einen Augenblick, um seine Fassung zurückzuerlangen.

»Ich glaube, es ist an der Zeit, dass ich dir Gute Nacht sage, mein Herz. Ansonsten könnten meine guten Vorsätze, deine Unschuld zu wahren, bis wir miteinander verbunden sind, meinen Hormonen zum Opfer fallen«, sagte er aufrichtig und schämte sich nicht für sein offensichtliches Verlangen nach ihr.

Jacque lächelte ihn an. Sie wollte ihn nicht gehen lassen, sie wollte nicht eine Minute von ihm getrennt sein, aber sie wusste auch, dass ihre Mutter es niemals zulassen würde, dass Fane die Nacht bei ihr verbrachte, Gefährte hin oder her.

»Sorin wird hierbleiben, um dich und deine Mom zu schützen. Solltest du dich irgendwann unsicher fühlen, dann sag es mir. Ich weiß, dass deine Mom nicht hundert Prozent davon begeistert ist, dass du und ich verbunden sein werden, aber ich möchte, dass du verstehst, dass deine Sicherheit vorgeht und dass ich dich nicht schutzlos zurücklassen werde, nur um deine Mom zu beschwichtigen. Hast du das verstanden?«, fragte Fane sie ernst.

Jacque wusste, dass ihre Mutter sie in Sicherheit wissen wollte, selbst wenn das bedeutete, dass Fane jeden Tag bei ihnen zu Hause sein würde, was ihr wiederum gerade recht kam.

»Bist du immer so herrisch?«, fragte Jacque und ignorierte seine Frage einfach.

»Wenn es um deine Sicherheit geht, behalte ich mir das Recht vor, herrisch zu sein«, erklärte Fane ihr. Er drückte sie noch einmal fest an sich, dann ließ er sie los. Ohne seine Berührung kam Jacque sich augenblicklich verlassen vor, und sie war bestürzt, dass sie den Tränen nahe war. Alter Schwede, Jacque, dachte sie. Reiß dich gefälligst zusammen, er geht doch nur auf die gegenüberliegende Straßenseite.

»Das ist Teil der Bindung, mein Herz. Es ist hart für Gefährten, lange voneinander getrennt zu sein und ihre Gedanken nicht austauschen zu können. Die Seele eines Gefährten ist ohne die des anderen unvollständig, und Gefährten brauchen diese Nähe, sie sehnen sich danach«, erklärte er ihr.

»Was soll ich denn machen, wenn wir getrennt sind? Himmel noch eins, Fane, du bist noch hier, und ich bin jetzt schon traurig, wenn ich nur daran denke, dass du gleich weg bist«, gestand sie ihm verzweifelt.

Fane legte eine Hand in ihren Nacken, auf die Stelle, wo kurz vorher noch seine Lippen gewesen waren. »Ich werde zu dir kommen, in dem Augenblick, in dem du mich darum bittest. Wenn ich auf dem Fußboden vor deiner Zimmertür schlafen muss, werde ich es tun, wenn du es von mir verlangst.« Dann sagte Fane etwas, worauf Jacque nicht vorbereitet war: »Ich liebe dich, meine *Lună*. Ich wurde geboren, um dich zu lieben, zu schützen und für dich zu sorgen. Zögere nie, mir zu sagen, was du brauchst.«

Jacque stellte sich auf die Zehenspitzen und küsste Fane fest auf die Lippen. Schnell zog sie sich wieder zurück und sagte: »Du gehst jetzt lieber, bevor ich dich anflehe, zu bleiben.« Sie drehte ihn in Richtung ihrer Zimmertür und schob ihn sanft hinaus.

Sie wollte nicht, dass er sie verließ, so dämlich sich das auch anhören mochte. Statt Worte schickte sie ihm ein Bild aus ihrem Verstand, wie er sie festhielt und an sich drückte. Sie legte den Kopf schräg, wie Wölfe es tun, um Unterwürfigkeit zu zeigen, wie eine Wolfsfrau es für ihren Gefährten tun würde, um den Blutritus zu vollziehen. Sie hatte absolut keine Ahnung, wo dieser Gedanke herkam, vielleicht war es ihr Unterbewusstsein, das ihn wissen ließ, dass sie die Blutritus-Zeremonie über sich ergehen lassen würde. Das ist mir neu, dachte sie.

In ihrem Verstand hörte sie Fane als Antwort knurren, und alles, was er sagte, war: »*Bald, meine Liebste. Sehr, sehr bald.*«

Diese Worte ließen Jacque schaudern. »*Fantastisch*«, entgegnete sie sarkastisch.

Okay, würde er etwas anderes von ihr erwarten? Sarkasmus war ihre Spezialität.

Sie ging zu ihrem Fenster, setzte sich auf die gepolsterte Fensterbank und starrte auf die Straße. Sie wartete darauf, dass Fane ihr Haus verließ, damit sie ihn beobachten konnte, wie er über die Straße ging. Ja, es hatte sie ziemlich heftig erwischt. Sie sah, dass zuerst Sorin aus dem Haus kam und dann Fane. Sorin umarmte Fane erneut. Mann, die sind ganz schön gefühlsbetont, dachte sie.

Die beiden sprachen eine Weile miteinander, und als sie sich endlich verabschiedeten, stellte Sorin sich direkt vor Fane, legte die Hand auf sein Herz, verbeugte sich leicht und drehte den Kopf, um seinen Hals zu zeigen. Die einzige Reaktion von Fane zur Anerkennung von Sorins offensichtlicher Unterwerfung war ein knappes Nicken. Dann drehte Sorin sich um und ging zurück ins Haus der Pierces.

Bevor Fane sich abwandte, um zu den Henrys rüberzugehen, sah er hoch zu ihrem Fenster. Zuerst wollte Jacque sich ducken, da sie sich schämte, dass er sie ertappt hatte, wie sie ihn beobachtete … und das nicht zum ersten Mal. Dann sagte sie sich: Ach, was soll's, wie oft habe ich schon die Gelegenheit, heißen Rumänen nachzuschmachten?

»*Ich hoffe, du schmachtest keinem anderen nach. Rumänisch, heiß oder sonst wie …* Lună, *was hat das überhaupt zu bedeuten?*«, fragte Fane sie in Gedanken.

»*Du solltest echt in ein gutes Wörterbuch und einen guten Thesaurus investieren. Das weißt du doch sicher, oder?*«, erwiderte Jacque.

Sie sah zu, wie er ihr einen Handkuss schickte, und konnte sich den Gedanken nicht verkneifen, dass sie diesen Kuss jetzt viel lieber auf ihren Lippen spüren würde. Beim Gedanken an seine Lippen fing ihr Nacken an zu kribbeln, und sie schalt sich gerade, dass sie sich zusammenreißen sollte, als ihr klar wurde, dass Fane ihr eines nicht erzählt hatte. Jacque machte das Fenster auf und lehnte sich heraus.

»Fane, du hast praktischerweise vergessen, mir zu sagen, wie ich an dein Blut komme«, rief sie ihm nach.

»Ich habe es nicht vergessen, ich dachte nur, es wäre offensichtlich, mein Herz«, erklärte Fane ihr. »Du musst mich ebenfalls beißen.« Fane zwinkerte ihr zu, grinste und wandte sich dann ab, um zu den Henrys zurückzugehen.

»Wenn du ihn nicht beißen willst, werde ich es tun.«

Jacque drehte sich um und sah Sally und Jen im Türrahmen stehen. Sally hob die rechte Hand, in der sie eine Kaffeetasse hielt. »Heißen Kakao?«, fragte sie.

»Darauf kannst du Gift nehmen«, war alles, was Jacque antwortete.

Kapitel 20

Fane lächelte vor sich hin, als er über die Straße zum Haus der Henrys ging. Er hatte nicht vergessen, Jacquelyn zu erzählen, dass sie ihn würde beißen müssen, er hatte nur auf den richtigen Moment gewartet, denn er hatte mittlerweile begriffen, dass seine *Lună* unberechenbar war. Er wusste nicht, ob es für sie eine Genugtuung sein würde, sich für seinen Biss rächen zu können, oder ob die Vorstellung, ihn so fest beißen zu müssen, dass Blut floss, mehr war, als ihr Verstand verkraften konnte. Glücklicherweise flippte sie nicht aus ... noch nicht. Sie sah einfach nur verwirrt aus, und er rechnete damit, dass sie ihn später am Abend kontaktieren würde, wenn sie alle Informationen verarbeitet hatte.

Fane ging erst in die Küche und dann die Treppe nach oben, wo ihm auf halbem Wege Brian entgegenkam. »Wie war dein Date?«, fragte er und wackelte mit den Augenbrauen.

»Gut. Jacquelyn ist ein wunderbares Mädchen«, antwortete Fane.

»Dann werdet ihr noch mal ausgehen?«

»Das hoffe ich doch. Ich habe sie heute nicht danach gefragt, weil ich nicht rüberkommen wollte, als wäre ich von ihr besessen oder so«, erklärte Fane ihm und schmunzelte. Er wusste, dass er mehr als besessen von ihr war, aber andererseits war sie auch nicht nur ein Mädchen, das er mochte, sie war keine Schwärmerei, und wenn man das bedachte, fand er sein Verhalten ziemlich vernünftig. Ja, rede dir das nur selbst weiter ein, dachte Fane.

»Oh, jemand hat für dich angerufen, während du weg warst«, sagte Brian.

»Wer war es denn? Meine Eltern?«, fragte Fane.

»Nein, es war dieser Steve, der Verkäufer aus dem Autohaus. Ich soll dir ausrichten, dass du ihn unbedingt heute Abend noch zurückrufen sollst und dass es sehr wichtig ist. Ich habe seine Nummer auf ein Post-it geschrieben und es an deine Tür geklebt.«

»Okay, danke«, erwiderte Fane geistesabwesend, während er die Treppe weiter hochging.

»Bis morgen dann«, rief Brian ihm hinterher.

»Ja, bis morgen«, war alles, was Fane sagte.

Als er vor seinem Zimmer stand, sah er das Post-it, das Brian an seine Tür geklebt hatte. Er machte es ab, drückte die Tür auf und schloss sie wieder hinter sich.

Einen Augenblick lang starrte er auf das Stück Papier und war sich nicht sicher, ob er zuerst seinen Alpha anrufen sollte. Er entschloss sich, zuerst Steve anzurufen – danach konnte er seinem Vater alles erzählen.

Er nahm das Telefon und wählte die Nummer, die Brian aufgeschrieben hatte. Es klingelte viermal, dann wurde der Anruf angenommen.

»Hallo?«, sagte eine Stimme.

»Ich würde gerne mit Steve sprechen«, sagte Fane höflich.

»Einen Augenblick bitte.« Fane wartete mehrere Minuten, bis eine andere Stimme zu hören war. Er versuchte krampfhaft, all die Szenarien auszublenden, die sich unter den gegebenen Umständen entwickeln konnten und von denen leider keines besonders erstrebenswert war.

»Ist da der Welpe aus Rumänien?«, fragte eine tiefe Stimme.

»Wenn du mit ›Welpe‹ den rumänischen Prinzen der Canes Lupi meinst, dann hast du recht«, erwiderte Fane und unterdrückte den Drang zu knurren. »Mit wem habe ich das Vergnügen?«

»Mein Name ist Lucas Steele und ich bin der Alpha des Coldspring-Rudels. Ich habe angerufen, weil ich gern wissen würde, warum du immer noch in meinem Revier bist, obwohl du kein

Anrecht hast, dich hier aufzuhalten. Und als ob das noch nicht genügen würde, hast du dich auch noch im Haus gegenüber der Frau eingenistet, die ich für mich beanspruche.« Die Stimme von Lucas ging allmählich in ein Knurren über.

Fanes Augen begannen zu glühen; er spürte, wie seine Eckzähne länger wurden, und musste die Augen schließen, um die Fassung zu bewahren. Dieser räudige Köter hatte es gewagt, Jacquelyn für sich zu beanspruchen. Wenn er seiner Gefährtin zu nahe kam, würde er ihm die Kehle rausreißen. Sobald er sich wieder beruhigt hatte und sprechen konnte, antwortete er: »Dein Rudel ist nirgendwo verzeichnet, und daher muss ich auch nirgendwo Erlaubnis einholen, um hier zu sein. Und was die Frau angeht, von der du sprichst: Wenn du nicht beweisen kannst, dass sie tatsächlich deine Gefährtin ist, hast du keinen Anspruch auf sie.«

Fane hörte ein tiefes Knurren am anderen Ende der Leitung. Er wartete auf Lucas' Antwort und glaubte einen Moment lang, dass der andere Wolf aufgelegt hatte. Dann aber sagte er: »Willst du damit sagen, du kannst beweisen, dass sie deine Gefährtin ist?«, fragte Lucas.

»Ja«, war alles, was Fane darauf entgegnete.

Schließlich sagte Lucas genau das, was Fane nicht hören wollte.

»Dann fordere ich dich heraus, um das Recht auf die Bindungszeremonie zu kämpfen. Du weißt doch sicher, wie das abläuft, oder? Falls nicht, lass mich kurz dein Gedächtnis auffrischen: Ganz egal, ob sie deine Zeichen trägt oder nicht, sie ist nicht an dich gebunden, und ich habe das Recht, dich deswegen herauszufordern. Wenn ich gewinne, wirst du sterben und ich werde die Frau als meine Gefährtin nehmen. Wenn du gewinnst, tja, in dem Fall ist das Ergebnis wohl offensichtlich«, erklärte Lucas.

Fane atmete tief ein. Sein Alpha würde ausrasten, und Jacquelyn würde noch wütender sein, wenn sie erfuhr, dass sie nach Rumänien reisen musste. Fane hatte sich den Start in sein Jahr an einer amerikanischen Highschool etwas anders vorgestellt. Er musste sich etwas Zeit verschaffen, um Jacquelyn und ihre Mutter aus dem Land zu bringen, was bedeutete, dass sie ohne ihn gehen mussten.

Ihm gefiel die Vorstellung ganz und gar nicht, aber er würde tun, was er konnte, um für ihre Sicherheit zu sorgen.

»Ich habe keine andere Wahl, als die Herausforderung anzunehmen. Ich habe allerdings das Recht zu fordern, dass mein Alpha dabei ist, um einen fairen Kampf zu gewährleisten, und da er in Rumänien ist, wird es zwei Tage dauern, bis er hier ist.«

»Ich kenne die Regeln. Du kannst deinen Alpha bitten, hierherzukommen und Zeuge zu sein. Während dieser beiden Tage wird jedoch Jacquelyn«, Lucas machte eine Pause, als er hörte, dass Fane mit den Zähnen knirschte und knurrte, »unter Hausarrest stehen, nur für den Fall, dass du planst, sie außer Landes zu schaffen, während wir auf deinen Alpha warten. Ich werde zwei Wachen an ihrem Haus postieren, und dir wird es während dieser Zeit nicht gestattet sein, sie zu sehen.«

Fane verlor langsam die Fassung, und Lucas Steele besorgte den Rest, als er Fane sagte, er würde am nächsten Tag zu Jacquelyn fahren und ihr von seinen Absichten erzählen. Fanes Nägel wurden länger und schärfer, sein Gesicht fing an, seine menschliche Form zu verlieren, während sein Wolf zum Vorschein kommen wollte. Seine Gefährtin war in Gefahr, ein anderer Wolf versuchte, sie ihm wegzunehmen, und er wollte Blut sehen.

»Fane, ist alles in Ordnung bei dir? Ich spüre doch, dass etwas nicht stimmt, also sag mir nicht, dass es nicht so ist, denn ich werde dir eigenhändig den Hintern versohlen, wenn du mich nach diesem ganzen ›Ich werde nicht lügen, nichts auslassen‹-Mist anschwindelst, also spuck's schon aus.« Fane hörte Jacquelyn in seinen Gedanken, was seinen Wolf unmittelbar beruhigte. In diesem Moment erkannte er, wie kostbar es war, eine Gefährtin zu haben, denn nur sie konnte seinen Wolf zähmen.

»Ich werde nicht behaupten, dass alles in Ordnung ist, Lună, *aber ich kann dir im Moment auch noch nicht sagen, um was es wirklich geht. Vertraue mir bitte. Gib mir ein paar Minuten, dann werde ich es dir erklären«,* sagte Fane aufrichtig. Er wusste, dass er ihr die Wahrheit sagen musste, besonders da dieser Lucas Steele zu ihr nach Hause kommen würde. Glücklicherweise war Sorin bei ihr

und würde sie mit seinem Leben beschützen – eines Tages würde sie seine Königin sein und ihr Leben stand daher über seinem.

»Okay, fünf Minuten. Dann stehst du gefälligst vor meiner Haustür und redest persönlich mit mir«, verlangte Jacquelyn.

»Ich werde da sein«, antwortete Fane.

Da Fane von den Gedanken seiner Gefährtin abgelenkt gewesen war, hatte er nicht mitbekommen, dass Lucas ihm eine Frage gestellt hatte.

»Hast du die Bedingungen verstanden, die ich dir für die Herausforderung genannt habe?«

»Ja«, war alles, was Fane dazu sagte.

»Dann erwarte ich, dass du mich in dem Augenblick anrufst, in dem dein Alpha hier ankommt. Meine Wölfe werden in einer Stunde bei ihr zu Hause sein. Du hast bis dahin Zeit, sie zu sehen. Ich würde dir raten, dich nicht von meinen Wölfen dabei erwischen zu lassen, wie du sie berührst. Wie du weißt, ist es dir bis zur Herausforderung untersagt, sich mit ihr zu verbinden. Versuchst du es dennoch, verfallen alle deine Ansprüche.« Dann legte er auf.

Fane ging in seinem Zimmer auf und ab, während er seinen Wolf zurückpfiff. Seine Nägel nahmen wieder ihre normale Länge an und die Eckzähne wurden wieder kürzer. Im Spiegel sah er, dass sein Gesicht zwar wieder seine menschliche Form angenommen hatte, seine Augen aber immer noch eisblau glühten. Tja, dachte er, mehr geht wohl gerade nicht. Er spürte, wie sein Wolf aufbegehrte, als wollte er ihm sagen, dass er sich glücklich schätzen konnte, dass nur das vom Gestaltwandeln zurückgeblieben war.

Fane hatte seinen Wolf noch nie zuvor so wütend erlebt. Er und sein Wolf waren sich einig, dass allein der Gedanke daran, dass sich ein anderer Alpha in der Nähe ihrer Gefährtin aufhalten könnte, unerträglich war. Er war sich noch nicht sicher, wie er es schaffen sollte, nicht einfach hinüberzumarschieren und Lucas Steele in Stücke zu reißen. Er sah auf die Uhr; seit er von Jacquelyn gehört hatte, waren vier Minuten vergangen, und da er ihr zutraute, dass sie herüberkam, weil er nicht auftauchte, entschloss er sich, sofort zu ihr zu gehen.

Aus Gründen der Zweckmäßigkeit und weil er Brian und Sara nicht beunruhigen wollte, entschied Fane sich, das Fenster zu nehmen. Zwei Stockwerke mochten für einen Menschen ein unüberwindbares Hindernis darstellen, aber einem Grauen lag das Springen im Blut. Er landete sicher auf dem Boden und joggte dann quer über die Straße zum Haus der Pierces.

Als er dort ankam, stand sie bereits auf der Veranda. Sie war in einen Bademantel gewickelt, ihr Fuß tippte ungeduldig auf den Boden und sie warf ihm einen Blick zu, der selbst einen Alpha-Grauen hätte erstarren lassen. Sie sah hinreißend aus.

»Was hast du dir denn dabei wieder gedacht? Ist das ein Hobby von dir, aus zweigeschossigen Häusern zu springen? Hast du dir gedacht ›hey, die Haustür kann jeder nehmen, ich könnte mich doch stattdessen aus dem Fenster fallen lassen‹?«, empfing ihn Jacquelyn sarkastisch, während sie versuchte, nach ihrer kleinen Schimpftirade wieder zu Atem zu kommen.

»Beruhige dich, *Lună*. Ich bin nicht gefallen, sondern gesprungen. Springen ist etwas ganz Natürliches für mich, und ich habe mich für das Fenster entschieden, weil ich Brian und Sara nicht beunruhigen wollte. Wie geht's dir?«

»Was glaubst du denn, wie's mir geht? Ich sitze gemütlich rum, trinke heißen Kakao und erkläre meinen besten Freundinnen, dass ich einen Typen beißen muss. Ein ganz normaler Abend also. Und dann: bämm.« Jacquelyn klatschte in die Hände, um ihre Worte zu unterstreichen. »Wie aus dem Nichts werde ich von einer Welle aus Emotionen oder was auch immer fast umgehauen«, beendete sie ihren Satz und klang dabei weniger aggressiv als noch am Anfang.

Fane nahm ihre Hand, führte sie zu seinen Lippen und küsste sie sanft. Er spürte, wie als Antwort darauf ein Schauder durch ihren Körper ging. Er hasste es, dass er ihr Kummer verursachte, und er hasste es noch viel mehr, dass es noch schlimmer werden würde. Er sah auf seine Uhr und stellte fest, dass er nur noch fünfundvierzig Minuten Zeit hatte, bis Lucas' Wölfe eintrafen.

»Würdest du bitte deine Mutter holen, mein Herz? Ich gehe Sorin holen.«

»Warum? Was ist denn los, Fane?«, fragte Jacquelyn, auf deren Gesicht nun Besorgnis abzulesen war.

»Lass uns reingehen, und wenn alle da sind, werde ich es dir erklären. Sag bitte auch Jen und Sally Bescheid, dass sie kommen sollen«, sagte Fane, während er sie ins Haus führte.

»Sorin ist in dem Zimmer neben der Küche«, erklärte Jacquelyn.

Fane gefiel es, dass zwischen dem anderen Wolf und seiner Gefährtin ein gewisser räumlicher Abstand war. Der logische Teil seines Gehirns machte sich allerdings Sorgen, dass Sorin zu weit weg war, um sie effektiv schützen zu können.

Fane ging in Richtung Sorins Zimmer, während Jacquelyn nach oben ging, um ihre Freundinnen und ihre Mutter zu holen.

Bevor Fane um die Ecke zum Flur biegen konnte, der zu Sorins Zimmer führte, war sein Wächter bereits da. Sorin zeigte seinem Prinzen unterwürfig seinen Hals und fragte: »Hast du deinen Vater schon angerufen?«

»Noch nicht. Ich will zuerst mit Jacquelyn und ihrer Mutter reden und sie wissen lassen, was los ist. Der Wolf, der behauptet, Alpha dieses Reviers zu sein, schickt ein paar Graue hierher, die das Haus der Pierces bewachen sollen. Ich glaube, er weiß nicht, dass du hier bist, und dabei soll es auch bleiben.«

Fane und Sorin gingen ins Wohnzimmer, wo die anderen vier bereits auf der Couch Platz genommen hatten. Fane wollte Jacquelyn eigentlich neben sich sitzen haben, verwarf dieses Vorhaben aber wieder, da er wusste, dass sie bei den Menschen sein sollte, denen sie am meisten vertraute.

»Ich vertraue dir, Fane«, hörte Fane Jacquelyns Gedanken in seinem Kopf. Sie stand auf und kam zu ihm. Er nahm ihre Hand und führte sie zu dem Zweisitzer, auf dem sie Platz nahmen. Fane wurde es bei dieser kleinen Vertrauensbekundung seiner Gefährtin ganz warm ums Herz.

Lilly wirkte ein wenig traurig, als sie ihre Tochter neben Fane sitzen sah, aber sie verdrängte dieses Gefühl schnell wieder. »Fane, erzähl bitte, was los ist«, forderte sie ihn auf.

»Hier in Coldspring gibt es ein Rudel Graue und sein Alpha, ein Typ namens Lucas Steele, hat mich kontaktiert. Er erhebt Anspruch auf Jacquelyn als seine Gefährtin«, sagte Fane und konnte bei seinen letzten Worten ein Knurren nicht unterdrücken.

»Was bildet der sich ein?!«, schrie Jacquelyn und sprang abrupt auf. »Ich kenne diesen Spinner ja nicht mal ...« Sie sah zu ihrer Mutter. »Oder?«, fragte sie und klang jetzt weniger überzeugt.

»Nein, Jacque«, antwortete Lilly. »Ich kenne ihn auch nicht. Fane, hast du ihn gesehen?«

»Nein, ich bin ihm noch nicht persönlich begegnet.« Fane wandte sich an Jacquelyn. »Du wirst ihn noch früh genug kennenlernen, *inimă mea*. Er hat vor, morgen hierherzukommen und es dir selbst zu sagen.«

»Für wen hält der Kerl sich eigentlich? Glaubt er wirklich, er könnte seinen pelzigen Hintern zu Jacques Haus schwingen und hier auf dicke Hose machen? Und wenn er das glaubt, hat er offensichtlich meine Fähigkeiten als Fell-über-die-Ohren-Zieherin unterschätzt«, schimpfte Jen.

Fane lächelte sie an. Er schätzte es, dass sie seiner Gefährtin gegenüber so loyal war.

»Wirst du bei mir sein?«, fragte Jacquelyn ihn und klang, als kenne sie die Antwort bereits.

»Nein, mein Herz, das geht nicht. Lucas hat mich bezüglich des Rechts auf die Bindungszeremonie herausgefordert, ich muss mich daher bis zum Kampf von dir fernhalten. Ihm ist es gestattet, dich vorher einmal zu treffen, um dir seine Absichten zu erklären. Danach darf auch er dich nicht mehr sehen«, erklärte Fane seiner Gefährtin.

»Was hat das zu bedeuten, dass er dich bezüglich des Rechts auf die Bindungszeremonie herausgefordert hat? Und was für ein Kampf?«, fragte Jacquelyn fassungslos.

Fane nahm ihre Hand und zog sie auf den Platz neben sich. »Weil wir nicht verbunden sind, hat jeder männliche Wolf das Recht, mich herauszufordern und Anspruch auf dich zu erheben, auch wenn er nicht dein wahrer Gefährte ist. Ich habe keine andere

Wahl, als diese Herausforderung anzunehmen, und das bedeutet, dass Lucas und ich in unserer Wolfsgestalt gegeneinander kämpfen werden. Wer am Ende noch steht, wird dein Gefährte werden.«

»Wenn du sagst ›wer am Ende noch steht‹, meinst du doch ›wer am Ende noch lebt‹, oder?«, fragte sie ihn leise.

»Ja, mein Herz. Es ist ein Kampf bis zum Tod«, antwortete er.

Jacquelyn schwieg eine Weile. Sie hatte den Kopf geneigt, sodass er ihre Augen nicht sehen konnte.

»Ist alles in Ordnung?«, fragte Fane, während er eine Hand unter ihr Kinn legte und ihr Gesicht anhob, sodass sie ihn ansehen musste.

»Nein, Fane. Nichts ist in Ordnung, gar nichts. Ich raste gleich aus, wenn du's wissen willst. Die Vorstellung, mich mit dir zu verbinden, war schon ziemlich abgefahren. Die Vorstellung, mich mit einem Wildfremden zu verbinden, der zufälligerweise auch ein Werwolf ist, übersteigt meine Fähigkeit, sachlich zu bleiben«, konterte Jacquelyn.

»Das unterstreiche ich«, sagte Sally.

»Das fette ich«, warf Jen ein.

»Man kann nichts fetten, du Nullcheckerin, du kannst höchstens ›dito‹ sagen, um zu zeigen, dass du der gleichen Meinung bist«, klärte Sally sie auf.

Jen streckte Sally die Zunge raus und ignorierte deren Kommentar.

»Du wirst dich mit niemandem verbinden außer mir!«, knurrte Fane.

»Ja, ja, ja, und vergiss nicht, dir mit den Fäusten auf die Brust zu trommeln, Tarzan«, sagte Jacquelyn sarkastisch.

»Ich habe darum gebeten, dass mein Alpha während des Kampfes anwesend ist. Er wird in zwei Tagen hier eintreffen. Ich hatte eigentlich vorgehabt, dich und deine Mutter von Sorin außer Landes schmuggeln zu lassen, aber Lucas hatte etwas in der Richtung vermutet. Er wird euer Haus von seinen Wölfen rund um die Uhr bewachen lassen. Er weiß allerdings nicht, dass Sorin hier ist, und das ist unser Vorteil. Sollte ich verlieren …«

»Du wirst *nicht* verlieren!«, sagte Jacquelyn nachdrücklich.

Fane fuhr fort, als hätte sie ihn nicht unterbrochen: »Sorin wird dich und deine Mutter dann in Sicherheit bringen. Du musst mir versprechen, *Lună,* dass du mit ihm gehen und zulassen wirst, dass mein Rudel euch beschützt.«

»Ich werde dir überhaupt nichts versprechen, denn dir wird nichts – und ich meine absolut gar nichts – zustoßen. Wenn du dir auch nur eine Schramme auf deinem hübschen Gesicht einfängst, werde ich dir in deinen Werwolf-Ar...«, bevor Jacque ihren Satz beenden konnte, hatte Fane sie an sich gezogen und geküsst.

»Endlich etwas Action!«, rief Jen.

Als Fane Jacquelyn endlich wieder losließ, sah sie ein wenig benommen aus, erholte sich aber schnell wieder. »Du hast mich gerade geküsst«, sagte sie verwundert.

»Das habe ich, mein Herz«, sagte Fane und grinste spitzbübisch.

»Vor meiner Mom!«, sagte Jacquelyn peinlich berührt.

»Und vor Sorin und deinen Freundinnen«, ergänzte Fane süffisant.

»Mach jetzt nicht auf Klugscheißer«, wies Jacquelyn ihn zurecht.

Fane stand auf, sah auf seine Uhr und erkannte, dass er nur noch zehn Minuten mit seiner Gefährtin hatte. Es machte ihn fuchsteufelswild, dass er sich den Regeln der Herausforderung unterordnen musste, aber tat er es nicht, riskierte er, alle Ansprüche und auch Jacque zu verlieren. Allein der Gedanke daran bewirkte, dass sein Herz sich zusammenkrampfte. Er zog sie vom Zweisitzer hoch und küsste sie noch einmal, ohne auf die anderen zu achten und als wäre es ihr letzter Kuss überhaupt. Er hielt ihr Gesicht zärtlich in seinen Händen und versuchte, sich ihre Gesichtszüge einzuprägen, sich zu merken, wie weich ihre Haut war. Er zog sich abrupt von ihr zurück und drehte sich weg, überwältigt von solch starken Emotionen, dass er nicht wusste, was er tun sollte. Er wollte etwas zerschmettern, wollte Blut sehen, das Blut desjenigen, der es wagte, Anspruch auf seine Gefährtin zu erheben. Er atmete schwer und seine Augen glühten, als Jacquelyn sprach.

»Du hast mich schon wieder geküsst!«, sagte sie und stampfte wie ein kleines Kind mit dem Fuß auf. »Sind öffentliche Liebesbekundungen in deinem Rudel an der Tagesordnung? Denn das könnte echt ein Problem werden«, fuhr sie fort, schwieg aber sofort, als Fane sich umdrehte und sie ansah.

Kapitel 21

Jacque stockte der Atem, als Fane sich zu ihr umdrehte und sie sah, dass seine Augen glühten, wie bei einem Tier, das man nachts mit der Taschenlampe anleuchtete. Gruselig, dachte sie.

Als sie diesen Schock überwunden hatte, erkannte Jacque, dass Fane kurz davor stand, die Kontrolle zu verlieren. Sie war sich nicht sicher, was passieren würde, wenn er die Kontrolle nicht wiedererlangte, und wusste einfach nicht, was sie tun sollte oder wie sie ihm helfen konnte.

Jacque war so beschäftigt damit, Fane anzustarren, dass sie erschrak, als Jen plötzlich neben ihr stand. »Du musst das Tier zähmen, das gerade in ihm wütet. Geh zu ihm«, flüsterte Jen und schob Jacque sanft in Richtung Fane.

Jacque sah zuerst Jen an und dann Sally. Sie konnte nicht glauben, dass etwas so Vernünftiges aus Jens Mund gekommen war.

Sally zuckte mit den Schultern. »Es geschehen noch Zeichen und Wunder«, sagte sie als Antwort auf Jacques unausgesprochene Frage.

Jacque konzentrierte sich wieder auf Fane, während sie auf ihn zuging. Sie waren einander jetzt so nahe, dass sie seinen Atem auf ihrem Gesicht spüren konnte. Sie hob die Hand und legte sie auf seine Wange. Er schloss die Augen und schmiegte sich an ihre Handfläche – wie ein Hund, der darum bettelt, gestreichelt zu werden. Jacque lächelte, aber dann spürte sie, wie sein Ärger, seine

Angst und seine Eifersucht durch sie hindurchflossen. Fane riss die Augen auf und starrte ihr unverwandt in die Augen.

»Ich wollte dir keine Angst einjagen. Ich könnte sagen, dass es mein Wolf ist, der außer Kontrolle geraten ist, aber das wäre eine Lüge. Der Mann in mir ist im Moment genauso außer Kontrolle wie der Wolf, was mich sehr gefährlich macht«, teilte Fane ihr gedanklich mit.

»Du würdest mir niemals wehtun«, entgegnete Jacque voller Überzeugung.

»Nein, das ist unmöglich. Ein Grauer kann seiner Gefährtin nicht wehtun. Andere, ob unschuldig oder nicht, sind in Gefahr. Jacquelyn, ich muss gehen. Lucas' Wölfe können jede Minute hier sein, und in meinem augenblicklichen Zustand kann ich nicht garantieren, dass ich zivilisiert mit ihnen umgehe«, erklärte Fane.

Jacque schüttelte den Kopf, noch bevor er zu Ende gesprochen hatte. »Ich will nicht, dass du gehst«, flüsterte sie.

Fane zog sie an sich und drehte sich so, dass er mit dem Rücken zu den anderen stand und sie vor ihren Blicken abschirmte. Er strich ihr das Haar nach hinten und küsste sie an der gleichen Stelle wie zuvor, dort, wo er seine Bissmale hinterlassen würde.

»Ich liebe dich, *Lună.*«

»Was bedeutet ›*Luhna*‹ eigentlich?«, fragte sie.

»Das werde ich dir bald erklären, aber jetzt ist nicht der richtige Zeitpunkt. Ich muss gehen, bevor die anderen Wölfe hier sind.« Er hielt sie noch einen Moment fest, dann machte er einen Schritt zurück.

Jacque streckte schnell die Hand aus, bevor er sich noch weiter von ihr entfernen konnte, und zog ihn zu sich. Sie schaute ihm in die Augen und sah darin noch immer den Wolf glühen.

»Ich liebe dich, aber wenn du zulässt, dass dieser Alpha mich als seine Gefährtin nimmt, werde ich dir eigenhändig deinen royalen rumänischen Arsch versohlen. Kapiert?«

»Sag das noch mal«, bat Fane.

»Dass ich dir deinen royalen rumänischen Arsch versohlen werde?«

»Nein, mein Herz. Den ersten Teil.«

Allmählich dämmerte Jacque, was er meinte, und sie musste lächeln. Sie beugte sich vor, sodass sie ihm ganz nahe war, und flüsterte: »Ich liebe dich.«

»Danke«, sagte Fane so leise, dass sie es fast nicht gehört hätte. Er küsste sie auf die Stirn und drehte sich wieder zu den anderen. Er sah zu Sorin, der einen Schritt nach vorn machte und ihm abermals seinen Hals zeigte.

»Du wirst sie mit deinem Leben schützen, ansonsten hast du es verwirkt«, wies Fane ihn in einem Tonfall an, den Jacque noch nie bei ihm gehört hatte.

Sorin sank auf die Knie. Er sah nicht aus, als hätte er das vorgehabt, es war eher, als hätte ihn jemand dazu gezwungen. Sie hörte ihn winseln, dann ging Fane zu ihm hin und legte die Hand auf Sorins Kopf. Er sagte etwas auf Rumänisch und ging zur Haustür.

Jacque eilte ihm hinterher, während er bereits die Tür öffnete. Als er nach draußen trat, hielt ein Auto direkt vor dem Haus und zwei Männer stiegen aus. Jacque packte Fanes Arm, nicht weil sie Angst um sich hatte, sondern um ihn. Fane nahm instinktiv ihre Hand, ohne darüber nachzudenken, dass Lucas ihn gewarnt hatte, Jacque nicht vor seinen Wölfen zu berühren.

Die anderen Wölfe fingen daraufhin sofort an zu knurren und fletschten die Zähne, während ihre Augen glühten. Jacques Atmung wurde schneller und sie drückte Fanes Hand.

Fane wandte sich ihr zu: »Du musst mich loslassen, mein Herz. Sie knurren, weil ich dich berühre.«

»Es ist mir so was von scheißegal, dass sie nicht wollen, dass du mich berührst. Ich werde berühren, wen ich will, ich werde mich verbinden, mit wem ich will, und ich werde es nicht dulden, dass mich ein paar räudige Köter in meinem eigenen Garten anknurren!«, schrie Jacque, ließ Fanes Hand los und stapfte auf die anderen Wölfe zu.

Fane war von ihrer Reaktion so überrascht, dass er sie nicht zurückhielt, als sie auf einen der Wölfe losging. Sie hielt ihm ihren Zeigefinger vors Gesicht und bedachte ihn mit allen ihm bekannten – und auch unbekannten – Schimpfwörtern, die ihr einfielen.

Jacque war noch nie in ihrem ganzen Leben so wütend gewesen. Wie konnte dieser Lucas Wieauchimmer es wagen, ihr vorschreiben zu wollen, was sie zu tun hatte und wer sie berühren durfte, und wie konnte er einfach so ihren Gefährten herausfordern?

Der Wolf, den sie anschrie, lehnte sich so weit es ging nach hinten, um nicht von ihr berührt zu werden. Ihre Umgebung hatte sie komplett ausgeblendet, sie hatte einen Tunnelblick, und das Einzige, was sie sehen konnte, war dieser Wolf vor ihr, der es gewagt hatte, in ihr Revier einzudringen. Sie hielt nicht einmal inne, um darüber nachzudenken, dass sie ihren Garten gerade als ihr Revier bezeichnet hatte; damit würde sie sich später befassen.

Jacque spürte eine Berührung an ihrem Arm. Sie sah die wütende Fratze des Werwolfs vor ihr und hörte ihn wild knurren. Sie machte eine Drehung, um zu sehen, wer sie gerade berührt hatte. Es war Fane. Er sagte ihren Namen und versuchte, sie von dem anderen Wolf wegzuziehen. Jacque bemerkte jetzt erst, dass sie Publikum hatten, da jeder im Haus inzwischen nach draußen gekommen war.

Jen marschierte die Einfahrt hinunter und geradewegs auf einen der anderen Wölfe zu. Sie stemmte die Hände in die Hüften und funkelte ihn wütend an: »Glaubst du etwa, ich hätte Angst vor dir?«, fragte sie angriffslustig. »Ich bin dein schlimmster Albtraum. Denk immer daran: Wir alle müssen irgendwann schlafen. Ich hoffe für dich, du musst beim Schlafen nicht beide Augen zumachen.« Sie zwinkerte ihm zu und drehte sich auf dem Absatz um, um zurück ins Haus zu gehen.

Jacque ließ sich schließlich von Fane zurück zum Haus ziehen, dann entfernte er sich von ihr, und obwohl sie versuchte, das nicht persönlich zu nehmen, spürte sie dennoch einen Stich.

»*Ich weise dich nicht zurück,* inimă mea, *das musst du mir glauben. Ich versuche nur, dich zu schützen*«, ließ Fane sie durch seine Gedanken wissen.

Sie sah ihn an und nickte bestätigend, während sie beobachtete, wie er sich den anderen Wölfen zuwandte. Er ging an ihnen vorbei, und als er an der Straße angekommen war, drehte er sich um und sagte zu ihnen: »Wenn auch nur einer von euch sie berührt, werde ich euch töten und euren Pelz als Teppich benutzen.« Dann ging er weiter.

Jacque beobachtete ihn den ganzen Weg über, bis die Haustür der Henrys von innen verschlossen wurde. Einer der Wölfe im Vorgarten kam auf sie zu und zeigte ihr seinen Hals.

»Hältst du es für clever, deine Kehle derjenigen entgegenzustrecken, die sie am liebsten herausgerissen sehen würde?«, fragte Jacque und war selbst überrascht, wie selbstsicher sie trotz der Leere klang, die sie ohne Fane an ihrer Seite verspürte.

»Ich zeige meine Kehle, um die Gefährtin meines Alphas anzuerkennen«, erklärte der Wolf.

»Dann zeigst du sie vergebens, denn ich bin *nicht* die Gefährtin deines Alphas. Und wenn er jeden Wolf auf dieser Erde tötet, werde ich immer noch nicht seine Gefährtin sein«, knurrte Jacque.

»*Geh rein, meine* Lună. *Ich kann spüren, wie müde du bist*«, hörte sie Fane in ihren Gedanken.

»*Es geht mir gut, vielen Dank auch. Ich werde reingehen, aber nicht, weil du es mir gesagt hast. Ich habe nur keine Lust mehr, mit diesen Arschgesichtern hier rumzustehen*«, entgegnete Jacque.

Sie hörte Fane lachen. Sie konnte spüren, wie er sich freute, und das wiederum brachte sie zum Lachen. Der Wolf vor ihr legte daraufhin den Kopf schief, was Jacque an einen Hund erinnerte. Sie atmete entnervt aus und drehte sich um, um ins Haus zu gehen. Bevor sie durch die Haustür ging, sprach einer der Wölfe: »Wir sollen dir von Lucas ausrichten, dass er morgen früh um neun Uhr hier sein wird.« Das war alles.

Als Jacque das Wohnzimmer betrat, saßen alle anderen da und hatten Tassen in der Hand, in denen vermutlich Kakao war. Jen grinste und zwinkerte ihr zu. Sorin saß in dem hässlichen Ohrensessel und Jacque fiel erst jetzt auf, dass er gar nicht draußen gewesen war. Warum das denn nicht?, überlegte sie.

»Warum waren Sie nicht draußen und haben Ihren Prinzen geschützt?«, fragte sie ihn und klang dabei ein wenig anklagender, als sie vorgehabt hatte.

»Die Wölfe wissen nicht, dass ein Grauer im Haus ist. Wäre ich nach draußen gegangen, hätten sie mich sofort gerochen. Wir wollen sie nicht mehr provozieren als nötig, bis wir zahlenmäßig ein wenig aufgestockt haben«, erklärte Sorin ihr geduldig.

»Oh, klar. Klingt logisch«, sagte Jacque und nickte.

Obwohl sie es Fane gegenüber nicht zugegeben hatte, war sie hundemüde. Sie hatte keine Ahnung, wie spät es war, und ehrlich gesagt war ihr das auch egal. Sally und Jen mussten das irgendwie gespürt haben, denn sie standen auf, brachten ihre Tassen in die Küche und gingen dann gemeinsam mit Jacque nach oben. Jacque merkte gar nicht mehr, wie sie sie in ihr Bett steckten und zudeckten. Sie war eingeschlafen, kaum dass ihr Kopf das Kopfkissen berührt hatte.

Jen und Sally setzten sich auf die Gästematratze. Sie machten sich große Sorgen um Jacque.

»Ich weiß, dass sie tough ist, aber ich glaube, die ganze Sache macht sie ganz schön fertig«, sagte Sally.

»Na ja«, erwiderte Jen, »würde es dich nicht fertigmachen, wenn du gerade den Mann deiner Träume getroffen hättest, sich dann herausstellen würde, dass er ein Werwolf ist, der dich als seine Gefährtin auserwählt hat, und sich dann herausstellt, dass es da dieses andere Wolfsrudel gibt mit einem Psycho-Werwolf als Anführer, der dich als seine Gefährtin haben will, und sich dann herausstellt …« Jen machte eine Pause. »Ich denke, du verstehst, was ich sagen will.«

»So gesehen ist es schon eine Menge, was sie zu verkraften hat«, stimmte Sally ihr zu.

Jacque wachte von Fanes Stimme auf, und einen Augenblick lang dachte sie, er wäre in ihrem Zimmer, aber dann wurde ihr schnell klar, dass er in Gedanken mit ihr redete.

»Lună, *wach bitte auf.*«

»*Hatte ich dir nicht gesagt, dass es lebensbedrohlich für dich sein kann, wenn du mich zu früh aufweckst?*«, zog Jacque ihn auf.

»*Ich wecke dich nur ungern, mein Herz, aber ich wollte mit dir reden, bevor Lucas kommt.*«

»*Arghhh! Ich hatte echt gehofft, dass das alles nur ein übler Traum war.*« Sie stöhnte. »*Na ja, nicht du. Ich meine den Teil mit diesem Lucas und der Herausforderung.*«

»*Es tut mir leid, Jacquelyn*«, gestand Fane ihr traurig.

»*Aha, so funktioniert das also. Ich bin unwiderstehlicher, als es gut für mich ist*«, versuchte Jacque die Stimmung aufzuhellen.

»*Das bist du*, Lună«, erwiderte Fane.

Jacque nahm ihr Handy, weil sie wissen wollte, wie spät es war. Das Display zeigte acht Uhr dreißig an. Mist. Sie musste aufstehen und sich anziehen. Was trägt man, wenn man vorhat, sich mit einem durchgeknallten Alpha-Werwolf zu unterhalten?, dachte sie.

»*So viel Kleidung wie möglich*«, antwortete Fane ihr gedanklich.

»*Ich hatte daran gedacht, den Bikini zu tragen, der dir so gefallen hat*«, neckte sie ihn.

»*Das wäre eine sehr schlechte Wahl, Lună. Ich möchte, dass all deine Wolfszeichen komplett verdeckt sind*«, erwiderte Fane.

»*Ich finde, du könntest ruhig ›bitte‹ sagen.*«

Fane knurrte, gab dann aber nach: »*Bitte, mein Herz.*«

»*Oh, wie gut, dass du weder eifersüchtig noch besitzergreifend bist*«, zog sie ihn auf.

Jacque stand auf und ging auf Zehenspitzen um ihre beiden Freundinnen herum. Sie fragte sich, ob ihre Eltern wussten, dass sie hier waren. Höchstwahrscheinlich wussten sie es, denn ansonsten wäre hier schon längst ein Großaufgebot der Polizei mit Suchtrupps aufgeschlagen. Sie betrat ihren Wandschrank und ging ihre T-Shirts durch. Ihr war überhaupt nicht bewusst gewesen, wie viele Shirts mit frechen Sprüchen sie hatte.

Das Shirt, für das sie sich schließlich entschied, war schwarz und vorne war Edward aus den »Twilight«-Filmen aufgedruckt. Auf der Rückseite stand »Team Edward«. Sie musterte es und fing schallend an zu lachen. »Nimm das, du räudiger Werwolf.«

»*Kann es sein, dass du etwas zu selbstzufrieden bist?*«, hörte sie Fane fragen.

»*Hey, verschwinde aus meinem Kopf, du Perversling. Ich will mich anziehen*«, sagte Jacque gespielt wütend.

»*Tut mir leid, mein Herz. Ich war einfach zu neugierig, was du auswählen würdest. Dein Sinn für Humor gehört zu den Dingen, die ich am meisten an dir liebe. Sei bitte vorsichtig und provozier Lucas nicht – oh, und vielleicht wäre es clever, Jen nicht in seine Nähe zu lassen*«, schlug Fane ihr vor.

»*Gute Idee. Normalerweise würde ich jetzt ›tschüss‹ oder ›wir reden später weiter‹ sagen, aber das wäre mir jetzt einfach zu krass*«, meinte Jacque.

»*Wie wäre es, wenn ich dir einfach sage, dass ich dich liebe?*«, fragte Fane.

Jacque lächelte. »Ich liebe dich, Wolfsmann.«

Das letzte, was Jacque von Fane hörte, war ein tiefes Glucksen. Sie spürte, wie er sich aus ihren Gedanken zurückzog, und fühlte sich seltsam leer. Sie atmete tief ein und fing an, ihre Hosen durchzusehen. Sie entschied sich schließlich für eine tiefsitzende Cargohose.

Sie ging ins Bad, um sich anzuziehen und die Haare zu einem Pferdeschwanz zu frisieren. Dann fiel ihr ein, dass die Zeichen oberhalb des Halsbündchens zu sehen sein würden, wenn sie die Haare hochband.

»Blöd gelaufen«, schnaubte sie, während sie das Haargummi wieder löste. Sie kämmte die Ponyfransen aus dem Gesicht und steckte sie mit Haarnadeln fest. »Besser geht's nicht«, sagte sie zu ihrem Spiegelbild.

Als sie zurück in ihr Zimmer ging, waren Jen und Sally bereits wach und streckten sich gerade gähnend. Beide warfen einen Blick auf ihr Shirt und fingen schallend an zu lachen.

»Du bist meine Heldin«, versicherte Jen ihr.

»Sarkasmus, dein Name ist Jacque. Ich wusste schon immer, dass das dein eigentliches Motto ist«, sagte Sally noch immer lachend.

»Sorry, dass ich gestern einfach weggepennt bin, aber ich war so müde wie noch nie in meinem Leben«, entschuldigte sich Jacque.

»Na ja, es ist ja nicht so, als stündest du unter Stress oder so«, warf Jen sarkastisch ein.

Jacque zog ein Paar Flipflops unter dem Bett hervor und schlüpfte hinein. Als sie nach ihrem Handy griff, fing Jens Handy an, die Melodie von »Der Weiße Hai« zu spielen. Sally und Jacque sahen Jen fragend an.

»Das ist der Klingelton für meine Mom.«

»Wie nett«, sagten Sally und Jacque gleichzeitig.

Jen nahm ihr Handy und ging raus auf den Flur, um mit ihrer Mutter zu sprechen.

»Wissen deine Eltern, dass du hier bist?«, wollte Jacque von Sally wissen.

»Ja, ich habe sie gestern Abend angerufen. Deine Mom hat mit meinen und Jens Eltern gesprochen«, erwiderte Sally.

»Hat sie? Und was hat sie ihnen gesagt?«, fragte Jacque.

»Sie hat sie gefragt, ob sie einverstanden wären, wenn wir den Rest der Woche bei euch blieben, um quasi das Ende der Ferien zu feiern. Nur wir Mädchen unter uns, mit Gesichtsmasken, Pediküre und was weiß ich nicht alles. Sie haben's ihr total abgekauft und fanden es ultranett von deiner Mom, dass sie uns eine letzte Woche Erholung ermöglicht, bevor unser stressiges letztes Jahr beginnt.« Sally legte sich den Handrücken an die Stirn und spielte eine Ohnmacht vor.

»Meine Mom ist echt der Hammer«, sagte Jacque.

»Bin ich, oder?«, sagte Lilly vom Türrahmen aus.

»Hey, Mom. Was gibt's?«

Lilly sah auf das Shirt ihrer Tochter und reckte den Daumen hoch. »Nettes Oberteil.«

Jen schlüpfte an Lilly vorbei und ließ sich wieder auf die Matratze fallen. »Meine Mom wollte nur wissen, ob sie uns was bringen soll – Brownies, Nagellack, Mädchenkram halt. Ich hab ihr gesagt, dass wir alles hier haben. Ich soll mich auch noch einmal bei Ihnen bedanken, Lilly.«

»Deine Mom würde mir nicht danken, wenn sie wüsste, dass der große, böse Wolf zum Spielen vorbeikommt«, sagte Lilly. »Apropos Wolf: Lucas Steele ist hier.«

Jacques Kinnlade klappte runter. »Hier hier? So wie ›hier in diesem Haus‹?«

»Ja, Jacque, er ist *hier* hier«, antworte Lilly. »Er bittet darum, unter vier Augen mit dir zu sprechen.«

Ohne darüber nachzudenken, sprach Jacque Fane in Gedanken an. *»Er ist hier.«*

»Ich weiß, mein Herz. Ich habe seinen Wagen vorfahren sehen. Bist du okay?«

»Ich bin okay. Ich werde jetzt gleich mit ihm reden. Bleib bei mir.«

»Immer«, erwiderte Fane.

Jacque bat Sally und Jen, in ihrem Zimmer zu warten; sie wollte nicht, dass Lucas auf sie aufmerksam wurde.

Als sie das Wohnzimmer betrat, saß er mit auf der Lehne ausgebreiteten Armen auf der Couch und sah recht relaxed aus. Arroganter kleiner Mottenfiffi, dachte sie und war positiv überrascht, Fanes Kichern in ihren Gedanken zu hören.

»Sitzt du bequem?«, fragte sie Lucas.

Als er den Kopf drehte, um sie anzusehen, war sie gebannt von seinen Augen, die unterschiedliche Farben hatten. Das rechte Auge war blau wie Kristall, das linke grün wie Efeu. Er hatte braunes, welliges Haar, das er strubbelig trug, man konnte aber sehen, dass es extra und sorgfältig so frisiert war. Er hatte einen dunklen Bartschatten, der seine energische Kinnpartie betonte, und wenn er lächelte, erschienen Grübchen auf seinen Wangen.

»Ja, danke der Nachfrage«, antwortete er.

Er hatte eine tiefe Stimme, wenn auch nicht ganz so tief wie die von Fane. Sie musste zugeben, dass er ein attraktiver Typ war. Sie hörte Fane knurren. *»Bleib locker, Wolfsmann. Ich hab nur Augen für dich«,* versicherte sie Fane.

»Jacque.« Der Klang ihres Namens erregte ihre Aufmerksamkeit. Sie bemerkte, dass Lucas jetzt vor ihr stand – sie musste hochschauen, um ihm ins Gesicht zu sehen. Er war mindestens einen Meter achtzig groß, wahrscheinlich größer. »Mein Name ist Lucas Steele. Fane hat dir sicher gesagt, dass ich der Alpha des Coldspring-Rudels bin.«

»Ja, hat er. Er hat mir auch gesagt, du leidest unter der Wahnvorstellung, dass ich deine Gefährtin sein werde«, gab Jacque zurück.

»*Ich erinnere mich dunkel daran, dich gebeten zu haben, ihn nicht zu provozieren,* Lună. *Weißt du das noch?*«, ermahnte Fane sie in ihren Gedanken.

»*Ich weiß nicht. Einige Dinge kommen mir im Moment etwas verschwommen vor*«, erwiderte sie vage. Irgendwie habe ich das Gefühl, dass so etwas häufiger vorkommen wird, wenn wir vereinigt sind, dachte sie.

»Ich habe Anspruch auf dich erhoben, bevor er überhaupt wusste, dass es dich gibt. Du solltest mir gehören«, erklärte Lucas ihr ruhig.

Jacque starrte ihn angespannt an und versuchte abzuschätzen, wie alt er war. Es war offensichtlich, dass er älter war als sie, sie konnte nur nicht sagen wie viel älter.

»Wie alt bist du?«, fragte sie schließlich.

Ihre Frage schien ihn zu überraschen. Das ist gut, lass ihn nicht zur Ruhe kommen.

»Zweiundzwanzig«, antwortete er.

»Du weißt aber schon, dass ich noch keine achtzehn bin, oder? Das heißt, ich bin minderjährig.«

»Menschengesetze gelten nicht für Graue. Außerdem sage ich ja nicht, dass wir intim werden müssen, nur dass du dich mit mir verbinden wirst«, meinte Lucas.

»Das hast du gerade nicht wirklich gesagt, oder? Verdammt noch mal, könnt ihr Wölfe denn über nichts anderes reden?«, fragte Jacque sichtlich verärgert.

Lucas sah ein wenig verwirrt aus, spielte den Ball aber zurück: »Sind alle Menschenfrauen so dumm?«, fragte er sie.

»Ich bin nicht dumm«, erwiderte sie entrüstet. Dann wanderten seine Augen zum Aufdruck auf ihrem T-Shirt und ihr war klar, dass sie den abgebildeten Vampir erkannt hatten. Sie lächelte und drehte sich um, damit er auch die Rückseite begutachten konnte. Ohne weiter darüber nachzudenken, hob sie ihre Haare hoch, damit er die Worte lesen konnte.

Zuerst hörte sie ihn nur leise lachen, aber dann knurrte er tief und animalisch.

Lucas' Augen glühten, seine Zähne schienen ein Stück länger geworden zu sein. Er atmete schnell und sie war sich sicher, dass er mit sich rang, seinen Wolf unter Kontrolle zu halten.

»Er hat nicht gelogen, als er sagte, er könne beweisen, dass du seine Gefährtin bist«, sagte Lucas. Aufgrund der Länge seiner Zähne waren seine Worte schwierig zu verstehen.

Jacques Augen weiteten sich, als sie bemerkte, dass er ihre Wolfszeichen gesehen hatte. In diesem Augenblick hörte sie ein grimmiges Knurren, und ihr war klar, dass Fane ihren letzten Gedanken mitbekommen haben musste.

»*Es tut mir leid, Fane. Ich habe ihm gerade die Rückseite meines Shirts gezeigt und nicht an die Wolfszeichen gedacht.*«.

»*Nimm dich vor Lucas in Acht, Jacquelyn. Schau ihn an und lass mich sein Gesicht sehen.*«

Jacque sah Lucas an, so wie er vor ihr stand, und ließ Fane Anteil an dem Bild haben.

»*Jacquelyn, du musst vorsichtig sein. Er hat keine Kontrolle über seinen Wolf.*«

»*Meinst du, ja?*«, sagte Jacque versehentlich laut.

Lucas fletschte die Zähne und seine Augen verengten sich. »Könnt ihr in Gedanken miteinander reden? Sprichst du jetzt gerade mit ihm?«, fragte er.

»Ähm, vielleicht. Aber das geht dich nichts an«, antwortete sie.

Lucas machte einen raschen Schritt auf sie zu und packte ihre Arme. Jacque dachte schnell an die Mauer, damit Fane nicht sehen konnte, was Lucas gerade machte. Sie wusste, dass er sonst zu ihr eilen und vielleicht sogar versuchen würde, Lucas zu töten.

»Spiel keine Spielchen mit mir. Ich bin Alpha und du wirst mir wahrheitsgemäß antworten, Gefährtin«, knurrte er sie an.

Jacque löste sich aus seinem Griff und trat einen Schritt zurück.

»Hör mir gut zu, Lucas Steele, denn ich werde das nur einmal sagen. Ich bin *nicht* deine Gefährtin, ich werde nie deine Gefährtin sein. Und wenn du mich noch einmal anfasst, werde ich dir die Hände abschneiden, genauso wie andere Körperteile, die du eines

Tages vielleicht noch nutzen möchtest. Kapiert?« Jacque legte so viel Nachdruck in ihre Worte, wie sie nur konnte.

»Das wäre eine Schande, denn du bist irgendwie süß. Aber das passiert den Besten unter uns«, sagte Jen, während sie mit Sally im Schlepptau ins Wohnzimmer schlenderte.

»Und den Schlechtesten unter uns«, schloss Sally für sie.

Die Mädchen stellten sich mit verschränkten Armen neben Jacque und bildeten so eine offensichtliche Mauer der Solidarität gegen Lucas.

Lilly kam ins Wohnzimmer und erfasste die Szene. Sie schaute Jacque an und sah die roten Male auf ihren Armen, wo Lucas sie gepackt hatte. Vor Wut presste sie kurz die Lippen aufeinander.

»Ich glaube, es ist an der Zeit, dass Sie gehen, Mr Steele«, wies Lilly ihn gezwungen höflich an.

Lucas richtete seinen Blick auf Lilly, die unwillkürlich einen Schritt nach hinten machte. Er atmete tief ein, in dem offensichtlichen Versuch, sich zu beruhigen. Dann sah er zu Jacque. »Ich habe Fane um das Recht auf die Bindungszeremonie herausgefordert. Wenn ich gewinne, wirst du zu mir gehören. Nichts und niemand wird sich zwischen uns drängen.« Und mit diesen Worten drehte er sich um und steuerte auf die Haustür zu.

Lilly, Jacque, Jen und Sally folgten ihm, und als er durch die Tür ging, sahen sie, dass Fane aus seinem Fenster im ersten Geschoss sprang, zwei Riesensätze machte und dann direkt vor Lucas landete.

»Oh, Kacke!«, brüllte Jen.

»Das unterstreiche ich«, sagte Sally.

»Das fette ich«, sagte Jacque, deren Augen so weit aufgerissen waren, dass sie ihr aus dem Kopf zu fallen schienen.

Kapitel 22

Fane konnte sehen, dass Lucas Jacquelyn gefährlich nahe kam, bevor sie die Mauer zwischen ihren Gedanken errichten konnte, und seine Wut ließ seinen Wolf zum Vorschein kommen. Er war fast vollständig gewandelt, als er Sara unten hörte. Das reichte, um wieder die Kontrolle zu erlangen und ihn davon abzuhalten, in der Gestalt eines riesigen, schwarzen, zähnefletschenden Wolfes in seinem Zimmer zu stehen. Es reichte allerdings nicht, ihn davon abzuhalten, wie ein tollwütiger Hund zu knurren. Die Wut, die er verspürte, war greifbar und schnürte ihm so die Kehle zu, dass er kaum Luft bekam.

Lucas hatte seine Gefährtin berührt, hatte sie körperlich bedroht – und damit hatte er gegen die Regeln der Herausforderung verstoßen. Das bedeutete, dass es Fane erlaubt sein würde, Jacquelyn während der zwei Tage bis zum Eintreffen seines Vaters zu sehen. Die Regeln der Herausforderung besagten, dass ein Wolf seine wahre Gefährtin beschützen durfte, wenn der Herausforderer ihr körperlichen Schaden zugefügt hatte.

Bevor er diesen Gedanken überhaupt zu Ende gedacht hatte und ohne einen Gedanken darauf zu verschwenden, wer ihn sehen konnte, ließ er sich aus dem Fenster auf den Rasen fallen und sprang direkt vor Lucas Steele. Manchmal warf einem das Leben ein Stöckchen genau in dem Augenblick zu, wenn man es brauchte.

Lucas ging tief in die Hocke und fing sofort an zu knurren. »Wenn du mich berührst, disqualifizierst du dich für die Herausforderung.«

»Mi-ai rănit ce-i al meu«, knurrte Fane.

»Mist, er spricht Rumänisch. Das heißt, dass er mächtig angepisst ist, oder? Im Film sprechen sie immer in ihrer Muttersprache, wenn sie dem anderen gerade in den Ar…«. Jen wollte den Satz gerade beenden, als Jacquelyn ihr mit der Hand den Mund zuhielt und den Kopf schüttelte.

»Warte, ich übersetze das für sie«, sagte Sally. »Halt deine große Klappe, Jen!«

»Mein Fehler«, flüsterte Jen, als Jacque die Hand vor ihrem Mund wegnahm.

Fane konnte sich nicht erinnern, jemals so wütend gewesen zu sein. Er konnte spüren, wie sein Wolf nach draußen drängte, um seine Gefährtin zu schützen.

»Ai încălcat regulile provocării. Du hast gegen die Regeln der Herausforderung verstoßen. Du hast verletzt, was zu mir gehört«, knurrte Fane.

Er wusste, dass er sich beruhigen musste, aber als er zu Jacquelyn blickte und die roten Male auf ihren Armen sah, hatte sein Wolf gewonnen. In Sekundenschnelle wandelte er seine Gestalt, und wäre Sorin nicht direkt vor ihn gesprungen, wäre er Lucas Steele an die Kehle gegangen.

Er wich zu schnell aus und grunzte laut, als er zu Boden ging. Blitzschnell war er wieder auf allen vieren, den Kopf gesenkt, die Augen zu Schlitzen verengt und die Zähne gebleckt. Mit langsamen, gut überlegten Schritten platzierte er sich zwischen Lucas und seiner Gefährtin. Er bemerkte, dass Jacquelyn einen Schritt zurückmachte, als er sich ihr näherte, und es schmerzte ihn, dass sie vor seiner Wolfsgestalt Angst hatte.

Er drängte Lucas immer weiter zurück und bereitete sich gerade darauf vor, ihn doch anzuspringen, als Sorin schrie: *»Fane, nu te atinge de el!* Fass ihn nicht an!«

Fane blieb wie angewurzelt stehen, er bewegte sich keinen Millimeter, hörte aber nicht auf zu knurren und funkelte Lucas wütend an.

»Wie Fane gesagt hat: Du hast gegen die Regeln der Herausforderung verstoßen, indem du Fanes Gefährtin körperlichen Schaden zugefügt hast. Daher hat Fane das Recht, bis zur Ankunft seines Alphas bei ihr zu bleiben«, informierte Sorin den Wolf.

»Ich habe der Frau keinen Schaden zugefügt!«, knurrte Lucas.

»Hey, Flohtaxi, die Frau hat einen Namen!«, fauchte Jen ihn an.

»Jen, jetzt ist nicht der richtige Zeitpunkt. Halt dich lieber geschlossen«, meinte Sally und zog einen Flunsch.

»Oh, klar, sorry. Ich habe mich etwas hinreißen lassen. Alles gut, macht einfach weiter.«

Sally und Jacquelyn verdrehten die Augen.

Lucas musste sich während dieses kleinen Zwischenspiels entschieden haben, ab jetzt etwas diplomatischer vorzugehen, denn als er nun sprach, klang er deutlich höflicher: »Ich habe nicht vorgehabt, Jacquelyn Schaden zuzufügen. Und ich glaube auch nicht, dass rote Male an ihrem Arm einen Regelverstoß darstellen«, sagte er zu Sorin.

»Was du glaubst, hat nichts damit zu tun, was wirklich ist. Es wird Zeit, dass du und dein Rudel verschwinden. Du wirst sofort in Kenntnis gesetzt, sobald unser Alpha eintrifft«, sagte Sorin entschieden, und um zu unterstreichen, dass die Konversation für ihn beendet war, rief er Fane zu sich: »*Cu respect, prințul meu, te rog să vii.* Bei allem Respekt, mein Prinz, bitte komm.«

Fane knurrte Lucas zur Sicherheit noch einmal an und trottete dann hinüber zu Jacque. Er lehnte seinen Kopf an ihren Oberschenkel und stupste sie leicht an als Aufforderung, dass sie rückwärtsgehen sollte.

»Das ist jetzt nicht dein Ernst, oder? Du bist auch dann noch herrisch, wenn du deine Wolfsgestalt angenommen hast?«, fragte Jacque und verdrehte die Augen. Er stupste sie als Antwort ein wenig heftiger an. Sie gab schließlich nach und drehte sich in Richtung des Hauses.

»Kommt mit, Mädels. Die Show ist vorbei … zumindest für den Augenblick.«

Sorin wartete draußen, bis Lucas und seine Wölfe weggefahren waren.

Im Haus versammelten sich alle im Wohnzimmer, das schnell zum »Versammlungsraum« geworden war. Jacquelyn kniete sich vor Fane hin und streichelte ihm mit einem Finger über die Schnauze. Fane schloss die Augen und ein tiefes Brummen entfuhr seiner Kehle.

»Du warst großartig da draußen, weißt du das?«, flüsterte sie ihm zu.

Fane öffnete die Augen und sie starrten sich eine Minute lang an. Dann leckte Fane Jacquelyn quer über das Gesicht. »Igitt! Ich habe dir doch gesagt, dass du aufhören sollst, mich in der Öffentlichkeit zu küssen. Das nimmt langsam echt überhand.« Jacque wischte sich über das Gesicht. Fane sah sie einfach treudoof an, während ihm die Zunge seitlich aus dem Maul hing.

»Fane, ich glaube, wir brauchen dich in deiner Menschengestalt«, wies Sorin ihn respektvoll an.

Fane drehte sich um und trottete die Treppe hoch zu Jacquelyns Zimmer. »Ich habe keine Ahnung, was er dort oben zu finden hofft, es sei denn, er trägt gerne superenge Hosen, die ihm fünfzehn Zentimeter zu kurz sind«, sagte Jacquelyn zu Sorin.

»Ich werde ihm etwas aus meinem Koffer holen«, bot Sorin an.

Er kam mit einer Jeans und einem T-Shirt zurück und gab beides Jacque.

»Ähm, und was soll ich damit machen?«, fragte sie Sorin.

»Oh, warte«, sagte Jen und hielt die Hände hoch. »Das ist ganz offensichtlich eine Aufgabe für eine Frau, die gutaussehende Typen wie den Wolfsmann da oben zu schätzen weiß.«

Jen wollte ihrer Freundin die Kleidungsstücke abnehmen, Jacque aber machte einen Schritt zurück und hielt die Sachen außerhalb von Jens Reichweite.

»Als ob ich dich, die Nymphomanin der Truppe, die Sachen hoch zu Fane bringen lassen würde. Ernsthaft, für wie naiv hältst du mich eigentlich?«, meinte sie.

»Ich könnte jetzt echt etwas zum Anziehen gebrauchen, Lună. *In deinem Zimmer ist es verdammt frisch«,* teilte Fane ihr gedanklich mit.

»*Ich bringe dir was, aber ich würde dir raten, dir lieber ein Handtuch oder so was umzuwickeln*«, antwortete Jacquelyn streng.

»*Ich verspreche nichts, mein Herz. Du wirst es einfach riskieren müssen.*«

Jacquelyn schnaubte verärgert und ging die Treppe hoch, während Jen und Sally ihr Anzüglichkeiten hinterherriefen. Fane konnte die Mädchen von Jacquelyns Zimmer aus hören und sich nur allzu gut vorstellen, wie rot das Gesicht seiner *Lună* geworden sein musste.

Kurz darauf klopfte sie sanft an die Zimmertür. Fane schnappte sich eine Decke vom Fußboden und wickelte sie sich um die Taille.

»Ich habe was an, *Lună*. Komm rein«, teilte Fane ihr mit.

Jacquelyn trat ein, hielt aber den Kopf gesenkt, sodass ihr die Haare ins Gesicht fielen und sie kaum etwas sehen konnte. Sie streckte blind den Arm aus, um Fane die Kleidungsstücke zu reichen, aber er packte sie am Handgelenk und zog sie ganz ins Zimmer. Sie quiekte kurz überrascht, als sie gegen ihn prallte.

»Sorry, mein Herz. Ich wollte nicht ganz so hart ziehen«, sagte er und grinste spitzbübisch.

»Hm-hm, klar, wolltest du nicht«, sagte Jacquelyn, während sie ihr Handgelenk drehte, um es aus seinem Griff zu befreien. Fane ließ es los, rührte sich aber ansonsten nicht, weshalb Jacquelyn die Initiative übernahm und einen Schritt nach hinten machte.

»Was soll das denn? Glaubst du nicht, du brauchst …«, begann Jacquelyn, brach aber mitten im Satz ab und ließ ihre Blicke über Fanes Oberkörper wandern. Fane folgerte, dass sie seine Zeichen musterte, was seinen Wolf stolz machte.

»Und? Was denkst du?«, fragte er sie.

Sie ging um ihn herum, umkreiste ihn wie ein Raubtier seine Beute. Ihre Augen verengten sich zu Schlitzen, während sie den Linien seiner Wolfszeichen folgten. Ein paarmal streckte sie die Hand aus, als wollte sie die Zeichen mit dem Finger nachfahren. Es bedurfte Fanes kompletter Selbstkontrolle, sich nicht gegen ihre Hand zu lehnen. Wie sein Wolf sehnte auch er sich nach ihrer Berührung.

»Sie sind wunderschön. Ich hätte nicht gedacht, dass sie einen so großen Teil deines Körpers bedecken. Du sagtest, dass sie über deine Brust verlaufen, weil du ein Alpha bist, richtig?«, fragte Jacquelyn, immer noch hypnotisiert von den Wolfszeichen.

»Richtig. Ich habe mehr Wolfszeichen als andere, und meine passen zu denen meiner Gefährtin.« Fane streckte die Hand aus und fuhr mit einem Finger über ihren Hals, während er ihr das sagte. Jacque schlug seine Hand weg. »Hier wird nicht gefummelt, wenn du vor mir stehst und nichts weiter als eine Decke umhast«, wies sie ihn zurecht und versuchte, dabei möglichst ernst zu klingen, musste aber dennoch grinsen.

Als sie aber verharrte und ihn einfach nur anstarrte, konnte er nicht anders, als sie aufzuziehen. »Hast du genug gesehen oder brauchst du noch ein paar Minuten? Wenn du möchtest, darfst du sie gern näher untersuchen«, teilte Fane ihr mit und zwinkerte ihr zu.

»Ja, ich wette, das würde dir gefallen, was?«

»Nun ja, wenn du mir versprichst, die Situation nicht auszunutzen, während ich so verletzlich bin, sollte ich mich jetzt wohl anziehen.« Fane grinste.

Als sie weder antwortete noch Anstalten machte sich umzudrehen, entschied Fane sich, sie zum Handeln zu zwingen: Er tat so, als würde er die Decke öffnen. »Wenn du mir beim Anziehen zugucken möchtest, kannst du das gerne machen, und da du meine Gefährtin bist, könntest du mir auch gleich dabei behilflich sein.«

Jacquelyn wurde puterrot und drehte sich abrupt in Richtung Tür. Fane zog sich schnell an und versuchte dabei, nicht in ihre Gedanken einzudringen, obwohl er mehr als neugierig war, woran sie gerade dachte.

»Okay, mein Herz, du kannst jetzt wieder gucken.« Er zog sich das T-Shirt über den Kopf, während sie sich langsam umdrehte.

»Du weißt, dass du schön bist, oder?«, fragte Jacque ihn.

»Wie meinst du das?«

»Ich meine dich, alles an dir. Deine Haut ist perfekt, du bist groß und muskulös, deine Augen sind unglaublich, du bist einfach schön«, erklärte sie.

»Na ja, das hat mir noch nie jemand gesagt, also nein, ich wusste nicht, dass ich schön bin. Danke«, sagte er, legte eine Hand auf sein Herz und deutete mit dem Kopf eine Verbeugung an.

»Und du bist bezaubernd. Wusstest du das?«, fragte er sie.

»Ich würde nicht unbedingt bezaubernd sagen. Ich meine, ich bin keine Sandra Bullock oder Julia Roberts, aber Spiegel bekommen auch keinen Sprung, wenn ich hineinsehe«, erwiderte sie.

»Kein weibliches Wesen, das ich je gesehen habe, könnte dir das Wasser reichen, *Lună*.«

Einen Moment lang schwiegen sie. Fane betrachtete ihr Gesicht, ihre wunderschönen grünen Augen, die niedlichen Sommersprossen. Sein Blick wanderte ihren Hals hinunter zu ihren Schultern und dann zu den Armen, wo ihm die roten Male, die sich langsam in blaue Flecke verwandelten, ins Auge sprangen. Er ließ ein tiefes Knurren verlauten.

»Komm bitte her, Jacquelyn«, sagte er.

Als sie sein Knurren gehört hatte, war sie einen Schritt zurückgetreten.

»Ich habe nicht dich angeknurrt, *inimă mea*. Ich will mir nur die Male ansehen, die dieser Bastard dir beigebracht hat«, erklärte er.

»Das ist nichts weiter, sie tun auch gar nicht mehr weh«, flunkerte sie.

»Jacquelyn, mein Herz, bitte schwindle mich nicht an. Ich weiß, wenn du nicht ehrlich zu mir bist.«

»Wer bist du? Houdini?«, erwiderte Jacquelyn scharf.

»Komm doch bitte einfach her. Oder muss ich zu dir kommen?« Ein verführerisches Glitzern lag in Fanes Augen.

»Halt den Mund, ich komm ja schon.«

Jacquelyn ging zu ihm und er berührte sanft die Male an ihren Armen. Sie zuckte unwillkürlich zusammen, weil sie nicht verbergen konnte, dass seine Berührungen wehtaten. Fane beugte sich herunter und küsste zärtlich die blauen Flecke, als würde er sie dadurch heilen können. Er hatte versagt, er hatte seine Gefährtin nicht schützen können. Sie hatte ihn gebraucht und er war nicht da gewesen.

»Verzeih mir«, flüsterte er. »Es tut mir so unendlich leid, dass ich dich nicht beschützt habe. Ich hätte bei dir sein sollen.«

»Fane.« Jacque strich ihm mit einer Hand über die Wange. »Es war nicht deine Schuld. Du durftest nicht hier sein, und wer hätte auch erwartet, dass dieser pelzige Psycho seiner vermeintlichen Gefährtin etwas antun würde? Es gibt nichts, wofür du dich entschuldigen musst, also hör auf damit. Kapiert?«

Fane schaute ihr in die Augen und sah darin weder Vorwürfe noch Wut, sondern reine Aufrichtigkeit, wofür er dankbar war. Sie war wirklich unglaublich, und sie gehörte zu ihm. Dem Mond sei Dank, dass auch sie ihn wollte, denn er hätte es gehasst, sich den Rest seines Lebens nach ihr zu verzehren.

»Ich bin dir dankbar, dass du mich nicht verurteilst. Nichtsdestotrotz bist du meine Gefährtin und ich sollte immer da sein, um dich zu beschützen. Darum werde ich dich auch bis zur Herausforderung nicht mehr aus den Augen lassen. Ich vertraue deine Sicherheit niemand anderem als mir selbst an.«

Jacquelyn wollte ihn daran erinnern, dass ihre Mutter das mit Sicherheit nicht billigen würde, aber er unterbrach sie, indem er einen Finger auf ihre Lippen legte.

»Ich werde mit deiner Mutter reden. Wie ich eben schon sagte, deine Sicherheit ist mir wichtiger als ihre Zustimmung.«

Als er den Finger von ihren Lippen nahm, machte sie einen Schritt nach vorn und küsste Fane. Er sah sie fragend an, nachdem sie wieder zurückgetreten war. »Warum hast du das gemacht?«

»Weil ich es kann und weil ich es wollte«, erklärte Jacquelyn schlicht.

»Oh, in dem Fall …« Fane schlang die Hände um ihre Taille, stieß sie auf das Bett und bedeckte ihren Körper mit seinem. Jacquelyn quiekte überrascht. Er stützte sich auf einem Ellbogen ab, damit nicht sein ganzes Körpergewicht auf ihr lastete. Dann beugte er sich zu ihr herunter und schnüffelte an ihrem Hals. Jacquelyn fing an zu kichern und drückte ihre Handflächen gegen seine Brust.

»Hör auf, das kitzelt«, wies sie ihn lachend an. »Das ist mein Ernst, Bello, sonst pinkle ich dich an.«

Fane nahm den Kopf hoch, um sie anzusehen. Um ihre Augen hatten sich Lachfältchen gebildet.

»Ich bin ein Wolf, mein Herz, kein Hund. Und wenn ich dich nicht anpinkeln darf, dann wirst du auch ganz sicher nicht mich anpinkeln«, zog Fane sie auf.

Er beugte sich wieder vor und küsste sie erst sanft, dann ein wenig fordernder. Als er ihre Lippen wieder freigab, rangen beide nach Luft.

»Ich glaube, es wäre besser, wenn wir jetzt nach unten gehen, oder?«, fragte Fane und versuchte immer noch, seine Atmung unter Kontrolle zu bringen.

Jacquelyn streichelte sein Gesicht und zog ihn sanft näher zu sich. »Oder auch nicht«, sagte sie, bevor sie ihn erneut küsste.

Fane kostete den Kuss noch einen Augenblick lang aus, stand dann auf und zog sie mit sich hoch.

»So gern ich auch mit dir hierbleiben würde, Jen könnte jeden Moment nach uns sehen und endlich die Show bekommen, auf die sie schon lange gewartet hat«, sagte Fane und zwinkerte ihr abermals zu.

»Okay, wie du willst. Aber du bist der erste Typ, von dem ich jemals gehört habe, der eine willige Frau einfach sitzen lässt«, erklärte Jacquelyn.

Fane zog sie zu sich, als sie an ihm vorbeigehen wollte. »Wir haben jede Menge Zeit, *inimă mea,* und ich will nicht nur eine willige Frau, ich will, dass meine Gefährtin mit mir verbunden ist und meine Male trägt.«

»Alter Schwede, und ich dachte, ich wäre wählerisch«, neckte sie ihn. »Okay, Wolfsmann, dann lass uns nach unten gehen. Oh, ich werde übrigens nicht in der Nähe sein, wenn du meiner Mom sagst, dass du bleiben wirst. Ich werde mit irgendwas Unwichtigem furchtbar beschäftigt sein, das normalerweise noch Wochen warten könnte, aber genau in diesem Augenblick meine ungeteilte Aufmerksamkeit verlangt.«

Fane fuhr die Wolfszeichen an ihrem Hals mit einem Finger nach, was Jacque erzittern ließ. »Was auch immer dich glücklich macht, mein Herz.«

Jacquelyn verdrehte die Augen und nahm seine Hand, als sie sich auf den Weg nach unten machten, um sich den anderen anzuschließen.

Kapitel 23

»Jetzt mal ganz im Ernst, Sorin, wie alt sind Sie?«, fragte Jen gerade, als Jacque und Fane das Wohnzimmer betraten.

»Jen, bist du mal wieder unhöflich?«, wollte Jacque von ihrer neugierigen Freundin wissen.

»Jen und unhöflich? Niemals!«, rief Sally übertrieben erstaunt.

Sorin grinste einfach nur gutmütig. »Schon gut, es macht mir nichts aus, wenn sie mich fragt. Ich möchte euch allerdings bitten, nicht allzu schockiert zu sein, wenn ich euch sage, dass ich hundertfünfunddreißig Jahre alt bin.«

Ein paar Herzschläge lang herrschte Totenstille, alle waren schockiert, und obwohl Fane ihnen bereits gesagt hatte, dass Canes Lupi mehrere Jahrhunderte leben können, war es doch etwas anderes, einem so alten Vertreter ihrer Art persönlich gegenüberzustehen.

»Respekt!«, keuchte Jen. »Aber was haben Sie hundertfünfunddreißig Jahre lang gemacht? Langweilt man sich da nicht unendlich?«

»Jen, es ist für dein Überleben nicht wichtig, alles über jeden zu wissen. Dessen bist du dir doch bewusst, oder?«, fragte Sally.

»Vielleicht ist es nicht wichtig, aber es macht mein Leben auf jeden Fall interessanter«, erklärte Jen.

Sorin hörte dem Geplänkel der Mädchen von der Couch aus aufmerksam zu, und als sie endlich still waren, lehnte er sich nach vorne und stützte die Ellbogen auf die Knie. »Für mich sind Menschen zu interessant, als dass Langeweile einkehren könnte. Ich habe mein langes Leben genossen und sehe es als Geschenk an. Ich beneide allerdings die Wolfsmänner meiner Spezies, die ihre Gefährtin gefunden haben. Ich habe in all den Jahren nach meiner gesucht. Mein Wolf wird langsam unruhig, und wenn ich Fane und meinem Alpha nicht so nahestehen würde, hätte ich vermutlich jede Menge angestauter Aggressionen.«

»Was meinen Sie damit, wenn Sie ihnen nicht so nahestehen würden?«, fragte Sally.

Jacque setzte sich ans andere Ende der Couch, während Fane es sich auf dem Fußboden vor ihr bequem machte und seinen Rücken gegen ihre Beine lehnte. Sorin sah Fane an, als würde er ihn um die Erlaubnis zu sprechen bitten.

Statt Sorin antwortete Fane: »Wenn ein Wolf so viele Jahre ohne seine Gefährtin lebt, kann er unstet und aggressiv werden. Weibliche Canes Lupi sind so wichtig, weil sie den Gegenpol zum eher gewaltbereiten Wesen der Wolfsmänner bilden. Im Kampf, der permanent im Inneren des Wolfes tobt, besonders bei den dominanten, sind sie die Friedensstifter. Ein Alpha hilft, die Wölfe unter Kontrolle zu halten. Er kann sie kommandieren, wo andere, selbst dominante, es nicht können.« Fane sah zu Jacque, und der Ausdruck auf seinem Gesicht versetzte ihr einen Stich ins Herz. Sie verstand nicht ganz, was sie für Fane tat, aber sie war dankbar, dass sie es war und kein anderes Mädchen.

»*Das bin ich auch,* inimă mea«, teilte Fane ihr gedanklich mit.

Jacque zwinkerte ihm zu, sie liebte es, wie er ihr zuhörte, und seine Neugier störte sie nicht im Geringsten.

»*Keine Neugier, nur Aufmerksamkeit*«, meinte er.

Sie gab ihm einen Klaps auf den Arm. »Ja, red dir das nur weiter ein, wenn es dein Gewissen beruhigt«, zog sie ihn laut auf.

Alle im Raum sahen Jacque an, da ihr Kommentar ganz offensichtlich für sie keinen Sinn ergab.

»Mein Fehler«, sagte sie verlegen.

»Es muss echt cool sein, miteinander reden zu können, ohne dass andere es hören können, was übrigens in der Schule der absolute Hammer wäre«, sinnierte Jen.

»Wie auch immer«, fuhr Fane fort, »das meinte Sorin, als er sagte, es hilft, wenn er bei mir oder meinem Vater ist. Ich bin noch nicht der Alpha, aber sein Wolf erkennt, dass ich der nächste Alpha sein werde, also bin ich in der Lage, seinen Wolf zu kontrollieren.«

»Es tut mir leid, dass Sie Ihre Gefährtin noch nicht gefunden haben, Sorin. Es erscheint so unfair, dass Fane seine schon in so jungen Jahren gefunden hat«, sagte Jacque und fuhr geistesabwesend mit dem Finger die Wolfszeichen auf Fanes Nacken nach.

Nachdem mehrere Minuten lang Schweigen geherrscht hatte, stand Lilly schließlich auf und schlug vor, gemeinsam in die Küche zu gehen und Frühstück zu machen.

»Warum eigentlich nicht? Wir wollen ja nicht, dass die Wölfe hungrig werden«, sagte Jen lachend.

»Du findest dich wirklich witzig, oder?«, fragte Jacque.

»Ziemlich häufig sogar«, erwiderte Jen.

Als alle gegessen hatten, bat Fane Lilly darum, kurz mit ihr sprechen zu dürfen. Bevor ihre Mutter sie da mit reinziehen konnte, schnappte Jacque sich ihre beiden Freundinnen und lief mit ihnen im Schlepptau hoch in ihr Zimmer.

»Was hatte das denn zu bedeuten?«, fragte Sally irritiert.

»Fane will meiner Mom sagen, dass er hier bei uns zu Hause bleiben wird. Und das ist keine Bitte.«

»Weiß er, dass deine Mom ihn auffressen und dann wieder ausspucken wird, Werwolf hin oder her?«, fragte Jen.

»Ich habe ihm gesagt, dass ich mich da raushalten werde, aber er sagte, dass meine Sicherheit wichtiger sei, als ihr gefallen zu wollen, und dass er meinen Schutz niemand anderem anvertrauen wird«, erklärte Jacque.

»Na ja, vielleicht sehnt er sich nach einem guten Kampf, nachdem er diesen Psycho-Wolf heute nicht zu Brei hauen durfte«, sagte Sally.

»Ja, entweder das oder er ist so naiv zu denken, dass sein Status als Prinz oder Alpha oder was auch immer irgendwas daran ändern wird, was Lilly erlaubt. Ha! Genau«, sagte Jen feixend.

Jacque war mittlerweile ein wenig nervös und fragte sich langsam, ob sie bei Fane hätte bleiben sollen, um die Wogen zumindest etwas glätten zu können.

Nee, dachte sie, er ist ein großer Junge, er kann auf sich selbst aufpassen.

»Das habe ich gehört, Lună«, teilte ihr Fane gedanklich mit.

Jacque konnte ein Kichern nicht unterdrücken. Sie war immer wieder von Neuem überrascht, wenn er auf einen ihrer Gedanken antwortete, besonders dann, wenn sie gerade etwas dachte, das nicht direkt für ihn bestimmt war. Sie mochte nicht darüber nachdenken, dass auch sie Zugang zu seinen Gedanken hatte, ihr kam es wie Eindringen vor.

»Dring gerne ein, mein Herz. Ich habe nichts vor dir zu verbergen.«

»Ja, Wolfsmann, genau das beunruhigt mich ja.« Sie schickte ihm den Gedanken und hörte ihn als Antwort leise lachen.

Sally und Jen hatten es sich auf dem Fußboden von Jacques Zimmer bequem gemacht und gingen ihre CDs durch, als Jacque ihre Mutter ihren Namen rufen hörte.

»Gleich ist die Kacke so richtig am Dampfen«, sagte Sally.

»Wenn ich in zehn Minuten nicht zurück bin, schwärmt ihr aus und sucht nach meiner Leiche.« Jacques Scherz hatte einen wahren Kern; Lilly hatte ein ziemlich hitziges Temperament, wenn sie wütend war oder in eine Richtung gedrängt wurde, in die sie nicht gedrängt werden wollte.

Jacque ging ins Esszimmer, wo Fane und ihre Mutter am Tisch saßen.

»Was gibt's?«, fragte Jacque ihre Mutter unschuldig.

»Fane hat mich gerade darüber informiert, dass er vorhat, bis nach der Herausforderung hierzubleiben. Ich würde gerne wissen, was du darüber denkst.«

Jacque war von den Worten ihrer Mutter ein wenig überrascht, und sie brauchte einen Augenblick, um sich eine Antwort zu überlegen. »Du … was … ich …«, stammelte sie und brachte keinen vernünftigen Satz heraus.

»Jacque, alles okay?«, fragte ihre Mutter.

»Ich bin nur ein wenig verwirrt. Ich dachte, du würdest total ausrasten, weil er hierbleiben will«, erklärte Jacque.

»Ich will, dass du sicher bist. Ich mag stur sein, aber ich bin nicht blöd. Ist es für dich okay, wenn er hierbleibt?«

Jacque schaute zu Fane und musste wegsehen, als er ihr zuzwinkerte. Sie wollte sagen: »Natürlich ist das für mich okay! Wer fände es nicht okay, wenn ein Sahneschnittchen mit rumänischem Akzent bei einem übernachtet?« Aber sie sagte es nicht.

»Es ist für mich okay, wenn es für dich okay ist«, antwortete sie stattdessen.

»In Ordnung, dann hätten wir das wohl geklärt«, sagte Lilly und wandte sich dann Fane zu: »Wenn eine deiner Pfoten meinem kleinen Mädchen zu nahe kommt, wirst du im Handumdrehen eine dreibeinige Lassie sein, verstanden?«

Fane zuckte zusammen und fragte dann: »Ihr wisst aber beide schon, dass ich ein Wolf und kein Hund bin, oder?«

Lilly zuckte mit den Achseln, stand auf und ging zu Jacque, um sie zu umarmen.

»Ich muss im Buchladen einiges erledigen. Ich weiß noch nicht, wann ich wieder zu Hause sein werde, ihr müsst euch also selbst versorgen, wenn ihr was zu essen haben wollt.«

»Lilly, gestatten Sie Sorin bitte, Sie zu begleiten. Mir gefällt die Vorstellung nicht, dass Sie allein unterwegs sind«, sagte Fane.

»Wird schon nichts passieren. Niemand wird sich an einem so öffentlichen Ort an mir vergreifen«, antwortete Lilly.

»Vielleicht, vielleicht auch nicht. So oder so, ich möchte, dass Sorin mit Ihnen geht.« Sein Tonfall ließ keine weiteren Einwände zu. Es war tatsächlich merkwürdig, einen Siebzehnjährigen mit solcher Autorität reden zu hören, dennoch schien es bei Fane ganz natürlich zu sein.

Sorin erschien im Türrahmen zum Esszimmer. Er drehte den Kopf leicht von Fane weg, zeigte seinen Hals und wartete darauf, dass Fane ihm sagte, was er wollte.

»Sorin, begleite Lilly bitte zur Arbeit und bleib bei ihr. Ich möchte nicht, dass sie im Augenblick allein unterwegs ist. Lucas würde ich es zutrauen, Dummheiten zu machen wie etwa Lilly zu entführen, um Jacquelyn zur Kooperation zu zwingen«, erklärte Fane ihm.

Jacque hatte so etwas noch nicht einmal in Betracht gezogen. Mann, ihr Leben war zu einem Film geworden, sie könnte die Story höchstwahrscheinlich an HBO verkaufen und ein Vermögen machen. Wenn das hier alles vorüber war, sollte sie ernsthaft darüber nachdenken.

»HBO? Was ist das?«, fragte Fane.

»Kann es sein, dass du mindestens genauso neugierig bist wie Jen?«, fragte Jacque zurück.

Fane drehte sich zu ihr, um sie anzusehen, zuckte mit den Schultern und wartete auf ihre Antwort. Jacque seufzte und verdrehte die Augen.

»Herr im Himmel, das ist ein Fernsehsender. Ich habe darüber nachgedacht, dass ich einen ordentlichen Reibach machen könnte, wenn ich denen meine Story für eine Miniserie oder so was verkaufen würde.«

Lilly lachte und schüttelte den Kopf, während sie das Zimmer mit Sorin im Schlepptau verließ.

Jacque und Fane saßen jetzt allein im Esszimmer und starrten sich an. Nach einigen Augenblicken fühlte Jacque sich wieder selbstbewusst genug, um zurück in ihr Zimmer zu gehen.

»Hey, wo willst du hin?«, fragte Fane und griff nach ihrem Arm.

»Ich wollte zurück auf mein Zimmer gehen und nachsehen, was die Mädels so machen. Warum?«

»Ich schätze, ich muss mir was einfallen lassen, was ich den Henrys erzähle, warum ich die ganze Zeit hier bei euch bin«, sagte Fane.

»Du könntest ihnen die Wahrheit sagen. Man weiß nie, vielleicht nehmen sie sie ganz toll auf.«

»Ich weiß nicht, was ich ihnen sonst erzählen könnte. Alles andere ergibt keinen Sinn«, meinte Fane.

»Soll ich mit rüberkommen?«, bot Jacque an.

Fane sah sie überrascht an. »Das würdest du für mich tun?«

»Na ja, ich hätte natürlich ein paar Bedingungen«, neckte Jacque ihn.

»Ach wirklich? Und die wären?«, fragte Fane sie kokett.

»Ich will, dass Jen und Sally bei dieser Bindungszeremonie dabei sind«, platzte es aus Jacque heraus.

»Ist das alles?«, fragte Fane überrascht.

»Gib mir etwas Zeit, mir wird schon noch mehr einfallen, aber für den Augenblick reicht das.«

»Abgemacht«, antwortete Fane.

»Ich laufe schnell zu Jen und Sally hoch und sage ihnen, dass wir drüben sind.«

Dreißig Minuten später saßen Fane und Jacque Brian und Sara im Wohnzimmer der Henrys gegenüber. Beide sahen ein wenig schockiert über das aus, was Fane ihnen gerade erzählt hatte. Während der letzten Minuten hatte Fane geschwiegen, damit die Henrys alle Informationen sacken lassen konnten.

»Sara, Brian«, sagte Jacque sanft, »ist alles okay bei Ihnen?«

Sara sah Jacque an, als hätte sie gerade erst bemerkt, dass sie im Raum war.

»Ist alles okay bei dir?« Sara drehte den Spieß um und stellte Jacque die Frage. »Du bist seine Gefährtin, richtig? Ist das okay für dich?«

»Absolut, ja. Ich meine, ich bin noch immer ein wenig geschockt und es kommt mir alles etwas surreal vor, aber davon abgesehen geht's mir prima«, erklärte Jacque.

Brian hatte noch immer kein Wort gesagt, und Jacque fragte sich langsam, ob er das alles würde verarbeiten können, ohne auszuflippen. Dann überraschte er sie, indem er sagte: »Ich wusste, dass an dir etwas anders ist, Fane, dass du etwas Besonderes bist. Ich behaupte nicht, alles von dem verstanden zu haben, aber ich vertraue dir, und ich will Jacque und Lilly vor allem, was ihnen zustoßen könnte, in Sicherheit wissen. Wir glauben dir und unterstützen dich.«

»Ich weiß euer Vertrauen wirklich zu schätzen. Ich werde versuchen, meine Zeit hier auf das Nötigste zu beschränken, weil ich

Lucas keinen Anlass geben will, euch einen Strick daraus zu drehen. Bitte haltet die Augen offen nach allem, was euch seltsam oder ungewöhnlich vorkommt«, bat Fane sie.

»Wir können auf uns selbst aufpassen, kümmere du dich lieber um das, was vor dir liegt. Du sagtest, dein Vater würde herkommen?«, fragte Brian.

»Ja, mein Vater kommt und wird meine Mutter mitbringen, aber sie werden nur hier sein, um dafür zu sorgen, dass die Herausforderung fair abläuft. Mein Vater ist ein sehr, sehr starker Alpha, und es gibt nur wenige, die es wagen würden, ihm zu trotzen oder ihn herauszufordern.«

Jacque stand auf, ging zu Sara und umarmte erst sie, dann Brian. »Danke, dass Sie so fantastisch sind«, sagte sie.

»Ja, ich muss Jacquelyn recht geben. Ihr beide seid echt fantastisch«, sagte Fane, schüttelte Brians Hand und umarmte Sara.

Den Rest des Morgens und auch den Nachmittag verbrachten Fane, Jacque, Jen und Sally zusammen in Jacques Zimmer. Hin und wieder sprachen sie über die Herausforderung, aber größtenteils fragten sie Fane nach Rumänien aus. Sie fragten ihn nach einigen rumänischen Wörtern. Jen wollte beispielsweise wissen, wie man auf Rumänisch flucht – was für eine Überraschung. Er erzählte ihnen die alten Geschichten über Werwölfe und Vampire. Jacque steuerte die Konversation schnell weg von diesem Thema, weil sie nicht wissen wollte, ob es Vampire wirklich gab. Sie freundete sich gerade erst mit Werwölfen an, und es gab keine Notwendigkeit, ihren bereits etwas fragilen Verstand noch weiter zu belasten.

Fane beantwortete geduldig alle Fragen, selbst als Jen alles über seine Erfahrungen mit Mädchen und so weiter wissen wollte. Er zwinkerte ihr nur zu und sagte höflich: »Ein Prinz schweigt und genießt.«

Natürlich brachte das Zwinkern Jen fast zum Hyperventilieren, und daher war es nur fair, dass Jacque Fane einen Klaps auf den Arm verpasste, weil er schuld gewesen war, dass ihre Freundin um ein Haar ohnmächtig geworden wäre. Und das nur, weil er so verdammt heiß war.

»Ich verstehe nicht, warum du mich haust, *Lună*. Sie hat doch nur nach meinen bisherigen Erfahrungen mit Mädchen gefragt«, verteidigte Fane sich.

»Ich habe dich gehauen, weil du mit ihr geflirtet hast und sie fast umgebracht hättest. Du hast keine Ahnung, wie hoch dein Sabberfaktor ist, oder?«, erwiderte Jacque.

Fane legte den Kopf schräg und verengte die Augen zu Schlitzen. »Sabberfaktor? Was heißt das?«

»Es heißt, Romeo, dass wenn du in einen Raum kommst, jedes Mädchen vergisst, dass sie mit dem Typen direkt neben ihr zusammen ist, und sich wünscht, sie wäre mit dir zusammen«, sprang Sally ein.

»Exakt. Gut beschrieben, Watson«, sagte Jacque zu Sally.

»Dafür bin ich ja hier, Sherlock«, erwiderte sie.

Jacque sah zu Jen, um nachzusehen, ob sie sich von ihrer Beinahe-Ohnmacht erholt hatte. Jen lag auf dem Bauch, hatte die Ellbogen aufgestützt und starrte Fane verträumt an. Sally folgte Jacquelyns Blicken und verpasste Jens Hintern einen Klaps.

»Au!«, winselte Jen. »Was zum Henker sollte das denn?« Sie funkelte Sally wütend an.

»Ich habe mir überlegt, dass wir doch mal nachgucken könnten, ob wir was zum Essen auftreiben«, sagte Sally und sah auf ihr Handy, um die Zeit abzulesen. »Es ist schon Viertel nach fünf, und du weißt, wie ungenießbar du wirst, wenn du zu lange nichts isst, Jen.«

»Ja, ja. Sag doch einfach, was du in Wirklichkeit willst: Simba und Nala hier ein wenig allein lassen. Ist doch völlig in Ordnung«, sagte Jen, während sie Sally außer Hörweite folgte.

Jacque rief ihnen hinterher: »Er ist ein Wolf, du nymphomanischer Freak, kein Löwe.«

Sie hörte Sally und Jen lachen, während sie die Treppe hinuntergingen.

Kapitel 24

Fane sah zu Jacquelyn, die auf ihrem Bett lag und noch immer über Jens Anspielung auf »Der König der Löwen« lachte. Fane war so dankbar, dass sie Freunde mit einem derartigen Sinn für Humor hatte. Lachen konnte einen über so vieles hinwegtrösten.

»Wie geht's dir, *Lună?*«, fragte Fane sie.

Jacque sah ihn an und lächelte süß. »Es geht. Und bei dir?«

»Es würde mir besser gehen, wenn du näher bei mir wärst«, sagte Fane mit unverfrorener Ehrlichkeit.

»Woher kommt dieser Mut so plötzlich?«, fragte sie ihn grinsend.

»Als ich erkannte, dass ich dich jeden Augenblick verlieren könnte, entschloss ich mich, keine Sekunde Zeit mit dir zu verschwenden. Und da ich es liebe, dir nahe zu sein, dich zu berühren, denke ich, dass es eine gigantische Verschwendung ist, wenn du nicht neben mir bist«, erklärte er und ließ es wie eine logische Antwort klingen.

»Oh, tja, in diesem Fall …« Jacquelyn machte eine Pause, als würde sie darüber nachdenken. »Nee. Ich liege viel zu bequem, als dass ich mich bewegen wollte.«

Fane lachte, da sie ihn schon wieder unvorbereitet erwischt hatte. Er stand auf, ging zu ihr rüber und setzte sich neben sie. Er legte ihr die Hand auf den Rücken und rieb in Kreisen darüber – er genoss es einfach, ihr nahe zu sein.

»Wenn du so weitermachst, werde ich gleich tief und fest schlafen«, sagte Jacquelyn seufzend.

»Wenn du möchtest, werde ich dir jede Nacht den Rücken reiben, meine *Lună*.«

»Was bedeutet ›Luhna‹ eigentlich?«, fragte Jacquelyn nicht zum ersten Mal.

»Es ist das rumänische Wort für Mond«, antwortete Fane, nachdem er es buchstabiert hatte.

»Und warum hast du einen Kosenamen für mich, der sich auf einen großen runden Weltraumkörper voller Krater bezieht?«, fragte Jacquelyn skeptisch.

»Es ist eine Ehre, *Lună* genannt zu werden, und nur eine Alpha verdient diesen Titel.«

»Da gibt es nur ein klitzekleines Problem.« Jacquelyn machte eine Pause. »Ich bin keine Alpha, Fane.«

»Ach, mein Herz. Aber das wirst du sein, sobald wir verbunden sind.«

Darauf erhielt Fane keine Antwort von ihr. Er rieb weiter über ihren Rücken und lauschte dem Brummen des Ventilatormotors. Er versuchte krampfhaft, nicht in ihre Gedanken einzudringen; er wollte, dass sie sie im preisgab, ohne dass er in ihrem Gehirn herumfischen musste.

»Warum ist es eine Ehre, *Lună* genannt zu werden?«, fragte sie schließlich.

»Weil der Mond viele Dinge auf dieser Erde beeinflusst. Er kontrolliert beispielsweise die Gezeiten und du wirst als Alpha großen Einfluss auf deinen Gefährten und das Rudel haben. Keine andere Frau im Rudel hat den Einfluss, den du haben wirst. Wenn ich dich also *Lună* nenne, erkenne ich damit an, wie wichtig du bist.«

Jacquelyn starrte Fane ein paar Atemzüge lang an. »Wow, ich hatte damit gerechnet, dass du mir irgendwas darüber sagen wirst, dass ich wie der Mond die Dunkelheit in deinem Leben erhelle blablabla. Du weißt schon, irgendwas Kitschiges.«

»Wenn du das möchtest, kann ich dir was Kitschiges sagen«, bot Fane ihr an, wusste aber bereits, dass sie das ausschlagen würde.

»Nein, nein. Ich fand deine Erklärung besser. Im Moment verstehe ich noch nicht ganz, wie ich so einflussreich sein kann, aber ich schätze, darum werden wir uns kümmern, wenn es so weit ist.«

»Das kommt noch. Eines Tages, vielleicht früher als du denkst, wirst du verstehen, inwieweit die Alpha wie der Mond ist«, sagte Fane, während er ihr weiter den Rücken rieb.

Nach einer Weile fand Fane, dass Sitzen nicht sonderlich bequem war, und legte sich neben Jacque auf ihr Bett, und zwar so, dass er genau in ihr Gesicht sah. Während sie geschwiegen hatten, war sie eingeschlafen, und Fane war einfach nur zufrieden damit, sie beim Schlafen zu beobachten. Ihm war gar nicht bewusst gewesen, wie müde er selbst davon war, sich die ganze Nacht um Jacquelyn gesorgt zu haben, und es dauerte nicht lange, bis auch er einnickte.

Fane wachte erschrocken auf, blinzelte mehrmals schnell hintereinander, um seine schläfrigen Augen an die Dunkelheit zu gewöhnen. Er zog sein Handy aus der Hosentasche, um nachzusehen, wie spät es war: acht Uhr abends. Er sah rüber zu Jacquelyn, nur um festzustellen, dass sie fort war. Er legte die Hand auf die Stelle, wo sie gelegen hatte und konnte noch ein wenig Wärme spüren. Sie konnte noch nicht lange auf sein. Er zapfte seinen Wolf an, um sich im Haus umzuhören, aber es herrschte Stille. Es bestand kein Grund zur Panik, das wusste er, trotzdem gefiel es ihm nicht, dass drei Teenager im Haus sein müssten, es aber totenstill war. Instinktiv versuchte er, Jacque gedanklich zu erreichen.

»Du hast sicher einen guten Grund, warum du nicht hier im Haus bist, stimmt's, Lunä?«

Fane konnte spüren, dass sie ihn aus ihren Gedanken ausschloss, was bedeutete, dass sie nichts Gutes im Schilde führte. Warum überraschte ihn das nicht?

»Warum zum Teufel glaubst du, dass ich nichts Gutes im Schilde führe?«

Fane musste über ihre falsche Arglosigkeit grinsen.

»Wo bist du, mein Herz, und in was für einen Schlamassel habt ihr drei euch reingeritten?«, fragte Fane.

Ihr Schweigen sagte ihm, dass ihm nicht gefallen würde, was sie vorhatten.

»*Uns war langweilig, deshalb sind wir auf das Dach geklettert, um uns die Sterne anzusehen. Siehst du? Ist doch gar nicht so schlimm*«, erwiderte Jacquelyn.

Fane seufzte tief und versuchte, den starken Beschützerinstinkt zu kontrollieren, der Teil seines Erbguts war. Er wusste, dass es ihr gut ging, aber alles, woran er denken konnte, war, dass sie ausrutschen und fallen könnte. Was würde er tun, wenn ihr etwas zustieße? Reiß dich mal zusammen, Fane, schalt er sich gedanklich, du kannst sie nicht in Watte packen.

»*Nein, du kannst mich nicht in Watte packen, aber da ich weiß, dass du dich dann besser fühlen wirst, werde ich vom Dach runterkommen. Siehst du? Ich kann sehr vernünftig sein … aber rechne nicht immer damit*«, neckte Jacque ihn.

»*Danke, Jacquelyn, du hast recht, ich würde mich sehr viel besser fühlen, wenn du wieder reinkämst.*« Fane war so dankbar, dass seine Gefährtin seine Gefühle und Sorgen ernst nahm. Sie wusste das zwar jetzt noch nicht, aber diese Eigenschaft konnte für einen Alpha, der oft genug das Gefühl hatte, als würde die Last der Welt auf seinen Schultern ruhen, eine immense Erleichterung sein.

Fane stand auf und ging nach unten, um nachzusehen, ob er etwas zu essen aufstöbern konnte – er war hungrig und sein Wolf war noch hungriger. Er fand etwas Brot und Aufschnitt und bereitete sich ein anständiges Sandwich zu. Er war noch in der Küche und aß, als er einen markerschütternden Schrei hörte.

Fane ließ das Sandwich fallen und sprintete zur Haustür. Er riss sie auf und wurde augenblicklich vom unverkennbaren Geruch von Canes Lupi begrüßt. Er fletschte die Zähne, während ein tiefes Knurren aus seiner Kehle aufstieg. Fanes Wolf wollte zum Vorschein kommen, denn seine Gefährtin war in Gefahr.

»*Jacquelyn, wo bist du? Ist alles in Ordnung?*«, rief Fane sie in Gedanken.

Einen Augenblick lang herrschte Stille, und das war genug, dass Fane seinen Wolf nicht mehr im Zaum hatte. Seine Augen wandelten sich und er konnte spüren, wie der Rest seines Körpers erbebte.

»Ich bin okay, habe mich nur fürchterlich erschrocken. Wir sind hinten im Garten. Komm bitte her«, sagte Jacque.

Obwohl sie sagte, dass es ihr gut ging, konnte er spüren, dass sie Angst hatte. Fane rannte um das Haus herum und blieb wie angewurzelt stehen. Jetzt verstand er, warum sie geschrien hatten. Etwa drei Meter von der Hintertür entfernt lagen vier tote Tiere. Fane ging zu den drei Mädchen. Er nahm Jacques Gesicht in seine Hände und zwang sie, ihn anzusehen.

»Ist alles in Ordnung? War jemand hier draußen, als ihr geschrien habt?«, fragte er.

»Nein, hier draußen war niemand. Wir sind vom Dach geklettert und wollten gerade zurück ins Haus gehen, als uns ein Schatten am Boden auffiel. Wir gingen hin, um nachzusehen, und fanden die da«, sagte sie und deutete auf die Tierleichen am Boden.

Fane blickte zu Sally und Jen und sah, dass beide Mädchen die toten Tiere anstarrten. »Seid ihr zwei okay?«, fragte er sie.

Jen drehte langsam den Kopf, um ihn anzusehen. »Hab ich einen an der Klatsche«, fragte sie, »oder sind da wirklich vier Tierkadaver in Jacques Garten?«

Fane ging rüber zu den Tieren, um sie sich genauer anzusehen. Ihm fiel sofort auf, dass sie keine Schusswunden oder Verletzungen von Pfeilen hatten. Die Kehlen der Tiere waren allerdings aufgerissen. Sie waren von Wölfen getötet worden, ihnen war die Kehle durchgebissen worden, ihr restlicher Körper hatte ansonsten keinen Schaden genommen. Ihm fiel außerdem auf, dass sie der Größe nach angeordnet waren, vom kleinsten zum größten Tier. Der erste Kadaver war ein Kaninchen, daneben ein Fuchs, dann ein Rehkitz und zuletzt ein großer Hirsch. Fane stieß ein weiteres tiefes Knurren aus. Jacquelyn kam zu ihm und legte ihm die Hand auf den Arm, was ausreichte, um ihn zu beruhigen.

»Das ist keine Drohung, sondern eine Opfergabe und Demonstration«, erklärte er ihr.

»Eine Opfergabe? Wofür denn? Und um was genau zu demonstrieren?«, fragte Sally.

»Lucas hat Jacque Beute von seiner Jagd mitgebracht, eine Art Friedensangebot. Er demonstriert außerdem seine Fähigkeit, für sie und sein Rudel zu sorgen. Er will sie wissen lassen, dass er sich um sie kümmern kann, sollte sie seine Gefährtin werden. Das ist quasi eine Wolfssache«, erklärte Fane.

»Okay, erstens: Igitt!«, fing Jacque an. »Zweitens: Warum bitte sollte ich vier Kadaver in meinem Garten haben wollen. Und drittens: Was zum Henker soll ich mit denen machen?«

»Wie wäre es mit einem Lagerfeuer?«, fragte Jen.

»Ganz sicher nicht, das würde zu sehr stinken«, erwiderte Sally.

Fane zog sein Handy raus und wählte Sorins Nummer. Sorin ging nach dem ersten Klingeln ran.

»*Da?*«, fragte Sorin.

»*Am o treabă pentru tine.* Du musst etwas für mich erledigen«, sagte Fane.

Nachdem er Sorin erklärt hatte, dass dieser die vier Kadaver zu dem Händler bringen sollte, bei dem er sein Motorrad gekauft hatte, und sie direkt vor die Ladentür legen sollte, steckte er sein Handy weg. Nach einer kurzen Pause zog er das Handy wieder hervor und wählte eine zweite Nummer.

»*Da?*«, beantwortete sein Alpha den Anruf.

»*Unde eşti?* Wo bist du?«, fragte Fane.

»Deine Mutter und ich sind gerade in Newark gelandet und besteigen gleich den Flieger nach Houston. Der Flug dauert knapp vier Stunden. Wie weit ist es von Houston nach Coldspring?«, fragte sein Vater.

»Nicht ganz neunzig Kilometer, das heißt also etwas weniger als eine Stunde«, antwortete Fane.

»Wir sollten dann zwischen halb zwei und zwei Uhr früh bei euch eintreffen. Was ist passiert?«, fragte sein Vater, der seinen besorgten Unterton nicht verbergen konnte.

»Der Alpha Lucas Steele hat die Regeln der Herausforderung gebrochen, indem er Jacquelyn verletzt hat. Sorin hat mich davon abgehalten, ihn zu töten, und jetzt hat er vier tote Tiere in Jacquelyns Garten hinterlassen.«

Fane hörte seinen Vater knurren. »Wie hat er deine Gefährtin verletzt?«

»Ich war nicht da, um sie zu schützen«, erklärte Fane ihm mit offensichtlicher Scham in seiner Stimme. »Er sah die Wolfszeichen auf Jacquelyns Rücken und Hals. Er wurde wütend und packte sie so fest an den Armen, dass blaue Flecken zurückblieben. *Îmi pare rău că te-am dezamăgit, tată.* Es tut mir leid, dass ich dich enttäuscht habe, Vater.«

»*Taci!* Schweig! Du hast mich nicht enttäuscht, mein Sohn. Du hattest keine andere Wahl, als die Regeln der Herausforderung zu ehren. Und jetzt hast du keine Zeit, wegen dem, was passiert ist, zu schmollen, hast du mich verstanden?«

Fane atmete tief ein. Er wusste, dass er es gebraucht hatte, genau das zu hören, und war dankbar über seinen Entschluss, seinen Vater anzurufen.

»Ich habe dich verstanden, mein Alpha«, antwortete Fane.

»Du hast dich auf einen Kampf vorzubereiten und deine Gefährtin zu schützen. Was geschehen ist, ist geschehen. Nutze die Wut, die du deswegen fühlst, als Ansporn für die Herausforderung, aber halte dich nicht zu lange damit auf.«

»Danke, *tată*, und bis später.« Fane legte auf.

Er nahm Jacques Hand und führte sie und ihre Freundinnen zurück ins Haus. »Ladys, ich glaube nicht, dass unsere pelzigen Freunde noch länger unsere Aufmerksamkeit benötigen«, sagte er, während er ihnen die Terrassentür aufhielt.

Ohne etwas zu sagen und ohne es abgesprochen zu haben, gingen alle ins Wohnzimmer und setzten sich. Jen und Sally nahmen an jeweils einer Seite der Couch Platz, während Jacquelyn und Fane sich für den Zweisitzer entschieden. Fane fuhr geistesabwesend die Wolfszeichen an Jacquelyns Hals nach.

Schließlich brach Sally das Schweigen. »Und jetzt?«, fragte sie Fane.

Fane starrte Jacquelyn an und musste sich zwingen, seinen Blick Sally zuzuwenden.

»Meine Eltern werden zwischen halb zwei und zwei hier sein. Mein Vater wird morgen Lucas anrufen, um ihn von seiner Ankunft in Kenntnis zu setzen, und dann werden sie Zeit und Ort für die Herausforderung bestimmen«, erklärte Fane.

»Bist du nervös?«, fragte Jen ihn.

Fane spürte, dass Jacquelyn sich bei der Frage versteifte, sie hatte Angst um ihn.

»Inima mea, te rog să nu-ţi faci griji.«

»Ich habe keine Ahnung, was du gerade gesagt hast, aber irgendwie habe ich das Gefühl, dass du willst, dass ich locker bleibe. Habe ich recht?«, fragte Jacque.

»Das waren nicht die genauen Worte. Ich habe gesagt: Bitte sorge dich nicht, mein Herz.«

Jacquelyn drehte den Kopf zu Fane und sagte: »Wie kannst du das sagen? Du wirst zu einem Kampf bis auf den Tod gegen einen anderen Wolf antreten und sagst mir, ich soll mir keine Sorgen machen? Ja, klar, ganz bestimmt nicht.«

»Jacquelyn, ich bin nicht wehrlos. Ich stamme einer starken Blutlinie ab, ich bin dominant und werde irgendwann Alpha des größten Rudels Grauer der Welt sein. Und ich habe meine Gefährtin gefunden. Bitte, mein Herz, ich will nicht, dass du traurig bist«, beschwor er sie.

Jacque erwiderte nichts, sondern wandte Fane den Rücken zu. Sie hielt den Kopf gesenkt und wirkte fürchterlich niedergeschlagen. Es brach Fane das Herz.

»Ich glaube, jetzt ist ein heißes Bad angesagt. Was meinst du, Sal? Ein heißes Bad für die Wolfsprinzessin?«, sagte Jen zu Sally.

Sally begriff sofort. »Ja, absolut. Ein heißes Bad ist genau das, was der Doktor verordnet hat ... oder so etwas in der Art.«

Fane sah hilflos zu, wie die beiden Mädchen seine traurige und besorgte Gefährtin Richtung Treppe führten, weg von ihm. Sein Wolf protestierte, ebenso wie der Mann in ihm. Wir sollten diejenigen sein, die sie trösten. Es ist unsere Aufgabe, sie zu beschützen und zu lieben. Fane wollte einen Schritt auf sie zu machen, blieb dann aber stehen, als Jen ihn warnend ansah und demonstrativ den Kopf schüttelte. Er konnte sich ein Knurren nicht verkneifen.

»Wag es nicht, mich anzuknurren, Langzahn. Ich lasse dich kastrieren und dir die Krallen ziehen, so schnell kannst du gar nicht gucken«, entgegnete Jen.

Fane ließ die Mädchen ohne weiteren Protest gehen und ließ sich wieder auf dem Zweisitzer nieder. Er seufzte und legte den Kopf in den Nacken. Er war müde, und zu seinem Leidwesen war er auch besorgt. Er machte sich keine Sorgen darum, die Herausforderung zu gewinnen, er war sich ziemlich sicher, dass er Lucas schlagen konnte. Nein, das macht ihm ganz und gar keine Sorgen. Es machte ihm Sorgen, dass Jacquelyn zusehen wollte. Sie hatte nicht die geringste Ahnung, wie blutig es werden konnte, und er wusste, dass es sie verärgern und ihr Angst einjagen würde. Er kannte seine *Lună* inzwischen so gut, dass er wusste, dass sie zu Impulsivität neigte, wenn sie wütend war. Sein einziger Trost war, dass seine Mutter dort sein würde, um Jacque davon abzuhalten, etwas zu tun, das sie in Gefahr bringen konnte. Allein der Gedanke daran, dass ihr etwas zustoßen könnte, raubte ihm den Atem, als hätte er eine Panikattacke. Okay, Fane, reiß dich zusammen, schalt er sich.

Nachdem er ein paarmal tief eingeatmet hatte, fing er langsam an, ruhiger zu werden. Er schloss die Augen und versuchte krampfhaft, nicht in Jacquelyns Verstand einzudringen, um nachzusehen, ob es ihr gut ging. Es brauchte alle Manieren, die seine Mutter ihm beigebracht hatte, um ihre Gedanken nicht abzuhören. Stattdessen saß er einfach da und summte die Melodie eines seiner Lieblingsmusiker. Kaum zu glauben, aber der Rumäne Fane war ein großer Willie-Nelson-Fan. Es war ein Song, den er Jacquelyn vorspielen wollte, weil er so treffend beschrieb, wie er sich fühlte. Bald, dachte er. Nicht heute Abend. Heute wollte sie nicht bei ihm sein, aber bald.

Kapitel 25

Jacque lag in der Badewanne, in die ihre besten Freundinnen heißes Wasser mit Badeschaum hatten einlaufen lassen. Sie fühlte sich
schlecht, weil sie Fane sitzen gelassen hatte, aber sie war verletzt,
besorgt und hatte Angst. Er konnte ihr noch so oft sagen, sie solle
sich keine Sorgen machen, dadurch wurde es nicht besser. Tränen
liefen ihr die Wangen hinunter, während sie sich wahre Horrorsze-
narien ausmalte, was bei der Herausforderung alles passieren konnte. *Er erwartet von mir, dass ich mir keine Sorgen mache. Als ob
das möglich wäre,* dachte sie.

Sie blieb in der Wanne, bis ihr das Wasser zu kalt wurde. Während sie sich anzog und ihre Locken kämmte, dachte sie darüber
nach, ob sie zu Fane oder ins Bett gehen sollte. Wenn sie ehrlich
zu sich selbst war, würde sie tun, wonach jede Zelle ihres Körpers
sich sehnte: Sie wollte sich wie ein Kätzchen auf seinem Schoß
zusammenrollen, wollte sich von ihm halten lassen, wollte so viel
Zeit wie möglich mit ihm verbringen. So lieb sie Jen und Sally
auch hatte, unten wartete ein heißer rumänischer Prinz und, wie
das Schicksal es wollte, ihr Seelenverwandter auf sie. Sie wusste,
was Jen sagen würde, etwas in der Art wie: »Wenn du nicht zu ihm
gehst, sollte dir klar sein, dass ich es tue.« *Yep, hm-hm, genau das
würde sie sagen.* Okay, die Entscheidung war gefallen. Sie zwinkerte ihrem Spiegelbild zu, während sie sich umdrehte, um das Bad
zu verlassen.

Bevor sie zu Fane runterging, steckte sie den Kopf in ihr Zimmer, um Sally und Jen zu danken und sie wissen zu lassen, dass sie unten sei. Aber bevor sie überhaupt den Mund öffnen konnte, beantworteten die beiden bereits ihre unausgesprochenen Gedanken.

»Gern geschehen, wir haben dich lieb, du hast uns lieb, wir sind die besten Freundinnen aller Zeiten und der ganze Mist«, sagte Jen, ohne von der Zeitschrift aufzusehen, die sie gerade durchblätterte.

»Nein, wir sind nicht böse, wenn du zu Fane runtergehst. Nein, es wird nicht unsere Gefühle verletzen, und ja, wir alle wissen, dass Jen es tun wird, wenn du es nicht tust«, sagte Sally mit einem Zwinkern.

»Darauf kannst du einen lassen«, versicherte Jen ihr.

»Okay, ihr zwei seid die besten Freundinnen aller Zeiten. Und das meine ich ernst. Bis später dann«, sagte Jacque.

»Unseretwegen musst du dich nicht beeilen. Du weißt, dass wir Details wissen wollen, und wenn du ohne was Pikantes zurückkommst, könnte es passieren, dass ich dich aus dem Fenster werfe. Noch Fragen?«, sagte Jen, abermals ohne aufzusehen.

»Du hast dich über diese Medizin, über die wir gesprochen haben, noch nicht informiert, oder?«, fragte Sally Jen sarkastisch.

»Details, okay. Verstanden«, sagte Jacque, während sie sich umdrehte, um zu gehen.

Als sie auf dem Treppenabsatz ankam und gerade runtergehen wollte, rief Jen ihr nach: »Und glaube nicht, dass ich nicht weiß, wenn du schwindelst. Ich kenne dich, du puritanischer Rotschopf, und weiß genau, wie weit du dich schon in Feindesland vorgetastet hast. Du kannst mich gar nicht belügen.«

»Oh, halt doch endlich die Klappe«, schimpfte Sally.

Jacque lachte und schüttelte den Kopf. Sie wusste, dass Jen in Wirklichkeit nur versuchte, die Stimmung aufzulockern. Jen wusste genau, wie hitzköpfig Jacque sein konnte, und wenn sie schon aufgebracht war, bevor sie zu Fane ging, konnte es hart für sie werden, sich zu beruhigen und vernünftig zu sein. Zu Jacques Leidwesen war Vernunft nicht gerade eine ihrer stärksten Eigenschaften.

Als sie ins Wohnzimmer kam, sah sie, dass Fane noch auf dem Zweisitzer saß. Er hatte die Arme auf der Rückenlehne ausgebreitet und den Kopf in den Nacken gelegt. Seine Augen waren geschlossen, und da er langsam und gleichmäßig atmete, war es schwer zu sagen, ob er wach war oder schlief.

»Mir gefällt der Geruch deines Shampoos«, sagte Fane plötzlich.

Jacque zuckte erschrocken zusammen. Fane hatte sich weder bewegt, noch die Augen geöffnet. Er saß einfach weiterhin völlig ruhig und gelassen da. Jacque verdrehte die Augen und ging zur Couch, um sich hinzusetzen.

Fane senkte langsam den Kopf und durchbohrte Jacque mit Blicken aus seinen eisblauen Augen. Ihr Herz schlug schneller und ihre Atmung wurde flacher. Sie musste wegsehen, bevor sie anfing zu sabbern und sich lächerlich machte. Ja, das wäre verdammt süß, schnaubte Jacque innerlich.

»Stößt dich meine Nähe irgendwie ab, *Lună?*«, fragte Fane.

Jacque wusste, dass sie irritiert aussehen musste, denn ehrlich gesagt war sie das auch. Wie konnte er glauben, dass er sie abstieß? Wenn überhaupt, sollte er derjenige sein, der sich abgestoßen fühlte.

»Warum fragst du das?«, fragte sie ihn.

»Mir fällt kein anderer Grund ein, warum meine Gefährtin so weit weg von mir statt neben mir sitzen möchte«, sagte Fane und klang dabei ungewöhnlich förmlich und altmodisch.

»Musst du denn immer alles hinterfragen, Fane?«, fragte Jacque offensichtlich genervt. »Ist dir vielleicht mal in den Sinn gekommen, dass ich besser denken kann, wenn ich nicht in deiner direkten Nähe bin?«

Fane grinste, da er mit ihrer Erklärung offensichtlich zufrieden war. Er stand auf und erhob sich zu voller Größe, sodass Jacque den Kopf in den Nacken legen musste, um zu ihm hochzusehen. Er ging um den Tisch herum, der die beiden Sofas voneinander trennte, und setzte sich unmittelbar neben Jacque.

»Und? Fällt es dir jetzt schwer zu denken?«, fragte er sie sanft.

Jacque stockte der Atem, und alles was, was sie zustande brachte, war ein Nicken.

»Warum bist du wieder nach unten gekommen, *inimă mea?* Ich dachte, du wolltest nicht bei mir sein.«

Jacque versuchte, von ihm wegzurutschen, aber vergebens, denn er rutschte ihr nach. Dämlicher sturer Werwolf.

»Anfangs wollte ich nicht bei dir sein.« Jacque bemerkte, dass Fane sofort den Kopf hängen ließ, und erklärte schnell: »Ich wollte nicht bei dir sein, weil ich nicht wollte, dass du mir sagst, ich solle mir keine Sorgen machen oder dass alles gut wird. Dann wurde mir klar, dass nichts davon eine Rolle spielt. Was aber zählt, ist, bei dir zu sein, Zeit mit dir zu verbringen. Ich hasse es, wenn wir getrennt sind. Es tut mir leid, wenn sich das irgendwie verzweifelt anhört, aber es ist die Wahrheit.«

Fane schlang die Arme um sie und drückte sie eng an sich.

»Danke, Jacquelyn. Du hast ja keine Ahnung, wie schwer es war, hier auf dieser Couch zu sitzen, und noch schwerer war es, nicht in deine Gedanken einzudringen. Ich liebe dich. Es tut mir leid, wenn meine Worte dich traurig gemacht haben. Ich bin hier, egal ob du dir Sorgen machen willst oder dir keine Sorgen machen willst oder was auch immer«, versicherte Fane ihr aufrichtig.

Jacque schloss die Augen und kostete das Gefühl aus, ihm so nahe zu sein. Sie fühlte sich sicher in seinen Armen, und die Wärme, die sie nach seinen Worten durchströmte, machte sie glücklich. Sie wusste nicht, warum sie es verdient hatte, Fanes Gefährtin zu sein, aber sie war unendlich dankbar dafür.

»*Ich auch*«, hörte sie Fanes Gedanken als Antwort auf ihre eigenen, was sie zum Lächeln brachte.

Sie saßen eine Weile einfach nur da und schwiegen. Dann und wann hörte Jacque Fane eine Melodie summen, die sie nicht zuordnen konnte. Schließlich zog Jacque die Füße hoch auf die Couch und lehnte ihren Kopf gegen Fanes Brust. Fane nahm die Decke, die über der Rückenlehne der Couch lag, und breitete sie über ihr aus.

»So und genau so will ich für den Rest meines Lebens die Nächte verbringen«, sagte Jacque zu ihm.

»Das finde ich praktisch, denn ich habe vor, dich für den Rest meines Lebens zu behalten«, sagte Fane halb neckend, halb ernst. »Es ist schon spät, mein Herz. Warum gehst du nicht ins Bett? Ich möchte nicht, dass du morgen müde bist.«

Jacque sah zu ihm auf und küsste ihn zärtlich auf die Lippen.

»Ich will heute Nacht nicht in meinem Bett schlafen«, gestand sie.

»Wo willst du dann schlafen, *Lună*?«, fragte er.

»Na ja, die Couch ist doch groß genug, dass zwei Personen darauf schlafen können«, sagte sie und versuchte, ein Grinsen zu unterdrücken.

»Und was glaubst du, was die Mutter einer dieser zwei Personen sagen würde, wenn sie sie mit einer Person des anderen Geschlechts zusammen auf einer Couch liegen sähe?«

»Keine Ahnung. Wollen wir's herausfinden?«, fragte Jacque frech.

Fane lachte über ihre Keckheit und zuckte mit den Schultern. Sehr zu ihrer Überraschung sagte er dann: »Man lebt nur einmal. Wenn ich sterben muss, würde ich lieber in den Armen der Frau sterben, die ich liebe, selbst wenn es die Mutter besagter Dame ist, die mich umbringt.«

Fane streifte sich die Schuhe ab und streckte sich auf der Couch aus. Jacque, die versuchte, sich nicht allzu ungeschickt anzustellen, legte sich neben ihn. Fane legte den Arm um ihre Taille und drückte sie eng an sich. Jacque kicherte, als sie eine Art Schnurren von ihm hörte.

»Worüber lachst du?«, fragte er.

»Hast du gerade geschnurrt? Ich wusste nämlich nicht, dass Wölfe schnurren.«

»Ich habe nicht geschnurrt, sondern wohlig gebrummt«, sagte Fane so würdevoll er konnte.

»Du hast gebrummt? Ernsthaft? Und was hat das bitte schön zu bedeuten?«, fragte Jacque ihn und versuchte mit aller Macht, ein Lachen zu unterdrücken.

»Wenn Wölfe zufrieden sind, machen sie häufig ein brummendes Geräusch. Ich schätze, man könnte es mit einem Katzenschnurren vergleichen«, erklärte er.

»Ich find's süß«, war alles, was Jacque dazu sagte.

Fane fing wieder an zu summen und küsste hin und wieder Jacques Haar. Das Letzte, woran Jacque dachte, bevor sie einschlief, war, dass sie keinerlei Details hatte, die Jen für gut befinden würde. Und das brachte sie zum Lächeln.

Kapitel 26

Fane wollte nicht schlafen. Er wollte keinen Moment verpassen, in dem er Jacquelyn in seinen Armen hielt. Er ging davon aus, dass es ohnehin nicht lange dauern würde, bis ihre Mutter nach Hause kommen und ihn dann höchstwahrscheinlich dazu verdonnern würde, auf der Veranda zu schlafen. Aber er würde auch in einem Iglu schlafen, wenn es bedeutete, dass er seine Gefährtin, seine *Lună,* die ganze Nacht in den Armen halten konnte. Er atmete tief ein, nahm ihren Geruch nach Zuckerwatte und Schnee in sich auf und zog sie noch enger an sich. Meine *Lună.* Fanes Wolf konnte es nicht erwarten, die Bindung und den Blutritus zu vollziehen. Zuerst müssen wir kämpfen, dachte Fane. Für sie und für die Zukunft unseres Rudels müssen wir kämpfen.

Fane musste eingeschlafen sein, denn irgendetwas rüttelte an seinem Arm und eine Stimme sagte ihm, er solle aufwachen. Er öffnete die Augen und musste mehrmals blinzeln, um klar sehen zu können. Er warf einen Blick auf Jacque und sah, dass sie noch fest schlief. Sie musste hundemüde gewesen sein, dass selbst drei Rumänen, die hektisch in ihrer Muttersprache redeten, sie nicht aufgeweckt hatten. Mit diesem Gedanken wurde ihm klar, dass seine Mutter und sein Vater hier waren.

»Pssst«, wies er sie an und deutete auf Jacquelyn. »Sie braucht ihren Schlaf. Könnten wir uns vielleicht ins Esszimmer setzen?«

Fane krabbelte langsam über Jacque und versuchte dabei, sie nicht zu wecken. Sobald er stand, deckte er sie sorgfältig zu und beugte sich über sie, um sie auf die Stirn zu küssen.

Als er im Esszimmer zu den anderen stieß, fragte Fane seinen Wächter: »Sorin, ist Lilly mit dir nach Hause gekommen?«

»Ja, sie ist direkt in ihr Zimmer gegangen, als wir heimkamen. Obwohl sie, als sie durch das Wohnzimmer ging und an einer gewissen Couch mit zwei Personen darauf vorbeikam, etwas von einem fiesen Werwolf gemurmelt hat, der sich an ihre Tochter heranmacht. Es war schwer sie zu verstehen, aber es könnten auch ein, zwei Kraftausdrücke dabei gewesen sein.« Sorin freute sich offensichtlich diebisch darüber, diese Information preiszugeben, besonders vor Fanes Eltern.

Fane entschied sich, den Köder nicht zu schlucken, und wandte sich stattdessen seinem Vater zu: »Du hast noch mehr Rudelmitglieder mitgebracht?« Fane konnte andere Graue im Haus riechen. Es machte ihn nervös und er wollte zurück ins Wohnzimmer zu Jacquelyn. Obwohl sie seine Gefährtin war, waren sie noch nicht verbunden. Ein unverbundener männlicher Canis Lupus ist der gefährlichste seiner Art. Wie aufs Stichwort hörte er ein Klatschen, dann schrie Jacque: »Nimm gefälligst deine Nase aus meinem Gesicht, du kackdreister Echthaarteppich!«

Fane war unterwegs zu ihr, bevor sie den Satz beenden konnte. Dann hatte er den Grauen bei der Kehle gepackt und auf den Boden gedrückt.

»Was hat deine Nase in der Nähe meiner Gefährtin zu suchen, Boian? Und nenn mir einen Grund, warum ich dir für deine Dreistigkeit nicht das Genick brechen sollte?«, knurrte Fane.

»Ich wollte nicht respektlos sein«, antwortete Boian.

»Ich wusste, dass wir was verpassen. Hab ich's dir nicht gesagt, Sally? Ich sagte: ›Hey, Sally, ich glaube, da unten ist gerade was los‹, und was hast du geantwortet? ›Nein, das bildest du dir nur ein‹.« Alle drehten sich um zur Treppe, die Jen und Sally gerade herunterkamen. »Okay, Fane. Wir sind da. Du kannst jetzt weitermachen, diesen netten Herrn zu erwürgen.«

Fane ließ den anderen Grauen langsam aufstehen und trat vor Jacquelyn. Er ließ Boian aber nicht aus den Augen und seine Körperhaltung blieb angespannt.

»Wäre jemand so freundlich und würde mich einweihen, was zum Henker hier abgeht?«, fragte Jacquelyn und versuchte, die anderen im Raum anzusehen, was ihr aber nicht gelang, weil Fane direkt vor ihr stand. »Fane. Ernsthaft, Mann. Du hast eine knackige Kehrseite, aber ich glaube, jetzt ist nicht der richtige Zeitpunkt, sie zu bewundern. Könntest du also bitte deinen royalen Hintern aus meinem Gesicht nehmen?«

Die anderen Wölfe im Raum versuchten, ihr Lachen hinter Husten zu verbergen, da sie es offensichtlich amüsant fanden, dass ein Menschenmädchen so mit dem Prinzen ihres Rudels sprach.

»Du kannst deinen royalen Hintern vor mir parken, Fane. Mir macht das nichts aus«, sagte Jen mit einem Zwinkern, was die Lachmuskeln der anderen Wölfe nur noch mehr reizte.

Fane knurrte, beugte sich aber Jacques Wunsch. Er ging zur Seite, setzte sich aber nicht. Es war nicht clever, sich vor anderen dominanten Wölfen hinzusetzen, da man sonst als Beute angesehen wurde.

»Jacquelyn, Jen und Sally, ich möchte euch meinen Vater Vasile Lupei und meine Mutter Alina Lupei vorstellen.« Dann wandte Fane sich den anderen Männern im Raum zu, von denen einer der Wolf war, den er gerade diszipliniert hatte. »Und das sind Boian und Skender, ranghohe Mitglieder unseres Rudels.« Er sah zu seinem Vater. »*Unde e Decebal?* Wo ist Decebal?«

»*Vine imediat.* Er wird gleich hier sein«, sagte Vasile.

»*Wer oder was ist ›Dezibal‹?*«, fragte Jacque Fane in Gedanken.

»*Er ist unser Beta, der Stellvertreter meines Vaters*«, erwiderte Fane.

Nachdem sie mit einem Nicken angedeutet hatte, dass sie alles verstanden hatte, stand Jacque auf und versuchte dabei, ihr Shirt glattzuziehen. Sie fing damit an, ihre Haare mit den Fingern zu frisieren, ließ es dann aber bleiben, da es ohnehin zwecklos war. Sie ging zu Fanes Eltern und hoffte, dass sie nicht halb so schmuddelig aussah, wie sie sich fühlte.

»Ich bin Jacquelyn, Fanes … ähm … Sie wissen schon …« Jacque versuchte, das Wort auszusprechen, es wollte ihr aber nicht über die Lippen gehen.

»Meine Gefährtin«, sprang Fane für sie ein.

»Genau«, stimmte sie zu. »Ich freue mich sehr, Sie kennenzulernen. Es tut mir leid, dass Sie mich jetzt so völlig verpennt erleben.«

»Wenn sie sauber ist, sieht sie sehr hübsch aus«, warf Jen ein.

»Vielen Dank auch, Jen«, entgegnete Jacque sarkastisch.

Fane ging zu ihr und legte ihr den Arm um die Taille. Für ihn war sie wunderschön. Zerzauste Haare, verschlafene Augen – sie war anbetungswürdig.

»*Tată, mamă, nu e uimitoare?*«, fragte Fane seine Eltern.

»*Într-adevăr este*«, antwortete Alina.

»*Würdest du mich netterweise aufklären, worüber hier gerade geredet wird?*«, fragte Jacque Fane durch ihre Gedanken.

»*Ich sagte ihnen, du seist atemberaubend, und sie haben zugestimmt*«, erwiderte Fane.

Alina machte einen Schritt vor und schob Fane von Jacquelyn weg, sodass sie sie umarmen konnte. »Jacquelyn, ich freue mich so sehr, dich kennenzulernen, und ich bin sehr dankbar, dass Fane dich gefunden hat.«

»Danke«, sagte Jacquelyn.

Dann war Vasile an der Reihe. Auch er umarmte sie, aber er sprach rumänisch mit ihr: »*Tu ești cealaltă jumătate a fiului meu, luminița lui, și chiar de-ar fi el viu sau mort, haita o să te ocrotească.* Du bist die andere Hälfte meines Sohnes, sein kleines Licht, das Rudel wird dich schützen, ob er lebt oder tot ist.«

Nachdem er das gesagt hatte, antwortete jeder Wolf im Raum: »*Așa cum vrei, Alpha, așa va fi.* Dein Wille ist uns Befehl, Alpha.«

»Was genau ist hier gerade passiert?«, fragte Jen in Richtung Fane. »Wir alle haben gemerkt, dass hier irgendein Rudel-Voodoo abging.«

Statt Fane antwortete sein Vater: »Das kann Fane euch später erklären.«

In diesem Augenblick kam ein Mann durch die Haustür. Die Blicke aller Menschen richteten sich auf ihn. Jacque bemerkte, dass Jen rot geworden war – offensichtlich checkte sie den Mann gerade ab. Fanes Vater stellte ihn vor: »Und das hier ist übrigens Decebal, mein Beta. Es tut mir leid, wenn die Vorstellung und die Erläuterungen derzeit sehr knapp ausfallen, aber im Moment haben wir dringendere Angelegenheiten zu klären. Jacquelyn, ich möchte, dass du deine Mutter holst.«

»Nicht nötig, ich bin hier. Ob Sie's glauben oder nicht, es ist relativ schwierig zu schlafen, wenn sich im Wohnzimmer ein Rudel Wölfe befindet. Ich bin Lilly Pierce, Jacques Mutter«, sagte Lilly, während sie das Wohnzimmer betrat.

Alina ging direkt auf sie zu und umarmte sie, wie sie es gerade auch bei Jacquelyn getan hatte.

»Ich bin Alina, Fanes Mutter, und das ist mein Gefährte Vasile«, teilte sie Lilly mit.

»Ich freue mich sehr, Sie beide kennenzulernen. Bitte fühlen Sie sich hier ganz wie zu Hause. Ich bin mir allerdings nicht ganz sicher, wie wir Sie alle hier unterbringen können«, erklärte Lilly.

»Oh, ich habe schon mit den Henrys gesprochen – sie beherbergen gern ein paar von uns bei ihnen«, erklärte Fane.

»Was ist also diese dringende Angelegenheit, die besprochen werden muss?«, fragte Lilly Vasile.

Jacque drehte sich um, weil sie sich auf die Couch setzen wollte. Sie wollte Fane mit sich herunterziehen, aber er rührte sich nicht, ließ sie aber auch nicht los. Sie schaute ihn fragend an und sah, dass er die anderen Wölfe im Raum anstarrte.

»Hast du vor, das ganze Gespräch über zu stehen? Wenn ja, dann bist du der Einzige, denn ich bin müde, meine Nerven liegen blank und ich will mich setzen … und zwar jetzt, Fane«, sagte Jacque und warf ihm einen wütenden Blick zu.

Fane wandte sich den anderen Wölfen zu und wartete gebannt. Obwohl Decebal im Rang über Fane stand und sich zu diesem

Zeitpunkt nicht hätte unterwerfen müssen, konnte Fane in Decebals Augen sehen, dass dieser verstand, warum es für Fane wichtig war, dass Decebal nachgab, solange Fanes Gefährtin hier war. Auch Boian und Skender zeigten schließlich ihren Hals und setzten sich. Decebal zeigte nicht seinen Hals, stattdessen neigte er den Kopf, um zu zeigen, dass er sich aus Respekt hinsetzte, nicht aus Unterwürfigkeit.

Fane drehte sich um und zeigte seinem Vater seinen Hals, dann zog er Jacquelyn mit sich auf die Couch.

»Ich hoffe ja wohl, dass du mir das alles später noch erklärst«, flüsterte Jacque.

»Habe ich eine Wahl, *Lunǎ?*«, fragte Fane.

»Punkt für dich.«

Alina und Lilly setzten sich auf den Zweisitzer, während Jen und Sally auf dem Fußboden vor der Couch Platz nahmen. Sorin saß auf seinem Lieblingsplatz, dem hässlichen Ohrensessel, und die drei Wölfe hatten auf den Boden zu Sorins Füßen Platz genommen. Sie wirkten nicht allzu glücklich. Vasile blieb als Einziger im Raum stehen und sah zu allen anderen hinunter.

Jen blickte zu Jacque und flüsterte: »Wenn das mal nicht nach heißem Kakao ruft …«

Jacque nickte zustimmend, während Sally aufstand und sagte: »Bin schon unterwegs.«

»Die Herausforderung wird morgen stattfinden«, verkündete Vasile. »Ich werde Lucas Steele in ein paar Stunden anrufen, um die Details zu klären. Eine Sache, die es dabei zu besprechen gilt, ist der Austragungsort der Herausforderung. Ich will nicht, dass sie in seinem Revier stattfindet. Wir brauchen einen abgelegenen Platz, an dem niemand zufällig vorbeikommt. Fällt jemandem hier ein passender Ort ein?«

Jen und Jacque riefen gleichzeitig: »Das Feld der Träume!«

Jen gab Jacque die Gettofaust. »Guter Vorschlag, Sherlock«, sagte sie.

»Reine Routine, Watson«, erwiderte Jacque.

»Was ist das Feld der Träume?«, fragte Fane.

»Das ist nur ein weit abgelegenes und brachliegendes Feld«, antwortete Jacque.

»Okay, und warum wird es das Feld der Träume genannt?«, hakte er nach.

»Jacque schämt sich bestimmt, es zu erklären«, sagte Jen. »Es heißt Feld der Träume, weil freitagabends alle Paare dorthin fahren, und ... na ja ... du weißt schon ... hoffen, dass ihre Träume wahr werden.«

Fane sah zu seiner Gefährtin, deren Gesicht jetzt fast so rot war wie ihre Haare.

»Warst du schon mal auf diesem Feld?«, flüsterte er ihr ins Ohr.

Jacquelyn verpasste ihm einen harten Klaps aufs Bein. »Nein, du besitzergreifender Neandertaler, und das weißt du auch«, knurrte sie und vergaß für einen Augenblick, dass sie nicht allein waren.

»Sie ist ein temperamentvolles kleines Ding, was?«, kommentierte Fanes Vater.

»*Habar n-ai tu.* Du hast ja keine Ahnung«, antwortete Fane.

»Sind denn auf diesem Feld morgen Abend wirklich keine Jugendlichen?«, fragte Vasile.

»Nein, das Feld wurde inzwischen abgesperrt und eingezäunt. Wir müssen also ein wenig tricksen, um reinzukommen, wenn alle damit einverstanden sind«, sagte Jen.

»Was genau meint sie mit ›tricksen‹?«, fragte Fane Jacque.

»Einbrechen«, antwortete sie.

»Das ist kein Problem«, sagte Vasile. »Gut, den Austragungsort hätten wir also. Als Nächstes möchte ich über die Herausforderung selbst und über Wolfsgesetze sprechen.« Er machte eine Pause, während Sally mit heißem Kakao zurück ins Wohnzimmer kam und jedem eine Tasse gab. Sobald sie wieder auf dem Boden saß, fuhr Vasile fort.

»Jacquelyn, was ich jetzt sagen werde, wird dir nicht gefallen, aber es ist unsere Tradition und unser Gesetz. Es wird sicher hart für dich werden, das zu verstehen und zu akzeptieren, aber ich sage dir jetzt als dein Alpha, und ja, ich bin dein Alpha, denn du bist die Gefährtin meines Sohnes, dass du dich an diese Gesetze und Regeln zu halten hast. Ist das klar?«

Jacquelyn sah zu Fane und er konnte die Panik in ihren Augen erkennen.

»Es ist okay, mein Herz. Er versucht nur, für deine Sicherheit zu sorgen. Vertrau mir«, beruhigte Fane sie.

Sie hielt seine Hand und wandte sich Vasile zu. »Kristallklar«, war alles, was sie sagte.

Vasile nickte bestätigend und fuhr fort: »Die Regeln besagen, dass ein Alpha, der einen anderen Wolf herausfordert, seine ersten vier Wölfe mitbringen darf, der Rest des Rudels muss allerdings wegbleiben.«

»Was meinen Sie mit ›seine ersten vier‹?«, fragte Sally.

»Ein Wolfsrudel ist hierarchisch aufgebaut. Es gibt den Alpha, den Beta, die dominanten Wölfe und dann die unterwürfigen Wölfe. Demzufolge haben alle einen Rang, wobei üblicherweise nur die ersten vier wirklich wichtig sind. Der Beta eines Alphas, so wie Decebal meiner ist, ist im Prinzip der Stellvertreter – er ist nach dem Alpha der dominanteste Wolf. Die Wölfe unter ihm haben einen Rang, der ihrer jeweiligen Dominanz entspricht«, erklärte Vasile. »Beantwortet das deine Frage?«

»Ja, danke«, erwiderte Sally. Vasile nickte ihr höflich zu.

»Die Regeln erlauben es außerdem, dass der Herausgeforderte seinen Alpha und die ersten Vier mitbringt, was auch der Grund ist, warum mich drei Rudelmitglieder begleitet haben, plus Sorin wären das dann vier. Die einzigen anderen, die anwesend sein dürfen, sind die Alpha und die Frau, um die gekämpft wird. Niemand anderes darf zusehen«, sagte Vasile nachdrücklich. »Ich weiß, dass ihr anderen bei Jacquelyn sein wollt, aber ihr müsst einfach verstehen, dass das zu gefährlich wäre. Es werden zwölf Wölfe auf engstem Raum zusammen sein, und zwei von ihnen werden darum kämpfen, eine Gefährtin erwählen zu dürfen. Das wird die anderen Wölfe nervös machen – das bewirken Frauen nun mal bei uns Männern. Wenn Fane nicht der Sieger ist, werden ich und meine Wölfe gegen Lucas und seine Wölfe antreten. Für uns wird es einfacher sein, Jacquelyn zu beschützen, wenn unsere Aufmerksamkeit ungeteilt ist.«

Fane entging nicht, wie Jacques Gesichtszüge entgleisten, als sein Vater die Möglichkeit erwähnte, dass Fane verlieren könnte. Ihm war klar, dass der nächste Teil des Gesprächs sehr übel, sehr, sehr übel verlaufen würde.

Kapitel 27

Jacque musste wegsehen, als Vasile erwähnte, dass Fane möglicherweise verlieren könnte. Der Gedanke daran bereitete ihr Übelkeit. Sie hatte außerdem wahnsinnige Angst, da sie jetzt wusste, dass sie ihre Mutter oder ihre Freundinnen nicht als Unterstützung dabeihaben würde. Gut, sie hatte Alina und dafür war sie dankbar, aber sie fühlte sich plötzlich fürchterlich allein.

»Alles okay?«, fragte Fane leise.

»Nein, Wolfsmann, ganz und gar nicht«, antwortete sie.

»Jacquelyn.« Jacque wandte sich Vasile zu, als dieser ihren Namen sagte. »Ich muss dir noch einiges erklären, was mein Sohn wahrscheinlich weggelassen hat, da es sehr unschöne Dinge sind. Wir sind keine Menschen. Einige unserer Traditionen sind dem Wesen des Tieres geschuldet, das wir in uns tragen. Wenn ich sage, dass es ein Kampf bis auf den Tod ist, meine ich auch genau das. Wenn Lucas Fanes Kehle zu packen bekommt und ihn unterwirft, wird Fane zwar aufhören zu kämpfen, Lucas wird ihn aber dennoch töten. Einige Kämpfe werden ausgefochten, bis ein Wolf sich unterwirft oder getötet wird. Dieser Kampf ist anders, weil ein Wolf niemals seine Gefährtin freigibt. Wenn ein anderer Wolf also Anspruch auf die ungebundene Gefährtin eines Wolfsmannes erhebt, muss er ihren Gefährten töten.« Vasile machte eine Pause, um ihre Reaktion abzuwarten, und fuhr fort, als Jacque nichts anderes tat, als vor sich hinzustarren.

Was soll ich denn sonst machen?, dachte sie. Wie soll ich denn einfach dastehen und zusehen, wie ein anderer ihn tötet? Jacque fühlte sich, als müsste sie sich jeden Moment übergeben.

»Wenn Fane verliert, werden du und deine Mutter nach Rumänien kommen und unter meinem Schutz stehen. Lucas wird dich nicht einfach aufgeben, er wird erwarten, dass du seine Gefährtin wirst. Die einzige Möglichkeit, das zu verhindern, ist, dass du verschwindest. Habt ihr das verstanden?« Vasile sah Lilly und Jacque an.

Beide nickten feierlich.

Er wandte sich wieder Jacque zu: »Das mag in deinen Ohren alles sehr barbarisch klingen, ist es aber ganz und gar nicht. Er ist mein eigen Fleisch und Blut, vergiss das nicht. Ich werde zusehen müssen, wie mein Sohn kämpft und vielleicht stirbt, und es gibt nichts, was ich dagegen tun kann. Obwohl ich weiß, dass ich ihn retten könnte, ist es mir nicht gestattet, und daher verstehe ich auch deine Angst und deinen Schmerz. Als dein Alpha muss ich allerdings sicherstellen, dass du die möglichen Folgen dieses Kampfes kennst.« Bei Vasiles letzten Worten glaubte Jacque, ein leises Schniefen zu hören, und als sie dann den Kopf in Richtung des Geräuschs drehte, sah sie, dass Alina weinte. Es brach Jacque das Herz und sie spürte, wie auch ihr die Tränen kamen.

Jacque stand auf, ging zu dem Zweisitzer und setzte sich auf die Lehne neben Alina. Dann beugte sie sich zu ihr und schloss sie fest in die Arme. Sie wusste nicht, was sie sagen sollte, denn eigentlich gab es nichts, was ihr die Angst nehmen konnte. Also hielt sie sie nur fest und weinte mit ihr. Abgesehen von den leisen Schluchzern der beiden Frauen, die Fane so sehr liebten, herrschte Stille im Raum. Jen und Sally weinten stumm mit, Lillys Augen waren geschlossen. Sie hatte selbst mit den Tränen zu kämpfen, weil sie mit ihrer Tochter litt und es hasste, dass Jacque all das durchmachen musste.

Einige Minuten später hatten Alina und Jacque sich wieder halbwegs gefasst. Fane stand auf, ging zu seiner Mutter und kniete sich vor sie. Er berührte zärtlich ihr Gesicht und flüsterte: »*Te rog să nu plângi, mamă, mi se frânge inima.* Bitte weine nicht, Mutter, es bricht mir das Herz.«

Alina küsste Fane auf die Stirn. »Ich bin eine Mutter, es ist mein Job zu weinen. Und jetzt tröste deine Gefährtin, bevor dein Alpha glaubt, du würdest dich nicht um sie kümmern«, zog sie ihn auf. Dann wandte sie sich Jacque zu. »Ich bin mir schon jetzt sicher, dass ich über alle Maßen gesegnet bin, dich als die Gefährtin meines Sohnes zu haben.«

»Danke, das Gefühl beruht auf Gegenseitigkeit«, erwiderte Jacque.

Fane nahm Jacque bei der Hand und führte sie zurück zur Couch.

»Okay, mir geht's gut. Machen wir weiter. Was müssen wir sonst noch besprechen?«, fragte Jacque Vasile.

»Ich glaube, für den Augenblick reicht es. Decebal«, er wandte sich seinem Beta zu, »ich will, dass du, Boian und Skender rüber zu den Henrys geht und etwas schlaft. Ihr müsst bei der Herausforderung in bester Verfassung sein.«

Die Wölfe waren aufgestanden und hatten sich in Bewegung gesetzt, bevor Vasile die letzten Worte ausgesprochen hatte. Jacque fühlte, wie Fane sich entspannte, als die drei das Haus verließen. Sie sah ihn fragend an. »Ist es wirklich so schlimm, in ihrer Nähe zu sein?«, wollte sie wissen und beachtete die anderen um sie herum gar nicht.

»Darüber reden wir später noch, *Lună*«, entgegnete Fane zärtlich.

Jacque zuckte mit den Achseln. Sie war müde und wollte nicht mehr über die Herausforderung nachdenken. Alina musste das in ihrem Gesicht gesehen haben, denn sie fragte sie sehr diskret, ob sie vielleicht mit ihr spazieren gehen wollte.

»Es macht Ihnen doch nichts aus, oder, Lilly?«, fragte Alina Jacques Mutter.

»Nein, gar nicht. Ich glaube, es wird ihr guttun, das Haus eine Weile zu verlassen und dem hier herrschenden Testosteronpegel nicht ausgesetzt zu sein«, erwiderte Lilly.

»Amen«, sagten Jen und Sally synchron.

Jacque stand auf, sah an ihren zerknitterten Sachen herunter und bemerkte erst jetzt, dass sie in den Klamotten vom Vortag geschlafen hatte. Was für einen fantastischen ersten Eindruck musste sie bei Fanes Eltern hinterlassen haben.

»Alina, wenn es Ihnen nichts ausmacht, springe ich schnell unter die Dusche. Ich fühle mich ziemlich schmuddelig«, gestand Jacque.

»Nur zu, lass dir ruhig Zeit. Ich verbringe auch gerne etwas Zeit mit deiner Mutter, da wir ja bald eine Familie sein werden«, sagte Alina warmherzig.

»Das klingt gut. Alina, mögen Sie lieber Kaffee oder heißen Kakao?«, fragte Lilly, während die beiden Frauen das Zimmer in Richtung Küche verließen.

Jacque wandte sich zu Fane und sagte ihm, dass sie gleich wieder da sein würde, aber offensichtlich reichte das nicht, denn als sie ging, folgte er ihr bis zur Treppe.

»Jacquelyn, ist alles …?«

»Wenn du mich jetzt allen Ernstes fragen willst, ob alles okay ist, werde ich Lucas einfach die Mühe ersparen und dich eigenhändig erwürgen«, knurrte Jacque ihn an.

»Mann, Sally, man sollte meinen, sie hätte eine bessere Laune, nachdem sie bei ihrem Kerl auf der Couch geschlafen hat. Vielleicht ist er gar nicht so gut, wie er aussieht, wenn du weißt, was ich meine«, sagte Jen zu Sally, während sie an Fane und Jacque vorbei die Treppe hochgingen.

»Jen, wir müssen echt darüber sprechen, wann es besser wäre, deinen Mund geschlossen zu halten. Und wenn du das nicht schaffst, sollten wir darüber reden, wie schnell du rennen kannst«, entgegnete Sally, während sie ihrer vorlauten Freundin nach oben folgte.

Jacque fühlte sich von all den Emotionen und Eindrücken überwältigt, sie senkte den Kopf und schüttelte ihn stumm. Sie wusste, dass sie ein paar aufmunternde Worte oder wahlweise einen Tritt in den Hintern brauchte, wobei Letzteres wahrscheinlich effektiver wäre. Sie war keine Memme, verdammt, sie war keine zerbrechliche, kleine Blume, die beim kleinsten Anzeichen von schlechtem Wetter verwelkte. Also was zum Teufel war ihr Problem?

»Es ist die Bindung, Jacquelyn. Dadurch nimmst du Emotionen auf einer ganz anderen Ebene als ein Mensch wahr. Ich weiß, dass das schwer zu verstehen ist, weil alles so neu für dich ist. Du bist nicht schwach, dein Herz erkennt, dass ich deine andere Hälfte bin, und rebelliert dagegen, von mir getrennt zu sein. Mein Herz rebelliert ebenso dagegen, von dir getrennt zu sein, und schlimmer noch, ich ringe ständig darum, meinen Wolf unter Kontrolle zu halten, denn alles, was er sieht, ist, dass du unsere Gefährtin bist, dass du in Gefahr bist und dass du an mich gebunden werden musst«, erklärte Fane.

Jacque hob den Kopf und sah in Fanes wunderschöne blaue Augen, in die sie mehr als alles andere jeden Morgen sehen wollte, wenn sie aufwachte, und jeden Abend, wenn sie schlafen ging. Fane hatte recht, sie verstand es nicht. Sie wollte es, aber es war, als könnte ihr Gehirn mit den Emotionen nicht mithalten. Sie musste einfach damit klarkommen und es akzeptieren. Vielleicht war es dann nicht ganz so unheimlich. Ja, netter Versuch, Jacque. Fast hättest du dich selbst überzeugt.

»Danke, Fane, ich kann mir vorstellen, dass es frustrierend für dich sein muss, weil ich so ahnungslos bin. Mist, es ist frustrierend für mich, weil ich weiß, dass ich dich sicher frustriere«, gestand sie ihm.

»Ich bin nicht frustriert, *Lună*. Wie könnte ich von der einzigen Person frustriert sein, die meiner Existenz einen Sinn verleiht? Wenn du anfängst, das alles zu verstehen, hoffe ich, dass du mir gegeben hast, wonach sich jeder männliche Canis Lupus sehnt, was er braucht und ohne das er nie vollständig sein kann. Du, und nur du vervollständigst mich im Kern. Nein, mein Herz. Ich bin nicht von dir frustriert. Ich bin mit Haut und Haaren, leidenschaftlich und schamlos in dich verliebt.«

Jacque legte die Arme um seine Taille, hielt sich an ihm fest, als würde das den Sturm, der um sie herum tobte, davon abhalten, sie voneinander zu trennen. Sie legte den Kopf gegen seine Brust und ließ sich vom Rhythmus seines Herzschlags beruhigen. Fane küsste sie auf den Kopf und strich ihr zärtlich über den Rücken. Wie er es zuvor schon getan hatte, flüsterte er ihr Worte in seiner Sprache zu, die ihren Verstand zu beruhigen schienen.

»Ich liebe dich, Wolfsmann«, flüsterte Jacque und wusste, dass sein Wolfsgehör es gehört hatte.

Sie atmete tief ein und löste sich von ihm. Er ließ es widerwillig zu, nahm aber nicht die Hände von ihren Hüften.

»Ich gehe jetzt, okay? Damit ich etwas Zeit mit deiner Mutter verbringen kann. Was wirst du tun?«, fragte sie ihn.

»Ich werde bei meinem Vater sein, wenn er Lucas anruft, und dann werde ich mich wohl ein wenig hinlegen. Ich merke erst jetzt, wo das Rudel weg ist und ich etwas entspannen kann, wie müde ich bin.«

»Apropos Rudel: Wirst du mir jetzt erklären, was dieser Wettbewerb im Starren sollte? Und warum du plötzlich Luft abgelassen hast wie ein Luftballon mit einem Loch, als die Typen endlich gegangen waren?«

»Das werde ich dir alles erklären, *Lună,* aber nicht jetzt. Du musst unter die Dusche. Ich weiß, dass meine Mutter ganz gespannt darauf ist, dich besser kennenzulernen. Und da ich vorhabe, dich heute Nacht mit niemand anderem zu teilen, bleibt ihr dafür nur der Tag«, sagte Fane, während er sie noch einmal an sich zog und küsste.

Jacque presste sich an ihn, schlang die Arme um seinen Hals und drückte ihre Lippen fest auf seine. Sie liebte es, wenn er sie küsste, seine Lippen waren so sanft und weich. Für ihren Geschmack zog Fane sich viel zu schnell zurück, aber sie ließ es geschehen.

»Bis später dann«, sagte er.

Genau wie vorher, als er zu den Henrys gegangen war, flößte ihr die Vorstellung, dass er nicht bei ihr war, das Gefühl von Verlust und drohendem Unheil ein. Sie hasste es, wie verzweifelt sie sich dabei fühlte, denn sie war eigentlich gar nicht der verzweifelte Typ. Sie hatte nie ein Problem damit gehabt, wenn sie und Trent mehrere Tage nicht miteinander gesprochen hatten. Als sie Fanes Knurren hörte, erkannte sie ihren Fehler.

»Vergiss nicht, mein Herz, wenn du emotional bist, neigst du dazu, deine Gedanken herauszuposaunen. Ich versuche dann, nicht zuzuhören, aber manchmal ist es ein wenig zu verführerisch, und wenn ich seinen Namen in deinem Verstand höre, kann ich ihn nicht einfach so ausblenden«, erklärte Fane. »Ich weiß, dass ich nicht eifersüchtig sein muss, aber der Wolf in mir sieht dich als mein an, selbst in der Zeit, als ich dich noch gar nicht kannte.«

Jacque grinste ihn an, weil ihr gerade klar geworden war, dass sie von Alina vielleicht ein paar Details über seine Verflossenen erfahren konnte, sodass sie dann auch etwas gegen ihn in der Hand hätte.

»Ich schätze, ich muss einfach vorsichtiger sein, nichts herauszuposaunen, wenn ich emotional bin«, flötete sie unschuldig.

»Das wäre eine Möglichkeit, oder du könntest einfach nicht mehr an ihn denken«, sagte Fane, dessen Stimme immer tiefer wurde, je weiter sie sich in dieses Thema vorwagten.

»Auch eine Möglichkeit. Zwar keine besonders realistische, aber vielleicht einen Versuch wert.« Jacque zwinkerte ihm zu, während sie sich umdrehte, um die Treppe hochzugehen.

»Bis später, Wolfsmann«, rief sie über die Schulter. Jacque hörte ihn knurren und konnte sich ein Grinsen nicht verkneifen. Auch wenn alles um sie herum traurig und trostlos war, musste sie ihn nur ärgern, dann konnte sie wieder lachen.

»Wie schön, dass ich dich belustige, mein Herz«, hörte sie Fanes Stimme in ihrem Kopf.

»Finde ich auch«, war ihre einzige Antwort, die ihr ein weiteres Knurren einbrachte.

Als Alina und Jacque den Gehweg entlanggingen, fiel es Jacque sehr schwer, nicht nach hinten zu Sorin zu sehen, der ihnen in einem gewissen Abstand folgte – schließlich war er der Wächter. Es haute sie fast um, als sie darüber nachdachte, dass sie noch vor vier Tagen einfach nur Jacque gewesen war, ein Kleinstadt-Mädchen, das ihr letztes Jahr auf der Highschool vor sich hatte, und auf einmal war sie die Gefährtin eines Werwolf-Prinzen, der mit einem anderen Werwolf um sie kämpfen würde. Das Schicksal musste gähnende Langeweile gehabt und sich entschlossen haben, etwas Stimmung in ihr Leben zu bringen, anders konnte sie sich das nicht erklären.

»Jacquelyn oder Jacque? Wie wirst du lieber genannt?« Alinas Stimme riss sie aus ihren Gedanken.

»Na ja, alle außer Fane nennen mich Jacque. Aus irgendeinem Grund nennt er mich Jacquelyn, seit wir uns getroffen haben, und ich hatte nichts dagegen einzuwenden. Andererseits nennt er mich auch fast nie beim Namen, meistens sagt er *Lună* oder ›mein Herz‹ oder ein anderes rumänisches Wort, dessen Bedeutung ich nicht kenne«, erzählte Jacque ihr und musste darüber schmunzeln, wie sehr sie Fanes verschiedene Kosenamen für sie mochte.

»Das ist zwischen Gefährten häufig so«, erklärte Alina ihr. »Vasile nennt mich beispielsweise nie Alina.«

»Wie nennt er Sie denn?«, fragte Jacque geradeheraus – dann meldeten sich ihre Manieren zu Wort. »Ich meine, wenn ich das fragen darf.«

»Darfst du. Er nennt mich *Amea.*«

»Hat das eine Bedeutung?«

»Du lachst bestimmt, wenn ich es dir verrate, denn es untermauert nur die Tatsache, dass Werwölfe besitzergreifend und herrisch sind. Es bedeutet schlicht und einfach ›meine‹. Albern, oder?«, sagte Alina lachend.

Jacque stimmte in ihr Lachen ein.

»Vor einer Woche wusste ich noch gar nichts über Werwölfe«, meinte Jacque.

»Was hat Fane dir denn bisher von uns erzählt?«, erkundigte sich Alina.

»Na ja, natürlich alles darüber, wie so ein Werwolf-Rudel aufgebaut ist, wer welchen Rang hat und dass Sie quasi die ›Royals‹ der rumänischen Canes Lupi sind. Aber davon abgesehen kaum etwas.«

»Fane war noch nie sehr gesprächig«, sagte Alina. »Ich vermute auch, dass alles, woran er im Moment denkt, deine Sicherheit ist.

Männliche Graue neigen dazu, etwas besitzergreifend zu reagieren, wenn es um ihre Gefährtin oder ihre Kinder geht.«

»Ja, ich schätze, er war etwas abgelenkt, da er diesen durchgeknallten Psycho-Alpha davon abhalten musste, in seinem Revier zu wildern und seine Braut abzugreifen«, sagte Jacque und prustete erneut los, als Alina sie ansah, als wäre ihr ein dritter Arm gewachsen.

»Redest du immer so?«, fragte Alina.

»Ja, das ist leider eine Nebenwirkung, wenn man zu oft mit Jen abhängt. Sie ist noch viel, viel schlimmer«, erklärte Jacque ihr und schüttelte den Kopf, während sie an ihre etwas überdrehte Freundin dachte.

»Dir liegt sehr viel an Jen und Sally, und man kann sehen, dass ihnen auch viel an dir liegt. Es tut mir leid, dass sie morgen nicht bei dir sein können«, sagte Alina.

»Mir ist wichtiger, dass sie in Sicherheit sind. Wenn sie dort in Gefahr sind, ist es das Risiko nicht wert. Und Sie haben recht, mir liegt sehr viel an ihnen. Ich habe sie lieb, sie sind meine besten Freundinnen und ich wüsste ganz ehrlich nicht, was ich ohne sie täte.«

Anschließend herrschte ein längeres Schweigen, während sie ihren Gedanken nachhingen. Jacque dachte an die Frage von Alina, wie viel Fane ihr erzählt hatte. Meinte sie damit auch diese Sache mit dem Verbinden und den Blutritus? Oder gab es da noch mehr, was Fane ihr bisher verschwiegen hatte? Wenn dem so war, würde sie ihn heute noch danach fragen. Sie hoffte inständig, dass es nicht so etwas war wie ›zum Wohle des Rudels müsst ihr binnen eines Jahres nach der Bindung einen Stammhalter vorweisen können‹, denn das ginge echt gar nicht.

»Ich hoffe, Fane hat dir die Bindungszeremonie und den Blutritus erklärt«, brach Alina schließlich das Schweigen.

»Ja, er hat mir davon erzählt. Nicht alle Details, aber doch das Wesentliche. Ihr Blutritus ist im Vergleich zu dem, was wir bei unseren Bindungszeremonien tun, eher unkonventionell«, scherzte Jacque.

Alina lachte. Ihr gefiel, dass Jacque offensichtlich alles mit Humor nahm.

»Sie sind ja eine Wolfsfrau und können es mir vielleicht besser erklären. Ich habe nämlich keine Ahnung, was da genau von mir erwartet wird«, sagte Jacque Hilfe suchend.

»Bei der Zeremonie wird Vasile dich zunächst mit Fane verbinden, dafür sind drei Dinge nötig: Zuerst leistet ihr eure Schwüre. Ich habe eine Kopie des Schwurs, den du Fane gegenüber leisten wirst, und Vasile hat eine Kopie des Schwurs, den Fane dir gegenüber leisten wird. Nach den Schwüren reicht der Wolfsmann seiner Gefährtin eine Opfergabe dar als Symbol dafür, dass er für sie und ihre gemeinsamen Nachfahren sorgen kann«, erklärte Alina, als Jacque sie unterbrach.

»Er wird mir doch keinen Tierkadaver überreichen, oder?«

Alina lachte. »Nein, den würde ein echter Wolf seinem Weibchen geben. Die Symbolik ist allerdings die gleiche. Die Gabe muss etwas von Wert sein, für das er etwas geopfert hat. Ebenso wie ein Wolf Energie opfert, wenn er auf der Jagd ist, muss ein männlicher Canis Lupus auch etwas opfern. Weißt du, was unser großes Glück ist? Genau wie eine echte Wölfin die Opfergabe eines Wolfsrüden ablehnen kann, können auch wir sie ablehnen. Das heißt, du musst nicht annehmen, was Fane dir als Opfer darreicht.«

»Was hat Vasile Ihnen gegeben?«, fragte Jacque, bevor sie ihrem Mund den Befehl geben konnte, nicht mit allem herauszuprudeln, was ihr Hirn dachte.

»Bevor ich dir das erzähle, musst du wissen, dass Vasile und ich seit mehr als zwei Jahrhunderten Gefährten sind. Was damals ›in‹ war, ist höchstwahrscheinlich heute längst ›out‹«, sagte Alina.

Jacque war fassungslos, wie lange Alina und Vasile zusammen waren.

»Sie sehen keinen Tag älter als fünfunddreißig aus.«

»Vasile gab mir damals zwei Dinge. Das erste war etwas, das ich brauchte. Meine Familie war arm und wir hatten nicht viel. Daher schenkte er mir ein Pferd, ein wunderschönes Pferd.«

Jacque konnte sehen, wie Alina bei der Erinnerung an das Tier, das sie offensichtlich sehr geliebt hatte, anfing zu strahlen.

»Meine Stute war schwarz mit einer dunkelbraunen Mähne und sie war groß und elegant. Ich nannte sie *Cosmina,* das bedeutet Schönheit. Zur zweiten Sache, die er mir gab, muss ich dir ebenfalls etwas erklären und dir vielleicht ein bisschen Nachhilfe in Geschichte geben. In dieser Zeit hatten reiche und adlige Familien Familienwappen oder Siegel. Vasile stammt einer langen Reihe von Alphas ab, die unser Äquivalent zu menschlichem Adel sind. Seine Familie hatte deswegen auch ein Siegel, an dem man seine Familie, seine Schichtzugehörigkeit und in unserem Fall auch die Rudelzugehörigkeit ablesen konnte. Die Siegel hatten unterschiedliche Formen, das von Vasile war ein Ring.«

Alina streckte die Hand aus, um Jacque den goldenen Ring zu zeigen. Er hatte ein ovales Ornament mit vier Diamanten und jeder Diamant trug ein Symbol. Oben links war eine Krone, oben rechts ein Wolf, unten links ein Schwert und unten rechts ein Vollmond zu sehen.

»Die Krone steht für die königliche Abstammung, der Wolf symbolisiert, dass wir Werwölfe sind, das Schwert besagt, dass wir als Alpha-Familie das Schwert der Gerechtigkeit führen, und der Mond bezeugt die Bedeutung der Wolfsfrauen im Rudel«, erklärte Alina.

»Und welche Bedeutung hatte es, dass er Ihnen den Ring gab?«, fragte Jacque.

»Er bot mir dadurch einen Platz in der königlichen Familie an und sagte mir damit, dass ich als Alpha des weiblichen Rudels anerkannt werden würde, sobald ich mich mit ihm verbunden hatte. Meine Abstammung spielte keine Rolle mehr. Im Wesentlichen bot er mir damit bedingungslose Akzeptanz an«, antwortete Alina.

»Ich nehme an, die Geste war wirklich sehr bedeutend«, sagte Jacque.

»Ja, war sie.«

»Und was ist das Letzte, was für die Bindung benötigt wird?«, fragte Jacque.

»Da du ein Mensch bist, wird dir dieser finale Akt sehr seltsam vorkommen. Der dritte Teil ist der Blutritus, bei dem ihr euer Blut austauschen werdet und Fane sichtbare Bissmale auf deinem Körper hinterlassen wird, damit andere sehen, dass du zu ihm gehörst.«

»Okay, Sie haben recht. Ich finde es ziemlich gruselig, weil wir Menschen uns normalerweise nicht einfach gegenseitig beißen, aber ich versuche, offen für alles zu sein. Tut es weh?«, fragte Jacque nervös.

»Na ja, ich weiß nicht, wie es für einen Menschen sein wird, aber wir spüren einen leichten Schmerz. Schließlich ist und bleibt es ein Biss. Einige finden ihn sogar angenehm, weil er so wichtig für die Bindung ist, denn danach ist man eins mit seinem Gefährten«, sagte Alina und ließ es normal klingen, obwohl es definitiv alles andere als normal war.

»Ich werde nicht behaupten, ich wäre nicht nervös, denn das wäre die Untertreibung des Jahres. Ich versuche echt, aufgeschlossen zu bleiben«, gestand Jacque.

»Ich glaube, Fane ist gesegnet, dich als Gefährtin zu haben. Ich weiß, dass es eine immense Veränderung für dich bedeuten wird, besonders wenn du nach Rumänien ziehst, aber ...«

»Stopp, stopp, stopp, wie war das? Ich ziehe nach Rumänien? Davon hat Fane mir kein Sterbenswörtchen gesagt!« Jacque war gar nicht bewusst, dass sie mitten auf dem Bürgersteig und inmitten ihrer Nachbarschaft stand und schrie.

»Das hatte ich befürchtet. Fane wird der nächste Alpha des rumänischen Rudels sein. Er muss vor Ort sein, um zu lernen, was das alles beinhaltet. Und du wirst lernen müssen, was es bedeutet, Alpha der Wolfsfrauen zu sein. Es wird für einige von ihnen nicht einfach sein, sich einem halben Menschen zu unterwerfen. Du wirst lernen müssen, dich zu behaupten«, erklärte Alina.

»Was ist denn mit meinem letzten Highschool-Jahr? Was ist mit meinen Freundinnen, mit meiner Mom? Was ist mit mir, verdammt?«, schrie Jacque.

»Wir planen, Privatlehrer für dich und Fane zu engagieren. Während du für deinen Abschluss lernst, erfährst du alles über das Rudel und unsere Traditionen und was es heißt, Alpha zu sein. Deine Mutter darf dich gerne begleiten, und wenn sie das nicht möchte, kann sie auf unsere Kosten jederzeit zu dir fliegen. Auch deine Freundinnen sind herzlich willkommen, die Privatlehrer würden auch sie unterrichten. Wir wissen, dass wir sehr viel von dir verlangen, dass du sehr viel aufgeben musst, und daher möchten wir alles tun, um es dir leichter zu machen.«

Jacque stand einfach da und starrte Alina ungläubig an. Sie kam sich total überrumpelt vor. Warum hatte Fane ihr das nicht gesagt? Wie sollte sie ihr komplettes Leben hier zurücklassen? Würden die Eltern ihrer Freundinnen überhaupt erlauben, dass sie mit ihr kamen?

»Fane ist so was von erledigt«, sprach Jacque ihre Gedanken laut aus.

»Ist alles okay bei dir, Lună?«, erkundigte sich Fane mental.

»Du hast mir da ein paar Kleinigkeiten vorenthalten. Du solltest lieber alles, was ich als Waffe benutzen könnte, außerhalb meiner Reichweite bringen«, warnte Jacque ihn.

Fane antwortete nicht auf diesen Gedanken. Sie wurde immer wütender, weil sie wusste, dass er nicht mit ihr streiten, sondern ihr nachgeben würde. Sie brauchte jetzt aber einen handfesten Zoff, sie musste irgendwie ihren Frust über all diese Ungerechtigkeiten ablassen.

»Jacque, ist alles okay?«, fragte Alina.

»Das weiß ich noch nicht, aber ich werde jetzt nicht zusammenbrechen oder so«, antwortete sie.

»Ich denke, wir sollten jetzt zurückgehen. Gleich ist Essenszeit und Fane ist sicher nervös, solange du nicht in Sichtweite bist«, sagte Alina.

»Jetzt im Moment kann er sich glücklich schätzen, dass er nicht in meiner Sichtweite ist«, entgegnete Jacque leise.

Kapitel 28

Fane wusste, dass er in Schwierigkeiten steckte, weil er Jacquelyn verschwiegen hatte, dass sie nach der Bindung nach Rumänien ziehen musste. Aber es veränderte sich jetzt schon so viel für sie, da wollte er sie nicht noch zusätzlich belasten. Offensichtlich war das ein Fehler gewesen. Mann, diese ganze Sache mit den Gefährten war echt kompliziert. Selbst wenn sie füreinander bestimmt waren, hieß das ganz offensichtlich nicht, dass alles Friede, Freude, Eierkuchen war. Trotz allem wollte er sie immer noch um sich haben, auch wenn sie gerade stinksauer auf ihn war, und eigentlich war sie ja auch ziemlich süß, wenn sie wütend war. Hoffentlich konnte er die Wogen glätten, wenn sie heute Abend miteinander redeten.

Fanes Vater hatte mit Lucas Steele gesprochen und Ort und Zeit für die Herausforderung bestimmt. Lucas hatte mehrfach gefragt, ob Jacque auch tatsächlich dabei sein würde, und das hatte Fane und seinen Wolf nervös gemacht. Er hatte außerdem die Frechheit besessen zu fragen, ob sie seine Opfergabe erhalten hatte. Fane hatte daraufhin ein wildes Knurren verlauten lassen, wofür ihn sein Alpha gescholten hatte. »Verlier nie die Kontrolle, dadurch bekommt der andere Wolf die Oberhand«, erklärte er Fane.

Fane musste nach draußen gehen, um sich zu beruhigen, und sein Vater folgte ihm. Zuerst schwieg sein Alpha, er ließ ihn einfach mit Emotionen ringen. Aber dann sprach er: »Deine Gefühle sind deshalb teilweise so heftig, weil die Bindung noch nicht vollzogen wurde. Sobald sie das ist, hast du viel mehr Kontrolle. Bis dahin musst du dich im Griff haben. Wenn du morgen während der Herausforderung die Kontrolle verlierst, wirst du nicht mehr klar denken können. Die Wut wird deinen Verstand vernebeln und dadurch verlangsamen sich deine Bewegungen. Du musst deine Gefühle von deiner Kampfhandlung trennen. Verstehst du, was ich dir sagen will?«, fragte Vasile.

»Ja, aber das ist leichter gesagt als getan. Ich werde es versuchen.« Fane senkte den Kopf und sagte sehr leise zu seinem Vater: »Ich habe Angst. Macht mich das schwach?«

Vasile ging zu seinem Sohn und umarmte ihn fest, wie er es auch schon getan hatte, als Fane noch ein Welpe gewesen war.

»Du kannst deine Ängste eingestehen, und das zeigt, wie stark du eigentlich bist. Nur ein Narr gibt vor, sich vor schwierigen und beängstigenden Dingen nicht zu fürchten. Ich bin Alpha des rumänischen Rudels, des größten Canis-Lupus-Rudels der Welt, und trotzdem habe auch ich Angst. Alles wird gut, Fane. Du bist stark und geschickt, du hast dein Leben lang trainiert, in beiden deiner Gestalten zu kämpfen. Du wirst gewinnen, du wirst dich mit Jacquelyn verbinden und eines Tages wirst du Alpha sein«, sagte er im Brustton der Überzeugung.

Fane genoss die Umarmung seines Alphas, sie spendete ihm Trost und zugleich auch Kraft. Aus diesem Grund waren Berührungen für Wölfe wichtig, und er schätzte die Bereitschaft seines Vaters, sie ihm zu zuteilwerden zu lassen.

Als Vasile sich wieder von Fane löste, wurde irgendwo in der Nähe eine Tür geöffnet, und beide drehten sich nach dem Geräusch um.

»Klingt, als wären deine Mutter und Jacquelyn zurück. Komm, wir berichten ihnen, was für morgen geplant ist«, sagte Vasile.

Fane zögerte. Er konnte es zwar kaum glauben, aber er war tatsächlich nervös, Jacque zu sehen. Er wusste, dass sie wütend auf ihn war, und er schämte sich, dass er Informationen vor ihr zurückgehalten hatte. Okay, mehr als das, er hatte ihr sehr wichtige Informationen vorenthalten.

»Stimmt etwas nicht, Fane?«, fragte sein Vater.

»Als Jacquelyn und Mutter spazieren waren, hat sie erfahren, dass sie nach Rumänien ziehen muss«, erklärte Fane.

»Ah«, sagte Vasile verständnisvoll. »Du hast es ihr nicht selbst gesagt und jetzt ist sie wütend auf dich. Zu Recht, muss ich sagen. Du weißt, dass es zwischen Gefährten keine Geheimnisse geben sollte.«

»Ich wollte ihr jeden weiteren Stress ersparen, zumindest bis die Herausforderung vorbei ist. Ich hatte nicht vorgehabt, sie zu hintergehen, aber ich verstehe jetzt, dass ich ihr ruhig hätte zutrauen sollen, das zu verarbeiten«, gestand Fane.

»Du wirst es schon noch lernen, mein Sohn. Natürlich wirst du dabei auch oft versagen und sogar Nächte in der Hundehütte verbringen, wie die Amerikaner sagen. Nichtsdestotrotz wirst du es lernen«, sagte sein Vater und klopfte ihm auf den Rücken.

»Komm, stell dich dem Zorn deiner Gefährtin. Sobald sie sich das alles von der Seele geschimpft hat, wird es ihr besser gehen.«

Fane ging vorsichtig ins Wohnzimmer. Er fühlte sich wie Beute, was für ihn ein wirklich komisches Gefühl war, da er ja ein Raubtier war. Es gefiel ihm ganz und gar nicht. Jacque saß in dem hässlichen Ohrensessel, wie sie ihn in Gedanken immer genannt hatte. Das sagte ihm, sie wollte nicht, dass er in ihrer Nähe saß, und er konnte sich ein Grinsen nicht verkneifen. Der Blick, den sie ihm jetzt zuwarf, traf ihn direkt in seiner Seele. Sie war sein ... und sie war wütend. Er bildete sich ein, kleine Rauchwölkchen von ihren roten Locken aufsteigen zu sehen, was natürlich nicht sein konnte. Bevor er sich ihr nähern konnte, trat Jen vor ihn, die auch nicht viel besser gelaunt aussah.

»Wir müssen reden, du räudiger Bettvorleger«, war alles, was Jen sagte, während sie sich in Richtung Esszimmer umdrehte. Offensichtlich erwartete sie, dass er ihr folgte.

Sobald sie im Esszimmer waren, nagelte sie ihn mit einem ähnlichen Blick fest, den er gerade schon bei Jacquelyn gesehen hatte.

»Ich werde das nur einmal sagen, nur ein einziges Mal, und du wärst gut beraten, die Ohren zu spitzen. Wenn es irgendetwas gibt, selbst wenn es so etwas Unbedeutendes ist wie ein zusätzlicher Zeh oder so, das Jacque wissen müsste, hättest du es ausspucken müssen. Was du getan hast, war so was von uncool. Kapierst du das? Du bist in ihre Welt geplatzt und hast ihr den sprichwörtlichen Boden unter den Füßen weggezogen. Sie verdient es, die Wahrheit über alles zu wissen. Wenn es irgendein abgefahrenes Paarungsritual gibt, dann warne ich dich hier und jetzt, denn falls es dir noch nicht aufgefallen ist, sie ist ein wenig empfindlich, wenn es um den körperlichen Teil einer Beziehung geht. Wenn du es ihr jetzt nicht sagst, bist du selbst dafür verantwortlich, wenn du als Teppich vor ihrem Kamin landest. Habe ich mich klar ausgedrückt, Cujo?«, fragte Jen.

»Ja, sehr klar. Ich wollte ihr nicht wehtun«, begann Fane.

Jen hielt die Hand hoch, um ihn zum Schweigen zu bringen. »Spar dir das, Zeckentaxi. Ich bin nicht diejenige, die du überzeugen musst. Du machst Jacque happy, das macht Sally und mich happy.«

»Jen, bist du jetzt fertig, meinem Gefährten eine Standpauke zu halten?«, hörten sie Jacque fragen, die im Türrahmen aufgetaucht war.

»Ich schätze schon«, sagte Jen und drehte sich um. Aber bevor sie das Esszimmer verlassen hatte, fügte sie hinzu: »Für den Augenblick.«

Fane beobachtete, wie Jen den Raum verließ. Er war dankbar, dass sie ihrem Ruf nicht gerecht geworden und kein Blut geflossen war. Als sie außer Sichtweite war, drehte er sich zu Jacque um. Sie lehnte neben der Tür an der Wand und hatte die Arme vor der Brust verschränkt. Ihr Blick war nicht mehr ganz so wütend wie noch kurz zuvor, aber immer noch wütend.

»Jacquelyn«, fing Fane an, aber sie schüttelte den Kopf.

»Ich will jetzt nicht darüber reden. Ich will nur etwas essen, vor diesen Wölfen abhauen, die gerade in unser Wohnzimmer gekommen sind, mich in mein Bett legen und nachdenken. Was auch immer du sagen willst, spar's dir auf für später.«

Fane war so vertieft gewesen in das Gespräch mit Jen – besser gesagt in die Standpauke von Jen –, dass er die anderen Wölfe nicht hatte hereinkommen hören und sie auch nicht gerochen hatte. Er knurrte, während seine Augen zur Wolfssicht wandelten.

»Ich verstehe«, begann Fane. Wieder wollte Jacque ihn zum Schweigen bringen, aber diesmal würde er sich nicht fügen. »Nein, Jacquelyn, du wirst jetzt anhören, was ich zu sagen habe.« Bei dem scharfen Unterton in Fanes Stimme zuckte Jacques Kopf hoch. Er versuchte, weicher zu klingen, aber ihrem Gesichtsausdruck nach zu urteilen hatte er wenig Erfolg. »Ich verstehe ja, dass du sauer auf mich bist, und das zurecht, aber für den Augenblick bitte ich dich, mir zu vertrauen und zu tun, was ich sage. Wir werden jetzt in die Küche gehen, etwas zu essen holen und dann hoch in dein Zimmer gehen. Wenn du mich nicht in deinem Zimmer haben willst, dann ist das okay für mich und ich werde im Flur bleiben. Aber solange die anderen Wölfe hier im Haus sind, wirst du in meiner Nähe bleiben«, schloss er mit einem tiefen Knurren.

Jacque atmete scharf ein, als sie schließlich bemerkte, dass seine Augen Wolfsaugen waren. Sie ging zu ihm, nahm seine Hand und legte sie auf ihre Wange. Dann schloss sie die Augen, drückte ihr Gesicht gegen seine Handfläche und flüsterte: »Ich bin dein.«

Fane blies ihr warm auf den Nacken, um sie mit seinem Duft zu markieren.

Dann küsste er zärtlich ihre Lippen. »Ich liebe dich«, sagte er sanft. »Ich weiß«, erwiderte Jacque.

Fane nahm seine Hand von ihrem Gesicht und ergriff ihre Hand. Er führte Jacquelyn in die Küche, bereitete geschickt zwei Sandwiches zu, schnappte sich eine Tüte Chips und holte zwei Flaschen Wasser aus dem Kühlschrank. Dann drehte er sich zu Jacque um und sagte: »Bitte geh vor mir her.«

Sie fügte sich ohne Widerworte seinem Wunsch. Als sie durchs Wohnzimmer gingen, konnte sie die Augen von Boian und Skender auf sich spüren. Fane knurrte und Jacquelyn sah, dass sie ihre Blicke auf den Boden richteten.

Es gelang ihm nur mühsam, die anderen im Zaum zu halten. Er musste sich unbedingt mit seiner Gefährtin verbinden, ansonsten lief er Gefahr, einen dieser Wölfe zu töten.

In Jacques Zimmer angekommen, beruhigten er und sein Wolf sich ein wenig. Sie war jetzt sicher und bei ihm. Sie setzte sich aufs Bett und Fane bereitete ihr provisorisches Picknick vor ihnen aus.

»Soll ich mich lieber in den Flur setzen?«, fragte er.

»Nein, du Hornochse. Ich werde dich nicht raus in den Flur schicken, obwohl ich immer noch sauer auf dich bin«, sagte Jacque. »Aber ich will jetzt nicht darüber reden. Erzähl mir von den anderen Wölfen. Warum bist du so ausgerastet, als Boian an meinem Gesicht geschnüffelt hat? Er hat doch gar nichts gemacht.«

Fane atmete ein paarmal tief ein, um sich zu beruhigen. Jacque schien nicht zu begreifen, wie wichtig sie für einen männlichen Grauen war. Er musste ihr das begreiflich machen, aber dafür musste er ruhig bleiben.

»Du bist eine Frau.«

»Blitzmerker, Wolfsmann. Hast du noch ein paar brillante Enthüllungen?«, unterbrach Jacquelyn ihn.

»Du hast mich nicht ausreden lassen, *Lună*.«

»Oh, mein Fehler. Bitte fahr fort.«

»Du bist eine halbe Canis Lupus, du kannst dich mit einem Wolfsmann vereinigen. Auf dreißig männliche Werwölfe kommt ein weiblicher, also vereinfacht ausgedrückt, ist die Nachfrage groß. Ja, du hast deinen Gefährten gefunden, aber der Haken daran ist, dass du noch nicht an ihn gebunden bist. Es wurde noch kein Blutritus vollzogen, es hat noch keine Vereinigung stattgefunden und für nicht vereinigte Wolfsmänner bist du damit Freiwild. Wenn du dich jetzt unter nicht vereinigten Wolfsmännern aufhältst, verhalte ich mich naturgemäß territorial. Ich darf einem anderen dominanten Wolf gegenüber keine Schwäche zeigen, denn das würde bedeuten, dass ich verletzlich bin, und ein verletzlicher Wolf ist leichte Beute«, erklärte Fane.

»Ist das auch der Grund, warum du dich erst hinsetzen wolltest, nachdem sie Platz genommen hatten?«, fragte Jacque.

»Richtig. Der dominantere Wolf trägt seinen Kopf immer höher als der unterwürfigere. Boian habe ich auf dem Boden sitzen lassen, weil er dir näher war, als er hätte sein sollen, und weil er dir

Angst gemacht hat. Aus diesen Gründen musste ich ihn disziplinieren. Er weiß jetzt, dass ich ihn töten werde, wenn er dir noch einmal zu nahe kommt«, sagte Fane nüchtern.

»Ist das nicht ein bisschen übertrieben?«

»Nicht unter Canes Lupi. Nicht vereinigte Wolfsmänner sind launisch und unberechenbar. Wenn man ihnen Grenzen aufzeigt, können sie ihren Wolf besser in Schach halten. Ein weiterer Grund, warum es einem anderen Mann ohne Erlaubnis des jeweiligen Gefährten untersagt ist, eine gebundene Frau zu berühren, ist der, Kämpfe zu vermeiden. Ich weiß, dass das für dich keinen Sinn ergibt und dir archaisch erscheint, aber in uns lebt ein Tier und dieses Tier muss unter Kontrolle gehalten werden. Der menschliche Teil in mir hat mich davon abgehalten, Boian zu zerfleischen. Der Wolf hätte keine Gnade gezeigt, und genau das unterscheidet uns auch von Vollblutwölfen.«

Jacquelyn sagte nichts, sie biss nur von ihrem Sandwich ab und kaute langsam, offensichtlich in Gedanken versunken. Auch Fane aß sein Sandwich und ließ sie darüber nachdenken, was er ihr gesagt hatte. Er wusste, dass es eine Menge zu verdauen war, aber er wusste genauso, dass sie das Recht hatte, alles zu wissen.

»Und? Rastest du jetzt aus?«, fragte er.

»Fane, Herzchen, die Phase des Ausrastens habe ich schon längst hinter mir gelassen.«

Fane aß sein Sandwich auf und streckte sich mit den Armen hinter dem Kopf auf dem Fußboden aus. Er gähnte herzhaft und schloss die Augen.

»Ich mache ein kleines Nickerchen, wenn es okay für dich ist. Könntest du bitte hier oben bleiben, solange die anderen Grauen noch unten sind?«, fragte er und versuchte, es nicht wie einen Befehl klingen zu lassen. Siehst du, dachte er. Ich lerne.

»Da du mich darum gebeten und es nicht gefordert hast, werde ich hierbleiben. Aber ehrlich gesagt bin ich auch ganz schön müde.«

Jacque stand auf und reckte sich, dann kickte sie die Schuhe von ihren Füßen und kletterte auf ihr Bett. Sie lachte, als Fane sich umdrehte, sich auf einen Ellbogen stützte und ihr einen fragenden Blick zuwarf.

»Du würdest mich einfach auf dem Fußboden schlafen lassen, *Lunä*?«, fragte er ungläubig.

»Na ja, du bist ein Wolf. Ich halte es für keine gute Idee, damit anzufangen, dich ins Bett zu lassen, überall diese Haare und was-weiß-ich-noch«, neckte Jacquelyn ihn.

Fane baute sich zu voller Größe auf und pirschte sich mit zusammengekniffenen Augen vor. Das Raubtier auf der Jagd. Jacque quiekte und versuchte, vom Bett zu entkommen, aber bevor sie das schaffte, hatte Fane seine Arme um sie geschlungen und sie zurück auf das Bett gezogen. Beide lachten atemlos, als Fane in Jacques Augen sah. Er küsste sie auf die Stirn und machte es sich neben ihr bequem, indem er sie an sich zog. Wieder fing er an, sein Lieblingslied von Willie Nelson zu summen, bis beide wegdämmerten.

Kapitel 29

»Sollen wir sie aufwecken?«, fragte Sally Jen.

»Ja, aber zuerst sollten wir ihre Gesichter bemalen. Wir könnten Pfotenabdrücke auf Jacques Gesicht malen und Krallenkratzer auf Fanes«, sagte Jen lachend. »Kapiert? Pfoten. Du weißt schon, weil er ein Wolf ist.«

Sally sah sie an, als wäre ihr ein Ohr auf der Stirn gewachsen.

»Du hast dermaßen einen an der Klatsche, weißt du das?«, fragte Sally.

Jen warf Sally einen Fahr-zur-Hölle-Blick zu und sagte dann: »Jetzt weck sie schon auf. Fanes Dad sagte, er müsse mit uns allen sprechen, und ich würde mal vermuten, das schließt auch Prinz und Prinzessin Werwolf hier ein.«

»Niemand muss uns aufwecken, du Blitzbirne. Wie soll man denn auch schlafen, wenn Thelma und Louise neben einem stehen und am laufenden Band plappern. Und wenn du etwas auf unsere Gesichter gemalt hättest, hätte ich persönlich dafür gesorgt, dass die gesamte Schule erfährt, dass du eine dritte Brustwarze hast«, schimpfte Jacque.

»Wer hat eine dritte Brustwarze?«, meldete Fane sich zu Wort.

»Oh, kaum fällt das Wort Brustwarze, wird unser pelziger Freund hellwach. Und du«, sagte Jen und zeigte mit dem Finger auf Jacque. »Du weißt, dass ich keine dritte Brustwarze habe, wieso solltest du das also allen Leuten erzählen?«

»Ich weiß das, aber sie nicht. Und wie würdest du beweisen, dass ich unrecht habe? In der Cafeteria blankziehen?«, fragte Jacque siegessicher.

Sally hatte einen Lachanfall und Fane musste grinsen.

»Sie hat dich abgezogen, Schwester. Ha!«, sagte Sally lachend, zeigte auf Jen und gab Jacque die Gettofaust.

»Okay, okay. Ihr beide schwingt jetzt eure royalen Hintern aus dem Bett. Fane, dein Dad will im Wohnzimmer mit allen reden«, sagte Jen. Dann packte sie Sally am Arm und zog sie aus dem Zimmer, während sie murmelte: »Was zum Henker sollte das denn? Du hast zu mir zu halten, jetzt da Jacque diese Zeckenschleuder an ihrer Seite hat.«

»Hey, ich bin auf der Seite des Siegers, Thelma. Also gewinn nächstes Mal, dann bin ich auch auf deiner Seite«, erklärte Sally und zwinkerte Jen zu.

»Warum muss ich Thelma sein? Ich bin doch eher so wie Louise«, quengelte Jen.

»Willst du dich jetzt ernsthaft darüber streiten, wer welche Filmfigur ist?«, fragte Sally erstaunt.

»Ich meine ja nur«, entgegnete Jen und hielt die Hände als Geste der Kapitulation hoch.

Jacque stand auf und reckte die Arme in die Luft. Sie schaute nach unten und sah, dass Fane sie aufmerksam beobachtete. »Was guckst du so, Prinz der Wölfe?«, fragte sie.

»Ich beobachte meine wunderschöne Gefährtin. Wirst du je aufhören, Spitznamen für mich zu erfinden?«, fragte Fane.

»Hmmm. Na ja, ich schätze, ich könnte ... mache ich aber nicht, sorry. Es gibt einfach zu viele Möglichkeiten und ich erkunde gerne meine kreative Seite«, sagte Jacque gespielt ernst.

Fane stand auf, schlang die Arme um sie und küsste ihr Haar. Sie lehnte sich gegen ihn, genoss es, wie er sich anfühlte und wie er roch. Sie sah, dass die Uhr auf ihrer Kommode halb sieben anzeigte, und spürte, wie sich ihr Magen zusammenzog. Sie hatten den ganzen Tag verschlafen, und jede Minute, die verstrich, brachte sie der Herausforderung näher. Sie schloss die Augen und drückte sich noch fester an Fane, wünschte sich, sie könnte sie beide allein durch die Kraft ihrer Gedanken an einen sicheren Ort bringen. Oh Mann, dachte sie, bei all diesem Werwolf-Kram sollte man meinen, dass es auch eine Möglichkeit gab, zu teleportieren, aber nein, das wäre ja zu bizarr. Als ob Werwölfe nicht bizarr wären.

»Wir sollten langsam mal nach unten gehen«, sagte Fane.

Jacque löste sich von ihm, setzte ein tapferes Lächeln auf und nickte. Fane nahm ihre Hand und führte sie aus dem Zimmer die Treppe hinunter und ins Wohnzimmer. Alle anderen saßen bereits dort, und seltsamerweise alle an exakt der gleichen Stelle wie am Morgen. Die anderen Grauen hatten schon auf dem Fußboden Platz genommen. Jacque bemerkte, dass Fane nicht zögerte, sich auf die Couch zu setzen.

»Worüber musst du mit uns reden, *tatä*?«, fragte Fane seinen Vater.

»Nur über ein paar abschließende Details zu den Plänen für morgen. Punkt eins: Ich möchte, dass Jacquelyn morgen früh drüben bei den Henrys duscht.«

Fane legte seine Hand auf Jacques Knie, bevor sie protestieren konnte.

»Das möchte er, damit du meinen Geruch nicht an dir hast. Es würde Lucas und seine Wölfe zusätzlich provozieren, wenn du nach mir riechen würdest«, erklärte Fane.

»Oh, verstehe«, sagte Jacque laut. Alle sahen sie an. »Mist, das mache ich immer und sehe dann aus wie eine Irre, die Selbstgespräche führt.«

»Ich nehme an, du hast ihr erklärt, warum ich das möchte?«, fragte Vasile sein Sohn.

»Ja, ich habe ihr gesagt, dass sie meinen Geruch nicht an sich haben sollte. Was ist mit ihrer Kleidung?«, fragte Fane.

»Darum habe ich mich schon gekümmert«, sagte Lilly. »Ich habe ihr ein paar neue Sachen gekauft und zu den Henrys gebracht.«

»Ooohhh, haben Sie ihr auch ein Shirt mit ›Team Fane‹ drauf gekauft? Das wäre echt zu süß«, sagte Jen grinsend.

Alle Augen richteten sich auf Jen. Sally gab ihr einen Klaps auf den Arm, Jacque verdrehte nur die Augen und Vasile räusperte sich, wodurch er wieder die Aufmerksamkeit aller hatte.

»Punkt zwei: Die Herausforderung beginnt um zweiundzwanzig Uhr. Fane, ich möchte, dass du und der Rest des Rudels um zwanzig Uhr dreißig dort seid und euch mit der Umgebung vertraut macht. Ihr müsst euch den Boden ansehen und ihn auf weiche Stellen, Löcher oder scharfkantige Objekte untersuchen. Wer sein Schlachtfeld kennt, hat seinem Gegner gegenüber vielleicht einen Vorteil. Ich möchte, dass du dich in beiden Gestalten, als Mensch und als Wolf, dort umsiehst, verstanden?«

»Wie du wünschst«, antwortete Fane.

»Letzter Punkt: Amea und Lilly, ihr bereitet die Bindungszeremonie vor. Eigentlich wollte ich die beiden erst in Rumänien verbinden, aber nachdem ich Fanes Reaktionen gesehen habe und besonders im Hinblick auf die Herausforderung glaube ich, dass es für alle Beteiligten besser wäre, wenn sie so schnell wie möglich stattfindet. Daher werden Fane und Jacquelyn am Abend nach der Herausforderung verbunden«, verkündete er.

Jacque hatte mit Atemproblemen zu kämpfen, seit sie gehört hatte, dass ihre Mutter und Alina die Bindungszeremonie vorbereiten sollten. Jetzt hustete sie und versuchte, Luft durch ihre zugeschnürte Luftröhre zu bekommen. Jen sprang auf und fing an, auf Jacques Rücken zu klopfen, dabei schrie sie: »Huste es raus!«

»Sie war doch gar nicht am Essen, du Dumpfbacke. Hör schon auf, sie zu schlagen«, befahl Sally und zog Jen am Arm wieder neben sich.

Endlich bekam Jacque genug Luft, um zu sprechen: »Habe ich denn gar nichts dazu zu sagen, wann dieses Bindungsdingsbums stattfindet?«

Vasile sah sie an, als wären ihr Hörner aus dem Kopf gewachsen. »Nein«, war alles, was er antwortete.

»Nein? Was soll das heißen? Ich meine, hallo? Ich bin doch diejenige, die sich für alle Ewigkeit an einen Wolf binden wird. Ich bin diejenige, die gebissen und in ein Dritte-Welt-Land verschleppt wird, also reicht mir ein Nein nicht!« Jacque stand jetzt und hatte sogar mit dem Fuß aufgestampft.

»*Doar n-a bătut din picior?* Hat sie gerade mit dem Fuß aufgestampft?«, hörte sie Skender fragen.

Fane knurrte ihn an, was den Wolf dazu veranlasste, unterwürfig seinen Kopf zu senken. Dann wandte Fane sich Jacque zu: »Es ist keine gute Idee, einen Alpha anzuschreien, *Lună*«, sagte er so sanft er konnte. Er erkannte einen Atemzug zu spät, dass er seinen Mund hätte halten sollen.

»Oh, das verspricht gut zu werden«, flüsterte Jen Sally zu, die ihr gestikulierte, zu schweigen.

Bevor Jacque komplett in die Luft gehen konnte, sprach Vasile. Seine Worte hatten einen Nachdruck, der jeden – einschließlich Jacque – dazu brachte, den Mund zu halten und zuzuhören.

»Ich bin Alpha und ich weiß am besten, was gut für mein Rudel ist. Fane ist im Augenblick eine tickende Zeitbombe, und ich will nicht, dass er im Kampf um dich einen Gegner tötet, nur damit fünf weitere nachfolgen. Wenn du dich nicht mit ihm verbinden willst, werde ich nicht zulassen, dass er morgen sein Leben riskiert. Wir werden dann dich und deine Mutter einfach irgendwohin außerhalb von Lucas' Reichweite bringen. Wenn du dich mit Fane verbinden willst, dann wirst du es tun, wenn ich es dir sage. Ich fordere dich schließlich nicht auf, mit ihm ins Bett zu springen.« Bei diesen Worten lief Jacque rot an, während Fane knurrte und versuchte, seinen Alpha nicht wütend anzufunkeln. »Ich bitte dich, das Tier zu bändigen, das in Fane tobt. Du bist seine andere Hälfte, Jacquelyn, nur du kannst ihn vervollständigen. Habe ich mich klar ausgedrückt?«, fragte Vasile.

Tränen strömten Jacques Wangen hinunter. Oh Mann, wann war sie zu einer solchen Heulsuse geworden? Der Gedanke, jemals wieder ohne Fane zu sein, raubte ihr den Atem. Sie wollte sich ja mit ihm verbinden, das alles war nur ein solcher Schock für sie. Sie schämte sich so für ihren Ausbruch, da es so ausgesehen hatte, als würde sie Fane abweisen. Sie sah ihn an. Er erwiderte ihren Blick, in dem nichts als Aufrichtigkeit lag. Fane wollte sie, er wollte mit ihr die Zeit auskosten, die ihnen blieb, egal, wie lange. Wie konnte jemand bedingungslose Liebe ausschlagen?

»Es tut mir leid«, setzte sie an. Fane sprang auf die Füße und brüllte, dann stürmte er durch die Haustür nach draußen. Die anderen Wölfe jaulten, Alina ließ den Kopf hängen, ihre Schultern zuckten, als würde sie leise schluchzen. Jacque war ein wenig verwirrt, dann ging ihr ein Licht auf. Und natürlich war Jen ihr einen Schritt voraus.

»Er dachte, du würdest sagen, es tue dir leid, dass du ihn nicht willst, du Genie«, erklärte Jen ihr und klang ehrlich verärgert.

Jacque sprang auf die Füße und rannte Fane hinterher. Als sie durch die Haustür lief, sah sie, dass er schon fast bei den Henrys war.

»Fane! Warte doch!«, rief Jacque ihm im Laufen hinterher. »Ich meinte«, keuchte sie atemlos, »doch gar nicht, dass ich dich nicht will«, schnaufte sie. »Wie kannst du …«, Jacque atmete ein weiteres Mal tief ein, »Himmel, bleib stehen, ich bekomme keine Luft mehr.« Sobald sie wieder bei Atem war, begann sie erneut: »Wie kannst du bloß denken, dass ich dich nicht will?«

Fane stand mit dem Rücken zu ihr. Er ließ niedergeschlagen Kopf und Schultern hängen und gab keine Antwort.

»Antworte mir, verdammt noch mal!«, schrie Jacque ihn an, während sie ihn am Arm packte und herumriss, sodass er sie ansehen musste. Seine Augen hatten sich mit Tränen gefüllt, und es versetzte ihr einen Stich, dass sie die Ursache dafür war.

»Willst du mich?«, fragte Fane.

»Ja«, antwortete Jacque ohne zu zögern.

Fane machte einen Schritt auf sie zu. Er überragte sie um mehr als einen Kopf und sie machte unwillkürlich einen Schritt zurück.

»Warum hast du dann ein Problem damit, dich in zwei Tagen mit mir zu verbinden?«

»Ich habe kein Problem damit, Fane. Ich war einfach nur überrumpelt. Du wusstest von klein auf, dass du dich eines Tages mit jemandem auf eine Art verbinden wirst, die so ganz anders ist als die von uns Menschen. Ich wusste das nicht, und es ist einfach eine

Menge Zeug, das ich da gerade verarbeiten muss. Aber jetzt ist alles gut, ich hatte meinen kleinen Ausraster und ja, ich habe mit dem Fuß aufgestampft, aber ich bin bereit für den nächsten Schritt«, sagte Jacque mit hoffnungsvollem Blick.

Fane nahm ihre Hand und führte sie zu seinen Lippen. Er hielt ihrem Blick stand, während er ihre Hand küsste. Jacques Atmung beschleunigte sich ein wenig, da sie ein raubtierhaftes Funkeln in seinen Augen bemerkte.

»Dann ist alles wieder gut, ja?«, fragte Fane.

»Nein, mein Schatz, besser als gut, viel besser«, antwortete sie und stellte sich auf die Zehenspitzen, um ihn zu küssen. Fane knurrte und zog sie enger an sich. Jacque kicherte und gab ihm einen Klaps.

»Hör auf damit, Wolfsmann. Wir müssen jetzt zurück und den anderen erklären, dass ich dich nicht zurückgewiesen habe. Deine Mutter steht kurz vor einem Nervenzusammenbruch.« Fane nahm ihre Hand und zog sie schnell in Richtung ihres Hauses. Als sie das Wohnzimmer betraten, sah Jacque, dass Alina sich nicht gerührt hatte, aber jetzt saß Vasile neben ihr und hatte seinen Arm um sie gelegt. Vasile stand auf und trat von Alina weg, als er Fane erblickte. Jacque eilte zu Alina und kniete sich vor ihr hin.

»Alina, ich habe Fane nicht zurückgewiesen. Ich hatte keine Gelegenheit auszureden, bevor er aufsprang und rausrannte. Ich wollte mich nur für meinen kleinen Ausraster entschuldigen. Offensichtlich habe ich als Kind meine Trotzphase nicht vollständig ausgelebt. Ich will mich mit Fane verbinden, ich würde es sogar gleich jetzt und hier tun«, sagte Jacque, wurde aber von Alina unterbrochen, die den Kopf ruckartig hob und Jacques Gesicht in ihre Hände nahm.

»Du kannst dich jetzt noch nicht mit ihm verbinden, mein Kind. Sobald ihr verbunden seid, sind eure Schicksale miteinander verwoben. Würde Fane bei der Herausforderung getötet, müsstest du auch sterben«, erklärte Alina.

»Heiliger Bimbam, das hatte ich ja total vergessen. Okay, ich habe vor, mich mit ihm zu vereinigen.« Jacque verstummte, als

Alina versuchte, ein Lachen mit einem Hustenanfall zu vertuschen, und aus Fanes Brustkorb ein tiefes Knurren ertönte. »Was ist denn? Habe ich was Falsches gesagt?«

»Tja, Sherlock, du hast gerade ausgetratscht, dass du vorhast, den Matratzen-Mambo mit deinem pelzigen Freund zu tanzen«, sagte Jen und zeigte mit dem Daumen auf Fane.

»Den Matratz...«, wiederholte Jacque irritiert. Dann wurde ihr schlagartig klar, was sie gesagt hatte – vereinigen statt verbinden. Mist, dachte sie und errötete so heftig, dass ihr Gesicht heiß wurde.

»Aber ich meinte doch gar nicht ... Also, ich wollte eigentlich sagen ...«, Jacque versuchte krampfhaft, ihren vermeintlichen Versprecher zu revidieren, was ihr aber nicht gelang, sondern es nur noch schlimmer machte.

Fane stellte sich hinter sie, schlang die Arme um ihre Taille und zog sie an sich. Er beugte sich vor, um ihr ins Ohr zu flüstern: »Und ich dachte, du wärst schüchtern«.

Jacque löste sich schnell von ihm und legte eine Hand auf seine Brust, als wollte sie ihn aufhalten. »Vorsicht, mein Freund. Du hältst schön Abstand und deine Pfoten bei dir. Was ich eigentlich sagen wollte, war, dass ich mich mit dir verbinden werde, sobald die Herausforderung vorbei ist. Kapiert?«, fragte sie ihn.

Er grinste spitzbübisch und wiederholte, was sie zuvor zu seinem Vater gesagt hatte: »Kristallklar.« Dann zwinkerte er ihr bestätigend zu.

»Heilige Scheiße. Ist das hier drinnen so heiß oder liegt das an diesem heißen Rumänenprinzen? Ich habe das Gefühl zu verbrennen! Ich meine, bin ich die Einzige, die dieses Zwinkern und dieses Grinsen gesehen hat? Das ging nicht mal in meine Richtung und trotzdem wird mir ganz schwummerig. Alter Falter!«, sagte Jen und wedelte sich mit den Händen Luft zu.

Die drei Wölfe auf dem Fußboden versuchten ebenso krampfhaft wie erfolglos, nicht zu lachen. Vasile versuchte nicht mal, sein Lachen zu verbergen, und Alina strahlte über das ganze Gesicht. Selbst Lilly lachte. Große Klasse, dachte Jacque. Jetzt haben alle gesehen, wie Fane sich an mich rangemacht hat, und ich kann den

Annäherungsversuch nicht mal genießen, weil sich alle anderen vor Lachen kringeln. Sie sah zu Fane, der ebenfalls breit grinste, was nur bedeuten konnte, dass er ihre Gedanken abgehört hatte. Schließlich musste sie selbst lachen.

Kapitel 30

Fane zog Jacque enger an sich, als sie in ihrem Bett lagen. Der Tag war so schnell vorübergegangen und er kämpfte dagegen an, die Augen zu schließen, da er wusste, dass sie ihn am Morgen verlassen und er sie erst nach der Herausforderung wieder im Arm halten würde. Die Luft um ihn herum war von ihrem Duft durchdrungen, ihr Herz schlug synchron mit seinem. Meine Gefährtin, sagte ihm sein Wolf. Ja, stimmte er zu, sie gehört uns. Ohne es zu merken, fing er an, das gleiche Lied wie während der letzten zwei Tage zu summen.

»Was ist das für ein Song?«, fragte Jacque.

»Du lachst mich aus, wenn ich es dir sage«, antwortete er und grinste.

»Warum sollte ich dich auslachen?«

»Es ist ein Song von Willie Nelson und Kimmie Rhodes. Ja, ich bin Rumäne, ich bin Werwolf und ich stehe auf Willie Nelson«, sagte er leise.

»Na ja, Einsicht ist der erste Weg zur Besserung«, zog Jacque ihn auf.

»Bei dem Lied muss ich an dich, an uns denken.«

»Würdest du's mir vorsingen?«, fragte sie.

»Nur wenn du nicht lachst«, stimmte Fane zu.

Jacquelyn gab keine Antwort, was Fane als Einverständnis auffasste. Er fing an zu singen:

»Put your arms around me,
Listen to my heartbeat now.
If you want to love me,
Baby, I can show you how.«

Während er sang, rollte Jacquelyn sich herum, um ihn anzusehen. Tränen liefen ihr über das Gesicht.

»Das war wunderschön und deine Stimme ist fantastisch. Danke«, sprudelte es aus ihr heraus und sie weinte noch heftiger.

Fane zog sie zärtlich an sich und küsste sie auf die Stirn. Zwischen den Küssen flüsterte er: »*Scumpa mea, dragostea mea, te rog să nu plângi.* Mein Schatz, meine Liebste, bitte weine nicht.«

Aber Jacque ließ sich nicht beruhigen und weinte weiter. »Es kann nicht sein, dass ich die Liebe meines Lebens treffe, und die dann gegen einen durchgeknallten Werwolf kämpfen muss und dabei draufgehen kann. So war das nicht vorgesehen. Verdammt, das kann nicht sein!«, schluchzte sie.

Die Tränen, die Fane bislang unterdrückt hatte, liefen ihm jetzt heiß die Wangen hinab. Er wusste nicht, was er sagen sollte, wusste nicht, wie er sie aufmuntern sollte. Also entschied er sich, einfach ehrlich zu sein.

»Ich habe Angst«, flüsterte er, »fürchterliche Angst. Was, wenn ich verliere? Was, wenn die anderen Wölfe angreifen und mein Vater und das Rudel dich nicht beschützen können? Was, wenn ich dich verliere? Ich kann dich nicht verlieren, das würde ich nicht überleben. Ich will nicht, dass du morgen dabei bist. Wenn du nicht da bist, können sie dir auch nichts antun«, gestand Fane ihr, während er die Tränen zuließ, ohne sich für sie zu schämen. Sie war seine Gefährtin. Er hatte sie gerade erst gefunden, er liebte sie, er brauchte sie und er würde alles tun, um sie zu beschützen.

Jacquelyn sah zu ihm auf und wischte ihm die Tränen vom Gesicht. Sie gab ihm einen Kuss auf jedes Auge. Einen Augenblick lang sahen sie sich nur an, als wollten sie sich jeden Gesichtszug des anderen einprägen.

»Ich habe auch Angst«, gestand Jacque ihm. »Wenn ich für dich gegen Lucas kämpfen könnte, würde ich das tun. Ich will nicht, dass du verletzt wirst. Allein der Gedanke, dass du sterben könntest, bringt mich um den Verstand. Wie soll ich das morgen durchstehen, Fane? Ich habe solche Angst, dass wir all das, was ich mir für uns wünsche, nicht erleben werden.«

Bei diesen Worten blitzten Bilder vor seinem geistigen Auge auf, gegen die er sich nicht wehren konnte, und er hörte Jacque schluchzen, als sie sie in seinen Gedanken sah: Fane und sie im Kreise ihrer Familien bei der Bindungszeremonie. Dann Fane und sie allein in einem Zimmer, eine seiner Hände stützte ihren Kopf, die andere ruhte auf ihrer Taille, er beugte sich über sie und biss sie in den Hals, um den Blutritus zu vollziehen.

Auch bei den nächsten Bildern konnte Jacquelyn nicht aufhören zu schluchzen: Sie und Fane liefen Hand in Hand durch ein wunderschönes Haus, dann lagen sie eng umschlungen und nachlässig in Laken gewickelt in einem Bett und sahen sich leidenschaftlich in die Augen. Dann war Jacque hochschwanger in einem Krankenhausbett und Fane hielt ihre Hand. Als Nächstes sah sie Fane ein Baby in den Schlaf wiegen, während Jacque ihn zärtlich dabei beobachtete. Dann lagen sie sich wieder in den Armen, lachend, sich küssend, sich berührend, sich liebend.

Fanes Schultern zuckten unter seinen Schluchzern, als er das beweinte, was vielleicht nie wahr werden würde.

»Verzeih mir, *Lună*, ich hätte dich das alles nicht sehen lassen dürfen. Als du davon gesprochen hast, was wir vielleicht nicht erleben würden, musste auch ich an all das denken, was ich mir für uns erträumt hatte.«

Das Nächste, was Fane hörte, war ein Flüstern, so leise, dass selbst seine Wolfsohren es fast nicht gehört hätten: »Schlaf mit mir, Fane.«

Fane erstarrte. Das war das klassische Dilemma, in dem kein Mann stecken wollte: Lehnte er ab, wies er sie zurück und sie schämte sich. Ließ er sich darauf ein, war er ein Arschloch, weil er ihre augenblickliche Verletzbarkeit ausnutzte. Jacque hätte ihn nicht dazu aufgefordert, wenn es nicht die Nacht vor der Herausforderung gewesen wäre, und er würde erst mit ihr schlafen, wenn sie ihn darum bat und keine Leben mehr auf dem Spiel standen und die Leidenschaft nicht so verzweifelt war wie in diesem Moment. Aber wie erklärte man das einer Siebzehnjährigen, die ohnehin schon Minderwertigkeitskomplexe hatte? Viel Glück damit, Fane, dachte er.

»Jacque, sieh mich an«, sagte Fane. »Ich möchte mit dir schlafen, glaubst du mir das?«

»Ja, aber ich befürchte, es kommt noch ein ›Aber‹?«, entgegnete sie.

»Wir sind beide im Moment sehr emotional. Ich möchte nicht, dass du etwas tust, das du morgen nach der Herausforderung bereust. Wenn ich gewinne – und das habe ich fest vor –, wirst du traurig sein, dass wir nicht gewartet haben. Ich möchte, dass das erste Mal etwas Besonderes für uns beide ist, dass es perfekt ist. Bitte glaube nicht, ich würde dich zurückweisen, denn du kannst dir nicht vorstellen, wie schwer es mir gerade fällt, standhaft zu bleiben«, erklärte er ihr aufrichtig.

»Wow, ich bin beeindruckt«, sagte Jacque und wischte sich die letzten Tränen von den Wangen.

»Bist du sauer auf mich?«, fragte Fane vorsichtig.

»Nein. Mir ist es nur ein wenig peinlich, du weißt ja, wie heikel dieser ganze körperliche Teil einer Beziehung für mich ist«, erklärte sie ihm.

»Warum ist dir das peinlich? Du weißt aber schon, dass es Spaß machen wird, oder?«, fragte Fane und grinste breit.

»Warum sagst du immer so was, wenn du doch weißt, dass ich dann rot werde?«

»Weil es süß ist«, gestand Fane ihr. »Ich werde nicht mit dir schlafen, *Lună*, aber da wir beide wach sind, werde ich mit deinen wunderschönen Lippen vorliebnehmen«, sagte Fane. Dann legte er einen Arm um sie und drehte sie blitzschnell auf den Rücken. Jacque quiekte und lachte, als Fane sich über sie beugte. Als er sie zärtlich küsste, schlang sie die Arme um seinen Hals und zog ihn an sich. Ihre Forschheit überraschte ihn. Fanes linke Hand umfasste Jacques Kopf, seine rechte streichelte ihren Oberschenkel und wanderte langsam hoch zu ihrer Taille. Fane war sehr stolz auf sich, dass er ihr gesagt hatte, er würde standhaft bleiben, aber als sie in seinen Armen lag und er ihre Lippen auf seinen spürte, ihre Körper so fest aneinandergepresst waren, hoffte er inständig, dass sie ihn nach der Bindung nicht allzu lange würde warten lassen. Möglicherweise wird sie zuerst eine Menschenhochzeit haben wollen. Er knurrte bei dem Gedanken. Es konnte also noch etwas dauern, bis sie sich vereinigten. In dem Fall sollte er sich lieber etwas zurücknehmen. Er löste sich von ihr und ihren Lippen, sowohl Jacque als auch er keuchten.

»Stimmt etwas nicht?«, fragte sie und sah ihn besorgt an.

»Alles in Ordnung. Ich muss nur einen Gang runterschalten. Wolf oder nicht, ich bin auch nur ein Mann und du bist ein sehr hübsches Mädchen«, sagte Fane ihr geradeheraus.

»Oh, verstehe. Du bist erregt und hast realisiert, dass es bei der Erregung bleiben wird, richtig?«

»Ja, *Lună*, absolut richtig. Darf ich offen sein?«

»Unbedingt.«

»Wann wirst du deine Aufforderung wiederholen?«

Jacquelyn lachte. »Du fragst dich, wie lange es dauern wird, bis wir zur Sache kommen?«

»Da du es so eloquent ausgedrückt hast, ja, das war meine Frage«, antwortete Fane und sah jetzt seinerseits peinlich berührt aus.

»Ich will zuerst verheiratet sein.« Jacquelyn hielt die Hand hoch, um Fane davon abzuhalten, das zu sagen, was ihm gerade über die Lippen kommen wollte. »Ich meine verheiratet im traditionellen Sinne, nicht diese Werwolf-Bindungssache.«

»Du weißt aber schon, dass unsere Werwolf-Bindungssache bindender ist als eure Menschenheirat, oder?«, konterte Fane süffisant.

»Das mag sein, mein pelziger Werschatz, aber ich möchte, dass unsere Beziehung auch in den Augen normaler Leute anerkannt wird. Verstehst du das?«

Fane grinste sie an. »Wie du wünschst, *Lună*.«

»Das wollte ich hören, Wolfsmann«, sagte Jacque und gähnte.

»Versuch, ein bisschen zu schlafen, mein Herz. Morgen wird ein langer Tag«, sagte Fane und küsste sie auf den Kopf.

Er summte das Lied, das er kurz zuvor für sie gesungen hatte, und obwohl er krampfhaft versuchte, wach zu bleiben, wusste sein Wolf, dass sie beide Ruhe brauchten, und bald war auch er in einen tiefen Schlaf geglitten.

Kapitel 31

Als Jacque aufwachte, küsste Fane sie zärtlich und drückte sie fest an sich. Dann ließ er sie los und beobachtete, wie sie zum Haus der Henrys auf der anderen Straßenseite ging. Sie duschte und zog die neuen Sachen an, die ihre Mutter gekauft hatte und die ihr tatsächlich auch gefielen: eine Jeans und ein schlichtes, grünes, eng anliegendes Top mit V-Ausschnitt. Sie war stolz auf ihre Mutter, dass sie nicht die Gunst der Stunde genutzt und ihr ein Outfit gekauft hatte, in dem sie wie zwölf aussah. Punkt für dich, Mom, dachte sie.

Als sie nach unten ging, waren auch Jen und Sally da, was ein Lächeln auf Jacques Gesicht zauberte.

»Was macht ihr zwei denn hier?«, fragte sie, und bevor sie eine Chance zu antworten hatten, fügte sie hinzu: »Und? Riecht ihr auch nach Wölfen?«

»Nee, wir waren zu Hause, haben geduscht und frische Klamotten angezogen. Wir sind also werwolfgeruchsfrei«, erklärte Jen.

»Cool, statt mir im stillen Kämmerlein Sorgen zu machen, ziehe ich euch auch noch da mit rein und mache euch genauso verrückt«, sagte Jacque und klang deprimiert.

»Jetzt sei still! Hast du wirklich geglaubt, wir würden dich ausgerechnet heute allein lassen? Sorry, Süße, Pech gehabt«, sagte Sally.

Jacque war so dankbar, dass sie den Tag nicht allein mit ihrem Kopfkino verbringen musste. Die Szenarien, die sie sich ausmalte, waren bereits jetzt erdrückend, aber Jen übernahm das Ruder und im Handumdrehen war es acht Uhr am Abend. Jacque ging zur Haustür und sah durch die Scheibe rüber zu ihrem Zuhause. Natürlich kamen gerade Sorin und Fane heraus. Ihr Herz schlug schneller, als er sich umdrehte und sie ansah. Es erinnerte sie an die Nacht seiner Ankunft, die erst fünf Tage her war. Fünf Tage. Konnte es tatsächlich erst fünf Tage her sein, dass sie ihn zum ersten Mal gesehen hatte? Sie hatte das Gefühl, ihn schon ihr ganzes Leben lang zu kennen, als wäre er schon immer an ihrer Seite gewesen. Er grinste sie an und zwinkerte.

»Ich liebe dich, Lună, *mehr als ich es je für möglich gehalten hätte«,* ließ er sie durch seine Gedanken wissen. Eine einzelne Träne rann ihre Wange hinab und sie wischte sie hastig weg. Sie würde stark sein, nicht schwach. Jen und Sally standen jetzt neben ihr und sahen ebenfalls durch die Scheibe.

»Was für ein absolutes Sahneschnittchen«, sagte Jen mit einem kessen Grinsen.

»Warum überrascht es mich nicht, dass du ausgerechnet jetzt so was sagst?«, fragte Sally sie.

»Hey, es gibt keinen falschen Zeitpunkt, einen gutaussehenden Mann zu würdigen. Stimmt's, Jacque?«

»Tja, wenn er so gut aussieht wie Fane, gebe ich dir recht«, sagte Jacque lächelnd. Sie wusste, dass Jen nur versuchte, die Stimmung aufzulockern, und dafür war sie dankbar.

Die nächste Stunde schien sich wie Kaugummi hinzuziehen. Jacque verbrachte die meiste Zeit damit, im Wohnzimmer der Henrys auf und ab zu gehen und vor sich hinzumurmeln. Sie wollte so gern Fanes Gedanken erforschen oder seine Stimme in ihrem Kopf hören, aber sein Vater hatte unmissverständlich klargemacht, dass Fane sich ausschließlich auf die Herausforderung konzentrieren musste.

Jacque zuckte erschrocken zusammen, als jemand an die Haustür der Henrys klopfte. Jen sah nach, ob es Freund oder Feind war.

»Es ist Fanes Mutter. Ich schätze, es ist so weit«, sagte Jen.

Sie öffnete die Tür und Alina trat ein. Sie hatte eine schwarze Militärhose, ein schwarzes T-Shirt und schwarze Schuhe an. Ihr langes Haar hatte sie zu einem Pferdeschwanz zurückgebunden. Sie sah gefährlich und zu allem bereit aus.

»Sie sehen aus, als hätten Sie nicht vor, nur zuzusehen«, sagte Sally.

»Es ist immer gut, vorbereitet zu sein. Ich beherrsche alle Kampfstile, und wenn es zu einem Kampf zwischen uns und denen kommt, muss jemand in seiner Menschengestalt bleiben, um Jacque wegzubringen und zu beschützen, und das werde ich sein«, erklärte Alina.

»Könnten wir denn nicht mit einem Auto hinfahren und in der Nähe des Feldes parken? Nur für den Fall, dass etwas schiefläuft und Sie mit Jacque schnell verschwinden müssen? Was meinen Sie?«, fragte Sally, was ihr einen überraschten Blick aller Anwesenden einbrachte.

»Wer bist du und was hast du mit meiner Sally gemacht, die es nie wagt, auch nur ein bisschen schneller zu fahren, als das Tempolimit vorgibt?«, zog Jacque sie auf.

Alina hatte noch nicht geantwortet, und als Jacque zu ihr blickte, konnte sie sehen, dass sie tatsächlich über Sallys Plan nachdachte.

»Ihr wisst aber schon, dass ich die Anordnungen meines Mannes missachte, wenn ich euch das erlaube?«, fragte Alina die Mädchen.

»Müssen Sie denn nicht tun, was er sagt, so wie die anderen Wölfe, ob Sie wollen oder nicht?«, fragte Jen.

»Nein, ich bin Alpha und seine Gefährtin. Er kann mir keine Befehle erteilen, ich sehe sie lieber als gut gemeinte Vorschläge an«, erklärte Alina ihnen zwinkernd.

»Cool«, sagte Jen. »Also? Was sagen Sie?«

»Ich halte das für eine gute Idee. Ihr müsst allerdings extrem vorsichtig sein. Wenn die anderen Wölfe euch wittern, wird es zu einem Kampf Rudel gegen Rudel kommen. Habt ihr das verstanden?«

»Laut und deutlich. Wir sind ziemlich gut darin, uns nicht erwischen zu lassen. Wir werden nicht weiter ausführen, warum das so ist, aber glauben Sie uns, man könnte es fast unsere Spezialität nennen«, erklärte Jen.

Jacque schüttelte den Kopf, da sie mit diesem Plan ganz und gar nicht einverstanden war.

»Hey, immer langsam! Ich kann das nicht zulassen. Merkt ihr denn gar nicht, wie gefährlich das wäre? Wenn euch meinetwegen etwas zustieße, könnte ich mir das nie verzeihen.« Jacque stand kurz vor einem weiteren Ausraster.

Sally und Jen schlangen die Arme um sie und drückten sie fest an sich.

»Ich sage es nur ungern, Sherlock, aber Jen und ich neigen dazu, zu tun, was wir wollen, auch wenn du es uns verbietest. Normalerweise geben wir dir einfach recht und machen dann, was wir wollen. Das weißt du doch sicher, oder?«, sagte Sally mit zuckersüßer Stimme.

»Ihr zwei treibt mich noch in den Wahnsinn!«, rief Jacque.

»Mach mal halblang, Wolfsbraut. Was würdest du denn an unserer Stelle machen? Du kannst mir nicht erzählen, dass du einfach zu Hause rumsitzen und Däumchen drehen würdest. Also steck dir deine kleine Ansprache sonst wohin«, sagte Jen, während sie Jacque losließ, einen Schritt nach hinten machte und die Hände in die Hüften stemmte.

»Okay, Jen, wie wäre es dann, wenn du mir jetzt sagst, wie du dich wirklich fühlst?«, fragte Jacque sarkastisch.

Sie wusste, dass ihre Freundinnen recht hatten. Nie im Leben würde sie sie zu etwas so Gefährlichem gehen lassen und selbst zu Hause rumsitzen und warten. Wie konnte sie von ihnen verlangen, genau das zu machen?

»Du hast ja recht, ich würde auch nicht abwarten und Tee trinken. Bitte versprecht mir nur, dass ihr vorsichtig sein werdet!«

»Krass!«, rief Jen und klatschte Sally ab. »Wir gehen auf eine Observierung!«

Jacque atmete tief durch und kämpfte gegen die aufsteigende Panik an, die sie zu überwältigen drohte.

»Jacque, es wird Zeit«, erinnerte Alina sie sanft.

Alina drehte sich um und ermahnte Jen und Sally abermals, sich nicht sehen zu lassen und in Windrichtung zu bleiben, damit ihr Geruch die Wölfe nicht erreichte. Dann verließ sie das Haus, ohne sich noch einmal umzusehen. Jacque wusste, dass sie ihr damit noch einen Augenblick allein mit ihren Freundinnen lassen wollte.

»Ich hab euch zwei unendlich lieb. Bitte seid vorsichtig«, bat Jacque, als sie beide umarmte.

»Mach dir keine Sorgen um uns, Sherlock. Konzentrier du dich auf deine Aufgabe, wir konzentrieren uns auf unsere«, sagte Sally.

Jacque wollte nicht warten, bis die Schleusen ihrer Tränendrüsen sich öffneten, denn das würde unweigerlich passieren, wenn sie noch länger blieb. Sie winkte ihnen ein letztes Mal zu und verschwand eilig durch die Haustür. Sie sah, dass Alina in einem Leihwagen saß, der am Bürgersteig parkte. Sie kletterte auf den Beifahrersitz, dann brachen sie zur längsten Fahrt ihres Lebens auf, auch wenn das Feld der Träume nur fünfzehn Autominuten entfernt lag. Beide schwiegen die ganze Zeit. Ihnen wurde überdeutlich klar, dass der Mann, den sie beide liebten, heute Abend den Kampf seines Lebens kämpfen würde und sie dabei nur Zuschauer sein würden, wie es auch ausging.

Jacque versuchte nicht zum ersten Mal, zu verinnerlichen, dass niemand Fane würde helfen können, nicht einmal sein eigener Vater und Alpha. Wie beschissen ist das denn?, dachte sie. Alina tätschelte Jacques Hand und riss sie aus ihren Gedanken.

»Wir sind da. Es gibt einiges, was ich dir schnell erklären muss. Erstens: Ich weiß, dass du schon gewarnt wurdest, aber ich möchte dich noch einmal warnen. Versuche nicht, Fanes Gedanken zu erforschen. Die Bilder, die du dort sehen würdest, während er kämpft, würdest du nie wieder vergessen. Davon abgesehen würde ihn das nur ablenken. Zweitens: Wir wollen keine unnötige Aufmerksamkeit auf dich ziehen, also bleib in meiner Nähe und verhalte dich ruhig. Drittens: Sollte es zum Äußersten kommen, gibst du Fersengeld und rennst so schnell du kannst zum Treffpunkt mit deinen Freundinnen. Ihr werdet dann ohne anzuhalten zum

Flughafen fahren und an Bord des Jets gehen, den wir gechartert haben. Ihr werdet nicht auf uns warten, hörst du mich? Es sind Wölfe abgestellt worden, um euch an Zwischenstopps abzuholen. Deine Freundinnen und deine Mutter werden dich begleiten. Es wird keine Diskussionen geben.«

Jacques Gehirn arbeitete auf Hochtouren. Das konnte doch alles nicht wirklich passieren. Ernsthaft, dachte sie, wie hatte es dazu kommen können? Jacque schüttelte den Kopf, um die negativen Gedanken zu verscheuchen. Sie durfte sich nicht ablenken lassen. Akzeptier es einfach, Jacque, schalt sie sich selbst. So ist es nun einmal, du wirst damit leben müssen. Okay, tief durchatmen.

»Ich verstehe«, sagte Jacque und sah Alina direkt in die Augen. Alina nickte nur und akzeptierte damit Jacques Antwort. Jacque blickte zum ersten Mal auf und sah das Feld der Träume in einem ganz neuen Licht. Es war nichts Besonderes, und da niemand mehr herkam, war das Gras hoch gewuchert. Es gab eine Schneise, wo ein Fahrzeug entlanggefahren war und das hohe Gras plattgedrückt hatte. Sie konnte nicht sehr weit sehen, weil der Pfad eine abrupte Rechtskurve machte und das noch stehende Gras ihr die Sicht nahm. Sie hielt das für gut; falls jemand vorbeikam, würde er nichts sehen können.

Alina öffnete die Fahrertür und Jacque nahm das als Aufforderung, ebenfalls aus dem Wagen auszusteigen. Am Anfang des Pfads hörte sie noch nichts, aber je weiter sie gingen, desto lauter wurden das Knurren und die tiefen Stimmen. Nachdem sie um die scharfe Kurve gegangen waren, folgten weitere Abbiegungen, und nach der letzten erstreckte sich plötzlich ein perfekter Kreis vor ihnen, in dessen Innerem das Gras frisch gemäht war. Scheinwerfer waren rund um den Kreis aufgestellt und mit Generatoren verbunden worden. Jacque hatte den Eindruck, dass die Wölfe so etwas nicht zum ersten Mal vorbereitet hatten, und das ließ sie schaudern.

Als Alina und sie die Lichtung betraten, erstarrten alle bis auf Vasile. Er ließ sich in seinem Gespräch mit Sorin nicht beirren, der versuchte zuzuhören, aber sie wie alle anderen auch anstarrte. Alina nahm Jacques Hand und ging mit ihr zu Vasile. Ein Mann, den Jacque noch nie zuvor gesehen hatte, trat vor sie und fiel auf die Knie. Er drehte den Kopf zur Seite und zeigte seinen Hals. Jacque sah zu Alina, da sie nicht wusste, was sie machen sollte, aber Alina funkelte den Mann am Boden nur voller Hass an. Zu Jacques Überraschung knurrte jetzt auch Alina.

»Sie ist nicht deine *Lună*«, sagte Alina sehr leise, aber nicht minder bedrohlich. »Geh uns aus dem Weg, sonst breche ich dir das Genick.« Wieder klang sie vollkommen ruhig, was noch viel gruseliger war, als wenn sie geschrien hätte.

Der Typ – oder besser gesagt der Wolf – ignorierte Alina vollständig. Jacque tat es Alina nach, straffte die Schultern und stand so aufrecht, wie sie konnte. Dann befahl sie mit fester Stimme: »Geh zurück zu deinem Alpha. Jetzt.«

Der Wolf winselte, stand aber auf, drehte sich mit gesenktem Blick um und ging weg. Jacque atmete tief durch, schloss die Augen, um sich zu sammeln, und ging dann gemeinsam mit Alina weiter. Bislang hatte sie weder Fane noch Lucas erblickt. Sie sah, dass die anderen Rudelmitglieder da waren, und sobald Alina und Jacque Vasile erreicht hatten, waren diese Wölfe links und rechts an ihrer Seite. Vasile trat vor sie und sah ihr in die Augen. Obwohl Jacque kein vollblütiger Werwolf war, spürte sie die Macht in seinem Blick und musste unweigerlich zu Boden sehen.

»Ich gehe davon aus, dass dir gesagt wurde, was du zu tun hast, wenn der Kampf auf die eine oder andere Weise endet?«, fragte Vasile leise.

Jacque sah zu Alina und fragte sie stumm mit Blicken, ob Vasile von Sally und Jen wusste. Alina gab ihr mit einer kaum sichtbaren Kopfbewegung zu verstehen, dass er es nicht wusste. Jacque nickte daher nur, da sie Angst hatte, ihre Stimme würde versagen.

»Gut. Für die Dauer des Kampfes werden meine Wölfe bei dir und Alina bleiben. Geht jetzt alle fünf Schritte zurück und rührt euch nicht.« Bei den letzten Worten sah er Jacque noch einmal eindringlich an.

Bin ich wirklich so schlecht darin, Anweisungen zu befolgen?, dachte Jacque. Dann nickte sie mental. Ja, so musste es wohl sein.

Sie traten gemeinsam fünf Schritte zurück und blieben dann stehen. Jacque bemerkte, dass Alina noch immer ihre Hand hielt, und als sie Fane jetzt aus einer Abbiegung in den Kreis treten sah, war sie sehr, sehr froh darüber, weil sie instinktiv einen Schritt auf ihn zumachte. Als Nächstes passierten mehrere Dinge gleichzeitig. Jeder Wolf um sie herum legte ihr eine Hand auf die Schulter und hielt sie zurück. Fane drehte den Kopf und sah sie direkt an, gerade als die Hände wieder runtergenommen wurden. Er fletschte die Zähne, drehte sich um und wollte zu ihr. Ein lautes Knurren von seiner linken Seite veranlasste ihn jedoch, stehen zu bleiben.

»Du weißt, Prinz, dass du die Herausforderung verloren hast, wenn du vorher mit ihr redest, und ich dich dann ohne Kampf töten darf.« Jacque folgerte, dass es Lucas gewesen war, der laut geknurrt und jetzt gesprochen hatte.

Fane knurrte zurück und sah dann zu Jacque. Er machte keinen weiteren Schritt auf sie zu und sprach sie auch nicht an. Stattdessen blickte er zu den anderen Wölfen und zu seiner Mutter.

»Haltet sie zu ihrer eigenen Sicherheit zurück, aber ohne ihr ein Haar zu krümmen. Ich will keine blauen Flecke oder Kratzer auf ihrem Körper sehen«, wies Fane sie an. Die anderen Wölfe richteten ihre Blicke zu Boden und nickten als Bestätigung, dass sie seine Befehle verstanden hatten.

Jacque sah zu Alina und flüsterte: »Tut mir leid, das war meine Schuld.«

»Schon gut, *Lună*. Die Wölfe sind angespannt. Sie werden bei der kleinsten Kleinigkeit reagieren, also sollten wir uns lieber so unauffällig wie möglich verhalten«, flüsterte Alina zurück.

Jacque nickte und sah wieder in den Kreis. Vasile stand in der Mitte, selbst Jacque konnte spüren, welche Macht von ihm ausging. Urplötzlich fielen alle Wölfe auf die Knie. Jacque schaute um sich und dachte schulterzuckend: Oh, das ist schräg.

Kapitel 32

Jacque drehte sich um und sah, dass Alina noch stand, ebenso wie Vasile. Sie verstand in diesem Moment, dass dieser »Alpha-Voodoo«, wie Jen sagen würde, von Vasile ausgegangen war.

»Ich werde als Alpha dieser Herausforderung vorstehen«, begann Vasile zu sprechen. »Alle Regeln werden eingehalten, die Strafe für das Brechen der Regeln ist der Tod durch meine Hand.« Vasile machte eine Pause und sah jeden Wolf im Kreis an. Alle knieten, alle wichen seinem Blick aus, keiner rührte sich. Jacque konnte sehen, dass einige gegen die von Vasile aufgestellten Regeln aufbegehren wollten, aber er war dominanter und er war Alpha, sie hatten also keine andere Wahl, als zu gehorchen.

»Lucas Steele, tritt vor«, sagte Vasile und sah ihn direkt an. »Fane Lupei, tritt vor.«

Beide Männer traten vor Vasile. Keiner von beiden sah ihm ins Gesicht.

»Lucas, du forderst Fane um das Recht auf die Bindungszeremonie mit seiner Gefährtin Jacquelyn Pierce heraus. Ist das richtig?«, fragte Vasile den Alpha.

»Ja«, knurrte Lucas, der noch immer unter Vasiles Kontrolle stand und das ganz und gar nicht mochte.

»Fane, du hast diese Herausforderung angenommen und dir ist bewusst, dass sie mit dem Tod endet?«

»Ja.« Fanes Stimme war fest, kein Knurren, kein Zeichen von Schwäche. Jacque wollte herausschreien, wie unfair sie das alles fand, aber natürlich verkniff sie sich das und versuchte, sich zu konzentrieren.

»Ihr werdet in eurer Wolfsgestalt kämpfen und ihr werdet keinerlei Hilfe von eurem jeweiligen Rudel erhalten. Keiner von euch beiden hat die Wahl zwischen Unterwerfung und Leben. Wenn ihr euch unterwerft, wird euer Gegner euch trotzdem töten. Versteht jeder von euch die Regeln, wie ich sie gerade in Anwesenheit von Zeugen vorgebracht habe?«, fragte Vasile.

Beide Wölfe sprachen gleichzeitig: »Ich verstehe die Regeln, wie du sie vorgebracht hast. Ich weiß, dass ich durch deine Hände getötet werde, wenn ich gegen die Regeln verstoße. Es soll sein, wie du es gesagt hast, Alpha.«

Vasile nickte und ging zum Rand des Kreises. Dann drehte er sich um und warf den Wölfen einen durchdringenden Blick zu. Er musste etwas zu bedeuten haben, denn sie traten einen Schritt zurück, und in kürzester Zeit standen dort, wo eben noch Männer gewesen waren, Wölfe.

Das Erste, was Jacque auffiel, war, dass Fanes Wolf größer war als der von Lucas. Andererseits war Fane auch in Menschengestalt schon groß, also war es nur logisch, dass er auch der größere Wolf war. Fanes Fell war pechschwarz, während das von Lucas dunkelbraun war. Beide waren wunderschön anzusehen und beide fletschten die Zähne. Beiden standen die Nackenhaare hoch und sie hielten beide den Kopf gesenkt. Ihr Anblick war Furcht einflößend.

»Fangt an«, hörte sie Vasile sagen, und ihr Herz schlug ihr bis zum Hals.

Ein paar Augenblicke lang umkreisten sich die Wölfe bloß. Hier und da wagte einer einen Schritt nach vorn, woraufhin der andere knurrte und die Zähne fletschte. Alina hielt noch immer Jacques Hand, und Jacque drückte sie so fest, dass sie hoffte, ihr nicht wehzutun. Plötzlich hörte Jacque links von sich ein Geräusch.

»Komm schon, Alpha. Er ist doch noch ein Welpe«, rief einer von Lucas' Wölfen. Die Worte hatten kaum seinen Mund verlassen, da lag er schon winselnd am Boden, als hätte er Schmerzen. Jacque drehte sich zu Vasile um, der den Wolf auch tatsächlich anstarrte. Abermals spürte Jacque, was für eine große Macht von Vasile ausging. Alle anderen Wölfe traten zurück, da sie erkannten, dass der rumänische Alpha keine Spielchen spielte.

Währenddessen hatte Lucas die Ablenkung genutzt und war auf Fane zugesprungen. Fane war allerdings darauf vorbereitet gewesen und war ausgewichen, bevor Lucas in seine Nähe kommen konnte. Lucas drehte sich, um Fane wieder in seinem Sichtfeld zu haben, Fane wirbelte herum und schnappte nach Lucas' Hinterlauf. Das Jaulen, das daraufhin von Lucas kam, ließ keinen Zweifel daran, dass Fane sein Ziel nicht verfehlt hatte. Fane zog sich zurück, bevor Lucas kontern konnte. Jacque beobachtete, wie sie sich umkreisten, einen Satz nach vorn machten, nacheinander schnappten und knurrten. Fast sah es aus, als würden sie tanzen. Als ihr schwindelig wurde, bemerkte sie, dass sie den Atem angehalten hatte. Sie atmete ein paarmal tief durch und versuchte, sich zu beruhigen. Ja, super Idee.

Plötzlich machte Lucas einen Satz auf Fane zu. Während ihres Tanzes hatte er es irgendwie geschafft, Fanes rechten Hinterlauf zu packen. Fane fletschte die Zähne und wirbelte herum, um Lucas zu beißen. Lucas ließ nicht los, obwohl Fane sein Bein heftig schüttelte. Als das nicht funktionierte, fing er an, sich herumzurollen und gleichzeitig sein Bein zu drehen. Jacque erstarrte. Wenn er so weitermachte, würde sein Bein brechen. Jacque spürte, wie Alina sich versteifte, und als sie zu ihr sah, erkannte sie, dass sie das Gleiche dachte. Jacque wollte etwas sagen, aber Alina knurrte, weshalb Jacque die Hand vor den Mund schlug, um nicht Gefahr zu laufen, aus Versehen zu sprechen. Sekundenbruchteile später wollte sie sich am liebsten auch die Ohren zuhalten, weil ihr Fanes Jaulen das Herz brach. Schließlich hörte sie ein Knacken gefolgt von einem Gemisch aus Winseln und Knurren. Als sie aufblickte, sah sie, dass Fane sich aus Lucas' Griff befreit hatte, allerdings auf Kosten seines Beines. Er kämpfte jetzt weiter, zog aber den rechten Hinterlauf an.

Trotz seines Beines sah Fane noch immer grimmig aus. Blitzschnell machte er einen Satz nach vorn und hatte buchstäblich die

Hälfte von Lucas' Gesicht in seiner Schnauze. Fane machte eine ruckartige Kopfbewegung, als wollte er Fleisch von einem Knochen reißen. Jacque sah Fell und Fleischfetzen aus Fanes Maul baumeln und sie hörte Lucas vor Schmerzen aufheulen. Lucas schüttelte heftig den Kopf und bemühte sich verzweifelt, Fane im Auge zu behalten, während er sich von dem Angriff zu erholen versuchte. Während sie sich abermals umkreisten, sah Jacque, dass Fane Lucas um ein Haar das rechte Auge herausgerissen hätte. Sein Gesicht war blutüberströmt und er konnte mit dem Auge unmöglich etwas sehen. Fane hatte die Chancen auf dem Schlachtfeld gerade wieder ausgeglichen.

Okay, Wolfsmann, lass uns das beenden, dachte Jacque. Aber als sie sah, dass Lucas Anlauf nahm und auf Fanes Rücken landete, wusste sie, dass der Kampf alles andere als vorbei war. Lucas biss Fane in den Rücken, riss am Fleisch und sprang zurück. Das wiederholte er mehrere Male, und binnen weniger Minuten war Fane blutüberströmt. Der ganze Boden war voller Blut. Jacque zitterte von der Anstrengung, nicht zu schreien und niemanden anzubetteln, das endlich zu beenden. Tränen liefen ihr über die Wangen, ihre Lippen zitterten hinter ihrer Hand. Das konnte alles nicht wahr sein. Sie kniff die Augen fest zusammen und öffnete sie dann wieder.

Sie sah, dass Lucas ein weiteres Mal auf Fane zusprang und ihn in die rechte Seite biss. Fane stolperte und schnappte, während Lucas zurücksprang, verfehlte ihn aber. Blut rann aus der Wunde in seiner Seite und er fiel auf die Vorderpfoten. Das war mehr, als sie ertragen konnte.

»Stopp! Aufhören! Stopp!«, schrie Jacque, während sie sich aus dem Griff der anderen Wölfe zu lösen versuchte.

»Jacque, sei still«, hörte sie Alina sagen.

Jacque wirbelte herum und funkelte sie wütend an. »Ich werde nicht still sein, verdammt! Sehen Sie denn nicht, was er Ihrem Sohn antut?«

Jacque rannen die Tränen über das Gesicht. Es war ihr egal, sie war innerlich zerbrochen und konnte es nicht länger ertragen.

Sie sah, wie Fane strauchelte, aber schließlich wieder stand. Die beiden Wölfe fingen wieder an, sich zu umkreisen. Fane konnte einige Bisse landen, und jetzt war auch Lucas' Fell blutüberströmt. Beide Wölfe blieben stehen und starrten sich nur an. Jacque weinte immer noch und wollte sich aus dem Griff von Vasiles Wölfen befreien. Aber so schnell wie die Kampfpause gekommen war, war sie auch wieder vorbei. Lucas näherte sich Fane mit gesenktem Kopf und erwischte ihn an der Kehle. Während er ihn packte, rutschte er vor und zog Fane hoch und über sich, sodass Fane auf der Seite landete. Es gab einen gewaltigen Aufschlag, ein tiefes Knurren und ein hohes Winseln.

Bis auf die beiden Kämpfenden waren alle anderen wie gelähmt, als hätte jemand während eines Films die Pause-Taste gedrückt. Dann drückte jemand auf »Abspielen«. Fane lag unter Lucas' Kiefern reglos da. Lucas' Wölfe hatten begonnen zu heulen und zu knurren. Alina stand wie erstarrt neben Jacque, auf ihrem Gesicht war noch keine Träne zu sehen. Dann setzte etwas bei Jacque aus, sie schrie und weinte und schlug auf die Wölfe ein, die sie festhielten.

»Fane, steh sofort auf! Steh auf! Wage es ja nicht, mich zu verlassen!«, rief sie schluchzend. Die Wölfe, die sie festhielten, waren einen Augenblick abgelenkt, und den nutzte sie für sich. Sie riss sich los und rannte so schnell sie konnte los. Sie rammte Lucas und versuchte, ihn wegzudrücken. »Lass ihn in Ruhe, Lucas! Lass meinen Gefährten in Ruhe oder ich schwöre, dass ich dir mit bloßen Händen den Hals umdrehe!«, schrie Jacque, doch all ihre Kraftanstrengungen bewirkten nichts, Lucas bewegte sich keinen Millimeter. Jacque bekam flüchtig mit, dass sich ein eisenharter Arm um ihre Taille schlang und sie wegriss. Sie packte verzweifelt nach allem, was sie zu greifen bekam. Sie erwischte Lucas' Fell und stemmte sich gegen denjenigen, der sie wegzuziehen versuchte. Statt sich festzuhalten, riss Jacque nur büschelweise Haare aus Lucas' Fell, und unter anderen Umständen hätte sie das auch befriedigend gefunden. Im Moment war Fane jedoch alles, worum sich ihre Gedanken drehten. Fane, der auf der Seite lag und neben dem sich eine Blutlache gebildet hatte. Fane, der sich nicht mehr bewegte. Fane unter dem anderen Wolf, dessen Zähne noch in seinem Hals steckten.

»Bitte«, schluchzte Jacque. »Vasile, machen Sie, dass er von Fane runtergeht! Wie können Sie zulassen, dass er stirbt? Ich flehe Sie an, lassen Sie ihn nicht sterben!«

»Schafft sie von hier weg.« Vasile drehte sich um und knurrte die Wölfe an, die Jacque festhielten. Als sie sich nicht rührten, wurde er lauter: »Jetzt! Schafft sie sofort von hier weg!«

»Nein! Ich werde ihn nicht allein lassen! Fane, bitte! Bitte steh auf!« Während die Wölfe an Jacque zogen, um sie wegzuzerren, was sie auch buchstäblich machen mussten, weil sie sich so vehement wehrte, wurden ihre Bitten leiser, klangen aber nach wie vor verzweifelt.

»Fane, ich liebe dich. Hörst du mich? Ich liebe dich. Ich will kein Leben ohne dich. Bitte, mein Herz. Verlass mich jetzt nicht.« Jacques Tränen tropften auf ihr Shirt. Es hatte keinen Zweck. Jacque war nicht stark genug, gegen die Wölfe anzukämpfen. Sie gab auf und wurde dann von ihrem Schmerz überwältigt. Sie weinte so heftig, dass sie sich übergab, und als sie nichts mehr im Magen hatte, würgte sie immer weiter Luft hoch. Die Wölfe mussten der Stelle nahegekommen sein, an der Jen und Sally geparkt hatten, denn zwischen Schluchzen und Würgen hörte sie Jens Stimme.

»Jacque!«, schrie Jen, als sie auf sie zugestürmt kam. »Lasst sie verdammt noch mal los, ihr räudigen Köter!« Jen fing an, die Wölfe um sich herum anzubrüllen. Im Gegenzug knurrten die Wölfe sie an. »Habt ihr mich gerade angeknurrt? Ihr habt mich doch nicht gerade angeknurrt, oder? Denn wenn ja, kastriere ich euch im Schlaf und hänge eure Kronjuwelen an eure Autoantennen. Zurück mit euch!«

Die Wölfe mussten entschieden haben, dass Jen verrückt genug war, ihre Drohungen wahr zu machen. Sie wichen zurück und hielten abwehrend die Hände hoch.

»Ihr dürft euch um sie kümmern, wir werden aber in ihrer Nähe bleiben«, sagte Decebal.

»Ja, ja. Was auch immer. Was ist passiert? Wo ist Fane?«, fragte Sally.

Alle Wölfe senkten den Kopf und ihre Schultern sackten nach unten. Dann sprach Decebal: »Er ist gefallen.«

Bei diesen Worten spürte Jacque, wie eine Welle fürchterlicher Angst über sie hinwegschwappte. Sie sprang auf und wollte wieder in den Kreis rennen. Die Wölfe waren im Handumdrehen bei ihr, hielten sie wieder fest, nur dass Decebal Jacque jetzt zu sich drehte und sie festhielt. Sie musste daran denken, wie Fane sie genauso festgehalten hatte, als sie vor Angst geweint hatte, und das verstärkte ihren Weinkrampf nur noch. Sie trommelte mit den Fäusten auf Decebals Brust, während sie ihr Leid in den Nachthimmel schrie.

»Das darf nicht passieren, das geht einfach nicht!« Ihr Körper bebte, was Decebal dazu veranlasste, sie noch fester zu halten. Er sprach leise Rumänisch mit ihr und wieder musste sie an Fane denken. Sie ertrug es nicht, ihr Gehirn war einfach nicht in der Lage, ihre Emotionen zu kontrollieren, weshalb es einfach den Dienst versagte. Jacque wurde ohnmächtig. Das Letzte, woran sie sich erinnerte, war Fanes Stimme, die »Bald« sagte. Sie wusste nicht, ob sie sich das eingebildet hatte oder ob es wirklich er gewesen war. So oder so, sie klammerte sich daran, während die Dunkelheit sie umhüllte.

Kapitel 33

Fane lag unter Lucas, umschlossen von eisenharten Kiefern und geschwächt von dem hohen Blutverlust. Er hörte Jacques Schluchzer, ihr Flehen. Er hatte gesehen, wie sie Lucas gerammt hatte, um ihn von ihm wegzudrücken, und in der ganzen Zeit hatte er still daliegen müssen. Hätte er sich bewegt, wäre sein Plan nicht aufgegangen. Er hatte Jacquelyn aus seinen Gedanken ausgesperrt, um keinerlei Zeichen zu senden, dass er okay war. Er hasste es, sie so leiden zu sehen, aber hätte sie gewusst, dass er nicht tot war, hätte sie nicht so sehr gekämpft, was wiederum Lucas misstrauisch gemacht hätte. Sobald Jacque außer Sicht war, schüttelte Lucas Fane ein letztes Mal und gab dann seinen Hals wieder frei. Dass Lucas sich nicht vergewissert hatte, dass Fanes Herz nicht mehr schlug, war ein Fehler gewesen. Fane hielt den Atem an, um Lucas vorzutäuschen, dass er tot war.

Dummer, großspuriger Alpha, dachte Fane.

Lucas ließ Fanes Hals los, sah zum Mond und heulte. Während er abgelenkt war, war seine Kehle völlig ungeschützt, und Fane nutzte das zu seinem Vorteil. Mit aller Kraft, die Fane noch übrig hatte, sprang er hoch und versenkte seine Zähne tief in Lucas' Kehle. Er schmeckte Blut, was seine Wut nur noch anstachelte. Er biss noch fester zu und spürte, wie seine Kiefer Lucas' Stimmbänder und seine Luftröhre zermalmten. Lucas' Heulen verstummte. Dann riss Fane den Kopf heftig nach links und zog so fest, dass seine Zähne Lucas' Kehle weit aufrissen und Arterien durchtrennten. Blut sprudelte wie ein reißender Strom aus Lucas' Hals und bildete auf der Erde eine Pfütze. In weniger als einer Minute kippte Lucas auf die Seite. Fane würde nicht den gleichen Fehler wie Lucas machen. Mit einer Pfote drehte er Lucas auf den Rücken. Er beugte sich über ihn und versank seine Zähne ein weiteres Mal in das Fleisch des Wolfes, durchdrang Haut und Muskeln, bis er Lucas ausgeweidet hatte. Fane wusste, dass Lucas nach einer solchen Verletzung nicht wieder aufstehen würde.

Fane drehte sich um und sah seinen Vater an, der einmal nickte. Dann hob Fane den Kopf und heulte seinen Sieg in die Nacht hinaus, bevor er zusammenbrach.

»Sorin, Alina. Nehmt Fane und bringt ihn zu den Henrys. Macht ihn sauber. Ich werde so bald wie möglich dort sein, um ihn zu heilen«, befahl Vasile.

»Verzeih mir, Alpha, aber warum willst du nicht, dass wir ihn zu seiner Gefährtin bringen?«, fragte Sorin.

»Jacquelyn war hysterisch, als sie von hier weggebracht wurde. Sie ist inzwischen bestimmt nicht viel ruhiger und sie muss Fane in seinem augenblicklichen Zustand nicht sehen«, erklärte Vasile.

Sorin verstand und nickte. Dann trug er Fane mit Alina weg.

Vasile wandte sich den Wölfen zu, die Lucas zurückgelassen hatte.

»Wer von euch ist Lucas' Stellvertreter?«, fragte Vasile.

Ein großer, massiger Mann trat vor. »Das bin ich«, antwortete er.

»Wie heißt du?«, fragte Vasile den Mann.

»Jeff Stone«, antwortete der Wolf.

»Du bist jetzt kein Stellvertreter mehr, Jeff Stone, sondern Alpha des Coldspring-Rudels. Du wirst über dein Rudel Buch führen, wie es Canis-Lupus-Gesetz ist. Ich werde dein Rudel im Auge behalten, um sicherzustellen, dass ihr euch an diese Gesetze haltet. Falls ihr sie nicht kennt«, Vasile griff in seine Gesäßtasche und zog seine Brieftasche heraus, der er eine Visitenkarte entnahm, »rufst du mich an, dann erkläre ich sie dir. Haben wir uns verstanden?«

Jeff nickte und drehte den Kopf, um Vasile unterwürfig seinen Hals zu zeigen.

»Gut. Jetzt nehmt euren früheren Alpha und gewährt ihm ein ordentliches Begräbnis. Lasst euch das allen eine Lektion dafür sein, dass ihr keine Frauen beanspruchen könnt, die nicht eure Gefährtinnen sind. Lucas hätte bei Jacquelyn niemals Trost und Frieden gefunden, denn sie war nicht seine wahre Gefährtin. Er hätte es ihr früher oder später übel genommen, dass sie ihm nicht das geben kann, was er so dringend braucht«, erklärte Vasile den Wölfen. Dann sagte er schlicht »Geht« und beobachtete, wie sie Lucas' Leiche nahmen und verschwanden.

Vasile atmete tief ein, um sich auf die vor ihm liegenden Aufgaben vorzubereiten: seinen Sohn zu heilen und seiner Gefährtin irgendwie zu erklären, dass sie im Vorfeld geplant hatten, Fane solle sich tot stellen, um seinen Gegner zu überlisten. Das wird kein Zuckerschlecken, dachte er.

Fane stöhnte, als er versuchte, sich aufzusetzen. Er hatte wieder seine Menschengestalt angenommen, und als er sich umsah, erkannte er, dass er in seinem Zimmer im Haus der Henrys lag. Er wollte aufstehen, aber ihm wurde schwindelig und er musste sich schnell wieder zurücklehnen.

»Lass es langsam angehen, mein Sohn. Du hattest eine anstrengende Nacht«, hörte Fane seinen Vater sagen.

»Wo ist Jacquelyn?«, stellte Fane die für ihn wichtigste Frage, die in seinem Kopf geradezu nach einer Antwort schrie. Er wollte sie bei sich haben, damit er sie halten und ihr versichern konnte, dass es ihm gut ging. Als er sie das letzte Mal gesehen hatte, war sie hysterisch gewesen, und er wusste, dass sie noch immer völlig aufgelöst sein musste, wenn sie nicht wusste, dass er lebte.

»Sie ist bei sich zu Hause. Wir haben dich nicht dorthin gebracht, weil ich wollte, dass du etwas gesünder aussiehst als zu dem Zeitpunkt, an dem Lucas mit dir fertig war«, erklärte Vasile.

Ergibt Sinn, dachte Fane. Vorsichtig versuchte er ein weiteres Mal, aufzustehen, und diesmal war er erfolgreich. Er war dankbar, dass jemand daran gedacht hatte, ihm Boxershorts anzuziehen, damit er nicht nackt war. Er ging rüber zum Spiegel, um sich den Schaden zu besehen.

»Nachdem ich dich geheilt habe, ist es nicht mehr allzu schlimm. Du hast noch ein paar üble Quetschungen und kleinere Kratzer, aber keine gebrochenen Knochen«, erklärte sein Vater.

Was die blauen Flecken anging, hatte er recht. Er sah aus, als hätte jemand schwarze, gelbgrüne und violette Farbe über ihm ausgekippt. Er hatte Wunden im Gesicht, am Hals, am Rücken und an den Beinen. Insgesamt hätte es aber weitaus schlimmer ausgehen können. Fane war so dankbar, dass er das Schlachtfeld als Sieger verlassen hatte. Er musste wieder an Jacque denken und spürte, wie sich seine Kehle bei der Erinnerung an ihr Schluchzen zuschnürte. Er musste sie sehen, sie musste wissen, dass es ihm gut ging. Dann würde er sie um Verzeihung bitten müssen.

»Ich muss sie sehen, *tată*«, sagte Fane zu seinem Vater.

»Ich weiß, aber du musst darauf vorbereitet sein ...« Bevor Vasile den Satz beenden konnte, wurde Fanes Zimmertür so heftig aufgestoßen, dass sie mit einem lauten Knall gegen die Wand flog.

Im Türrahmen stand die Personifikation purer, unverfälschter Wut, auch unter dem Namen »Jen« bekannt. Sally folgte ihr und sah nicht weniger wütend aus, allerdings etwas kontrollierter.

»Was zum ... ich meine ... wie in ... Fane, verdammt!«, schrie Jen schließlich. »Wie konntest du ihr verheimlichen, dass du einen auf Gürteltier machen würdest? Hast du ihr nicht vertraut? Hast du gedacht, sie könnte nicht damit umgehen, wenn sie dich reglos am Boden liegen sieht und du dich nicht wehrst? Was zum Teufel ging durch dein hündisches Erbsenhirn?«

Fane sah sie verwirrt an, da er kaum etwas verstanden hatte.

»Ähm, Jen, du hast jedes Recht, wütend zu sein, aber, na ja, ich weiß nicht, was du mit ›auf Gürteltier machen‹ meinst.«

»Du weißt schon, dass meine Vergleiche und Beleidigungen an Würze verlieren, wenn ich sie erklären muss, oder?« Jen verdrehte die Augen. »Gürteltiere stellen sich tot, wenn sie sich bedroht fühlen. Sie fallen auf die Seite und werden ganz steif. Sie sehen absolut tot aus, sind es aber nicht. Verstehst du jetzt, du Werfrettchen?«

»Ja, okay. Jetzt verstehe ich. Es gab zwei Gründe, warum ich es ihr nicht gesagt habe. Der erste ist, dass wir bis fünfzehn Minuten vor dem Beginn der Herausforderung noch keinen Plan hatten. Der zweite ist, dass ihre Reaktionen absolut authentisch sein mussten.« Sobald Jens Gesicht puterrot anlief, erkannte Fane, dass er sich den zweiten Grund besser geschenkt hätte.

»Bitte, bitte um aller Dinge willen, die keine Werwölfe sind, sag mir bitte, dass du gerade nicht gesagt hast, dass ihre Reaktionen authentisch sein mussten.« Jen klang absolut ruhig, und das war tatsächlich noch gruseliger als ihr Schreien.

Bevor Fane auch nur ein Wort sagen konnte, traf auch schon eine Faust auf seine linke Gesichtshälfte. Er war mehr als überrascht. Er war noch nie zuvor von einem Mädchen geschlagen worden, und obwohl es nicht wehtat, fühlte er sich ziemlich schlecht, weil sie offensichtlich der Überzeugung war, dass er körperliche Gewalt verdient hatte.

Als er den Kopf drehte und Jen anblickte, sah er nur, dass sie wiederum zu Sally schaute, die herumsprang, ihre Faust schüttelte und alle Schimpfworte ausstieß, die ihr in den Sinn kamen.

»Heilige Scheiße, Mann. Warum ist dein Gesicht so verdammt hart?«, schrie Sally.

Jens Mund stand ungläubig weit offen, dann machte sich ein verschlagenes Grinsen darauf breit. »Das war so dermaßen krass! Vielleicht erkennst du jetzt mal, dass mein Weg auch Vorteile haben kann.«

»Ja, abgesehen davon, dass meine Hand gebrochen ist, war es das absolut wert«, sagte Sally.

Fane ging vor den beiden Mädchen auf ein Knie und brachte sie so zum Schweigen.

Er legte seine Hand aufs Herz und beugte den Kopf.

»Es tut mir aufrichtig leid, dass ich euch so viel Leid zugefügt habe. Das war nicht meine Absicht, und es hat mich fast umgebracht, meine Liebste so leiden zu sehen. Ich bitte euch um Vergebung, aber ich kann verstehen, wenn ihr sie mir versagt«, sagte er voller Aufrichtigkeit.

Jen und Sally sahen erst zu Fane, dann blickten sie sich gegenseitig an. Anschließend sahen sie zu Vasile, der die ganze Szene schweigend beobachtet hatte.

»Meint er's ernst?«, fragte Sally Vasile.

»Ich habe es ihm befohlen, er konnte meinen Befehl nicht missachten. Euer Ärger sollte gegen mich gerichtet sein. Und ja, er meint es ernst«, erklärte Vasile.

»Fane«, begann Sally, »wir wissen, warum du es getan hast, und es war eigentlich auch eine verdammt clevere Strategie. Es ist nur, dass wir mitansehen mussten, wie Jacque so sehr weinte, dass sie sich die Seele aus dem Leib kotzte, und dann ohnmächtig wurde. Es war schrecklich. Obwohl wir also wissen, dass es wahrscheinlich die beste Strategie war, mussten wir unsere Freundin verteidigen. Natürlich vergeben wir dir. Ich wünschte, ich könnte dir sagen, wie Jacque reagieren wird, wenn du es ihr sagst, aber es könnte so oder so ausgehen. Möglicherweise ist sie so dankbar, dass du noch lebst, dass es ihr egal ist, vielleicht steht sie durch den Kummer aber auch so sehr unter Schock, dass sie versucht, dich eigenhändig umzubringen. Viel Glück also damit.« Und damit machten Jen und Sally auf dem Absatz kehrt und verschwanden.

»Sie weiß es noch nicht?«, fragte Fane leise seinen Vater.

»Nein, mein Sohn, diese Ehre obliegt dir. Wie die beiden Racheengel gerade sagten: Viel Glück damit«, sagte Vasile. »Zieh dich an. Es wird Zeit, deine Gefährtin zu treffen.«

Sein Vater ließ ihn allein, und Fane stand auf, fühlte sich aber wie betäubt. Es machte ihn fertig, dass er Jacque hatte so sehr verletzen müssen. Wie sollte er ihr unter die Augen treten? Ohne wirklich darüber nachzudenken, was er tat, zog er sich an, kämmte sich, putzte sich die Zähne und ging dann zum Haus der Pierces. Es war der schwerste Gang, den er je gegangen war.

Fane öffnete die Haustür und hätte sie fast sofort wieder zugemacht. Alle bis auf Jacque saßen im Wohnzimmer, und als er es betrat, waren alle Augen auf ihn gerichtet. Er atmete tief ein und ging hinein. Seine Mutter rührte sich als Erste. Sie kam zu ihm und zeigte ihm ihren Hals. Fane machte ungläubig einen Schritt zurück.

»Ich bin deine Mutter und deine Alpha, aber ich erkenne das Opfer, das du machen musstest, an.« Sie küsste ihn auf die Wange, während eine Träne ihr Gesicht hinunterlief, die Fane wegwischte.

»Es tut mir leid, dass ich dich verletzt habe, *mamă*«, sagte Fane.

»Ach was. Du hast getan, was getan werden musste, was ein Alpha zu tun hat. Es wird viele Entscheidungen geben, die du als Alpha treffen musst und die andere nicht verstehen werden, da sie nicht diese Verantwortung tragen. Menschen, und damit möchte ich niemanden persönlich angreifen, verstehen nicht, welches Gewicht auf deinen Schultern lasten wird oder welches Gewicht du in dieser Nacht tragen musstest. Du hast getan, was kein anderer konnte. Das, mein Sohn, ist, was ein Alpha tut. Zweifle das nie an.« Als Alina sich wieder dem Raum zuwandte, senkten alle Wölfe und zu Fanes Erstaunen auch die Menschen unterwürfig den Kopf.

»Jacque ist in ihrem Zimmer, Fane. Sie wurde bei der Herausforderung ohnmächtig und schläft jetzt«, erklärte Lilly ihm.

Fane schloss die Augen und versuchte, gegen die Tränen anzukämpfen, die heiß unter seinen Lidern brannten. Seine Gefährtin, sein Herz, hatte seinetwegen leiden müssen, aber zumindest war sie nicht bei Lucas. Sie gehört uns, hörte er seinen Wolf sagen. Wie unser Alpha sagte: Wir haben getan, was wir tun mussten. Fane kehrte dem übervölkerten Wohnzimmer den Rücken zu und ging die Treppe hoch zu Jacques Zimmer.

Während er die Tür öffnete, nutzte er seine Wolfssicht, da das Zimmer bis auf ein Nachtlicht dunkel war. Er ging zu ihrem Bett und setzte sich auf die Kante. Sie lag regungslos da, die Hände über ihrem Bauch gefaltet. Fane beugte sich über sie und küsste ihre Stirn. Er atmete tief ein und füllte seine Lungen mit ihrem Duft. Er küsste beide Wangen, ihre Nasenspitze und ihr Kinn, dann küsste er ihre Lippen. Tränen liefen ihm über das Gesicht und er zitterte. Er wollte sie halten, wollte sie aber auch nicht so plötzlich aufwecken. Langsam zog er sich von ihr zurück, und als er sich aufsetzte, sah er, dass ihre Augen offen waren. Weit offen. Weit, weit offen.

Jacque schrie und zog sich die Bettdecke über den Kopf. »Jetzt bin ich vollends durchgeknallt. Sein Tod hat mein Hirn durchschmoren lassen. In der einen Minute bewege ich mich noch am Abgrund, und dann, bämm, willkommen in der wunderbaren Welt des Wahnsinns«, murmelte sie vor sich hin, nicht total hysterisch, aber auch nicht weit davon entfernt. Fane entschloss sich, ihr schnell alles zu erzählen, bevor sie tatsächlich den Verstand verlor.

Kapitel 34

»*Lună*, du bist nicht verrückt, ich bin tatsächlich hier. Ich bin nicht tot, mein Herz, das war nur vorgetäuscht. Ich habe es vorgetäuscht, um Lucas in falscher Sicherheit zu wiegen«, sagte die Halluzination, die wie Fane aussah.

Darauf würde sie nicht reinfallen. Fane hätte ihr gesagt, wenn er etwas in der Art vorgehabt hätte. Er hätte niemals zugelassen, dass sie so leiden musste.

»Jacquelyn, bitte. Ich bin es wirklich. Ich habe dir nicht …«, er machte eine Pause und atmete tief durch. Jacque war von dieser Zurschaustellung von Emotionen einer Halluzination völlig überrumpelt. Nicht dass sie großartig Erfahrungen mit Halluzinationen gehabt hätte. Sie zog die Bettdecke gerade so weit zurück, dass sie Fane ansehen konnte. Er ließ den Kopf hängen, daher wusste er nicht, dass sie ihn anstarrte. »Ich habe dir nicht erzählt, dass ich vorhatte, meinen Tod vorzutäuschen, weil …« Seine Schultern wurden von Schluchzern geschüttelt. Tränen fielen hinab und benetzten seine Hände.

»Weil?«, konnte Jacque sich nicht verkneifen zu fragen.

Fanes Kopf kam ruckartig hoch, dann weinte er noch mehr. »Es tut mir so leid, *Lună*. Ich wollte dir nicht wehtun. Glaube mir bitte, dass es mich fast umgebracht hat. Ich habe dir nichts gesagt, weil deine Reaktionen echt sein mussten, damit Lucas glaubte, dass er gewonnen hatte.«

Jacque lag stumm da. Sie konnte es nicht glauben, sie konnte es einfach nicht glauben. Schon wieder war sie zutiefst erschüttert, weil etwas passiert war, das sie nie für möglich gehalten hatte. Ihre Emotionen tanzten Tango. Ein Teil von ihr dachte: Ist doch scheißegal. Er ist am Leben, er ist hier und er kann mich wieder halten, wie Decebal es getan hatte ...

Fane hatte diesen Gedanken mitangehört. Decebal hatte seine Gefährtin gehalten, sie fest an sich gedrückt. Er fing an zu knurren, hörte aber sofort auf, als Jacque sich aufsetzte, sich nach vorne lehnte und ihn küsste. Sie schlang die Arme um ihn und zog ihn an sich.

Fanes Arme lagen um Jacques Taille, und als er sie fester an sich zog, jaulte sie kurz auf.

»Was ist los? Was ist passiert?«, fragte Fane, während seine Hände über ihren Körper flatterten.

»Es ist nichts, nur ein paar Erinnerungen daran, wie ich heute Nacht weggezerrt wurde. Nur ein paar blaue Flecke, mehr nicht«, versuchte sie es herunterzuspielen.

Als seine Hände über ihren Bauch fühlten, winselte sie, obwohl sie es zu unterdrücken versucht hatte. Fane knurrte und hob langsam den Saum ihres Shirts, sodass ihr Bauch freilag. Sein Knurren wurde noch viel, viel tiefer. »Was ist dir zugestoßen und wer zum Teufel war das?«, verlangte Fane zu wissen.

»Fane, es ist nichts. Es ist ...«, versuchte Jacque zu erklären, wurde aber von ihm unterbrochen.

»Es ist nicht nichts! Du hast einen riesigen blauen Fleck quer über deinen Bauch, der dunkel wie die Nacht ist, Jacquelyn.« Fane verstummte, um darüber nachzudenken, was er gerade gesagt hatte, dann wurde es ihm mit aller Macht klar. »Von wem ist das, Jacquelyn? Diskutier nicht mit mir, *Lună*. Von wessen Arm ist diese Quetschung? Sag es mir oder ich werde jeden Wolf da unten statt des tatsächlich Schuldigen disziplinieren.«

Jacque setzte sich wieder auf und schubste ihn zu seiner großen Überraschung von sich weg. Er war so überrumpelt, dass er tatsächlich vom Bett fiel. Auf dem Fußboden angekommen starrte er sie irritiert an.

»Jetzt hör mal zu: Dein Rudel hat mich zurückgehalten, damit Lucas mich nicht tötete, als ich ihm in den Hintern treten wollte. Und falls du es vergessen hast, ich wollte ihm in den Hintern treten, weil du mir nicht gesagt hattest, dass du nicht wirklich tot warst. Du wirst also niemanden disziplinieren. Du wirst akzeptieren müssen, dass ich Prellungen am Bauch, an den Armen, an den Schultern und an den Schienbeinen habe, weil du entschieden hast, *mich* im Dunkeln zu lassen. Habe ich mich klar ausgedrückt?« Jacque atmete schwer von ihrem Wutausbruch.

Fane senkte den Kopf und sah dann wieder hoch zu seiner Gefährtin. »Kristallklar«, sagte er und grinste.

»Gut. Und jetzt komm wieder hoch zu mir und zeig mir, wie leid es dir wirklich tut«, sagte Jacque neckend.

Fane krabbelte wieder auf das Bett. Er zog den Saum ihres Shirts noch einmal hoch und legte ihren Bauch frei. Er unterdrückte ein Knurren und küsste sanft die Prellung, ließ sich von der Weichheit ihrer Haut beruhigen.

»Okay, hör auf damit. Das kitzelt«, sagte Jacque lachend.

Fane zog ihr Shirt wieder runter und schlang vorsichtig seinen Arm um sie. Er legte seinen Kopf auf ihre Brust und hörte ihrem Herzschlag zu, der wie Musik für ihn war.

»Fane«, sagte Jacque.

»Hm?«

»Warum ist dein Bein nicht gebrochen?«

»Mein Vater hat die schlimmsten Verletzungen geheilt. Er kann die Energie des Rudels nutzen und damit seine Wölfe heilen. Ich habe jetzt nur noch ein paar Prellungen und Kratzer«, erklärte er.

»Oh, das ist raffiniert.«

Fane kicherte. »Ja, das ist definitiv raffiniert.«

Er hob den Kopf und sah ihr in die Augen. Sie war so wunderschön. Jacque erwiderte den Blick und erschauerte beim Gedanken daran, Fane zu verlieren. Es hätte sie fast umgebracht, als sie dachte, er wäre tot, sie hatte tatsächlich ihren Lebenswillen verloren.

»Es tut mir so leid, mein Herz, dass ich dir das angetan habe. Ich verdiene dich nicht, ich verdiene deine Vergebung und auch deine Liebe nicht«, sagte Fane ihr mental.

»Ach, halt die Klappe. Ja, was du getan hast, war schrecklich für mich, aber es war nötig, damit du gewinnst. Ich würde das alles noch einmal durchleben, wenn ich wüsste, dass du am Ende lebst. Du verdienst mehr, als ich dir geben kann. Ich hoffe nur, du nimmst an, was ich dir geben kann – mich«, sagte Jacque.

»Ich liebe dich, Jacquelyn Pierce, meine Gefährtin, meine Liebe, *inimă mea*. Ich will, dass du ganz mein bist, ohne dass ein anderer mich deinetwegen herausfordern kann.«

Fane beugte sich nach unten und küsste sie. Jacque stöhnte, woraufhin er knurrte. Bevor es noch intensiver werden konnte, musste Jacque an die Bindungszeremonie und den Blutritus denken.

»Hey, warte«, sagte sie und schob ihn von sich.

»Erinnerst du dich, dass du dachtest, ich wäre tot? Nun ja, ich bin es nicht, und jetzt kannst du mit mir machen, was du willst, denn ich bin ja am Leben«, sagte Fane und fing an, ihren Nacken zu küssen.

Jacque kicherte und schob ihn abermals von sich weg. »Nein, ich mein's ernst, warte. Für wann stehen dieses Bindungsdingsbums und die Blutsaugerei an?«

»Vampire saugen Blut, Werwölfe nicht, mein Herz. Für morgen, was nicht jetzt bedeutet, und da ich im Jetzt lebe, will ich mich mit meiner Gefährtin nach Art der Wölfe versöhnen«, sagte Fane, beugte sich wieder über sie und wurde ein weiteres Mal von ihrer Hand gestoppt.

»Oh, wir haben uns versöhnt, alles gut, null Problemo«, plapperte Jacque.

»Jacquelyn?«

»Ja, Fane?«, fragte sie unschuldig.

»Du willst, dass ich es sage, richtig?«, fragte Fane.

»Ja, und zwar laut, nicht in meinem Kopf.«

Fane knurrte, fügte sich aber. »Ich meinte nicht das Versöhnen durch Worte, sondern durch Berührungen.« Er lachte, als sie kurz aufbegehrte.

»Ich werde dich nirgendwo berühren, wo du es nicht möchtest.« Dann fügte er spitzbübisch hinzu: »Aber wenn doch, sag nur wo, und ich werde mich fügen.« Er entzog sich ihrer Reichweite, als sie versuchte, ihm für seinen letzten Kommentar einen Klaps zu verpassen. Als sie sich wieder beruhigt hatte, beugte er sich über sie und küsste sie.

Jacque drehte den Kopf und zeigte ihm ihren Hals. Fanes Kehle entrang ein tiefes Knurren. Jacquelyn nannte das Schnurren, und er musste lächeln. Er beugte sich über sie und küsste ihren Hals, roch an ihrer Haut, stellte sich die Blutritus-Zeremonie vor und wusste, dass seine Bissmale genau dort sein würden.

Jacque lauschte seinen Gedanken und mischte sich ein. Sie fügte ein paar kreative Details hinzu und kicherte schelmisch, als sie Fane wieder in ihrem Kopf flüstern hörte.

»Bald.«

Referenzen

»Love Me Like a Song«, Text von Kimmie Rhodes, gesungen von Kimmie Rhodes und Willie Nelson

»Untouchable«, Text von Billy Idol und Tony James, gesungen von Taylor Swift

Anmerkung der Autorin

Vielen Dank, dass Sie »Der Prinz der Wölfe« gekauft haben. Ich hoffe, dass Sie beim Lesen ebenso viel Spaß hatten wie ich beim Schreiben. Unter den folgenden Web und Social Media Adressen finden Sie Updates zu meinen Büchern:

http://www.quinnloftisbooks.com
Facebook: Quinn Loftis Books
Twitter: @AuthQuinnLoftis

Zeitfracht Medien GmbH
Ferdinand-Jühlke-Straße 7
99095 Erfurt, Deutschland
produktsicherheit@kolibri360.de

Druck:
CPI Druckdienstleistungen GmbH
im Auftrag der
Zeitfracht Medien GmbH
Ein Unternehmen der Zeitfracht - Gruppe
Ferdinand-Jühlke-Str. 7
99095 Erfurt